TRINITY

2 - Mind

AUDREY CARLAN

Traduit de l'anglais (États-Unis)
par Ariane Maksioutine

EDEN

Publié pour la première fois par Waterhouse Press, LLC
sous le titre *Trinity T2 - Mind*.
Couverture : Shutterstock / Studio City

ISBN : 978-2-8246-1527-1
Code Hachette : 77 2950 1

Collection dirigée par Christian English & Frédéric Thibaud
Catalogues et manuscrits : city-editions.com/EDEN

Dépôt légal : Août 2019

1

Gillian

Je ne m'y étais pas attendue, mais il s'avère que dès l'instant où les paparazzis découvrent que vous avez retiré du marché le célibataire le plus en vue des États-Unis, vous devenez vous aussi célèbre. Malheureusement. C'était une chose que je n'avais jamais envisagée comme pouvant un jour faire partie de ma réalité quand j'avais accepté d'épouser Chase Davis. Clairement, voir ma tronche étalée sur des tonnes de magazines ne figurait pas en tête de liste de mes ambitions de vie. Le pire, c'est ce qui découle de cette notoriété soudaine. Le mépris des gens. J'ai eu droit à tout : de la croqueuse de diamants à la première des *nombreuses* femmes que Chase ne manquerait pas d'avoir. Une seule femme ne pourrait jamais combler pleinement un milliardaire aussi puissant que Chase Davis. Il lui faudrait de toute évidence une armée de jolies fesses, pour ça.

— Écoute ça !

Ma meilleure amie et future ex-colocataire Maria rit derrière sa main tout en feuilletant le dernier magazine érotique qu'elle a dégoté.

— « *Chase Davis, homme à l'énorme compte en banque, bientôt marié à Gillian Callahan, femme à l'énorme poitrine.* »

— Quoi ?! m'écrié-je. Montre-moi ça.

Maria me lance le magazine par-dessus la montagne de

cartons de déménagement qui envahissent la pièce. Sur la page, Chase me tient par la hanche d'une main possessive. Il est beau à tomber, même sur une photo de paparazzi toute bête. Celle-ci a été prise durant un bal de charité auquel nous nous sommes rendus dernièrement. Sauf que l'image propose une version fortement retouchée de ma poitrine, qui a l'air au moins deux fois plus grosse que ce que Dieu a bien voulu me donner ! Je bouillonne intérieurement.

— Non mais, c'est quoi ces obus ?!

Maria éclate de rire, et je lui jette ce torchon à la figure.

— *¡Puta !* me lance-t-elle dans sa langue natale.

— J'en ai marre qu'on écrive toutes ces saloperies sur moi. Je fais de mon mieux pour ne pas les lire. Chase, lui, les ignore totalement. Si seulement c'était aussi simple…

Un long soupir s'échappe de mes poumons tandis que je range d'autres livres dans un carton déjà plein à craquer.

— *Cara bonita*, tu ne peux pas laisser de parfaits inconnus te mettre dans cet état. Tu vaux mieux que ça, dit-elle en tirant un coup sec sur ma queue-de-cheval. Oh, le *Kama Sutra* ! C'est à moi, ça !

Ses longs doigts arrachent le livre de la pile que j'étais en train de parcourir.

— Oh, juste ciel, j'ai involontairement subtilisé ton livre de cul…, rétorqué-je en levant les yeux au ciel et en lui tirant la langue.

Elle décide de m'ignorer et se dandine jusqu'à la cuisine.

— Tu sais ce qu'il manque à cette petite fête ? Plus de filles et du vin. Ohhh, et de la pizza, aussi !

Elle est déjà en train de pianoter sur son téléphone. L'une des filles a dû répondre dans la seconde, car Maria se lance dans un discours effréné sans même prendre la peine de dire bonjour.

— Comment ça se fait que tu ne sois pas en train d'aider tes meilleures amies à déménager, *puta perezosa ?*! Oui, je viens de te traiter de sale garce paresseuse. Descends de la *polla* de Carson, et ramène ton *culo* ici, tu entends ?

Puis elle raccroche sans rien ajouter.

— Tu viens de dire à Kat de descendre de la bite de Carson ou je rêve ? dis-je en gloussant.

— Oui, c'est exact. Bree, maintenant.

Elle tapote sur son téléphone et attend tout en pianotant des doigts sur le plan de travail. Pendant ce temps-là, elle en profite pour étirer l'une de ses longues jambes de danseuse derrière elle, la ramène devant tout en saisissant sa cheville puis, d'un bras, la fait remonter jusqu'à l'arrière de son crâne. On dirait une ballerine contorsionniste – ou un bretzel. Cette fille est incroyable. Alors, avec une grâce sublime, elle repose lentement la jambe au sol.

— Tu as un cours, là ? demande-t-elle mielleusement dans le combiné.

Ce ton est beaucoup trop doucereux, connaissant notre grenade italo-espagnole. Cette pauvre Bree ne sait pas ce qui l'attend…

— Non ? ajoute alors Maria avant de marquer une pause. Dans ce cas, ramène ton petit *culo* ici sur-le-champ, aboie-t-elle soudain de cette voix cinglante qui lui va si bien. Tes *hermanas* ont besoin d'aide, je te signale ! Et je ne veux pas t'entendre me baratiner, O.K. ? Rien à faire que tu sois avec Phillip.

Elle se tait quelques secondes pour écouter Bree.

— *¡Mierda !* On est au courant que tu n'as pas vu le loup depuis des lustres, ma grande ! Apporte du vin.

Puis elle raccroche.

Le rire me chatouille la gorge avant d'éclater dans un mélange de grognements et de hoquets. Cette nana est vraiment géniale. Elle sait exactement comment faire pour rendre la vie plus légère, et c'est précisément ce dont j'ai besoin, pour oublier les feux des projecteurs qui sont braqués sur moi depuis que nos fiançailles ont été annoncées, la semaine dernière. Mais avec tout ça, nous n'avons toujours pas mis la main sur mon harceleur… À l'annonce de notre mariage imminent, nous avons été inondés de bouquets de fleurs. Mais une personne avait envoyé une dizaine de roses flétries avec une carte. J'en avais encore des frissons, quand je pensais à ce qu'il y avait d'écrit.

Gillian,
C'est la pire décision que tu aies jamais prise. Tu vas le regretter.
Tu es à moi... Salope.

Le souvenir de ces mots m'électrise la colonne vertébrale de frissons qui viennent nouer mon estomac. J'ai soudain la chair de poule, et je dois prendre une longue inspiration pour me calmer. Quelques secondes de respiration par le ventre et je parviens à bannir de mon esprit tout le négatif pour ne le remplir que de pensées positives. Chase. Mon fiancé. La bague de diamants, sur mon annulaire, scintille sous la lumière et me rappelle ce qui m'attend. Toute une vie avec l'homme de mes rêves.

Un petit bip sur mon téléphone me rappelle à la réalité. Je le récupère sur la table et pose les yeux sur l'écran. En découvrant le prénom de mon homme, une vague d'euphorie me submerge.

De : Chase Davis
À : Gillian Callahan
L'appart de Maria est prêt. Elle n'a plus qu'à s'installer. Qu'elle fasse au plus vite. J'aimerais vous savoir en sécurité, toi et ta tarée de sœur.

— Ria ! Chase dit que ton appart est prêt ! dis-je en braillant tout en tapant un rapide message de remerciement à mon chéri.

Elle se met à glousser de joie et entame une gigue en plein milieu de notre minuscule cuisine. Ce qui rend la scène encore plus drôle, c'est le short riquiqui qu'elle porte ainsi que la brassière de sport qui a le pouvoir de faire rebondir sa poitrine énorme d'une manière ultra-vulgaire.

— Arrête donc un peu de remuer ces choses, sœurette ! Tu risquerais de te crever un œil, je la taquine, ce à quoi elle me répond par un sourire mauvais.

— C'est vraiment chouette que Chase ait pu me dégoter un appart à quelques pas de chez vous. Mais c'est bizarre : il n'a toujours pas voulu me dire combien ça allait me coûter…

Je me mets aussitôt à mordiller ma lèvre, gênée.

— Quoi ? Je vais payer une fortune, c'est ça ? lance-t-elle en tapant du pied. Tu m'as promis, hein ! Hors de question que je me retrouve à vivre avec une autre *chica* complètement tarée. Et je n'emménagerai pas avec Tommy, même s'il ne se décide pas à lâcher l'affaire, grommelle-t-elle.

— Non, ça ne va pas te coûter grand-chose, rassure-toi.

Je fais de mon mieux pour avoir l'air vague, mais elle me jette ce regard sceptique, avec ce sourcil d'ébène parfaitement dessiné dressé en pointe sur son front. C'est juste terrible de savoir faire un truc pareil. Je la déteste.

— Et combien ça va me coûter, exactement, madame Davis ? susurre-t-elle alors d'une voix affreusement mielleuse.

Ce n'est pas un bon signe, ça. Quand Maria se met à parler de la sorte, cela signifie en général que l'ours s'apprête à vous bondir dessus, toutes griffes dehors.

— Eh bien… Moins que ce que tu payais ici, lui dis-je en espérant que cela lui suffise pour le moment, et qu'elle s'attaque à Chase pour la suite.

Mais Maria s'appuie délicatement sur le plan de travail du coin de la hanche, incline la tête sur le côté et plisse les lèvres pour former un sourire faux.

— Moins de combien, *bonita ? ¿Cien ? ¿Doscientos ?*

— Mmm, moins, je n'en sais pas plus.

Je me jette alors sur mon carton rempli de livres, que je pousse du bout du pied dans le coin de la pièce, puis, tout en faisant mine de l'ignorer, je m'attelle à le fermer et à noter dans quelle maison il atterrira. Celui-ci sera pour le penthouse.

— *¿Cuatro ?* Combien, Gigi ? lâche-t-elle sans retirer la main de sa hanche.

J'esquisse une grimace et je marmonne « Rien » aussi vite que possible avant de me ruer dans la cuisine pour dénicher une bouteille de vin. Je suis complètement déshydratée, soudain.

— Je meurs de soif. Où est-ce qu'on a mis les bouteilles, déjà ?

J'ai conscience de tout faire pour changer de sujet, mais une main froide m'attrape par le bras pour me faire virevolter sur place.

— *¿Nada ?* Comme zéro dollar ? Gratis ? Que dalle ?

Sa voix haut perchée frise cette stridence qui me fait toujours grincer des dents.

Je la supplie en hochant la tête :

— Ne m'en veux pas, s'il te plaît. C'est Chase. Il refuse de prendre ton argent. Il en a plus que Dieu, tu sais… ou même qu'Oprah !

Maria secoue fiévreusement la tête.

— *Bonita*, je ne suis pas d'accord, je te préviens ! Je ne fais pas l'aumône !

Je lui saisis le biceps à mon tour, ce qui lui arrache un sursaut. Nous avons toutes les deux la même réaction, lorsqu'on nous touche – résultat de plusieurs années de violences conjugales, aussi bien pour elle que pour moi.

— Je sais, je sais, et je comprends. Mais tu connais Chase… Quand il a quelque chose en tête… Chaque fois que j'essaie d'argumenter, il se sert de son corps d'Apollon contre moi. Et quand je dis *contre* moi, je parle au sens littéral du terme.

Elle tourne la tête et plaque une main sur sa bouche dans une vaine tentative de dissimuler son amusement.

— Vraiment ?

J'opine du chef en lui expliquant que nous avons eu exactement la même discussion, avec Chase. Je lui ai dit que Maria n'accepterait jamais l'aumône. Quelques orgasmes plus tard, et il m'avait convaincue que je finirais par la faire accepter. À la fin de mon histoire, Maria est écroulée par terre, à se tordre dans tous les sens comme si elle venait de se faire taser. Ce qui pourrait tout à fait lui arriver si elle ne se décide pas à arrêter de se moquer comme ça. Eh oui, c'est un nouvel accessoire qui s'est ajouté à ma vie de tous les jours. Désormais, je me balade avec une brosse à cheveux, un rouge à lèvres, mon téléphone tracé par GPS, mon portefeuille et un magnifique Taser qui, avec le téléphone bien sûr, m'a été imposé par mon psychopathe de fiancé. Bien évidemment, ces choses ne sont mises à ma disposition qu'au cas où mon garde du corps de presque deux mètres – que j'ai amoureusement surnommé Rambo – me serait brusquement arraché par une force de la nature.

Maria est toujours par terre, à se tordre de rire.

— Tu veux bien arrêter, oui ? Tu n'as pas idée de ce que cet homme peut exiger de moi, sexuellement parlant. Il pourrait faire jouir une nonne sans même la toucher, je te jure !

— C'est vrai ? Vas-y, raconte !

Je sursaute sous l'effet de surprise et découvre Kat, qui ricane derrière moi tandis que Maria continue sa crise d'hyperventilation au sol. Nous n'aurions jamais dû donner nos clefs à toute la bande.

— Bon Dieu, Kat, tu m'as foutu une de ces frousses ! Moi qui suis déjà à cran, avec cette histoire de lettre anonyme…, lui dis-je avec le maigre espoir de la faire culpabiliser.

— On dirait bien qu'un beau ténébreux se charge déjà de

te tenir à cran… J'ai raison ou pas, sœurette ? lance Maria en bondissant sur ses pieds tel un oiseau avant de planter sa main dans celle de Kat.

Ces danseurs et leur souplesse… La plupart du temps, j'ai l'impression de ne pas savoir quoi faire de ce corps trop grand… Il n'y a que Chase qui sache me faire me sentir sexy. Les jolies blondes qui me servent de meilleures amies sont toutes gracieuses. Mais Maria, qui sait faire des sauts de ninja moderne sur une scène, est incapable de marcher correctement. Vous pouvez être sûr qu'elle trébuchera sur le moindre trou sur le trottoir, même très visible.

— *¡Perfecto !* s'exclame-t-elle avant de se saisir des deux bouteilles de vin que Kat a apportées. *¡Gracias !*

— Et si tu nous racontais comment Chase parvient à faire de toi ce qu'il veut ? m'interroge Kat, un sourire vicieux collé à son joli visage.

Ses yeux couleur caramel scintillent d'amusement tandis qu'elle s'appuie sur l'îlot central de la cuisine, le regard toujours braqué sur moi. Les bracelets qui s'accumulent sur son bras droit se mettent à tinter comme un carillon sous une brise légère.

— Vous êtes vraiment incorrigibles, toutes les deux, rétorqué-je en la fusillant du regard, ce qui ne lui fait évidemment ni chaud ni froid.

— Pourquoi elles sont incorrigibles ?

Bree apparaît dans la cuisine, une pizza dans une main et une bouteille de vin dans l'autre. Sa chevelure dorée tombe en un tapis parfaitement droit dans son dos. Quand cette fille entre dans une pièce, c'est comme si l'on venait d'ouvrir la fenêtre pour laisser pénétrer une bouffée d'air frais.

Maria se met à battre des mains comme une folle et libère Bree de sa pizza.

— Végétarienne, croûte ultra-fine et sauce tomate, pas cette espèce de crème à l'ail trop grasse, commente-t-elle.

Maria dresse alors son majeur bien face à elle avant d'aller chercher des assiettes, tout en marmonnant ce qu'elle pense de l'obsession *healthy* de Bree.

Kat et moi gratifions Bree d'un regard blasé, ce à quoi elle répond :

— Bah quoi ? Pas besoin de se remplir le ventre de graisse quand on peut se contenter de boire ces calories ! lance-t-elle tout sourire en brandissant la bouteille de pinot noir dont nous raffolons toutes et que nous avons judicieusement rebaptisé « Sœurs d'âme ».

Nous avons toutes goûté à de meilleurs vins. En tout cas, celui que me sert Chase pourrait faire pleurer de joie n'importe qui, mais ce pinot est une tradition, chez nous, un symbole. À 12 dollars la bouteille, il faut dire qu'il y a de quoi en profiter. C'est également un vin unique, fabriqué par l'entreprise Save Me San Francisco, ville où nous vivons, et dont le groupe de musique Train est propriétaire. Un vin avec une histoire pareille, ça donne forcément du cachet.

Bree tire sa chaise rouge et s'y écroule tout en remontant un genou contre sa poitrine. Elle porte un legging, un tee-shirt XXL et des bottes fourrées. Elle appelle ça « l'élégance *casual* ». Moi, j'appelle ça un pyjama. Nous avons des visions *totalement* différentes de la mode, toutes les quatre. Les filles pensent que j'aime avoir l'air rigide, dans mes tailleurs et mes jupes. Mon but est tout simplement de paraître inapprochable et professionnelle. Par ailleurs, j'adore dénicher de bonnes petites affaires. Malheureusement, c'est le genre de choses que je vais devoir oublier, une fois que j'aurai épousé Richie Rich…

Chase m'a dernièrement fait comprendre qu'il avait l'intention de remplacer l'intégralité de ma garde-robe. Au début, l'idée qu'il décide de ce que je doive porter me gênait un peu, mais de le voir aussi excité en échangeant avec son assistante sur ce qu'il voulait m'acheter… je me suis sentie tout simplement aimée, chouchoutée, spéciale. Ce n'est pas l'argent ou la qualité des vêtements qui m'a fait changer d'avis, mais le fait que Chase tienne à ce que je me sente liée à lui à tout niveau. Il a en effet demandé à Dana, son assistante – dont je m'efforce de ne pas être jalouse –, de me choisir des tenues spécifiquement assorties aux siennes. L'idée que nous formions un tout dans les grands événements a quelque chose de rassurant, au final, surtout au vu de ma toute nouvelle notoriété si peu désirée. S'il y a bien une chose dont je n'ai pas envie, c'est d'embarrasser Chase. Il a beau me répéter qu'il serait fier de m'avoir à son bras même avec un sac en papier sur la tête, je sais bien que c'est faux. Cet homme aime le luxe. Beaucoup trop.

Chase est un vrai snob de la mode. Il n'achète jamais de prêt-à-porter, et il fait retoucher chacun de ses costumes pour coller à sa musculature de rêve. Comme moi, il a un total désir de perfection et c'est en partie ce qui m'attire chez lui. Sauf que moi, j'ai en plus le droit de voir le véritable Chase, sans toutes ces couches, aussi bien au sens propre qu'au sens figuré.

Mais malheureusement, je n'ai pas été capable de le convaincre que j'avais besoin de temps. Même si j'ai plus que tout envie de rester avec lui et de devenir sa femme, ça me fout une frousse folle. S'engager vis-à-vis d'un seul homme, lui donner le pouvoir de prendre des décisions sur ma vie, est quelque chose de terrifiant. C'est l'une des raisons pour lesquelles j'ai suggéré à Chase que l'on attende un an, mais pas la principale. La semaine passée, il n'a pas arrêté de me faire comprendre qu'il aimerait aller plus vite. À la base, quand il m'a demandé ma main, il aurait été prêt à se marier dès le lendemain, si je l'avais écouté. Et je ne peux pas nier que ce soit flatteur. Mais tout au fond de moi, quelque chose a encore envie de vivre le conte de fées. J'ai déjà mon chevalier en Armani, et maintenant, je veux mon mariage de rêve. Rien de gigantesque, bien sûr. Juste sa famille, nos amis, les filles, Phillip et la petite Anabelle.

J'adorerais la voir dans une petite robe assortie à la mienne, à jeter des pétales dans les airs…

— Tu penses encore aux méthodes que Chase emploie pour te persuader, c'est ça ? lance Maria en riant, mais je décide de l'ignorer.

— Dis-moi, Bree, tu penses que Phil accepterait de m'accompagner jusqu'à l'autel ? dis-je en repoussant la mèche rousse qui s'est échappée de mon chignon.

Son visage s'illumine aussitôt. Cette femme est vraiment sublime. Elle a ce petit quelque chose de pétillant, avec une peau parfaite et naturellement hâlée, de grands yeux bleus ainsi qu'un petit nez retroussé parfaitement dessiné.

— Je pense qu'il en serait honoré. Sincèrement. Et Anabelle s'occuperait de lancer les pétales, n'est-ce pas ?

Je hoche fermement la tête.

— Et bien évidemment, mes trois frangines seront mes demoiselles d'honneur, ajouté-je en les voyant s'extasier.

— Je n'arrive toujours pas à croire que ça se soit fait si vite. Enfin, quelques mois, c'est court, quand même… (Ses lèvres se tordent immédiatement.) Je ne veux pas dire par là qu'il n'est pas sincère, hein… C'est juste que je me demande ce qui presse tant, dit-elle en sirotant son verre.

Je hausse les épaules en saisissant le verre de vin que Maria est en train de me tendre. Le mélange de cerises, de prunes et de myrtilles explose sur mes papilles.

— Bah, quand c'est une évidence, pas besoin d'attendre, non ? Je sais que c'est le bon.

Maria et Kat me soutiennent d'un hochement de tête. Bree, elle, se mordille la lèvre puis entortille une mèche de ses cheveux dorés autour de son doigt. Ce geste la trahit : quelque chose la préoccupe. Mais de toute évidence, elle préfère ne pas donner son avis de peur de me froisser.

— Tu as quelque chose à ajouter, peut-être ? dis-je en l'observant.

— Non, non…

Elle secoue la tête puis mord dans sa part de pizza. Si elle croit que je vais lâcher l'affaire parce qu'elle a la bouche pleine, elle se fourre le doigt dans l'œil ! Elle a quelque chose à dire, et je veux savoir ce que c'est.

— Crache le morceau. Et ne t'avise pas de me mentir. Tu sais que je suis un radar à mensonges.

Elle lève les yeux au ciel et inspire un bon coup.

— O.K. Si tu es sûre que c'est le bon, alors pourquoi attendre un an pour l'épouser ?

Sa question s'invite malgré moi dans mon subconscient. Je devine instinctivement la réponse, mais je n'ai pas envie de rouvrir cette blessure. Ce n'est pas que je ne croie pas que ce soit le bon. Mon cœur est à lui, c'est certain. Il est l'air que je respire, et quand il n'est pas là, je ressens sa présence en moi. Par réflexe, je me mets à faire tourner du bout du pouce la massive preuve de son amour qui m'encercle l'annulaire.

— Parfois, il vaut mieux s'accorder un moment pour être sûr de ce qu'on fait. Comme l'a dit Kat, il m'a fait sa demande hyper vite. Je n'ai pas envie qu'il vienne à regretter sa décision.

Les trois femmes les plus importantes de ma vie me dévisagent comme si des cornes venaient de me pousser, les yeux grands comme des soucoupes.

— Ça n'a pas été facile, ces derniers temps, ajouté-je pour me défendre. Entre mon boulot que j'ai failli perdre, la réapparition de la Garce et mon harceleur…

Je secoue la tête et laisse les mots s'évaporer, sachant qu'ils portent une certaine vérité, mais pas toute la vérité. En fait, je veux seulement laisser à Chase le temps d'être sûr qu'il veut de *moi*, la Gillian Callahan blessée et cabossée, pour toujours.

— Tu es sérieuse, Gigi ? Tu préfères attendre un peu pour lui laisser la possibilité de revenir en arrière ? souffle Kat, choquée.

— *¡Estúpido !* s'écrie Maria avant d'avaler une longue gorgée de vin.

— Je n'y crois pas ! surenchérit Bree sans cacher sa stupéfaction.

— Moi non plus, ajoute alors une voix profonde et chocolatée, derrière moi.

Mon sang se glace, même si mes joues brûlantes doivent clairement témoigner de ma honte. J'ai entendu cette voix des milliers de fois. Dans mes rêves, susurrée dans mes cheveux, hurlant mon nom dans un grognement de plaisir…

Mon amour.

Mon homme.

Mon Chase.

Je ferme les yeux tandis que de puissantes mains s'agrippent à ma taille pour venir me coller à son torse musculeux et chaud. Les effluves citronnés et boisés de son parfum bataillent avec les arômes de pizza qui envahissent déjà les lieux. Dans un climat de tension totale, Chase m'enserre un peu plus fort avant d'annoncer :

— Pardonnez-moi, mesdames, mais j'aimerais avoir un mot avec ma fiancée.

Son ton est tout à fait affable, mais quand je me tourne vers lui, je découvre deux billes en fusion à la place de ses yeux. Vu les éclairs qu'ils jettent, la tempête n'est pas loin.

— Nous ne t'avons pas entendu entrer, dis-je en essayant lamentablement d'esquiver cette conversation qui, je le sais, peut me détruire émotionnellement parlant.

— J'ai remarqué, oui.

Il avance alors vers la porte d'un pas vif, attrape mon manteau et me fait signe de prendre la sortie, du bout du doigt.

— Attends… Tu veux partir ? Mais les filles…

Sa main sur mon bras est plus ferme que jamais.

— Les filles comprendront, lâche-t-il entre ses dents, sa mâchoire se mettant à effectuer ce tressautement nerveux.

— Où est-ce qu'on va ? dis-je alors en dégageant mon bras d'un air furieux.

— On rentre. Au penthouse.

Puis il me tire dans le couloir, mais je décide de camper sur mes positions.

— Tu ne peux pas m'arracher à mon appartement tout ça parce que tu l'as décidé, Chase. J'étais en train de faire mes cartons et de passer un bon moment avec mes amies.

Chase renfile sa veste de costume d'un geste sec avant de planter un poing de chaque côté de sa taille.

— Parfait. Tu veux retourner là-dedans et continuer à expliquer pourquoi la femme que j'aime n'a pas confiance en moi ?

Je prends alors son délicieux visage entre mes mains et l'attire vers moi.

— Non, Chase.

Ses yeux percent les miens avec une honnêteté pure, et quelque chose d'autre aussi. De la peur, peut-être ? J'inspire un bon coup et pose mon front contre le sien, lui demandant de comprendre, *l'implorant* de comprendre.

— Tu es le seul homme à qui j'ai confié mon cœur. Il n'y en aura pas d'autres.

Il s'écarte et prend mon menton entre ses doigts. Son pouce suit lascivement la courbe de ma lèvre, et des picotements enfiévrés s'emparent de tout mon corps, jusqu'au bout de mes orteils.

— Et toi, tu es la seule femme que j'aimerai jamais. Je te veux dans ma vie, je te veux comme épouse. Et le plus tôt sera le mieux. Maintenant que je sais pourquoi tu freines des quatre fers, je refuse d'attendre plus longtemps. Un mois, c'est tout ce que je peux t'accorder.

— Un mois ? Tu es sérieux, Chase ? m'exclamé-je en fouillant son regard dans l'espoir vain d'obtenir un peu plus de temps.

— Très sérieux. Je ne suis pas quelqu'un de patient,

Gillian. Personnellement, je pensais que c'était toi qui avais besoin de temps pour être certaine de ton choix. Maintenant que je sais que tu pensais la même chose de moi, je refuse de repousser plus longtemps ce mariage. Nous nous marierons dans un mois. Ce n'est plus ouvert aux négociations.

Puis il se tourne et me tire par le bras. Je me raidis et dégage ma main.

— Tu ne peux pas faire ça ! déclaré-je en prenant très clairement sur moi pour ne pas faire un vilain caprice.

— Si, je le peux, et je le dois.

Sa voix est mesurée et inflexible.

— Mais le mariage…

Les larmes se mettent à tout brouiller devant moi, malgré mes efforts pour les essuyer. Les doigts de Chase s'insinuent dans ma chevelure et se nichent au creux de ma nuque. Alors, d'une main, il retire l'élastique qui retient ma chevelure et laisse les boucles tomber librement dans mon dos. Il adore me voir les cheveux lâchés, pour pouvoir jouer avec.

— Je ferai en sorte que tu aies tout ce dont tu as toujours rêvé. Dana t'aidera.

— Je n'ai pas envie de l'aide de ta parfaite petite assistante.

Ses lèvres esquissent un sourire amusé devant ma jalousie évidente.

— Je sais que tu n'en as pas envie, mais vu le délai, je pense que tu vas en avoir besoin. Cette fille est d'une efficacité surprenante. Tu n'as qu'à lui dire ce que tu veux, et elle s'occupera de le réaliser pour toi.

— Tout ce que je veux ? rétorqué-je en m'arrachant une bravoure que je n'ai pas l'habitude d'endosser en sa présence.

— J'adore ta façon de penser, bébé… J'aimerais que tu aies toujours cette attitude, désormais. Tu t'apprêtes à devenir madame Chase Davis, et tu vas avoir des milliards de dollars à ta disposition…

Il se penche vers moi pour m'embrasser, mais je m'empresse de m'écarter.

— De quoi tu parles, là ? Tu ne comptes pas me faire signer de contrat de mariage ?

Il secoue la tête, mais je me persuade encore de mal l'avoir compris. Aucun homme aussi riche que lui n'épouserait une femme sans protéger un tant soit peu ses investissements.

— Pas besoin. Ce qui est à moi est à toi, bébé.

— Non, non, non, riposté-je en reprenant la direction de mon appartement.

Chase me rattrape et me plaque contre le mur du couloir. Je me mets aussitôt à haleter, avec son corps si proche du mien et cette puissance dont il semble irradier. Cette énergie magnétique qui pulse autour de moi, c'est comme une chose vivante.

— Oh que si, souffle-t-il tandis qu'une main m'agrippe la hanche pour me garder reliée aux arêtes et aux vallées fermes et épaisses de son corps.

Son autre main se niche une fois de plus dans les cheveux à la base de ma nuque, m'immobilisant sur place. Il adore s'agripper ici, me contrôler du bout des doigts.

— Tu t'apprêtes à devenir plus riche que tu ne l'as jamais rêvé, susurre-t-il en me mordillant les lèvres.

— Tu dis ça comme si c'était quelque chose que je recherchais en particulier. Je n'ai ni envie ni besoin de ton argent, Chase. C'est juste toi que je veux, dis-je en saisissant ses épaules pour exprimer au mieux ce qui est si difficile à dire.

— C'est sidérant…, rit-il avant que ses lèvres ne viennent dérober les miennes.

Son baiser est sauvage, possessif, puissant. Je m'ouvre à lui dans un hoquet, et il en profite pour introduire sa langue impétueuse dans ma bouche. Il a un goût de chewing-gum à la cannelle, ce qui a le pouvoir de me faire atrocement picoter les papilles tandis que sa langue vicieuse joue avec la mienne. Ce feu si familier qui brûle entre nous s'embrase aussitôt. La main qui est posée sur ma hanche descend alors sur mes fesses pour les caresser, et sa bouche se fait plus dévorante. C'est à la fois trop et pas assez. Dans un frisson, je sens un poids lourd se nicher entre mes cuisses. Mon sexe s'humidifie instantanément, prêt à s'unir à sa moitié. Sa proximité et son contact me font brûler de désir, et le fait de l'avoir si près sans qu'il soit en moi en est physiquement douloureux.

— Je veux…, dis-je dans un chuchotement qu'il engloutit.

— Tu l'auras.

Puis il me soulève, mes jambes se nouant autour de sa taille tandis qu'il presse son sexe dur comme la pierre entre mes cuisses. Nous sommes en plein milieu du couloir, juste devant mon appartement. J'entends les gloussements de mes meilleures amies, derrière la porte fine comme du papier de verre.

— Arrête, Chase. On ne peut pas faire ça…, parviens-je à articuler entre deux baisers enivrants.

Sa main empoigne plus fort mes fesses, et il me porte un peu plus loin dans le couloir, en direction des escaliers.

— On peut, et on ne va pas se gêner. Je ne te laisserai plus jamais m'échapper.

Il parle d'une voix enragée, mais je sais qu'il ne l'est pas. Il est tout simplement aussi excité que moi par ce désir indéniable qui s'est emparé de nous au pire des moments.

— Chase…, dis-je dans un avertissement, mais c'est trop tard.

Il a déjà réussi à ouvrir son pantalon et à sortir son sexe épais et lourd, se dressant devant moi, prêt à me satisfaire. La vue de sa queue rose foncé fièrement brandie entre mes cuisses, si proche et pourtant pas assez, me donne l'eau à la bouche. J'ai envie d'avoir son goût musqué unique sur ma langue, sur mes lèvres, dans ma bouche.

— J'ai besoin de toi, putain, lui susurré-je en l'observant à travers un voile de désir.

— J'adore quand tu me supplies comme ça, hoquette-t-il alors en remontant ma jupe à la taille.

Puis, sans attendre, il écarte la bande de dentelle qui me recouvre le sexe et me pénètre en un coup de reins puissant. Ses lèvres viennent s'écraser sur les miennes pour étouffer mon cri. Je suis incapable de me contrôler avec lui ; cet homme a le pouvoir de faire ressortir mon côté sauvage, c'est plus fort que moi. Je libère ma bouche pour tenter de reprendre mon souffle tandis qu'il se retire avant de m'empaler à nouveau.

— Bébé, dis-je en hoquetant entre ces murs de ciment sur lesquels mon souffle résonne, les yeux braqués sur l'escalier en colimaçon, au-dessus de nous, même si je ne le vois pas.

Chase enfonce les doigts dans ma chair, sur mes hanches, assez fort pour me titiller mais pas assez pour me faire mal.

— Je n'en peux plus d'attendre que tu sois ma femme, bébé. Je veux que le monde entier sache que tu es à moi.

Ses paroles sont brutes, âpres. Il sait que la possessivité est tout ce que je ne veux plus, et si je n'étais pas certaine qu'il sera à moi lui aussi, j'aurais pris mes jambes à mon cou depuis longtemps. Mais l'idée que je posséderai bientôt Chase Davis, son corps, son esprit et son âme me rend dingue. Et son épaisse verge qui me martèle, encore et encore, de plus en plus vite, propage des frissons de plaisir à travers chaque parcelle de mon corps.

Je suis déjà à lui. Et je le lui dis. Mes mots l'excitent davantage, et il se fait plus fougueux dans ses va-et-vient. Son bassin écrase mon clito dans un délicieux coup de boutoir qui me fait définitivement sombrer dans un merveilleux abysse. Des points de lumière se mettent à danser derrière mes paupières closes tandis qu'il continue à marteler mon sexe pour mieux prolonger mon orgasme. Chase me rejoint, étouffant ses gémissements dans le creux de mon cou. Il se met à me mordiller la peau tandis que son essence se répand en moi.

— Tu sais que tu vas causer ma perte, toi…, marmonne-t-il.

Du bout des lèvres, il parsème mon cou de tendres baisers,

remonte à mon oreille et s'engouffre dans mes cheveux. Ses lèvres recouvrent chaque centimètre carré de mon visage jusqu'à ce que je me décide à ouvrir les yeux. Alors, il les pose sur les miennes pour un nouveau baiser enfiévré.

— Je t'aime. (Son regard bleu océan s'adoucit sous une vague de bonheur.) Mais j'ai besoin de plus d'un mois, Chase.

Il se raidit et secoue la tête.

— Kat a prévu de dessiner entièrement ma robe. Elle va paniquer si je lui dis qu'il me la faut pour dans un mois…

— J'appellerai personnellement Vera Wang ou Gabana. Ma cousine Chloe peut te concevoir la robe parfaite, au pire. Tu l'auras dans un mois, c'est promis, dit-il en se retirant.

Ma petite culotte se remet aussitôt en place, évitant ainsi à sa semence de couler le long de ma jambe.

J'insiste en prenant soin de choisir mes mots :

— Tu as dit que je pourrais avoir tout ce que je veux. Et ce que je veux, c'est porter une robe conçue par ma meilleure amie, le jour de mon mariage.

Mon ton est calme mais ferme.

— On verra, lance-t-il en plissant les yeux.

Puis il réajuste ma jupe, et nous rebroussons chemin. Quelques instants plus tard, Chase me fait réapparaître dans mon appartement, face à trois femmes choquées et légèrement pompettes.

— *¿Que pasa ?* nous interroge Maria.

Chase décide de l'ignorer et se tourne vers Kat qui, visiblement intimidée, s'enfonce dans sa chaise.

— Combien de temps il te faut pour créer la robe de mariée de Gillian ?

Kat m'examine longuement du regard. Je suis certaine qu'elles ont compris ce qu'il venait de se passer, vu les lèvres toutes gonflées que je dois arborer. Je baisse les yeux et découvre que ma jupe est de travers. Alors, avec un grand sourire, Kat relève la tête vers Chase.

— Je ne sais pas trop, mais je peux te promettre qu'elle sera prête dans un an.

Chase soupire, ce qui ne ressemble pas au parfait gentleman qu'il est habituellement.

— Et si je la veux dans un mois ?

Les yeux et la bouche de Kat s'ouvrent en grand.

— Hem… Eh bien, disons que ça fait plutôt court, comme délai.

— De combien de temps tu as besoin, exactement ? insiste-t-il, sa mâchoire tressautant de nouveau.

— Tout dépend de ma charge de travail au théâtre…

— Je vais te trouver une assistante pour te soulager un peu, histoire que tu puisses te focaliser un maximum, si ce n'est entièrement, sur Gillian.

— Tu ne peux pas faire ça…, commencé-je à riposter, mais il me presse la main et poursuit sans me laisser terminer – le maniaque de contrôle est de retour.

— Je fais partie du bureau du San Francisco Theatre.

Quoi ? Quand comptait-il partager une telle info, au juste ? Vu l'air ahuri de Maria, j'en déduis qu'elle n'était pas au courant non plus. Chase continue sans se laisser décourager :

— Je peux, et je ferai tout le nécessaire pour que tu deviennes ma femme au plus vite.

Sa voix est sèche et implacable.

— Kathleen, j'aimerais connaître ton délai, maintenant.

Elle a l'air choquée mais déterminée.

— On va dire entre six et huit semaines, si j'arrive à avoir le tissu que je veux et qu'il rentre dans le budget.

— L'argent n'est pas un problème. Je vire 50 000 dollars sur ton compte dans l'heure. Si tu arrives à ne pas dépasser les six semaines, tu auras droit à un bonus de 25 000 dollars.

— Putain ! Tu ne plaisantais pas, dis donc ! s'exclame Kat en se tournant vers moi.

J'esquisse un sourire faiblard, détestant l'idée que Chase achète ainsi mes meilleures amies. Mais je sais qu'il est comme ça. Au moins ses intentions sont-elles bonnes. Tout le monde sait que l'enfer est pavé de bonnes intentions…

Il attend patiemment que Kat réfléchisse à son offre.

— Marché conclu, mon pote.

Puis ils se serrent la main pour sceller l'entente, ce que je trouve tout aussi ridicule qu'inutile.

— Maintenant que cette histoire est réglée…, déclare Chase en tournant son sourire étincelant vers moi – son sourire est tellement craquant qu'il pourrait illuminer la plus morne des journées. Tu seras à moi, Mme Davis, dans six semaines. J'ai hâte.

Puis il m'attire vers lui.

Son enthousiasme est contagieux. Derrière nous, les filles se mettent à siffler tandis qu'il me serre contre lui pour me gratifier d'un baiser torride. Je me rends compte que ça frôle l'indécence lorsque sa main m'agrippe les fesses et qu'il se met à frotter son érection contre mon ventre.

Maria passe en coup de vent à côté de nous pour revenir avec un verre. Elle le remplit à moitié et le tend à Chase, qui le saisit en la remerciant.

— Aux futurs mariés ! s'enflamme-t-elle. *¡Salud !*

2

Gillian

Chase a daigné me laisser rester à l'appartement quand je lui ai dit qu'il me faudrait des semaines avant d'emménager avec lui dans le penthouse, s'il ne me laissait pas finir mes cartons. Même si j'aurais peut-être mieux fait de m'échapper avec lui dans notre gratte-ciel… Une fois Chase parti, les filles n'ont pas arrêté de me harceler de questions, avec leur lourdeur habituelle. Kat n'en revenait pas de sa toute nouvelle fortune, mais elle était également terrorisée à l'idée de ne pas satisfaire son bienfaiteur, avec une telle somme et un tel délai sur les bras. Six semaines pour concevoir une robe de qualité était un vrai challenge, mais je lui ai assuré que je n'avais pas besoin d'une robe de gala : je voulais simplement me sentir belle et à l'aise pour le jour le plus important de ma vie. Elle s'est immédiatement lancée sur des esquisses pendant que nous terminions de faire les cartons. En plus d'être une couturière hors pair, Kat est une créatrice de génie.

— Tu veux un corset, avec la robe qui éclate à partir de la taille, comme les robes de princesse ? me demande-t-elle.

Je suis en train de ranger les photos encadrées de Maria et moi, prises durant notre *road-trip* californien, il y a des années de cela. Nous étions parties pour trouver nos âmes sœurs, mais nous avions très vite baissé d'un cran nos exigences en concédant que tant que nous bénéficiions de l'amour de nos amis et que nous croyions en nous, nous surmonterions tout ce que la vie nous jetterait à la figure.

— Je ne sais pas trop… Quelque chose de moulant en haut, oui, mais dos nu. Chase adore les dos nus.

Elle opine du chef tandis qu'une vision de dentelle blanche s'empare de mon esprit.

— J'ai envie d'être sexy et élégante à la fois. Je ne veux pas de quelque chose qui fasse ressortir mes seins, tu vois le genre ?

Kat relève les genoux pour s'asseoir en tailleur sur le canapé et pose son carnet de croquis sur sa jambe.

— J'ai une idée. Et si nous faisions les bras tout en dentelle, pour descendre en V dans ton dos ?

Elle dessine un dos festonné formant un long triangle jusqu'en haut des fesses.

— On pourrait relier les épaules par un tout petit fil de diamants… Il faudra que j'inclue un soutien-gorge à l'avant, par contre.

Je hoche la tête, réalisant seulement maintenant que c'est sérieux : je vais me marier.

— J'aime beaucoup cette idée, oui.

— Et si tu portes un chignon, ça mettra ton dos en valeur, s'emballe-t-elle en se mettant à dessiner l'avant de ma robe.

Je me mordille la lèvre et plisse le nez. Ses yeux caramel scintillent, jusqu'à ce qu'elle devine mon malaise, dans mon regard.

— Qu'est-ce qu'il y a ? demande-t-elle tout en interrompant son geste et en haussant un sourcil qui, à l'instar de Maria, est péniblement impeccable.

— C'est juste que Chase aime me voir les cheveux détachés, dis-je avec un haussement d'épaules. Tout le temps. (J'ai conscience d'être rouge comme une tomate, et pour la millième fois, j'en veux à mes parents de m'avoir affublée de ces satanées origines irlandaises.) Il me les détache toujours, quand il m'embrasse.

Kat esquisse un sourire espiègle.

— Bon, et si on coupait la poire en deux ? On peut t'en relever une partie et laisser retomber l'autre sur le côté ? Comme ça, ton dos est mis en valeur, et ton homme des cavernes peut te tripoter les cheveux à sa guise ! glousse-t-elle avant de se remettre au travail.

— C'est parfait ! m'écrié-je en plaquant les mains de bonheur sur ma poitrine.

Même si nous devons faire vite, ce sera le plus beau jour de ma vie, c'est certain. Le jour où j'accepterai d'être madame Chase Davis, pour le restant de mon existence. Il sera officiellement mon passé, mon présent et mon avenir. Exactement comme mes sœurs d'âme ici présentes.

Kat continue vaillamment à brosser des esquisses à la vitesse de la lumière. Pour ma part, je ne dépasse pas le stade des bonshommes en bâtons… Ses doigts agiles dansent au-dessus du papier, retouchant ici et là. Elle dessine une forme de cœur à l'avant du corset puis ajoute une fine couche de dentelle par-dessus les courbes que j'imagine représenter mes seins, et qui porte le même feston que le dos en V. Plus je regarde son croquis et plus je me rends compte que Kat est vraiment douée. Si seulement elle pouvait un peu plus croire en ses capacités…

À cet instant, je me promets de profiter de cette toute nouvelle célébrité pour en tirer quelque chose de positif. J'ai déjà une petite idée, et je note dans un coin de ma tête qu'il va falloir que j'en discute avec Chase. Sa cousine, Chloe, est une jeune créatrice en vogue que Kat admire. Si je parvenais à la faire venir chez Kat un de ces jours pour lui montrer ses croquis, elle pourrait lui donner le coup de pied aux fesses dont elle a besoin pour se lancer. Et avec la somme d'argent qu'elle vient de décrocher et un client haut de gamme tel que Chase, elle n'a aucune limite à se fixer.

— Alors, tu aimes ? se réjouit Kat en me voyant m'asseoir

sur l'accoudoir du canapé, un grand sourire aux lèvres en songeant à mon plan d'attaque.

Quand je pose les yeux sur son dessin, mes poumons semblent se vider d'un coup. Mon cœur s'est peut-être bien arrêté, parce que je suis incapable de faire le moindre mouvement. Je n'ai jamais rien vu d'aussi enchanteur… C'est un véritable rêve, une vision de dentelle et de paillettes. Même s'il ne s'agit que d'un crayonné, son dessin est à couper le souffle.

— C'est tout ce que j'aurais pu espérer, Kat…, dis-je dans un murmure, la voix nouée par l'émotion, les larmes ruisselant sur mes joues.

— Oh, ne pleure pas, ma chérie ! souffle-t-elle en me prenant contre elle. C'est un heureux événement, d'accord ? Ne pleure pas…

Son sourire est adorable, et chargé de sincérité. Je prends son carnet et le serre contre ma poitrine, complètement indifférente à l'idée de mettre du crayon sur mon petit haut blanc.

— Mon Dieu, je vais me marier ! m'exclamé-je entre deux sanglots de bonheur.

Mes trois meilleures amies m'enlacent, et je montre à Bree et Maria le merveilleux croquis de Kat. Elles ne perdent évidemment pas de temps pour commenter leurs parties préférées. C'est dans ce genre de moments que je sais de source sûre que j'aimerai ces trois femmes pour le restant de mon existence. Elles seront toujours une source constante d'amour et de soutien suprêmes, pour moi. C'est officiel… je suis la femme la plus chanceuse de l'univers.

— Je vous aime tellement, les filles ! dis-je tandis qu'elles m'écrasent de tout leur poids.

— Nous, on t'aime encore plus.

Puis elles éclatent de rire, répétant les paroles que je leur dis tout le temps, et mon cœur menace d'exploser.

X

Je crois rêver... Je tends l'oreille pour me concentrer sur sa voix. Sa voix à elle seulement. Gillian. Elle est en train de pleurer. Je me redresse, pris d'un frisson de plaisir à l'idée que cet enfoiré de milliardaire l'ait enfin plaquée. Mais non. Sa voix se met brusquement à résonner au-dessus des autres tandis que mon amour et ces trois garces se pâment devant quelque chose qui est vraisemblablement lié à son mariage. Sauf que ce qu'elles ne savent pas, c'est qu'il n'y aura pas de mariage. Elles peuvent compter sur moi pour ça. Ce fils de pute a avancé la date, sûrement par peur de ce que je pourrais faire d'ici là. Il va simplement me falloir œuvrer plus vite.

Il reste un problème de taille, quand même : les autres filles. Ces quatre-là sont inséparables, et je veux que le bonheur de Gillian ne puisse dépendre que de moi. Si elle a besoin de quelque chose, ce sera moi qui le lui donnerai. Oui, il va falloir que je m'occupe de ces filles très vite. J'ai déjà une idée de la manière dont je les arracherai à sa vie, une par une, comme les pétales fanés d'une pâquerette desséchée. Kathleen et Maria seront les plus coriaces, vu qu'elles sont chacune affublées d'un petit ami, désormais, et que Maria sort avec ce porc. Un sourire étire mon visage lorsque j'aperçois mon reflet dans le miroir.

Je coupe le micro du système d'enregistrement que j'ai installé dans son appartement il y a quelques semaines de cela. Ce sac à fric n'a engagé un garde du corps pour sa belle que tout récemment. Par chance, j'avais déjà de l'avance sur lui. Entrer chez elle avait été un jeu d'enfant. Il m'avait suffi de faire dupliquer le double de sa clef qu'elle gardait au-dessus de sa bibliothèque et de la reposer sagement avant que qui que ce soit ne se rende compte de sa disparition. J'ai passé un temps monstre dans son appartement dernièrement, je dois avouer. Je ne suis pas quelqu'un de faible, en général. Ce sentiment a le pouvoir de me donner la nausée, mais je ne pouvais pas faire autrement. J'avais besoin d'être près d'elle. D'être entouré de ses affaires, de sentir son parfum, de m'allonger sur son lit… J'étais en paix, dans ces moments-là. La fureur qui bout dans mes veines ne refroidit que lorsque sa présence m'enveloppe comme avant. Elle a toujours eu ce pouvoir sur moi. Elle me calme, me permet de dompter la bête qui sommeille en moi. Fréquenter la salle de sport à outrance m'aide certes à dépenser mon énergie, mais ça ne suffit malheureusement pas à apaiser mon esprit. J'ai besoin d'elle à mes côtés. Le fait de savoir qu'elle sera mienne pour la vie est la seule chose qui saura me combler.

Je récupère les câbles nécessaires à mon œuvre et les connecte délicatement au côté gras du cylindre. Puis je les tords doucement afin de m'assurer que le verre et le métal sont bien en contact. J'examine ce dernier ajout à mon plan avec une certaine fierté, je dois dire. La seule chose qu'il me reste à décider, c'est qui faire exploser en premier. J'aimerais tellement balayer de cette terre cet enfoiré de Davis… Voir ses membres voler dans les airs, au milieu de ses joujoux hors de prix, comme sa Porsche ou son Aston Martin, serait doublement satisfaisant. Tuer dans le même coup Jack Porter, l'ancien militaire, serait une punition méritée, pour m'avoir volé ma princesse.

Il m'est impossible de réprimer le sourire qui étire mes lèvres, comme il m'est impossible de refouler le souvenir de mon sexe pénétrant Gillian, encore et encore. Elle n'ouvrait jamais les yeux quand nous faisions l'amour – elle était probablement trop submergée par l'émotion. À l'époque, j'adorais regarder son visage se tordre de plaisir, une fois que j'avais joui. Nous utilisions toujours des capotes, mais ça changera quand je l'aurai récupérée. La première chose que je compte faire, c'est la faire s'allonger et la remplir de mon sperme. Même si je dois employer la force pour cela, cette garce sera à nouveau mienne. Ses amis, la nouvelle armoire à glace qui lui sert de garde du corps ou cet enfoiré de milliardaire ne pourront rien faire pour m'empêcher de récupérer ce qui est à moi.

Un nom surgit soudain dans mon subconscient, comme une chanson qui nous revient brusquement alors que cela fait des lustres qu'elle nous ronge. Oui, c'est parfait... Le seul enfoiré auprès de qui elle se réfugie toujours. Au début, j'avais pensé qu'il était gay. Après tout, il fréquentait la plus belle femme du monde sans jamais poser la main sur elle. Puis j'avais découvert qu'il l'avait déjà fait. Il avait été son premier. J'ai su dès la première seconde où je l'ai rencontré qu'il était amoureux d'elle. Une fois sa petite femme morte et enterrée, il était passé à la gamme du dessus et s'était servi de sa peste de gamine pour gagner la confiance et le cœur de ma femme. C'est terminé, tout ça. Il est temps pour moi de me débarrasser de ce pauvre type pour de bon. Je parierais même que sa disparition les forcera à repousser ce foutu mariage, ce qui me donnera plus de temps encore pour achever mon plan. Gillian sera à moi, et rien qu'à moi.

Ces trois garces, ces gardes du corps et cet enfoiré de milliardaire doivent tous disparaître.

Mais d'abord, je vais m'occuper de rendre cette petite fille orpheline. Elle pourra me remercier de l'avoir débarrassée d'un père pareil. Un homme qui convoite une femme en se servant de son enfant comme appât, c'est révoltant. Je vais lui rendre un service, oui. Lui offrir la possibilité d'une nouvelle vie.

Pour ma part, devenir orphelin est la meilleure chose qui me soit jamais arrivée. Après avoir tabassé à mort mon alcoolique de père et étranglé ma mère, réduire la maison en cendres n'avait été qu'un jeu d'enfant. Ce qui avait fait de moi un pauvre ado de quatorze ans traumatisé, qui s'en était sorti on ne savait même pas comment… C'était en tout cas ce que la police pensait. Puis je m'étais trouvé un nouveau nom, avec des vrais parents, cette fois – c'est-à-dire des gens qui ne me voyaient pas comme un sac de frappe.

Oui, je vengerai cette petite fille et sa pauvre mère regrettée. À peine enterrée que son enflure de veuf s'était ruée sur un autre petit cul. Et il faut dire que celui de Gillian est plutôt parfait. Une peau blanche, laiteuse, sans le moindre défaut. Mes souvenirs ne me suffisent plus ; j'ai besoin de davantage. Mais je vais devoir faire preuve de patience, et surtout attendre le bon moment pour assouvir ma vengeance. Elle n'a pas d'autre famille, en dehors d'un père qui l'a abandonnée il y a longtemps déjà. Me débarrasser du reste de sa soi-disant « famille » sera tellement jouissif… J'en ai des frissons de plaisir.

Ma queue durcit à m'en faire mal. Je glisse la main sur la bosse et presse mon jean. Une montée d'adrénaline mêlée de désir s'insinue en moi tel un serpent en pleine chasse. Je serre les dents et dégage ma main, écœuré par mon manque de volonté. Non, je ne me branlerai pas. Pas avant d'être avec elle, ou au moins chez elle, entouré de son odeur. C'est la seule occasion où je m'autorise un moment de répit et où je libère toute la haine et la frustration qui me rongent à l'idée de ne plus l'avoir avec moi.

Mais désormais, il est temps de se concentrer sur la suite. Je lâche un grand éclat de rire dans la pièce silencieuse. Le bruit résonne sur les murs de ciment où toutes ces sublimes photos me contemplent. Gillian en train de marcher dans la rue, en pleine séance de yoga, à la salle de sport, au restaurant avec Davis. J'ai découpé sa tête et mis la mienne à la place. Ça va faire tellement de bien de le rayer de la carte... Mais au lieu de le faire sauter, j'ai envie de le torturer comme il est en train de le faire avec moi. Me tenir à distance de ma propriété, de ma possession, de ma femme, toutes ces violations méritent une bien plus longue souffrance qu'un simple « boum », vous n'êtes pas d'accord ?

Son meilleur ami. Son premier coup… il y a quelque chose de poétique à le faire sauter en premier. Comme reprendre au tout début, là où tout a commencé. Le cylindre de métal me glace la main tandis que je contemple sa beauté. Lisse, lignes pures, et ultra-résistant. C'en est presque trop facile.

Bye-bye, Phillip.

***

Gillian

— Salut, toi, souffle Phillip en me serrant dans ses bras. Qu'est-ce que tu fais là ?

Ses yeux couleur chocolat, qui semblent briller quand ils se posent sur moi, cherchent à lire mon expression. Ses cheveux fins commencent à légèrement boucler au niveau des oreilles. Il aurait besoin d'une bonne coupe.

— Je me suis dit qu'une petite pause ne te ferait pas de mal. J'en ai besoin, personnellement, dis-je en souriant avant de lui presser gentiment la main.

— Tu veux aller où ?

Il enfile sa veste puis rassemble les papiers sur lesquels il était en train de bûcher.

Je lève les yeux au ciel et soupire.

— J'aimerais te répondre *Del Sol*, mais j'ai pour ordre strict de rester à l'intérieur. Enfin, dans la zone de Davis Industries, quoi.

Phillip fronce les sourcils avant de saluer Austin, mon garde du corps, par-dessus mon épaule. Pour le coup, je n'aurais pas pu rêver meilleure protection, même si je n'ai jamais exprimé le désir d'en avoir. Le fait que Chase s'imagine que j'en ai besoin, et que plusieurs événements lui aient donné raison, m'agace au plus haut point. Austin fait un pas de côté afin de balayer la pièce des yeux. C'est un vrai gentleman – de la carrure d'un joueur de rugby et qui a tout l'air d'un Rambo moderne. Son accent typique du Sud et son maniérisme sont terriblement attachants. Il fait de son mieux pour se tenir en dehors de mon chemin et ne se met en avant que lorsque nous sommes dehors, que nous entrons dans une voiture ou partons quelque part avec Chase. Mais quand mon homme est avec moi, Austin fait en sorte de nous donner un maximum d'intimité tout en restant focalisé sur son job. Si Chase n'était pas lui-même affublé de son propre garde du corps, Jack, j'avoue que j'aurais beaucoup moins facilement accepté le fait d'être talonnée ainsi. Mais avec l'annonce de nos fiançailles et cette histoire de harceleur qui prend des proportions de plus en plus sérieuses, je me sens davantage en sécurité, avec Austin à mes côtés. Bien sûr, je n'admettrais jamais une chose pareille devant Chase. Mon homme est assez prétentieux comme ça – aucune envie d'enfler son ego, même si je vois difficilement comment il pourrait être plus gros.

— Attends, tu es sérieuse ? Tu n'as pas le droit de sortir ? s'offusque Phillip en me guidant vers les ascenseurs, faisant fi de la présence de mon garde du corps. Austin, j'emmène Gillian déjeuner au *Del Sol*.

— Désolé, monsieur Parks. Mademoiselle Callahan n'a pas le droit de quitter l'immeuble, sauf sous l'escorte de M. Davis lui-même.

Au moins Austin a-t-il la courtoisie de paraître peiné. Il n'aime pas me donner des ordres, et pire encore, il ne supporte pas de me courir après quand je refuse d'obéir aux règles. Mais cela reste son travail, et je n'ai aucune envie qu'il le perde, pour le moment.

— Mais c'est de la folie ! grimace Phillip, perplexe. Elle n'est pas en prison, non plus !

Austin se contente de hausser les épaules et se cale dans un coin de l'ascenseur afin de nous donner un maximum d'espace. Phillip entre à son tour en soupirant.

— Ton mec a vraiment des gros problèmes, rumine-t-il tandis que j'appuie sur le bouton qui nous mènera à la cafétéria – on y mange plutôt bien, mais cela fait des semaines que j'ai l'impression d'avaler la même chose, et je dois avouer que je commence à faire une overdose.

— Si je peux me permettre, monsieur, M. Davis n'agit ainsi que pour la sécurité de sa fiancée. Nous devons faire preuve d'encore plus de vigilance, avec les récents événements, et cela est beaucoup plus simple pour nous tous si mademoiselle Callahan reste là où nous pouvons garder un œil sur elle.

Cette conversation est atrocement dégradante. Je ne suis plus une enfant, et je n'ai aucune envie que ma vie ressemble à cela, désormais. Les portes de l'ascenseur s'ouvrent, et nous sortons à la queue leu leu. Comme chaque jour, Austin s'élance devant nous afin de sécuriser le périmètre. Avant que les portes ne se referment, j'agrippe Phillip par le bras, le tire en arrière et appuie sur le bouton *Accueil*. La cabine se ferme sur un pauvre Austin qui accourt vers nous en hurlant « Non ! ».

Phillip éclate de rire tandis que je tente pour ma part de reprendre mon souffle, gloussant comme une ado qui viendrait de se faire la malle de chez elle.

— Tu es dingue. Tu sais pertinemment que tu aurais pu tout simplement lui dire qu'on y allait. Il n'aurait rien pu faire pour nous en empêcher.

L'excitation titille chacune de mes terminaisons nerveuses. Parfois, c'est juste drôle de ne pas obéir aux règles.

— Oui, je sais. J'ai juste suivi mon instinct.

Nos regards se croisent, et nous éclatons de rire à la même seconde. C'est totalement ridicule de se dire que je ne peux aller nulle part à cause d'un vulgaire admirateur, tout de même ! Et puis, j'ai Phil avec moi. Rien ne peut arriver, tant qu'il est là. Il passe un bras sur mes épaules à l'instant où la cabine s'ouvre.

— Allez, c'est moi qui t'invite ! lance-t-il, un grand sourire étirant son doux visage.

Nous avons à peine le temps de faire trois pas que je me fige sur place en découvrant Chase devant nous. Il est terriblement sexy, dans son costume gris clair, sa petite chemise blanche et sa cravate rouge. Mes yeux le balaient en partant de ses chaussures vernies impeccables jusqu'à ces cuisses musclées que j'adore particulièrement quand elles me plaquent contre un mur. Je poursuis ma caresse visuelle, posant les yeux sur la terre promise. Le tissu luxueux de son pantalon dissimule à peine la bosse qui s'y cache. Je poursuis mon chemin, savoure sa taille svelte, me revoyant faire courir mes ongles sur les arêtes parfaitement dessinées de ses abdominaux. Puis je passe à ce torse large et délicieusement sculpté. Enfin, mon regard se pose sur ces yeux bleus abyssaux. Des yeux si bleus que l'on dirait les eaux océaniques de Cancún. Sauf qu'à cet instant, ces eaux sont clairement glaciales.

— Ça va, on ne s'en fait pas ? aboie-t-il en avançant vers nous.

Phillip s'agrippe à mon épaule en affichant un sourire confiant.

— Alors, princesse, on cherche à fuir le château ?

Rrrr… Je déteste ce mot. Je n'ai jamais supporté que l'on m'appelle comme ça, et je n'ai plus jamais envie de l'entendre m'appeler ainsi. Jamais.

— Tu n'as pas à répondre à ça, rétorque Phillip d'une voix chargée de frustration.

— Bien sûr que si, étant donné que dès l'instant où elle quitte ce bâtiment, intervient Chase en désignant le mur vitré derrière nous et sa large porte tambour, elle met sa vie en danger.

Phillip lève les yeux au ciel.

— C'est bon, je peux gérer un paparazzi ou deux, commence-t-il, mais Chase le coupe en s'approchant dangereusement de lui, ne laissant que quelques millimètres entre leurs visages.

Je vois mon meilleur ami se hérisser sous cette soudaine proximité. L'atmosphère se fait brusquement lourde.

Chase parle d'une voix calme, mais les muscles tendus de son cou trahissent sa colère.

— Ce ne sont pas ces putains de paparazzis qui me posent problème. C'est cette espèce de taré qui lui envoie des menaces de mort, des jouets sexuels écœurants recouverts de sa semence et des roses mortes. Voilà ce qui m'inquiète.

Devant son regard grave, mon ventre me donne l'impression d'être pris en pleine tempête.

Alors Phillip s'écarte, perplexe, tandis que Chase m'attire vers lui d'un bras protecteur.

— De quoi il parle, Gigi ?

Je me blottis contre Chase, mais il me prive aussitôt de la chaleur rassurante de ses muscles pour me regarder droit dans les yeux.

— Tu n'as pas songé à lui dire pourquoi j'avais engagé un garde du corps ?! aboie-t-il, clairement frustré.

— Non, pas vraiment… Je lui ai parlé des roses et des SMS, mais… Nous n'avons pas eu l'occasion de…

Les mots meurent sur mes lèvres lorsque je vois l'expression de Phillip s'armer de colère.

— Il est hors de question que ce genre de situation ait à nouveau lieu, tu entends ? Quand Austin m'a appelé, tu n'imagines même pas ce qui m'est passé par la tête ! gronde-t-il, et je me fais toute petite.

En parlant de Rambo, où est-il passé, celui-là ? Il devrait déjà être ici. Je balaie les environs des yeux et le découvre à l'écart, le long du mur. Il a les poings serrés, la mâchoire contractée et les yeux plus noirs que je ne les ai jamais vus. Il m'a toujours regardée comme si j'étais quelqu'un de bien. Mais à l'heure actuelle, je ne peux pas lui reprocher son air mauvais. Je baisse les yeux, honteuse, réalisant brusquement que mon comportement puéril a vraiment blessé quelqu'un. Il faudra que je supplie Chase de ne pas le virer pour m'avoir perdue de vue. Une fois de plus.

— Qu'est-ce qui se passe, Gigi ? Il y a un type qui te

harcèle, et tu ne trouvais pas ça assez grave pour m'en parler ? s'écrie Phillip en me fouillant du regard.

Je devine à la façon dont ses yeux s'adoucissent et prennent une teinte plus claire qu'il est bouleversé.

Je marmonne en haussant les épaules :

— Franchement, ça ne me paraissait pas si important... Et techniquement, je t'ai parlé des fleurs bizarres que j'avais reçues... On ne sait rien sur lui ! Ça pourrait être un ancien voisin qui avait le béguin pour moi, pour ce que j'en sais !

— Tu aurais dû me dire que ça n'était pas un simple admirateur. Je n'aurais jamais proposé qu'on déjeune à l'extérieur, et je ne t'aurais jamais laissée semer ton garde du corps, si j'avais su qu'une espèce de taré te collait aux basques ! Je suis vraiment désolé, Chase, dit Phillip en lui tendant la main.

Chase la serre en hochant fermement la tête. C'est comme s'ils enterraient la hache de guerre par le biais d'une espèce de télépathie typiquement masculine.

Chase n'a jamais été le plus grand fan de Phillip. Au début, il est même fort probable qu'il se soit senti menacé par notre relation, mais ce n'est plus le cas aujourd'hui. Depuis que Phillip fréquente Bree, les sentiments de Chase à son égard se muent peu à peu en ce qui ressemble à de l'amitié. Tout du moins, je dirais qu'ils s'entendent bien. Mais je nourris l'espoir que cela soit plus fort entre eux. Ce sont les deux hommes les plus importants de ma vie, et je ne sais pas ce que je ferais si je ne les avais ni l'un ni l'autre. Il est indispensable qu'ils aient une relation saine.

— Ce n'est pas grave. Tu es au courant, maintenant. Tant que nous n'avons pas plus d'infos sur ce type, je ne veux pas qu'Austin la lâche d'une semelle. (Phillip confirme d'un hochement de tête.) Austin vous accompagnera donc au restaurant, et vous prendrez l'une de mes voitures, déclare alors Chase d'un ton ferme et implacable.

— Nous comptions y aller à pied...

Mais Phillip ne va pas plus loin, stoppé net par le regard noir que lui adresse Chase.

— C'est plus sûr de prendre l'une de mes voitures. Jake vous conduira là-bas et vous ramènera.

— Et moi, je n'ai pas mon mot à dire, peut-être ?

J'en ai plus qu'assez de regarder tous ces hommes se disputer le contrôle de ma vie sans chercher une seule seconde à savoir ce que je ressens, ou ce dont je pourrais avoir envie.

— Phillip, tu veux bien aller attendre Gillian dans la voiture ? J'aimerais avoir un mot avec ma fiancée.

J'implore Phil du regard pour qu'il ne m'abandonne pas, mais il esquisse un rictus mauvais en secouant la tête, me laissant clairement comprendre qu'il ne faudra pas compter sur lui, cette fois. Je le regarde quitter le bâtiment et, alors que je m'apprêtais à riposter, les mains de Chase m'enveloppent les joues et ses lèvres s'approchent des miennes.

Une chaleur, un paradis humide et délicieux envahissent chacun de mes pores à l'instant où Chase m'embrasse. Ses doigts s'insinuent dans mes cheveux tandis qu'il tire ma tête en arrière, me dévorant entièrement. Son baiser est indécent et érotique. J'entends vaguement le bruit des talons qui claquent sur le sol de marbre autour de nous, et le tintement répété de l'ascenseur annonçant l'arrivée de la cabine à notre niveau. Je glisse les mains sous la veste de Chase et fais courir mes ongles le long de son dos musculeux tandis qu'il plonge sa langue goulûment dans ma bouche.

Au bout de longues minutes, il finit par s'écarter. Je pourchasse sa bouche et plante les dents dans sa lèvre inférieure pour obtenir un dernier morceau de chair avant qu'il ne soit trop tard. Chase lâche un grognement et empoigne mes fesses tout en se frottant à moi. Je sens très nettement la protubérance qui s'est formée sous le tissu fin de son pantalon. Aussitôt, mon sexe se met à mouiller de désir et à pulser. Je gémis sans prêter attention à ce qu'il se passe autour de nous, et Chase recouvre mon cou de baisers.

— Ne me fais plus jamais une telle frayeur. (J'opine docilement du chef.) Promets-le-moi, dit-il en m'agrippant un peu plus fort les fesses.

Je me prélasse dans ce bassin de désir, à peine capable de garder les pieds sur terre, mais la gravité de son ton me pousse à revenir à la réalité.

— Je te le promets, dis-je dans un murmure en le serrant contre moi tout en essayant de le convaincre que je ne chercherai jamais à lui faire peur.

Il écarte alors son corps du mien et me tient devant lui, à bout de bras.

— Allez, va déjeuner avec ton copain. Et arrête de me regarder comme ça, ou je te jure que je te saute contre cette colonne.

— Tu n'oserais pas…, dis-je dans un hoquet.

— C'est chez moi, ici, et tu es ma femme. Ne me cherche pas.

Et je sais qu'il ne plaisante pas. Cet homme fait ce qu'il veut, quand il le veut, et peu de choses pourraient l'en empêcher. Ce pouvoir m'attire irrémédiablement, me tenant captive. Mais je n'ai aucune envie que l'on me libère un jour de ce qu'il est capable de me faire ressentir.

— Je suis vraiment désolée…

Sa cravate est de guingois, alors je la recoince sous sa veste. Cet homme est le sexe personnifié. Il me faut faire un effort surhumain pour ne pas me cramponner à lui comme une moule à son rocher.

Il relève mon menton pour trouver mon regard.

— Je sais. Fais attention, s'il te plaît. Envoie-moi un message quand tu es revenue, d'accord ?

— Tu seras sûrement au courant avant, entre Austin, Jack et tes autres gros bras !

Il appelle alors Austin d'un claquement de doigts. Je déteste quand il fait ça. On dirait qu'il s'adresse à un chien.

— Chase, ne fais pas ça, s'il te plaît. Tes employés ne sont ni des chiens ni des enfants…

Son regard se braque sur moi. Il inspire longuement par le nez, ses narines frémissant légèrement. Puis en expirant, son regard s'adoucit, et je fonds sur place.

— Tu as raison. Je vais essayer de faire attention, souffle-t-il en esquissant un sourire incroyablement sexy.

Je me dresse sur la pointe des pieds pour poser les lèvres sur ce sourire à tomber.

— Merci, bébé. Je t'aime.

— Moi aussi, je t'aime. Mais j'ai quand même envie que ce soit ma fiancée qui me prévienne quand elle est rentrée.

Il adore m'appeler comme ça. On dirait qu'il trouve n'importe quelle excuse pour glisser ce mot dans la conversation. L'espace d'un instant, je me demande si le fait de le dire à voix haute rend la chose plus réelle, pour lui. Austin apparaît à nos côtés, et je le regarde d'un air coupable. Cela paraît évident qu'il est furieux, mais il a bien trop de classe pour dire quoi que ce soit. Ou alors, il a peur d'exprimer ses pensées devant Chase.

— Austin. Gillian et M. Parks sortent déjeuner. Jake conduira. Ne les quittez pas une seule seconde. Et ne laissez pas ma femme vous filer à nouveau entre les doigts.

Bon, Chase aurait pu être plus dur. Ses mots sonnent comme un avertissement. Si je me volatilise une nouvelle fois, Chase le mettra à la porte, c'est certain. Chaque facette de mon être est submergée de remords. Les deux hommes se défient du regard, et je distingue très nettement toute la tension qui exsude du corps d'Austin.

— Oui, monsieur, finit-il alors par répondre.

J'embrasse rapidement Chase et Austin m'accompagne jusqu'à la voiture où Phillip nous attend patiemment. Avant d'y monter, je m'immobilise et fouille l'expression de mon garde du corps. Il fuit mon regard, c'est évident.

— Je suis désolée, je n'aurais pas dû faire ça. C'était puéril de ma part, et ça aurait pu vous coûter votre job.

Je baisse les yeux, submergée par la honte. Il pose alors la main sur mon épaule et me fait comprendre par ce geste qu'il ne m'en veut pas. Je décide d'agir comme une adulte et plante enfin mon regard dans ses yeux noisette.

— Si je peux me permettre, mam'selle, je m'en fiche, de ce travail. Votre petit numéro aurait pu vous coûter la vie. Ne refaites plus jamais ça, me supplie-t-il du regard.

— C'est promis.

Et je suis sincère.

Si je dois me résigner à ce qu'Austin soit collé à moi comme de la glue jusqu'à ce que cette histoire soit réglée, alors tant pis. De toute façon, quelque chose me dit que cet homme n'est pas près de nous quitter. Il y a très peu de chances que Chase me laisse à nouveau libre de mes faits et gestes. Il n'aime déjà pas que les paparazzis s'approchent de moi, alors un admirateur obscène et mordu de fleurs mortes…

Je me faufile dans la voiture et pose le crâne sur l'appuie-tête en soupirant.

— Ne t'imagine pas que tu vas t'en tirer comme ça, ma belle. Tu t'es mise dans de sacrés draps, c'est moi qui te le dis ! s'exclame Phillip tandis que je lève les yeux au ciel et croise les bras dans un geste défensif.

— Et allez… C'est ton tour, maintenant ?

3

Gillian

Ce déjeuner m'a épuisée. Phillip a passé toute l'heure à me rabâcher qu'il fallait que je fasse plus attention, et que je n'aurais jamais dû chercher à échapper à la surveillance d'Austin. Et le plus surprenant dans tout ça, c'est que mon meilleur ami n'en a soudain plus que pour mon fiancé ! Lorsque nous nous quittons, c'est avec un petit hochement de tête et un bref salut de la main, au lieu de notre étreinte habituelle. Toute cette histoire m'a mise d'une humeur exécrable, maintenant que j'ai eu l'après-midi pour y réfléchir. Quelle autre femme sur terre se doit-elle de gérer autant de « mâles protecteurs » qui sont là, autour d'elle, à contrôler le moindre de ses faits et gestes ? Aucune, sauf moi.

Lorsque Chase entre dans la chambre, je suis étalée sur le lit, mes chaussures jetées par terre et ma jupe en boule auprès d'elles. Je ne porte qu'un petit chemisier beige et mes sous-vêtements. Étonnamment, le plafond est la chose qui me captive le plus à cet instant, dans cette pièce, tandis que j'essaie de remettre en forme les différents événements de la journée. Mais c'est impossible. Cette journée était vraiment pourrie, et ça me désole. Je fais de mon mieux pour ignorer Chase, même si je ressens sa présence aussi distinctement qu'une brise qui me soufflerait dans les cheveux. Il va et vient dans la pièce, et je sens que son regard est posé sur moi. Techniquement, je devrais être encore agacée par son comportement de tout à l'heure, mais notre corps à corps ne m'a laissée qu'avec une sensation de chaleur lancinante entre les cuisses et les joues en feu. Au point que l'on m'a demandé deux ou trois fois aujourd'hui si j'avais trop chaud ou si je ne couvais pas quelque chose. Quand Austin s'est lui aussi mis à s'inquiéter dans l'ascenseur, à notre retour, j'ai dû vraiment prendre sur moi pour ne pas hurler que j'étais simplement excitée. Pourquoi ne me laissait-on pas tranquille, à la fin ?! La seule chose qui pouvait panser cette blessure, c'était une espèce de super-héros d'un mètre quatre-vingt-dix qui, à cet instant précis, était en train de retirer sa cravate et sa veste tout en me déshabillant du regard.

— Fatiguée ? lance-t-il d'un ton énigmatique.

— Non. J'ai chaud.

Les mots s'échappent de mes lèvres plus sous la forme d'un grognement que d'une réponse.

— Je suis d'accord.

Son rictus est insupportablement sexy. Il déboutonne alors sa chemise, un minuscule bouton blanc après l'autre, chacun de ses gestes me donnant l'eau à la bouche. Tout, en moi, est focalisé sur chaque nouvelle zone de peau que Chase découvre.

— Tu es en manque ? souffle-t-il en haussant un sourcil noir parfaitement dessiné à l'instant où le tissu blanc quitte son torse musculeux pour tomber à ses pieds.

Sa question étant tout à fait rhétorique, je choisis d'acquiescer avant de cambrer le dos pour faire courir lascivement mes mains sur mes hanches recouvertes de dentelle noire jusqu'aux boutons de mon chemisier. Chase défait sa ceinture sous mon regard avide. Le bruit du cuir qui glisse dans les boucles est presque aussi excitant que le grognement qui s'échappe de sa gorge lorsque je défais les boutons de mon chemisier, n'en laissant qu'un seul encore fermé. La soie couleur crème tombe alors de chaque côté de mon corps, exposant la peau douce de mon ventre. Chase inspire un coup sec.

— Putain, Gillian. Rien n'est plus beau que toi.

— Prouve-le, dis-je en défaisant le dernier bouton de mon chemisier, révélant un *push-up* couleur crème festonné de noir, en contraste parfait avec la petite culotte assortie.

Ce soutien-gorge est merveilleux : il fait si bien rebondir mes seins que je pourrais presque poser la langue dessus. Je croise mes jambes encore vêtues de mes bas et presse délicieusement mon sexe dans le même geste. Je pousse un gémissement et gratte du bout des ongles la soie qui recouvre mes cuisses, submergée par le désir. Chase sait parfaitement ce que je suis en train de faire.

— Oh, mais j'en ai bien l'intention. Tu t'es très mal comportée, aujourd'hui. Tu mérites une bonne punition.

Punition. Ce terme n'a jamais fait partie du vocabulaire de mon homme, et ce n'est clairement pas maintenant que j'ai envie que ça commence. C'est un mot bien trop chargé négativement. Quelque chose que l'on reçoit pour avoir fait du mal, pour avoir transgressé une règle, pour avoir commis une faute. Quelque chose de grave ou de violent. Je savais précisément ce que ce mot signifiait ; Justin me l'avait suffisamment fait lire et répéter comme un robot avant de me rouer de coups pour mes soi-disant fautes. C'était « sa punition » bien à lui.

Je bondis du lit, comme si je me retrouvais soudain catapultée dans le passé. Un souvenir détestable plante alors ses serres ensanglantées dans mon esprit.

— Tu n'es pas capable de faire quoi que ce soit de bien ? me hurle Justin au visage, la main cramponnée à ma gorge, ses doigts s'enfonçant dans ma chair.

— Je suis désolée, Justin ! Je ne voulais pas ! C'était un accident !

Les joues ruisselantes, je me dis que toutes ces larmes cristallines devraient le calmer. Qu'il y lit forcément ma

amour. Promets-moi que tu me ramèneras toujours, dis-je dans un murmure avant d'embrasser ses lèvres.

— Je le promets, souffle-t-il contre ma bouche grande ouverte alors que la tension devient ingérable.

Il se dégage et s'enfonce plus profondément en moi, m'emplissant de tout son membre. Le désir qui tournoie entre nous m'envoie des décharges à travers tout le corps.

Chase me fait l'amour d'un rythme tranquille. La plupart du temps, nous sommes tellement excités qu'il me prend sur place, où que nous soyons – que ce soit contre un mur, dans un placard, à la bibliothèque, dans notre salon. Chaque fois, c'est un vrai tsunami. Mais là, il s'agit d'une affirmation. D'une promesse qu'il me fait. Il est en train de me prouver que son amour n'a pas de limites. Je n'ai pas besoin de bague au doigt pour savoir que c'est le bon. Je le vois dans ses yeux, dans sa façon de me regarder, dans la lutte que porte son expression tandis qu'il me pénètre, encore et encore, voulant à tout prix s'assurer que je vienne avant lui. Toujours sûr de me faire hurler de plaisir – et jamais de douleur.

Je relève les jambes dans son dos et croise les chevilles pour le plaquer un peu plus contre moi. Ses mains se nichent sous mon menton, et il me fixe droit dans les yeux, ses va-et-vient toujours plus rapides, plus saccadés, plus profonds. Il se cambre, roule les hanches et s'enfonce en moi, poussant son sexe contre mon bouton de nerfs, encore et encore, jusqu'à ce que des étoiles s'emparent de ma vision. J'ai presque peur de la chute, mais il est là pour me rattraper. Comme toujours.

— Viens, bébé… Oui, jouis pour moi.

Ses lèvres dévorent alors les miennes dans un baiser humide tandis que je sombre dans l'oubli en hurlant son nom. Mes bras se cramponnent à ses fesses, cherchant à trouver un point d'ancrage sous les vagues de plaisir qui me consument les unes après les autres. Son corps répond à l'appel, et son sexe enfle en moi à tel point que je me sens à deux doigts d'éclater. Un cri silencieux s'échappe de ses lèvres, et je me retrouve envahie par sa chaleur. Les jets brûlants de sa semence parsèment mon corps de sa trace. Je suis à lui.

Lorsque je reprends mes esprits, Chase est en train de déposer des baisers sur mon visage, mon cou, mes épaules, ma poitrine… Ses lèvres sont aussi douces que celles d'un ange. À peine ai-je le temps de sentir leur contact sur ma peau qu'elles effleurent une nouvelle zone humide de mon corps. Le contact est si léger que j'en ai des frissons. Un rire s'échappe de mes lèvres sous ses chatouillements.

— C'est un rire que je viens d'entendre ?

— Oui, je crois bien, dis-je, tout sourire.

— C'était mignon.

— Mignon ? rétorqué-je en esquissant une grimace, cette fois. Les bébés, les chiots… ça, c'est mignon. Une femme nue dans laquelle ton sexe est toujours enfoncé, ce n'est pas *mignon*.

Le coin de ses lèvres se retrousse pour esquisser un sourire suffisant.

— Eh bien, moi, j'ai envie de dire que c'est mignon.

Je lève les yeux au ciel tandis qu'il plonge à nouveau sur moi pour lécher mon mamelon rosé.

— Et je trouve que tu es belle.

Il se met à suçoter la peau sensible avant de la laper lascivement, ce qui ne fait qu'accroître mon excitation. Je viens tout juste de jouir, mais j'ai encore envie de lui.

— Et tes seins sont incroyables, putain…, souffle-t-il en s'attaquant à mon autre téton.

Il tire dessus du bout des dents, envoyant des frissons dans tout mon corps. Je sens sa queue remuer en moi de nouveau. Un sourire espiègle lui barre alors le visage.

— Tu n'en as pas eu assez, le premier coup ? le taquiné-je avant de cambrer le bassin pour ajouter une dose de plaisir là où j'en ai envie.

Il ne bouge pas, laissant simplement son énorme sexe s'élargir et grandir entre les parois humides de ma chatte. Son regard croise le mien alors qu'il mordille mon mamelon. Je lâche un petit cri à l'instant où il le laisse échapper de ses lèvres.

— Je n'en aurai jamais assez de toi… Tu n'as pas encore compris ?

Il se remet à lécher mon autre téton, le tiraillant à son tour, me provoquant une nouvelle décharge de plaisir.

— Je n'ai pas envie de te faire de mal, Gillian. Mais j'ai envie de te marteler la chatte à tel point que tu auras du mal à croiser les jambes, demain, quand tu porteras l'une de ces minijupes atrocement sexy qui me donnent envie de te prendre sur place…

Je lâche un gémissement et rejette la tête en arrière. Il empaume l'un de mes seins tandis que l'autre continue à recevoir la délicieuse et humide torture des lèvres et de la langue de Chase. Lorsqu'il se remet à le mordiller, je le supplie de me baiser. Ce qu'il fait. Méticuleusement.

Après le deuxième round, rapidement suivi du troisième, mon sexe palpite, mes cuisses tremblent et je sais désormais que sa menace n'avait rien de paroles en l'air : je risque d'avoir sacrément mal, demain. À vrai dire, je ne suis même pas certaine de pouvoir me lever pour aller aux toilettes.

— Attends, je vais m'occuper de toi…, souffle Chase en m'ouvrant les jambes.

Instantanément, le mélange de nos fluides s'écoule de mon sexe. Comme à son habitude, mon homme regarde son essence surgir de mes lèvres pour couler vers mes fesses. Je me tords sous son regard amusé et satisfait. Enfin, il essuie les traces de nos ébats. Je secoue la tête et plaque une main sur mon visage, épuisée. Après s'être débarrassé du bout de tissu empli de nos sucs, il me rejoint sur le lit. Nous restons ainsi, nichés l'un contre l'autre, et je suis sur le point de m'endormir lorsqu'il me pose une question.

— Dis-moi, qu'est-ce qu'il s'est passé, tout à l'heure ? Je sais que c'était un *flash-back*. Mais je veux savoir ce que tu as vu.

— Non, Chase. Je n'ai pas envie de t'inquiéter pour rien. C'était juste un mauvais souvenir, de quand Justin me frappait, c'est tout.

Je me pelotonne un peu plus contre lui, et ses bras m'enserrent.

L'une de ses mains s'enfouit dans mes cheveux, où il fait courir doucement ses doigts. Alors, tout en poursuivant ses caresses, il me souffle :

— J'ai besoin de savoir, Gillian. Tout allait bien jusqu'à ce que je parle de punition.

Je me raidis dans son étreinte, et il continue à faire courir ses doigts dans mes cheveux avant de se mettre à masser ma peau nue de longues caresses apaisantes.

— Ça a déclenché quelque chose, je l'ai bien vu. Tu sais que je ne te ferai jamais de mal, n'est-ce pas ? C'était une plaisanterie. Je parlais d'une fessée toute bête, rien de bien méchant… La façon dont tu as réagi… c'était pire encore que dans le bureau du médecin.

Il fait référence à nos débuts, il y a des mois de cela. Je venais me faire retirer les fils d'une blessure, après mon agression, à Chicago. Lorsque le médecin avait commencé à tirer dessus, la douleur avait été si intense que cela avait instantanément ravivé d'affreux souvenirs. Cette découverte nous avait poussés à nous confier l'un à l'autre, ce soir-là, sur nos passés respectifs. Cette discussion avait eu un effet totalement cathartique, et je ne suis pas certaine que nous serions si proches à l'heure actuelle, ou que les choses se seraient passées si vite, si nous n'avions pas eu cela.

— Je suis désolée de t'avoir fait peur, dis-je d'une voix faible, ne sachant pas vraiment quoi dire d'autre.

— Peur ? Tu m'as terrifié, bébé. Tu me regardais comme si j'étais le diable en personne, venu te chercher pour t'amener en enfer.

Ses bras m'enserrent un peu plus fort. Sa voix tremble, désormais.

— C'est justement là où je pensais être. De retour en enfer.

— Raconte-moi, m'encourage-t-il.

Je respire alors un bon coup et lui explique ce qu'il s'est passé. C'était il y a des années. J'avais piqué une super recette de poulet à une copine de fac. J'avais toujours fait très attention à la façon dont je dépensais l'argent de Justin, vu qu'il était tout seul à payer le loyer et les courses. À l'époque, l'université et lui, c'était tout ce que j'avais dans la vie. Il avait cinq ans de plus que moi, et il travaillait sur les chantiers. J'étais tellement excitée d'essayer cette nouvelle recette... Je mourais d'envie de lui faire plaisir en lui montrant que je faisais des progrès en cuisine. Malheureusement, je n'avais pas mis assez d'eau dans le riz, et quarante minutes plus tard, le fond de la casserole était cramé, et le riz immangeable. Justin était furieux.

— Attends... Il t'a tabassée parce que tu as brûlé le repas ?

— Oui. Il m'a rouée de coups, m'a ouvert la lèvre et a failli me casser le nez... Tout du moins cette fois-là. Puis il m'a tirée par les cheveux et m'a balancée sur la table de la cuisine, tête la première.

Le corps de Chase est tellement tendu que je m'interromps un moment pour embrasser son torse nu, puis je lui masse chaque bras.

— Continue. Je sais que ça ne s'est pas arrêté là.

Je prends une longue inspiration et poursuis mon histoire.

— Il m'a arraché ma culotte, a récupéré la spatule encore bouillante et m'a fessée avec. Enfin, je parle de fessée mais... Il m'a frappée si fort que j'en ai des bouts de peau qui se sont arrachés, et j'étais toute noire. J'ai dû dormir sur le ventre pendant une semaine. En cours, je me servais de mon pull comme d'un coussin pour que personne ne remarque quoi que ce soit.

Chase a du mal à se contenir. Je le devine à son souffle saccadé.

— C'est tout ? grommelle-t-il, les dents serrées.

Je secoue lentement la tête et plonge le regard dans le sien. Je n'avais pas été capable de le regarder dans les yeux, en abordant l'histoire de la fessée.

— Puis il m'a violée.

Il m'a fallu deux ans et de nombreuses séances avec le docteur Madison pour enfin mettre les mots adéquats sur ce que Justin m'avait fait subir : violences conjugales doublées de viol. L'admettre devant Chase me fait un tel effet que je sanglote contre son torse pendant une bonne demi-heure. Mais Chase est costaud. Il me calme, me rassure, me promet que jamais plus personne ne me fera de mal. Étonnamment, après avoir partagé cette histoire avec lui et m'être endormie sur son torse, je passe l'une des meilleures nuits de toute ma vie. Je me réveille avant Chase. Nous sommes samedi ; nous n'avons donc pas à travailler. Même si je ne sais jamais vraiment, avec Chase. Ces derniers temps, il semble faire beaucoup d'efforts pour réduire la quantité de travail qu'il s'impose le week-end. Je décide de le laisser dormir. Chase ne fait jamais la grasse matinée, mais après les révélations de la veille, il a probablement besoin de repos. Je me rappelle brusquement que c'est l'anniversaire de Bree, aujourd'hui ! Encore dans mon plus simple appareil, je me dandine de joie à l'idée de retrouver mes amis, plus tard dans la journée, dans l'un des restaurants chics de Chase. J'ai tellement hâte… Je file dans la salle de bains, tout excitée. Je ne peux pas rêver mieux que d'être entourée de tous les gens que j'aime…

Lorsque je saute sous la douche, l'eau est bouillante, et je m'empresse de régler la température. Je me mets alors à fredonner gaiement tout en me lavant les cheveux avant de me les rincer méthodiquement. Suit mon après-shampoing, que je laisse poser dans mes boucles rousses le temps de me frictionner le corps. Mmm, j'adore cette odeur de vanille et de cerise… Chase aussi, d'ailleurs. Il n'arrête pas de me dire que je sens bon. En général, cette remarque est toujours accompagnée d'un sourire sexy. Et je n'ai certainement pas envie de me passer de ce genre de sourires… Lorsque la mousse gagne mes jambes, je baisse les yeux et me fige sur place.

Chacune de mes cuisses porte quatre empreintes de doigts parfaitement dessinées. Voir ces marques violacées serait censé me provoquer une nouvelle crise d'angoisse, mais ce n'est pas le cas. Le fait de savoir que ces bleus viennent de Chase, qu'ils sont là pour me rappeler nos ébats de la veille, les transforme en une espèce de cadeau. Ce n'est qu'une nouvelle preuve de la passion avec laquelle il m'a prise, de la fougue avec laquelle il cherche à me montrer son amour. Ces bleus n'ont pas été donnés pour faire du mal, mais pour faire du bien. C'est là que je comprends que j'ai fait beaucoup de chemin. Un sourire étire mes lèvres tandis que je jette la tête en arrière et ferme les yeux pour me rincer les cheveux. Lorsque je les rouvre, j'ai face à moi l'homme le plus beau que la planète ait jamais porté.

— Salut, ma belle. Je peux savoir ce qui te fait sourire ?

Ma belle… Je craque quand il m'appelle comme ça.

— Oh, rien. Je pensais juste à toi, hier soir…

Je fais alors courir mes mains sur mes seins gonflés, les passe sur mes côtes, mon ventre puis mes jambes. Ses yeux suivent chaque mouvement comme s'il me caressait lui-même.

Son sourire taquin se fait brusquement glacial, et je me fige, perplexe. La porte de la cabine s'ouvre en grand, et une bouffée d'air froid vient picoter ma peau trempée. Je couvre ma poitrine par pur réflexe, et pour faire barrage au froid.

— Qu'est-ce que c'est que ça ?! lâche-t-il en désignant mes cuisses et les empreintes qu'il y a laissées.

Je souris.

— On dirait bien les traces de la passion d'un certain garçon…, dis-je en remuant les sourcils.

Il entre dans la douche, toujours vêtu de son pantalon de pyjama, et me tire contre son torse nu. L'eau s'insinue dans le coton gris, y formant instantanément de grosses taches sombres.

— Je suis désolé, bébé… Je t'ai promis que je ne te ferais jamais de mal. Putain… Mais c'est quoi, mon problème ?!

Il s'agrippe à mon dos, scellant nos corps nus l'un à l'autre sans même que l'eau du jet puisse s'y insinuer.

— Non, Chase… Je te jure, ça va. Nous avons fait l'amour, c'est tout. Nous nous sommes laissés emporter, ce n'est pas grave. Je me suis excusée pour les griffures que tu as dans le dos ?

Il écarte son visage du creux de ma nuque. Une grimace déforme ses traits sculptés.

— C'est vrai ? Tu m'as griffé ?

Il se retourne alors et, comme je m'y attendais, je découvre huit longues estafilades marquant la peau de son dos musculeux. C'est le genre de trace qui ne tient pas longtemps. Dans un jour ou deux, il n'y aura plus rien. Mais pour le moment, je prends un certain plaisir à les voir. Elles sont la preuve que l'on s'est sérieusement occupé de lui.

— Je ne m'excuse pas car je compte bien recommencer… Peut-être même ce soir, dis-je en souriant.

Je me mords la lèvre et retire son pantalon mouillé, qui tombe en boule à nos pieds.

— Ne t'excuse jamais de m'avoir fait l'amour. J'adore ta fougue, bébé.

Je lui adresse mon regard le plus sexy. Il faut qu'il comprenne qu'il ne pourra jamais me faire de mal.

— C'est juste que… je n'ai pas envie de marquer ta peau, dit-il en faisant courir une main sur ma poitrine.

Très vite, ses doigts descendent le long de mes côtes, puis il tombe à genoux devant moi. Avant que je n'aie le temps de comprendre, ses lèvres embrassent et lèchent chacune des marques, comme si ses baisers et sa bouche pouvaient les faire disparaître. Je le laisse faire, sachant que ce geste est important pour lui. Cela se repassera, encore et encore, et je n'ai aucune envie d'autre chose.

J'essaie de le faire se relever, mais il balaie ma main en secouant la tête.

— Non, je n'en ai pas fini avec toi. Il faut que je te montre mon amour…

Ce sont des paroles toutes simples, mais elles me font un effet fou.

Il soulève doucement l'une de mes jambes et la pose sur le siège de la douche, m'ouvrant pleinement à lui. L'excitation est à la fois grisante et brutale, tandis qu'il contemple l'eau qui s'amasse autour de mon sexe. Je ferme les yeux à l'instant où sa langue se met à courir sur mes lèvres. Des frissons de plaisir m'envahissent à chaque coup de langue qu'il donne sur ma peau si sensible. Du bout des pouces, il écarte mes lèvres puis plonge la langue au plus profond. Chaque fois qu'il me fait jouir de cette manière, j'ai l'impression de découvrir un nouveau niveau d'extase. Je me mets à trembler, me retenant au mur de faïence tandis qu'il me baise avec sa langue. Lorsqu'il se met à jouer du bout du pouce sur mon bouton magique, je fonds. Un cri déchirant s'échappe de mes lèvres, résonnant sur les murs de notre cocon vaporeux. Chase me retient quand mes jambes cèdent sous le poids de l'orgasme. Ses bras musclés me maintiennent, et je tente de reprendre mon souffle, la vapeur de la douche si épaisse qu'elle m'embrouille un peu plus dans ma perte.

— Merci. De me faire confiance, et de m'aimer. Je t'aime, Gillian.

À cet instant, je sais que tout ira bien. Renforcer ses sentiments en me faisant l'amour ne fait de mal à personne. Au contraire, cela ne fait que nous guérir.

4

Gillian

On dit souvent : « À Rome, fais comme les Romains. » Et c'est exactement ce que je compte faire ce soir. C'est l'anniversaire de Bree, et nous nous retrouverons dans l'un des restaurants chics de Chase, au cœur de San Francisco. À l'image de son établissement de Chicago, le restaurant modestement baptisé *Greens* domine les nuages dans un gratte-ciel ultra-moderne, pas très loin de notre penthouse. D'ailleurs, Chase me l'a montré de notre toit-terrasse, hier soir, lorsque nous regardions le soleil se coucher, nichés dans les bras l'un de l'autre.

Depuis sa découverte, dans la salle de bains ce matin, mon fiancé se donne corps et âme pour moi. Il a décidé de m'emmener faire du shopping dans l'un des magasins d'import-export qu'il possède, situé sur l'une des nombreuses jetées de San Francisco. Là-bas, je déniche une magnifique statue de Bouddha pour Bree qui ira à merveille dans son studio de yoga. Par contre, la bête a été directement sculptée dans le calcaire et pèse une tonne. Elle est importée d'Inde, et je dois avouer que je n'ai même pas envie de savoir combien elle coûte… Un petit écriteau posé à côté annonce 10 000 dollars, ce qui manque de me faire défaillir. Je fais vraiment de mon mieux pour ne pas commenter la façon dont Chase dilapide son argent pour moi. C'est son argent, et c'est à lui de choisir comment il le dépense… Et puis, je suis vraiment contente d'avoir trouvé ce cadeau. C'est l'une des plus incroyables statues que j'aie jamais vues, après l'ange sculpté grandeur nature que j'ai découvert caché dans un coin du magasin.

La pierre dans laquelle il est sculpté est blanche avec des nuances bleu-gris. Ses traits délicats sont dissimulés derrière un voile. Ses épaules nues et parfaitement lisses laissent deviner le dessin de ses clavicules. Mais ce qui me subjugue vraiment, ce sont les énormes ailes qui se déploient dans son dos à pas loin de deux mètres de hauteur. Ses deux bras sont dressés devant lui, non pas en signe de prière mais les paumes tournées vers les cieux. Sa tête est inclinée vers le bas, en une pose respectueuse, comme s'il acceptait la tâche que Dieu lui confiait et ne faisait plus qu'un avec elle. Je tombe instantanément amoureuse de cette statue.

— Elle te plaît ?

Les lèvres de Chase effleurent ma peau à la base de mon oreille, ce qui m'envoie des frissons de plaisir dans tout le corps.

— Je n'ai jamais vu quelque chose d'aussi beau…

Je le sens hocher la tête contre mon épaule, et il m'enveloppe de ses deux bras pour me coller contre son torse.

— C'est un ange gardien. Je l'ai récupéré en Grèce, dans une ruine. Il était dans le jardin d'une maison laissée à l'abandon et qu'on allait détruire. J'ai racheté le terrain pour un projet environnemental qui est encore en cours. Je ne savais pas vraiment quoi en faire, alors j'ai décidé de le ramener ici pour lui trouver un nouveau foyer.

— Pourquoi la maison a-t-elle été abandonnée ?

— C'était la même famille qui vivait là depuis des siècles, et la lignée a fini par s'éteindre. Le dernier membre restant n'avait ni enfant ni parent éloigné, alors, quand il est mort, la fortune familiale a été donnée à la charité, et la maison est restée à l'abandon pendant des années.

Je tends la main vers l'une des ailes et touche une plume. Elle est froide sous mes doigts.

— Quel dommage…, dis-je dans un murmure, subjuguée par cet ange.

Je le sens sourire contre ma joue tandis que nous contemplons les ailes délicates de la statue et son visage mystérieux qui semble dissimuler un sourire.

— Oui, ça avait dû être une maison magnifique.

Je serre ses bras un peu plus fort contre moi, prise d'une bouffée de tendresse.

— Je ne parlais pas de la maison, mais du fait que la lignée se soit éteinte… C'est triste d'imaginer un avenir sans enfant, tu ne trouves pas ? (Chase se raidit ; ses bras se crispent contre mon corps. Pas un seul mot ne franchit ses lèvres.) Tu veux bien des enfants ? ajouté-je, réalisant seulement maintenant que nous n'avons jamais parlé de notre avenir, au-delà de la cohabitation et du mariage.

Je me tourne alors pour lui faire face. Son regard est songeur, mais pas froid. C'est déjà bon signe.

— Disons que je n'y ai jamais vraiment réfléchi… J'étais tellement focalisé sur la construction de mon empire... Mais avec toi, je me surprends à envisager et vouloir des choses que je n'ai jusqu'ici jamais envisagées ni voulues.

Sa voix est rauque et sexy, et ses doigts agiles s'enfoncent dans la peau délicate de mon bassin.

Sa réponse m'arrache un sourire rassuré, mon cœur s'emplissant soudain d'espoir pour notre avenir.

— Nous avons le temps. Mais si tu veux bien y réfléchir… J'aimerais un jour porter ton fils ou ta fille.

Un hoquet de surprise s'échappe de ses lèvres, et il pose une main sur mon ventre en écartant les doigts, un air rêveur au visage.

— T'entendre me dire ça ne me donne qu'une seule envie : te voir porter mon enfant. L'héritier de tout ce que nous avons.

Alors, avec un sourire mélancolique, il se penche vers moi et pose ses lèvres sur les miennes.

***

Gillian

J'ai passé le restant de la journée à essayer les robes dont Dana, l'assistante de Chase, s'est empressée de remplir mon armoire. Évidemment, elles me vont toutes à la perfection, ce qui a le don de m'irriter. J'ai envie de détester cette fille trop parfaite, mais je sais bien qu'elle ne m'a rien fait, et sa relation avec Chase a toujours été strictement professionnelle. Cela m'ennuyait, au début, qu'il existe dans sa vie une femme de son âge qui le connaisse mieux que moi – tout du moins sa facette professionnelle. Chase m'avait dit qu'il ne s'était jamais confié à qui que ce soit vis-à-vis de son passé. Seuls ses cousins et moi savons ce qu'il a traversé, avant de partir vivre avec son oncle Charles.

D'ailleurs, nous retrouvons son oncle et sa mère demain, pour un petit brunch familial. C'est sa mère qui a insisté. Même si mon homme a tendance à ne pas supporter que quelqu'un d'autre que lui décide de son emploi du temps, quand cette femme ouvre la bouche, il est au garde-à-vous. Si seulement elle acceptait de me donner une chance, j'apprécierais beaucoup plus d'aller là-bas… Mon homme dit que je me fais des idées. Il n'arrête pas de m'assurer qu'elle ne pense que du bien de moi, mais je n'y crois pas une seule seconde. Une femme sait quand une autre ne l'aime pas. Tout se joue dans le regard, dans le feeling… C'est comme s'il y avait une tension permanente entre nous. Quand Colleen et moi nous trouvons au même endroit, l'atmosphère s'épaissit aussitôt.

— Je t'offre un million de dollars si tu me dis à quoi tu penses…

— Un million, vraiment ? Tu fais souvent ce genre de folie ?

Il m'adresse un regard pince-sans-rire.

— Pour toi, je serais prêt à mettre n'importe quel prix pour savoir à quoi tu penses.

Je lâche un petit rire et me niche contre lui. Il balaie une mèche rousse de mon visage pour la coincer derrière mon oreille. Ces quelques instants de calme, assis tous les deux à l'arrière de sa limousine, à destination de notre soirée, sont très précieux pour moi. Durant la journée, c'est un businessman puissant croulant sous le travail et fixé sur un seul et unique objectif : faire prospérer son empire. À la maison, il endosse son rôle de dieu du sexe, et parfois d'amant câlin. Mais quand tout est calme autour de vous, et que le seul son audible est le souffle tranquille de votre partenaire… Voilà le genre de moments qui me comblent vraiment. N'importe quel couple peut s'éclater au lit, partager une carrière… mais combien peuvent simplement *être* avec l'autre ? Sans aucun prétexte vers lequel se tourner, sans aucun problème pour venir tout gâcher, toutes les complexités de la vie balayées pour vous laisser à nu. Que vous reste-t-il ? Moi, j'ai Chase, et il est tout ce dont j'ai besoin.

Comme s'il avait lu dans mes pensées, il dépose un baiser sur ma tempe puis caresse ma joue de la pulpe du pouce. Son regard est presque noir, dans la pénombre de la voiture.

— Tu es tout ce dont j'ai besoin, murmure-t-il avant d'effleurer mes lèvres des siennes.

De l'entendre dire à voix haute ce que je pensais tout bas me fait un instant douter d'avoir exprimé malgré moi mes pensées, mais je sais que ce n'est pas le cas. Nous sommes simplement connectés d'une manière incroyablement stupéfiante.

Son téléphone se met à sonner. La connexion que nous avions est mise en attente, même si je sais qu'elle n'est pas perdue. Notre moment de paix est parti, mais il reviendra. Nous avons toute la vie pour expérimenter ce calme, et cette idée me rend terriblement heureuse.

Tandis que Chase aboie des ordres dans son téléphone, sa cape d'homme d'affaires de nouveau sur le dos, nous arrivons au restaurant, et Jack nous ouvre la portière. Austin se tient debout, devant la voiture. Si j'étais seule, il m'aiderait à sortir et m'escorterait à l'intérieur. Quand Chase est avec moi, il se contente de rester à côté de nous afin de s'assurer qu'aucun individu louche ne s'approche. Chase sort, balaie les lieux du regard, puis il prend ma main et m'attire contre lui. Sa main s'agrippe à ma hanche d'un geste protecteur tandis qu'une horde de paparazzis se rue vers nous dans un crépitement de flashs.

— On dirait bien qu'ils n'ont pas mordu à la fausse info balancée par Dana… Souris, ma chérie, grommelle-t-il en avançant vers l'entrée du restaurant sans desserrer son étreinte. Austin, que personne ne la touche, ajoute-t-il tandis que les paparazzis surgissent de partout.

— Chase ! Gillian ! Par ici ! s'époumone l'un d'eux.

— Non, Chase ! Chase ! Ici ! Montrez-nous votre femme ! braille un autre.

— Ouais, montrez-nous sa bague ! hurle un homme rondelet en braquant son appareil si proche de mon visage que le bruit de la rafale me vrille les oreilles.

Austin attrape l'homme par le bras et le pousse de mon chemin.

Je suis assourdie par tout ce bruit, et aveuglée par tous ces flashs. Je trébuche sur mes talons trop hauts mais Chase me retient par la taille, et Austin par le coude. J'en ai un de chaque côté, désormais. Ouvrant la marche, Jack pousse les photographes afin que nous puissions passer. Incapable de voir quoi que ce soit avec tous ces flashs, je finis par baisser la tête et fixer le sol, me laissant guider par Chase et Austin.

Enfin, nous pénétrons dans l'établissement et gagnons le doux sanctuaire de la cabine d'ascenseur.

— C'est complètement dingue… Ça n'a jamais été comme ça !

Je tente de reprendre mon souffle, sous la main de Chase qui me caresse doucement le dos. J'ai encore opté pour un dos nu, ce soir. Que voulez-vous… Mon homme aime toucher ma peau. Et vu que pour ma part, j'adore quand il me touche, tout le monde est gagnant. Puis, je dois avouer que lorsque je me suis vue dans cette petite robe noire moulante, je me suis trouvée particulièrement sexy… C'est une robe droite qui tombe décemment aux genoux, à l'encolure bateau qui drape mes épaules et aux manches trois-quarts. La surprise est de l'autre côté… Tout l'arrière du vêtement tombe en écharpe pour s'arrêter juste au-dessus de mes fesses. De derrière, on voit presque tout, mais à l'avant, mes formes sont simplement mises en valeur. J'ai décidé d'accompagner ce petit bijou des chaussures noires Louis Vuitton que Dana m'a commandées, et rien d'autre.

Ça, c'est ma deuxième surprise. Je sais très bien que Chase finira par glisser la main sous le tissu pour me toucher les fesses. C'est inévitable. Il ne sera pas capable de se contenir très longtemps. Il est doué pour faire croire qu'il contrôle tout, et dans la plupart des cas, il y parvient. Mais pas avec moi. Un morceau de peau nue, c'est comme de la kryptonite pour mon Superman. Je me réjouis de mon audace. Après tout, les hommes peuvent le faire, alors pourquoi pas les femmes ? Et puis, je ne sais pas… Je me sens… coquine. Il y a quelque chose d'incroyablement libérateur dans le fait de ne pas porter de sous-vêtements.

— En parlant de folie médiatique, Dana insiste pour qu'on fasse cette interview avec le magazine *People*, pour qu'on parle de nos fiançailles et du mariage.

Je ne peux m'empêcher de grimacer à la mention de Dana, tout en sachant que ma jalousie est aussi ridicule qu'infondée.

— Bébé…, poursuit-il, cette interview est une excellente idée. C'est nous qui décidons des conditions, et ça nous permettra de calmer un peu tous ces paparazzis. Nous sommes comme un jouet tout neuf, pour eux. Une fois l'interview publiée, il n'y aura plus aucun mystère. Tu comprends ?

J'inspire un bon coup et hausse les épaules.

— Si tu le dis… Partager notre amour avec la terre entière

ne m'intéresse pas plus que ça, mais si tu penses vraiment que ça leur permettra de nous lâcher un peu, je te suis.

— Oui, je le pense.

Puis il me tire à lui, joignant les mains derrière mon dos. J'en fais de même et croise les mains juste au-dessus de son fessier rebondi.

— Merci, dit-il en déposant un rapide baiser sur mes lèvres avant de frotter son front au mien. Je t'ai dit que tu étais ravissante, ce soir ?

— Oui, mais une femme ne se lasse jamais de ce genre de compliment…

Il caresse ma tempe du bout du nez avant d'y planter un dernier baiser. Sa main court sur mon bras, et nos doigts s'entremêlent automatiquement.

Lorsque nous arrivons, c'est déjà la fête, là-dedans. *Greens* est un établissement haut de gamme où tout ce que l'on sert est cent pour cent biologique. J'ai l'impression de pénétrer dans un jardin secret au cœur de la nuit. Le plafond est noir, avec de minuscules lumières tamisées qui ressemblent à des étoiles. La constellation d'Orion apparaît d'ailleurs sous mes yeux. Et la table immense qui nous est réservée est quant à elle dominée par la Grande Ourse et la Petite Ourse. Où que le regard porte, il est accueilli par une végétation luxuriante. Des fleurs, des plantes, la nature dans toute sa magnificence. C'est splendide, c'est différent… exactement comme l'homme qui possède tout cela.

Ne tenant de toute évidence plus en place, Bree bondit de sa chaise et me serre dans ses bras, puis elle virevolte et plante un gros baiser sur les lèvres de Chase avant de lui pincer les joues comme à un bébé. Chase lui agrippe le bras, tellement choqué qu'on le croirait victime d'un vilain coup de jus. Bree s'écarte aussitôt, laissant derrière elle une jolie marque de rouge à lèvres sur la bouche de mon homme.

— J'adore cet homme ! lance-t-elle en tapotant tendrement son torse.

— Euh…, balbutie Chase, visiblement à court de mots.

Phillip incline légèrement la tête, son regard passant de moi à Chase puis, avec un sourire mauvais, il me saisit par la nuque et m'attire vers lui.

— Ce n'est que justice ! s'exclame-t-il en riant tout en cherchant à m'embrasser.

Mais avant que Chase ne puisse réagir, deux bras musclés m'arrachent de son étreinte, si bien que mon ami manque de finir le nez par terre.

— Tu peux m'embrasser moi, chéri…, propose Austin, toutes lèvres dehors.

J'ignorais totalement qu'il était encore là.

— Pouah, non merci ! rétorque Phillip en éclatant de rire.

Chase m'attire de nouveau contre lui tout en essuyant le rouge qui lui macule les lèvres avec son mouchoir. Alors son regard se porte sur Austin, qui vient de m'empêcher de subir un baiser revanchard de la part de mon meilleur ami, et il plante un doigt sur lui, son poing serrant son mouchoir plus vraiment blanc, désormais.

— Austin, je vous augmente de 500 dollars par mois pour ce que vous venez de m'épargner !

— Et moi ?! C'est moi qui t'ai embrassé ! intervient Bree en faisant la moue.

— Oh, ne t'inquiète pas, ma belle. Tu vas bientôt l'avoir, ton cadeau, répond Chase avec un grand sourire.

Bree se remet à gesticuler, folle de joie, tout en sirotant un cocktail visiblement gorgé de fruits. Chaque courbe de son corps parfait est mise en avant. Je vois bien que cela plaît à Phillip, qui a le regard vissé sur elle… Elle a fait en sorte d'être la reine de la soirée, cela saute aux yeux. Sa tenue ne laisse absolument rien à l'imagination. Sa petite robe moulante couleur aubergine met idéalement son teint hâlé et ses cheveux dorés en valeur. Quant à son décolleté dangereusement bas, il révèle deux jolis petits seins parfaitement proportionnés à sa silhouette menue.

Chase glisse une main dans ma nuque et approche sa bouche de mon oreille.

— Si Phillip n'arrête pas très vite de la manger du regard, je vais finir par devoir t'emmener dans le bureau du directeur…

Ses doigts courent alors jusqu'à mon bassin, où ils se mettent à chatouiller le creux de mes reins. Une vague de frissons me remonte le long du corps, et je me cambre instinctivement contre la proéminence sous son pantalon. Il esquisse un sourire satisfait et coule discrètement la main sous la couture de ma robe pour la poser sur le galbe de mes fesses nues. Ravie, j'observe son air perplexe lorsqu'il découvre que je ne porte rien, sous le vêtement.

— Surprise…, dis-je en ricanant dans son cou.

Chase inspire un coup sec et presse la marque de son excitation contre ma hanche en grognant doucement.

— Tu as conscience que si j'avais envie de te prendre ici et maintenant, rien ne m'en empêcherait ? Au point où on en est, ça ne me dérangerait pas que tes amis nous regardent…, dit-il d'une voix rauque contre la base de mon cou avant d'y planter les dents.

— Je vais essayer de me tenir, lui dis-je alors en guise de promesse, électrisée par ses mordillements.

Je sens mes genoux faiblir sous le désir qui se fait plus entêtant.

— Oh oui, je te le conseille…, me prévient Chase avec un dernier coup de hanches.

Nous sommes passés de rien à tout en une fraction de seconde. Cet homme a le pouvoir de m'exciter à la vitesse de l'éclair.

Décidant de changer de sujet avant de perdre complètement le contrôle et de le laisser mettre sa menace à exécution, je désigne Phil et Bree d'un coup de menton. Le regard de Chase suit le mien. Alors, doucement, je pose mes lèvres contre son oreille et laisse ma voix lui chatouiller le cartilage.

— Moi, je trouve ça adorable de le voir la désirer à ce point. Et… quant au reste, ce serait franchement mal vu de planter nos hôtes alors que c'est toi qui les as invités, non ? Allez, viens. Plus vite on sera rentrés, plus vite tu pourras enfoncer ta queue si profondément en moi que j'en oublierai comment je m'appelle…

Puis je dépose un baiser sur sa joue et traverse la pièce en sautillant avant de m'asseoir sur une chaise libre, le long de l'immense table préparée spécialement pour notre petite fête. Un serveur me tend aussitôt un verre de vin.

Avec un sourire diabolique, Chase s'installe à côté de moi et passe un bras sur le dossier de ma chaise. Juste avant que ses lèvres ne touchent son verre, il me lance :

— Tu vas payer pour ça, mon soleil…

Mon soleil ?! D'où sort-il un surnom pareil ? Il a un recueil glissé sous son oreiller ou quoi ?

— Euh, soleil… je ne suis pas fan, rétorqué-je en me dégageant une épaule avant de me tourner de trois quarts, m'assurant du coin de l'œil qu'il bénéficie de la meilleure vue possible sur mon dos nu. (Il est livide. Ses yeux descendent immédiatement sur mon dos avant de se replanter dans mon regard espiègle.) Je paie toujours, ajouté-je, un sourcil dressé, en me mordillant la lèvre, juste histoire de l'exciter un peu plus.

Il serre les dents et martèle la table du bout des doigts. Je fais alors glisser un des miens le long de mon verre, m'enivrant de notre petit jeu de séduction. Chase finit par lâcher un soupir, et nous sommes brusquement interrompus par Thomas, le petit ami de Maria. Ils se serrent la main, et Thomas s'empresse de lui raconter les dernières nouvelles en matière de lutte contre la criminalité. Chase étant ami avec le chef de la police de San Francisco, ils en profitent pour discuter quelques minutes.

Carson et Kat débarquent à leur tour. Kat est ravissante, dans sa robe cousue de ses propres mains, bien sûr.

— Gigi ! J'ai trop hâte de te montrer les tissus que je viens de recevoir d'Italie ! Chase est incroyable, tu sais ? lance-t-elle gaiement.

— Comment ça ?

Je suis sincèrement surprise, car aux dernières nouvelles, elle travaillait toujours sur le patron. Qu'a-t-il fait, encore ?

— Eh bien, quand je l'ai appelé pour le remercier de me payer et de me faire confiance…

— Euh… techniquement, c'est *moi* qui te fais confiance, dis-je en la coupant, légèrement vexée.

Ce n'est pas parce que Richie Rich a décidé de la payer une somme exorbitante que ce n'est pas moi qui l'ai choisie, dans un premier temps. Je n'aurais jamais laissé quelqu'un d'autre que ma meilleure amie confectionner ma robe pour moi.

Kat tord la bouche et incline la tête. C'est son expression de prédilection, quand elle n'est pas d'accord. Si Kat vous trouve ridicule, bouche tordue/pivot de tête. Vous avez dit quelque chose qui pourrait froisser l'une de vos meilleures amies ? Bouche tordue/pivot de tête. Vous vous plaignez tellement que ça en devient particulièrement pénible ? Bouche tordue/pivot de tête.

— Désolée…, marmonné-je.

— Mouais, lâche-t-elle en faisant claquer sa langue. Bon, comme je te disais, je l'ai appelé pour le remercier, et il m'a demandé comment ça se passait et ce que j'attendais pour m'y mettre. Je lui ai alors expliqué que j'attendais que le tissu me parvienne d'Italie. Il m'a demandé les coordonnées de mon fournisseur, et aujourd'hui – donc deux jours après seulement –, voilà que je reçois tout ce que j'ai demandé ! Comme par magie !

Ouais, tu parles d'une magie. Je vois surtout beaucoup de billets de banque échangés contre une profusion de « Oui, monsieur », si vous voulez mon avis. Je tourne le regard vers Chase, qui me gratifie d'un clin d'œil sexy. Le pouvoir de cet homme va décidément bien au-delà de ce qu'il a sur son compte en banque…

— Donc si tu veux, je peux passer te voir demain, histoire de te montrer les échantillons et les nouveaux cristaux que j'ai trouvés ? s'emballe-t-elle.

— Je ne peux pas. Je suis convoquée chez les Davis pour le brunch… Oh, mais j'y pense ! Pourquoi vous ne viendriez pas, vous aussi ?! dis-je en prenant ses mains dans les miennes à l'instant où Carson passe un bras sur ses épaules.

— Venir où, mes petites joues roses ?

Mes petites joues roses ? Manquant de m'étrangler, je tourne la tête vers Ria. « Mes petites joues roses ? » articule-t-elle en silence, et j'opine du chef. Chase a déjà tenté ce genre de surnom ridicule, lui aussi, mais au moins s'est-il assuré de le faire en privé.

— Gigi était en train de me dire qu'elle allait bruncher chez ton père, demain. Comment ça se fait qu'on n'ait pas été invités ?

Elle paraît sincèrement surprise. Bien joué. À lui faire part de mes craintes, voilà que c'est elle qui se met à douter, maintenant…

— Je ne sais pas. Je n'en ai pas entendu parler non plus. Mais si tu veux y aller, on peut totalement s'incruster.

Puis il lui fait un grand sourire, et elle lui ébouriffe les cheveux. Ces deux-là sont incapables de se lâcher du regard. Voir deux personnes faites autant l'une pour l'autre tomber amoureuses est véritablement magique.

— Oh oui, s'il te plaît… Tu me rendrais vraiment service. Je n'ai pas envie de me retrouver toute seule avec *elle*, murmuré-je tout en espérant que Chase ne m'entende pas.

— Qui ça ? Tante Colleen ? rétorque Carson de sa grosse voix.

Je remercie mon amie du regard lorsque j'entends le bruit de son coude qu'elle vient planter dans ses côtes.

— On parle de Mère ? intervient alors Chase en m'enserrant par-derrière.

— Oh, je disais juste à Kat et Carson que nous brunchions avec eux demain, et qu'ils devraient venir eux aussi.

J'espère sincèrement que Carson saura tenir sa langue. Je suis sûre que Kat s'occupera de le faire payer, tout à l'heure. En tant que femmes, c'est à nous que revient le rôle d'apprendre à nos hommes la gestion des ragots. La première règle : ne jamais trahir ses amis. Mieux vaut endosser une faute que de laisser l'une de vos copines dans une situation compromettante. Un homme qui vit en couple depuis longtemps doit savoir gérer ce genre de situation sur le bout des doigts. Carson n'a de toute évidence pas connu beaucoup de longues relations, vu son manque de discrétion. Reste à voir si c'est une bonne ou une mauvaise nouvelle pour Kat.

— C'est sûr que ça ne pourrait pas faire plus plaisir à Gillian, commente Chase. Elle a encore du mal à trouver ses marques avec Mère.

Étonnamment, il ne semble pas particulièrement réjoui par ma suggestion.

— Non, mais… C'est comme vous voulez, je ne vous oblige pas, dis-je en cherchant à calmer le jeu avant que les choses ne dérapent.

— Bon, tant pis, répond Carson avec un haussement d'épaules. Je vais garder mes petites joues roses rien que pour moi, dans ce cas.

Puis il entame un bisou esquimau avec Kat avant de se lancer dans une démonstration d'affection limite embarrassante. C'est le moment que choisit Maria pour nous prendre par le bras, Kat et moi, et nous tirer vers le bout de la table, où Bree et Phillip sont en train de se câliner. Il a la main posée sur son genou dénudé, et est tranquillement en train de la faire remonter sur sa cuisse. Un serveur apparaît avec deux bouteilles de champagne, et un autre finit de remplir la table de grands plats regorgeant de toutes sortes de choses à manger.

— Et que la fête commence, *chicas* ! s'écrie Maria.

Le serveur remplit quatre verres et nous en donne un chacune.

— *Gracias*, lui dit-elle.

Puis il en remplit quatre autres et les tend aux garçons, sans leur demander leur avis.

— J'aimerais porter un toast ! braille Maria.

Je la préviens :

— Ria… N'oublie pas où nous sommes.

En général, ses discours nous font pleurer de rire, mais ils regorgent d'obscénités.

— T'inquiète, je sais me tenir. J'aimerais juste féliciter notre Bree pour son vingt-sixième anniversaire ! (Nous levons tous nos verres.) Très peu d'entre nous en sont où elle en est. Avoir ton propre studio, monter ta boîte… tu peux être sacrément fière de toi, ma belle. (Nous opinons tous du chef, et Kat et moi avons déjà les yeux humides.) Et par-dessus le marché, tu as un corps *muy caliente*. Pas vrai, *Phillipe* ? lance-t-elle en donnant un petit coup de coude à Phil qui, tout sourire, remue les sourcils d'un air ravi. *Besos*, ma belle ! conclut-elle.

Nous éclatons de rire, et Bree fait signe à Maria de baisser la voix.

— À toi, ma belle. *Besos* ! m'exclamé-je en levant mon verre.

— Oui ! À notre rayon de soleil ! *Besos* ! ajoute Kat.

— Et si on mangeait ? propose alors Carson, une fois que nous avons tous trempé nos lèvres dans nos verres.

Devant nous, un étalage de plats regorgeant de petites bouchées et de toutes sortes de choses à tremper dans des sauces. J'attrape un petit quelque chose en forme de triangle et croque dedans. Un divin mélange d'épinards et de fromage m'éclate dans la bouche. Chase m'explique qu'il s'agit d'un mets typiquement méditerranéen appelé *Spanakopita*. Diverses couches de pâte filo renferment cette petite merveille crémeuse. Un serveur apparaît pour remplir nos verres d'un nectar rouge rubis qui est à se damner. Bree en boit une gorgée et ferme aussitôt les yeux, prise de toute évidence d'un orgasme vinaire… Je connais ce sentiment. Chase est doué pour sélectionner les meilleurs vins.

Je tourne alors la tête vers Phil, qui est toujours en train de manger sa Bree du regard. Le pauvre, il n'en peut plus… Il faut dire qu'entre sa robe et les petits gémissements qu'elle produit, j'ai la désagréable impression d'être en train de les épier en plein moment d'intimité. Chase se penche vers moi, et son souffle chatouille les cheveux à la base de mon cou. J'ai décidé de les relever légèrement, ce soir, même s'il préfère me voir les cheveux lâchés. J'avais envie de lui montrer l'audace de ma robe dans sa totalité, et je crois que j'ai bien fait. Sa main est en train de descendre dans mon dos, le bout de ses doigts dessinant chacune de mes vertèbres en chemin.

— Qu'est-ce qui se passe, avec eux ? On dirait qu'il va la bouffer sur place, me chuchote-t-il à l'oreille.

Je lâche un petit renâclement tout sauf sexy, ce qui ne manque pas de le faire ricaner, et je lui réponds d'un air confidentiel :

— C'est sûrement parce qu'ils n'ont toujours rien fait.

— Quoi ?! lâche-t-il en hurlant presque.

Toutes les têtes se tournent vers nous. Je sens immédiatement mes joues brûler.

— Désolée, je lui posais juste une question, mais il n'entend rien…

Visiblement, Chase aussi a besoin de prendre des cours de discrétion. Mais loin d'être agacée, je suis plutôt rassurée qu'il n'ait pas vécu assez longtemps avec une fille pour qu'elle lui enseigne ce genre de subtilités. *Ce rôle reviendra donc à sa femme*, je songe avec fierté.

Une fois que les regards ne sont plus braqués sur nous, je me penche vers lui :

— Essaie de rester discret, s'il te plaît. Ils n'ont pas encore couché ensemble, voilà.

Chase me dévisage, cherchant de toute évidence une raison un tant soit peu valable pour que quelque chose d'aussi miraculeux soit possible.

— Mais… pourquoi ? Il a un souci… ?

Je fais non de la tête.

— C'est elle, alors ? murmure-t-il en haussant les sourcils.

— Mais non… Depuis Angela, il a juste besoin d'un peu de temps, c'est tout.

— Je vois. Si tu veux mon avis, il ne va pas tarder à baisser la garde. Ils n'arrêtent pas de se tripoter, commente-t-il avec un petit sourire.

Je regarde alors deux de mes meilleurs amis tomber de toute évidence fous amoureux l'un de l'autre. Je fonds sur place. Je ne pourrais pas être plus heureuse… Ils méritent tous les deux le bonheur, et je crois sincèrement qu'ils sont faits pour être ensemble.

— C'est quoi ce regard ? m'interroge Chase.

— Comment ça ?

— Tu as un sourire jusqu'aux oreilles.

J'inspire un bon coup puis sirote mon vin sans quitter Bree et Phil des yeux. Leurs visages sont très proches, il la tient contre lui, un bras passé sur ses épaules. Quant à elle, toutes les occasions semblent bonnes pour le toucher.

— J'ai envie que ça marche entre eux. Ils le méritent vraiment.

— Moi, je pense que ça va marcher. Ils vont plutôt bien ensemble.

Je me tourne vers Chase, perplexe.

— Dites-moi, monsieur Davis, ne deviendriez-vous pas un tantinet romantique ? le taquiné-je, sachant pertinemment qu'il n'est pas du genre à donner son avis au sujet des histoires de cœur – sauf quand c'est de mon cœur qu'il s'agit, bien entendu.

— Je dois avouer que dernièrement je me sens un peu plus fleur bleue…

Puis il s'approche pour mordiller ma lèvre inférieure. Il adore planter ses dents en moi. Peu importe où. Et je ne m'en plains pas.

Laissant toujours traîner une oreille où il ne faut pas, Maria s'empresse de rebondir.

— En parlant de couleurs, si on discutait des joues roses de notre petite chatte ? lance-t-elle en désignant Kat, dont le visage vire immédiatement au cramoisi.

— La ferme, grommelle-t-elle avant de faire voler sa serviette par-dessus la table.

— Quoi, qu'est-ce que j'ai raté ? s'exclame Bree.

— Oh, pas grand-chose..., dis-je en riant. Carson a simplement appelé Kat « mes petites joues roses ». En même temps, c'est vrai qu'elles le sont, là...

Carson se tourne vers Kat avant de revenir vers nous.

— Ce n'était pas à ces joues que je faisais référence, à la base.

Je ne pensais pas que Kat puisse rougir davantage, mais c'est pourtant ce qu'il se passe. Nous éclatons tous de rire, même Chase, qui a visiblement décidé de passer outre sa nature un peu trop conservatrice.

— Vous êtes intenables, gémit Kat avant d'avaler une grosse gorgée de vin.

Le dîner se poursuit avec toujours plus d'alcool et de nourriture. Enfin, le dessert est servi, et nous gratifions tous Bree d'une version atrocement alcoolisée de *Joyeux anniversaire*. Maria sauve les meubles en enchaînant avec la version espagnole, histoire d'apporter sa touche.

Après le dessert, le serveur nous propose un digestif, ce qui n'est franchement pas nécessaire vu notre état. Chase a prévu des voitures avec chauffeur pour chacun de nos amis, sachant qu'ils viendraient tous en taxi. Mon homme pense décidément à tout ; aucun détail ne lui échappe. Bree ouvre alors ses cadeaux. En plus de la statue – que j'ignorais comment nous allions lui donner –, je lui offre la version reliée de

Mange, prie, aime, ainsi que l'adaptation en film avec Julia Roberts. Nous sommes de grosses fans de Julia, toutes les quatre. Nous avons toutes regardé *Pretty Woman* un nombre incalculable de fois, mais nous ne serions prêtes à l'admettre que sous la torture, parce que les filles comme nous ne sont pas du genre à pleurer devant les films romantiques…

Bree nous couvre tous de baisers et remercie Chase pour le dîner. Mon homme se lève alors pour rejoindre un grand panneau japonais, à l'autre bout de la pièce, sur le mur opposé à celui où les serveurs sont allés et venus toute la soirée.

— Vous pouvez venir, les gars, dit-il en passant derrière.

Deux hommes en bleu de travail apparaissent, une télécommande à la main, manœuvrant la statue enveloppée d'un drap et posée sur une espèce de mini-chariot élévateur. L'engin, quel qu'il soit, apporte la statue devant nous. Autour de moi, les yeux sont écarquillés, chacun se demandant ce qui se cache sous ce drap.

— Bree, joyeux anniversaire de notre part, à Gillian et moi, commente Chase en me serrant contre lui.

Bree avance d'un pas hésitant et tire le drap, qui tombe au sol pour révéler la sublime statue de Bouddha.

— Mon Dieu…, souffle-t-elle en la contemplant d'un regard émerveillé.

Elle tend alors une main tremblante vers elle, comme si elle avait peur de la toucher.

— Elle ne va pas te mordre. C'est du solide, tu sais ! Directement taillé dans la pierre, madame, dis-je en riant.

Les larmes ne tardent pas à maculer ses joues.

— Qu'est-ce qu'il y a, tu n'aimes pas ? demande Chase en posant une main sur son épaule.

Elle se tourne alors vers lui et le serre comme jamais. Ils demeurent ainsi un long moment. Chase est perplexe. Je suis moi-même sur le point de craquer, en les voyant soudain si proches. Ma meilleure amie apprécie mon homme à sa juste valeur. Il y a quelque chose qui s'est déverrouillé en elle, avec ce cadeau. Ce sont une étreinte et des larmes de joie, mais Chase n'a pas l'habitude de consoler une femme en pleurs, en dehors de moi, et il est tout crispé.

Bree finit par se dégager et, l'air franchement soulagé, Chase s'empresse de m'attirer vers lui. Je me laisse faire avec grand plaisir, non pas pour venir à son secours, mais simplement parce que j'adore le toucher.

— Merci, vraiment. C'est le plus beau cadeau que j'aie jamais eu… Et le message est très clair.

Elle renifle en s'essuyant les yeux, Phillip à ses côtés, une main sur sa hanche.

Je l'interroge :

— Quel message ?

— Vous voyez ce qu'il fait avec ses mains ? (Nous opinons du chef.) Cette posture s'appelle *abhaya-mudrā*. Elle symbolise la bénédiction, la paix et la protection. En gros, c'est un geste qui signifie : « N'aie pas peur. »

***

X

Regardez-moi ce salopard en train de tripoter ma femme en plein restaurant… Quelle pauvre merde. Il bande tellement qu'il n'est même pas capable de la traiter comme la sublime femme qu'elle est. Et elle est ravissante, ce soir. Cette robe la moule tant qu'elle lui fait une seconde peau, et le noir contraste parfaitement avec ses cheveux de feu et sa peau laiteuse. Elle est parfaite. Une princesse. C'est comme ça que je la traiterai quand je la tiendrai à nouveau entre mes bras, sous mon corps, dans mon lit. Et là, je ne la laisserai jamais plus partir.

— Un autre verre, monsieur ?

La serveuse me barre momentanément la vue sur la petite fête privée. J'ai demandé à être installé tout près, la fenêtre jouxtant l'entrée de la salle privative me procurant un point de vue idéal. Je me suis simplement assuré de rester dans l'ombre, afin que Gillian ne puisse pas voir mon visage. Si c'était le cas, je me verrais obligé de lancer mon plan bien plus tôt que prévu.

Je n'agis jamais sur un coup de tête. Même tuer mes parents m'avait demandé des mois de préparation. Le seul et unique plan qui n'a pas abouti, jusqu'ici, c'est Gillian. Mais je ne suis pas du genre à me déclarer vaincu si facilement. Ce n'est pas parce que je n'ai pas été capable de la garder qu'elle va une fois de plus m'échapper. Quand je l'aurai récupérée, elle n'osera plus rien tenter. Même si je dois passer des mois entiers à lui faire mal, à la démolir, elle finira par capituler. Je me dois de posséder son esprit aussi bien que son corps. Et je suis quelqu'un de très patient.

Lorsque je pose les mains sur la nappe blanche, la serveuse lâche un hoquet de surprise.

— Mais… vous saignez ! Vous vous êtes coupé !

Je baisse les yeux, hébété, et je me rends compte qu'elle dit vrai. Des gouttes écarlates tombent de ma paume pour former une grosse tache sur le délicat tissu blanc. Exactement comme mon cœur. Quelle ironie… À regarder cette enflure poser ses sales pattes partout sur ma femme, j'ai tellement serré mon couteau que la lame m'a tranché la paume. Génial. Je vais peut-être même avoir besoin de points de suture…

— Ce n'est rien. Apportez-moi l'addition, s'il vous plaît.

La serveuse me dévisage, bouche bée, de toute évidence inquiète et ne sachant ni que dire ni que faire. *Pauvre fille.*

— L'addition ! Maintenant ! grogné-je en tâchant de garder la voix la plus basse possible, mais en y mettant assez de conviction pour la pousser à décamper.

Ce connard a beau avoir toute la thune du monde, il n'est même pas capable d'embaucher du personnel un tant soit peu compétent… La nourriture était infecte, par-dessus le marché. J'ai largement connu mieux. Et pour le prix, je me serais attendu à avoir de l'or dans la bouche.

Les festivités gagnent en intensité, dans la petite pièce. Deux hommes viennent juste d'apporter une espèce de statue géante sur un chariot. Si cet abruti croit vraiment que c'est en jetant son argent par les fenêtres qu'il va séduire ma femme, il se trompe. De toute évidence, il ne la connaît pas aussi bien que moi. Elle était avec moi, d'abord. Et je n'avais pas un centième du compte en banque de ce connard. Quelle pauvre merde… Allez, ce n'est rien. Je sais déjà ce que je vais faire de lui. S'il pense qu'il peut garder ma princesse enfermée dans sa tour d'argent, il se fourre le doigt dans l'œil.

Mon regard passe sur son ex, Phillip. Celui qui a toujours été là, à côté, à attendre. On dirait une bite dans une petite boîte en verre, à briser en cas d'urgence… Bien sûr qu'il aimerait la ravoir rien que pour lui. Qui ne le voudrait pas ? Ça se voit comme le nez au milieu de sa jolie figure. Il a beau faire mine d'être épris de la bonne copine, je ne suis pas dupe. Pauvre Bree… Celle-ci, ça va être la plus facile à faire disparaître. Avec toutes ces soirées qu'elle termine seule, dans son studio, ce sera un vrai jeu d'enfant. Je me la réserve pour les moments d'accalmie. Par contre, Phillip, lui, s'apprête à avoir un nouvel ami. Plutôt que de traquer ma femme, c'est lui que je vais me mettre à pister jusqu'à pouvoir frapper.

Je songe au doux cylindre de métal qui m'attend à la maison. Comme ça va être jouissif de le voir exploser…

5

Gillian

Les rayons du soleil se laissent deviner à travers les rideaux tirés. Un rai tout fin se pose directement sur mes yeux, me forçant à les ouvrir. Je tente d'y échapper, mais un bras lourd m'empêche de bouger. Plutôt que de passer sur le ventre, je décide de me nicher contre le corps chaud qui m'entoure. Mon visage se pose contre une chair masculine, chaude et nue. Mmm… Son odeur enivrante semble se frayer un chemin direct vers mon sexe palpitant. Chase est comme ces capsules odorantes à gratter que l'on avait quand on était gamins. Lorsque mes ongles se mettent à courir sur ses pectoraux musclés, ses bras se crispent et ses hanches se cambrent. On dirait l'un de ces livres *pop-up* pour bébé… Faites glisser la languette, et un lion apparaît. Tournez un bouton, et un singe sort de sa case. Grattez un Chase Davis, et sa queue se dresse aussitôt. Je dois avouer que ce petit jeu m'amuse beaucoup. Voir le sexe de mon homme enfler et se durcir rien qu'à mon toucher est aussi grisant qu'électrisant.

Sans trop le bousculer, j'empoigne mon membre favori et ai droit en retour à un grognement rauque. Le genre de grognement encore endormi, vous voyez ? Alors, du bout du doigt, je trace un chemin de la base jusqu'au gland, caressant la peau veloutée. Je n'ai jamais eu entre les mains quelque chose d'aussi doux… Je repousse les couvertures et prends le temps d'admirer le corps sublime de mon homme. Il dort encore, mais il ne tardera certainement pas à se réveiller, avec ce que je lui réserve. Il a fallu plusieurs mois pour que Chase s'habitue à partager un lit avec une femme. Avant moi, il ne restait jamais la nuit avec ses conquêtes, et à mon grand soulagement, il n'a jamais amené de femme dans ce qui est désormais *notre* maison. Au début, il avait tendance à enchaîner les cauchemars, si bien qu'il dormait très peu. Mais maintenant que j'ai emménagé dans le penthouse et que nous partageons le même lit, il me dit qu'il n'a jamais dormi aussi bien de sa vie. Tant que je suis avec lui et qu'il peut me toucher, tout va bien. S'il m'arrive de me lever en pleine nuit pour aller aux toilettes, à mon retour, je suis presque certaine de le trouver éveillé, à m'attendre, la couette tirée, pour que je vienne de nouveau me nicher dans ses bras.

Il prétend que je fais du bruit quand je me lève, et qu'il a le sommeil très léger, mais je connais son secret. Il sent quand je ne suis pas là, et c'est la même chose pour moi. Les rares fois où il se lève sans chercher à me faire l'amour, il se contente de déposer un baiser sur mon front avant de partir travailler, sachant pertinemment que je n'aime pas me réveiller sans l'avoir à mes côtés. En général, je sens son souffle mentholé me balayer le visage lorsqu'il me murmure : « À tout à l'heure, mon amour. » Chase ne dit jamais « Au revoir ». Nous n'en avons jamais vraiment parlé, mais ça doit être lié à son éducation. Cela doit avoir une certaine signification, pour lui. Il faudra que je pense à lui en parler, tout de même.

Quoi qu'il en soit, pour le moment, ce dieu personnifié est à moi, et rien qu'à moi. Nous sommes dimanche, et ne sommes attendus qu'à onze heures chez les Davis. Je jette un coup d'œil au réveil : six heures. Ce qui signifie que j'ai tout le temps du monde pour savourer mon homme sans perdre mon appétit.

Lentement, j'enfourche les cuisses épaisses de Chase et m'enivre de son sexe qui semble savoir directement où se nicher, comme s'il avait deviné d'instinct que j'étais juste là.

Je reste en suspens au-dessus de son sexe, sans souffler mot, n'ayant pas envie de le réveiller tant qu'il n'est pas en moi. Quand il dort, il a un vrai visage d'ange… Toute la crispation qui marque habituellement ses traits a disparu. Mon homme d'affaires, mon Superman ressemble davantage à un Clark Kent, dans son sommeil.

Il a un bras posé contre son flanc et l'autre plaqué sur son front, le poing serré. Même endormi, les tendons et les muscles noueux de ses avant-bras trahissent sa force et sa puissance. Ses bras mènent à des épaules carrées et au torse le plus parfait qu'il m'ait jamais été donné de voir. Il est large, lisse, avec seulement quelques poils sombres. Un véritable refuge pour moi. Quand je pose la tête contre son cœur, j'ai l'impression d'être chez moi. En sécurité. Enveloppée dans la douce couverture de ses bras. C'est comme ça que je m'endors tous les soirs, et que je compte m'endormir le restant de ma vie. Je ne craindrai jamais plus ce qu'il pourrait m'arriver, car je sais que Chase me protégera toujours. Je n'ai plus jamais à me soucier d'être frappée dans mon sommeil par l'homme que je pensais aimer. Avec Chase, je suis bercée, rassurée, sachant que ces bras n'appartiennent qu'à moi.

Mon regard descend lentement sur son ventre musclé pour s'arrêter sur son sexe magnifique. Je me glisse le long de ses jambes afin de m'approcher au mieux de l'objet de mon affection. D'après mon expérience, qui n'est certes pas très vaste, les attributs masculins n'ont franchement rien de beau. Mais avec lui, je suis amoureuse de chaque millimètre de son sexe. Son pénis est plus rosé et totalement imberbe au niveau de la garde. Seules quelques petites boucles entourent sa base. J'ignore quand il trouve le temps de s'en occuper, mais mon homme sait sacrément bien prendre soin de lui.

Le sexe de Chase est incroyablement épais, aussi épais que mon poignet, et largement plus long que la moyenne. Il n'a certes rien de ces horreurs que l'on voit dans les films pornos, mais je dois avouer que c'est le sexe le plus impressionnant, aussi bien en taille qu'en beauté, que j'ai eu le plaisir de voir jusqu'ici. Mais la partie de son corps qui m'excite le plus, qui me rend totalement folle, me fait frissonner et mouiller à la fois, ce sont les deux creux qui marquent la cassure entre ses hanches et son pubis. Cette vision me torture... Un simple coup d'œil dessus, et je ne réponds plus de rien. Même quand je décide de jouer la carte de la discrétion, je ne peux pas m'empêcher de venir mordre la peau sensible de ma zone préférée. Il est assez difficile de retenir le grognement viscéral et le cri qui cherchent à s'arracher de ma gorge : *C'est à moi*, à glacer de peur toutes les femmes qui fréquentent mon homme de près ou de loin.

Je me recule encore un peu, pose les deux mains sur les hanches de Chase et me mets à lécher chaque bout de peau. Son goût de sel et de masculinité est un vrai feu d'artifice dans ma bouche. Mais ce n'est pas suffisant. J'ai besoin de plus. J'ai toujours besoin de plus. Je plante les dents dans sa chair, lèche à en avoir des crampes à la langue, et les mains de Chase viennent se nicher dans ma crinière. Lorsque je m'écarte, un joli suçon lui marque la peau.

— Tu cherches à marquer ton territoire ? grogne-t-il, sa voix grave ne faisant qu'accentuer mon désir.

Quand je lève les yeux, je ne vois que le ciel. Il fait beaucoup plus clair, dans la chambre, et le rayon de soleil qui filtre toujours entre les rideaux est directement braqué sur le regard de Chase.

— Oui, dis-je sans aucune honte.

— Pourquoi ?

Son ton ne porte ni malice ni irritation, seulement de la curiosité.

— Parce que j'en ai envie. Parce que je le peux.

C'était visiblement la réponse qu'il attendait. Ses yeux s'assombrissent, ses pupilles se dilatent, ses narines frémissent et ses doigts s'enfoncent un peu plus dans mes cheveux.

— Viens ici, grogne-t-il.

— Non. Je n'ai pas fini.

Un hoquet s'échappe de ses lèvres.

— Tout de suite, dit-il d'un ton sec, les dents serrées, les doigts toujours plus pressés contre mon crâne.

Le sentir chercher à prendre ainsi possession de moi m'excite davantage. Chase sait parfaitement comment et quand s'imposer juste ce qu'il faut.

— Non, dis-je avec la même conviction que lui, juste avant que mes lèvres n'engloutissent son gland épais que je me mets à sucer.

— Putain…, lâche-t-il dans un souffle.

Je souris autour de son sexe, l'enfonçant au maximum dans ma gorge. Histoire de le titiller un peu, je relâche tout d'un coup et laisse sa queue humide tomber durement contre son ventre. Avant qu'il ne proteste, je fais courir ma langue sur toute la longueur, de la base jusqu'au gland, puis je me mets à léchouiller la petite fente au sommet. Il grogne et pousse les hanches un peu plus vers moi. Je sais qu'il a envie que je le prenne entièrement, mais je veux d'abord le rendre fou de désir, l'entendre me supplier de le prendre tout entier. Je lui réclame suffisamment son sexe comme cela. Cette fois, j'ai envie que ce soit lui qui réclame soit ma bouche, soit ma chatte. Il peut avoir l'une ou l'autre, mais je veux qu'il me supplie.

— Tu aimes ça, bébé ? Ma bouche sur ta queue ? demandé-je d'un air faussement pudique tout en continuant à faire courir ma langue de haut en bas, de droite à gauche.

— Oh, putain… Oui, continue.

Tout sourire, je m'enivre de ce sentiment puissant – savoir que je suis en train de le rendre fou. Ses abdominaux se contractent sous mes yeux tandis qu'il se redresse sur les coudes pour mieux me regarder faire. Il passe alors une main dans ma nuque, cherchant à me rapprocher de son sexe, à prendre le contrôle. Mais il est hors de question qu'il l'obtienne. Il va falloir me supplier pour ça.

Je plante les doigts dans ses hanches et pose la bouche sur son gland impressionnant pour, centimètre après centimètre, le prendre dans ma gorge. Je fais de mon mieux pour toucher sa queue le moins possible avec la langue, histoire de le torturer un peu plus. Une pellicule de sueur dessine désormais chaque creux de ses abdominaux, et je sens aussitôt une nouvelle vague humide surgir entre mes cuisses. Plus je suce Chase et plus ma chatte est mouillée. Jamais sucer un homme ne m'a procuré autant de plaisir.

Chase se redresse encore, plaque une main sur ma cuisse puis fait courir ses mains jusqu'à mes fesses, où il se met à me chatouiller en direction de mon sillon avant d'agripper ma chatte d'une main ferme.

— Oh, purée, tu es trempée. Tourne-toi et laisse-moi te lécher.

Ses paroles me font oublier toute idée de supplication. Vu mon état, c'est moi qui suis à deux doigts de le supplier s'il ne me touche pas tout de suite. Alors, sans la moindre once de détermination, je pivote sur mes genoux tandis qu'il se rallonge sous mon corps. Avant même de pouvoir lever un genou pour l'enjamber, les grandes mains de Chase m'agrippent par les hanches et me soulèvent dans les airs pour me poser directement sur son visage. Avec les oreillers calés sous son crâne, il est parfaitement positionné, et je n'ai même pas le temps d'attraper son sexe qu'il a déjà enfoui sa bouche entre mes cuisses, sa langue trouvant sa cible avec une précision inégalable.

Je lâche un cri de plaisir, n'en revenant pas que cet homme soit capable de me faire jouir avec trois coups de langue. Ses doigts experts écartent les pétales de mon sexe afin qu'aucune zone n'échappe à sa bouche avide. Il est partout, m'engloutissant sans relâche. Je sens mon essence envahir mon sexe. Il gémit, suce et boit ma semence comme s'il mourait de soif. Alors, telle une bête assoiffée de sexe, je donne des ruades contre son visage, brûlant de jouir sur lui. Chase s'écarte soudain, et je lâche un cri de désespoir.

— Non !

Ma tête retombe contre son sexe palpitant, et j'ai le corps envahi de picotements, en suspens au-dessus de l'orgasme latent.

— Suce-moi, grogne Chase en illustrant son désir d'un violent coup de hanches.

J'avais fini par oublier que lui aussi était sur le point de jouir.

— Oh…, murmuré-je avant de me remettre à l'ouvrage.

Tout son corps se crispe alors, et sa langue me perce si profondément que je manque de jouir dans la seconde. De violents spasmes me secouent tandis que nous nous dévorons l'un l'autre, notre position nous liant peut-être encore plus intimement que d'habitude. Chaque surface de l'avant de son corps est pressée contre le mien. Je sens son cœur marteler sa poitrine, chaque coup résonnant contre mon ventre. Me tenant les jambes écartées devant lui, Chase me dévore.

Je continue à lécher son gland engorgé et, du bout du pouce, il se met à jouer avec la peau qui entoure mon clitoris, y dessinant des cercles de plus en plus appuyés avant d'y faire courir sa langue avide. Mon corps est à deux doigts de voler en éclats, sous cette pression dévastatrice. Désireuse de lui donner autant de plaisir qu'il m'en donne, je plonge un peu plus loin sur son sexe, tremblante, chancelante, mes doigts s'enfonçant dans sa chair tandis que je m'agrippe à lui dans une danse passionnée. Usant du peu de résistance qu'il me reste, je me dégage enfin, et sa bouche me libère dans un bruit de succion humide.

— Reste là, toi…, lâche-t-il en gardant les mains fermement agrippées à mes fesses. Cette petite chatte est à moi.

Tous mes membres sont en feu. Si ses paroles crues n'avaient pas suffi, l'instant où ses dents effleurent mon point sensible avant de s'y planter est déterminant. Le cri que je pousse est si déchirant que j'ai l'impression de fondre sur place. L'orgasme me frappe tel un mur de flammes, m'embrasant de l'intérieur. Mon corps se convulse contre sa bouche, sans me demander une seule seconde si je lui fais mal.

Lorsque je me repenche en avant, le sexe de Chase est toujours dressé devant moi. Je m'humecte les lèvres avant de reprendre son gland en bouche et d'y déposer de tendres baisers. Je distingue le souffle court de mon homme dans mon dos, son rythme toujours plus saccadé à chacun de mes coups de langue. Je me remets alors à lécher de la base jusqu'au gland, l'enrobant de ma salive. Une fois parvenue à lui faire gémir mon nom et à caresser mes cuisses et mes fesses, je l'engouffre de nouveau dans la chaleur humide de ma bouche et glisse le bout de ma langue sous la peau humide de son gland. Pris d'un sursaut, il s'enfonce plus profondément dans ma gorge. Maintenant que j'ai eu ce que je désirais, je veux qu'il me supplie. Je me dégage alors puis, faisant jouer ma langue contre la base de son gland, je souffle :

— Qu'est-ce que tu veux, bébé ?

— Suce-moi, Gillian. Suce-moi…, grommelle-t-il d'une voix rauque de désir.

J'obéis docilement, alternant entre de petits suçotements et de longs coups de langue. Mais la frustration prend très vite le dessus, et il se remet à cambrer les hanches. Alors que je pensais avoir le dessus, Chase enfonce deux doigts dans ma chatte. Je me fige sur place et lâche un gémissement. Le rire qui s'échappe de sa gorge me paraît légèrement sadique, moi qui ne le vois pas. Mais il est hors de question qu'il reprenne le contrôle.

Redoublant d'efforts, je le prends dans ma bouche et me mets à le sucer de plus en plus vite, creusant les joues et aplatissant la langue contre sa peau. Je remue les hanches frénétiquement, laissant ses doigts me baiser jusqu'à me repousser sur le point de l'orgasme. De la main droite, j'agrippe ses couilles et me mets à les caresser lentement.

— Putain, bébé..., grogne-t-il en cambrant tellement les hanches que sa queue manque de me donner un haut-le-cœur. Faut que je baise ta putain de bouche. Faut que je la baise...

Il est en train de perdre le contrôle, et j'adore ça. Je laisse courir mes doigts un peu plus loin et trouve sa minuscule rosette, s'ouvrant et se contractant à chacun de mes va-et-vient. Je lèche mon doigt et le place délicatement contre son anus. Chase donne un violent coup de hanches, et je le suce plus fort avant d'enfoncer mon doigt dans son orifice bouillant. Il hurle de plaisir.

Nos corps sont désormais maculés de sueur, et je continue à le sucer tout en lui baisant le cul avec le doigt. Les premières gouttes arrivent et je les avale goulûment. Chase me baise la bouche à coups de va-et-vient frénétiques, et je me grise de son sexe. J'ouvre la gorge et laisse sa queue s'enfoncer jusqu'au bout dans la caverne étroite de ma bouche.

— Oui, bébé. Oui, je vais venir..., grogne-t-il entre ses dents tandis que je me délecte de sa semence.

Sa mâchoire et les muscles de son cou sont incroyablement tendus, sous l'effort.

Je suis à deux doigts d'éclater sous un deuxième orgasme. La main sur son sexe, je me mets à le branler de plus en plus vite puis lèche ses couilles et son anus en mouillant un second doigt. Lorsque je replace sa queue dans ma bouche, je la glisse directement tout au fond de ma gorge, et j'enfonce un deuxième doigt dans son cul, jusqu'au sphincter.

— Putain ! hurle-t-il entre mes cuisses avant de se remettre à dévorer mon clitoris.

L'orgasme m'atteint à l'instant où les jets brûlants de sa semence m'envahissent la gorge. J'avale goulûment tout en m'enivrant de la vague de plaisir qui m'électrise tout le corps.

Quelques instants plus tard, ou peut-être est-ce une heure – je n'en sais rien, nous sommes écroulés sur le lit, moi toujours sur lui, son sexe encore un peu dur posé sur ma joue. Son souffle haletant réchauffe la chair humide de mon sexe. Lentement, je me redresse et me tourne vers lui. Il m'attire contre son torse, et je dégage mon front des mèches humides de mes cheveux tout en faisant de mon mieux pour revenir sur la terre ferme.

Chase me fait redresser la tête et me gratifie d'un baiser lent, délicieux, plein de sens.

— Je t'aime trop, putain.

Mon cœur s'emballe comme jamais. Je souris et lui rends son baiser, goûtant ma semence sur ses lèvres veloutées.

— Et moi, je t'aime encore plus… putain.

Si je devais garder une image de cet instant, ce serait le sourire radieux qu'il m'adresse. Il prend mon visage du bout des doigts et me fait pivoter avant d'essuyer ma joue du plat du pouce.

— Tu as mon sperme partout, rit-il en me montrant son doigt.

Je fonds alors sur lui, aussi rapide qu'un ninja, et me mets à lécher la substance salée sur son pouce, jusqu'à ce qu'il soit impeccable.

Chase me dévisage, à la fois perplexe et plein de désir, le regard de nouveau empreint de cette dangereuse teinte bleu marine.

— Ce que tu viens de faire est terriblement sexy, souffle-t-il en m'attirant vers lui pour m'embrasser fougueusement, cette fois.

On dirait bien que le deuxième round commence…

***

Gillian

Quelques heures plus tard, nous sommes en route pour aller bruncher chez sa mère. À peine remise du marathon sexuel de ce matin, je m'enivre du paysage luxuriant qui s'offre à nous dès que nous quittons la ville toute de ciment, de briques et de verre. La rue qui mène à la demeure de son oncle Charles est jonchée de jolis réverbères en fer forgé et de splendides maisons aux pelouses manucurées et toutes cernées de buissons de roses. Je déteste les roses. Une chose aussi belle ne devrait pas être aussi douloureuse. Depuis que mon harceleur a fait de cette fleur sa signature, c'est bien la dernière chose que j'ai envie de voir. Même si quelque part, ça cadre plutôt bien avec mon état d'esprit, blasée que je suis à l'idée d'aller voir la mère de Chase.

Le portail de la propriété des Davis est situé tout au bout de la rue. La maison est juchée en haut d'une colline, tel un château qui dominerait son domaine. C'est terriblement prétentieux. Mais l'oncle de Chase est un type bien. Le fait qu'il l'ait pris sous son aile, enfant, quand sa mère était à l'hôpital et son père en prison pour avoir essayé de la tuer, témoigne de l'amour qu'il porte à son neveu. Et le fait qu'il ait été la figure masculine principale des premières années de vie de Chase ne peut que forcer mon admiration.

Jack nous ouvre la portière, et nous sortons de la voiture. Chase me prend aussitôt la main pour me faire monter les marches qui mènent à la porte d'entrée. Un petit sourire orne son visage. J'adore le voir heureux – je dirais même insouciant. Je lui donne un petit coup d'épaule taquin, ce qui me vaut un sourire à couper le souffle. Mon Dieu que cet homme est beau…

Plutôt que de frapper, Chase entre comme s'il était le propriétaire des lieux. Vu qu'il a grandi ici, quelque part, c'est un peu comme s'il rentrait chez lui.

Le vestibule que nous traversons me rappelle une fois de plus la fortune démesurée dont disposent les Davis. Un double escalier hélicoïdal marque l'entrée, tandis que les murs sont envahis d'impressionnantes huiles – probablement que des originales. Des antiquités hors de prix, associées à des œuvres plus contemporaines, envahissent les pièces immenses. J'essaie de m'imaginer quatre jeunes garçons et une petite fille en train de courir au milieu de toute cette ostentation, mais cela me paraît bien difficile.

— C'était déjà comme ça, quand tu étais petit ? dis-je à Chase alors qu'il me guide vers l'arrière de la maison, zone que je n'ai pas encore eu l'occasion de découvrir.

— Non. Ma mère a tout redécoré, plus tard. Ma tante avait fait en sorte que la maison soit vivable pour des enfants, avant sa mort. Une fois que nous avons été adolescents et que Mère a été pleinement rétablie, elle a décidé d'en faire son joujou. À cette époque, ma tante nous avait déjà quittés…

Je comprends mieux pourquoi tout me semble si rigide, ici. Cette demeure est à l'image de la femme qui l'a composée. Je suis incapable de m'imaginer grandir dans une maison où je n'oserais même pas m'asseoir sur un canapé. Ma mère a toujours été une grande fan des gros divans bien confortables et des matières duveteuses. Il va d'ailleurs falloir que je songe à apporter ma touche, dans le penthouse, et que je me décide à vider quelques-uns de mes cartons.

— Quand est-ce que je pourrai décorer le penthouse ?

Chase s'arrête, pivote sur un pied et m'embrasse. Sa main s'enfouit alors dans mes cheveux tandis que son baiser s'intensifie. Une fois tous deux à bout de souffle, il s'écarte tout en laissant son front posé contre le mien.

— C'était en quel honneur, ça ?

Je ne suis évidemment pas contre ce genre de démonstration affective, mais on ne peut pas dire que la situation s'y prête beaucoup…

— J'adore t'entendre dire ce genre de choses qui confirment que tu vas faire partie de ma vie de manière permanente… Tu peux faire ce que tu veux dans le penthouse, bébé, tant que ça reste raisonnable, bien sûr.

Puis il me tire par la main, et je le suis dans un long couloir. J'ai l'impression d'être un rat dans un labyrinthe.

— Je n'ai pas l'intention de dépenser des fortunes, tu sais, répliqué-je, contrariée qu'il puisse penser cela de moi. Et puis, j'ai mon argent à moi, je te rappelle. Je travaille.

— Tu es trop mignonne, ricane-t-il.

Mais cette fois, c'est moi qui me fige sur place et le force à s'arrêter. Le front plissé et une main sur la hanche, je lance :

— Je peux savoir ce que ça veut dire ?

Chase inspire lentement et sourit.

— Ça veut dire qu'une fois mariés, nous achèterons ou nous ferons construire notre maison à nous, bébé. Un endroit que nous aurons choisi tous les deux. Depuis que tu m'as dit que tu voulais porter mes enfants…, souffle-t-il en pressant ma main, je n'arrive pas à m'enlever l'image de toi avec ton petit ventre rond. L'image de mon bébé qui grandit en toi. (Il secoue la tête, et son regard fouille le mien.) Qu'est-ce que tu serais sexy, bon sang…

Alors là, je m'attendais à tout sauf à ça ! Voilà qu'il veut une maison à nous, et des enfants ?

— Qui êtes-vous ? Et qu'avez-vous fait à mon fiancé ? Vous savez, ce bourreau de travail, maître de son empire et dieu du sexe… Où est-il passé ?

Alors, d'un geste fluide, Chase m'attire vers lui et plaque les mains au-dessus de mes fesses.

— Je suis tout ça à la fois, chérie, mais j'ai aussi envie d'un foyer. D'un endroit où nous retrouver après nos voyages, après une longue journée de travail… On y élèvera nos enfants, une fois que nous aurons décidé de nous lancer. Sa mâchoire se contracte, et lorsqu'il poursuit, c'est d'une voix envahie par le doute : Ce n'est pas ce que tu veux ?

— C'est tout ce dont j'ai toujours rêvé, Chase..., m'empressé-je de répondre. Et l'avoir avec toi...

Ça y est, je vais me mettre à pleurer.

— Je sais, bébé. Je sais.

Oui, il le sait. Il est là, avec moi, à se faire à cette nouvelle dimension. À découvrir qu'il n'y a rien de mal à courir après le rêve américain. La maison, les deux enfants et demi et une jolie pelouse clôturée. Même les maîtres de l'univers ont envie d'une maison et d'une famille.

— Viens, Mère nous attend. Et elle déteste les retardataires.

Tiens, ça me rappelle quelqu'un que je connais... Prenant sur moi pour ne pas lever les yeux au ciel, je le suis en accélérant le pas, sans une seule seconde lui lâcher la main. Chase et moi avançons vers notre avenir, et rien ne pourra gâcher ce moment.

6

Gillian

Comme j'avais tort… À la seconde où nous pénétrons dans le « jardin d'hiver », nous sommes accueillis par une Colleen plus renfrognée que jamais.

— Mère ! s'exclame jovialement Chase en avançant vers elle.

Elle est assise dans un fauteuil à haut dossier d'un blanc immaculé, les lignes dorées qui y courent à la verticale me faisant penser à un chapiteau de cirque. Je n'oserais jamais m'asseoir dans une chose pareille, et encore moins y boire un café, de peur de la tacher…

— Mon chéri, sourit-elle avant de lui tapoter la joue.

Chase dépose un baiser sur son front.

— Bonjour, mademoiselle Davis, dis-je d'une voix timide, toujours figée sur le seuil où Chase m'a laissée pour aller embrasser sa mère.

Son regard croise le mien ; ses lèvres se pincent aussitôt.

— Alors tu la fréquentes toujours ? crache-t-elle en reportant son attention sur son fils.

Toujours souriant, Chase me rejoint en tendant le bras.

— Bien sûr que oui. Et je compte bien la fréquenter jusqu'à la fin de mes jours, d'ailleurs, dit-il fièrement en passant un bras sur mes épaules pour me serrer contre lui, comme il aime tant le faire.

Ses lèvres effleurent brièvement la naissance de mes cheveux. Le visage de sa mère se contracte alors tellement que je crains un instant qu'elle garde cette grimace à vie.

— Nous allons nous marier, annonce soudain Chase d'un air véritablement heureux.

Je crois bien que je ne l'ai jamais vu partager une telle émotion avec qui que ce soit, jusqu'ici. En général, il garde tout pour lui.

— C'est une blague ? rétorque sa mère.

— Non, Mère. Gillian a accepté de m'épouser.

La confiance avec laquelle il prononce cette phrase me fait fondre sur place, et je me pâme contre lui. Il me guide alors vers le canapé qui fait face au fauteuil où sa mère est assise. Je prends un instant pour balayer la pièce des yeux. Tout le mur droit ainsi qu'un quart du plafond sont entièrement vitrés, ce qui donne une vue resplendissante sur l'extérieur. La propriété des Davis est beaucoup plus grande que ce dont je me souvenais, de cette fameuse soirée où nous avions fêté l'anniversaire de l'oncle Charles et où nous avions eu une petite explication au sujet de Megan la Garce.

— Quand ? lance-t-elle d'une voix sèche qui me fait aussitôt reporter mon attention sur son expression écœurée.

De toute évidence, il ne va pas falloir s'attendre à ses félicitations… Je mets ma main à couper que si nous n'étions pas là, elle aurait envoyé voler sa tasse de thé à travers la pièce. L'espace d'un instant, j'essaie de l'imaginer perdre complètement les pédales. Je m'avance pour répondre, mais Chase me devance.

— Très bientôt.

Il ne me lâche pas. Son sourire est immense. Sous la lumière de ce début d'après-midi, il semble déborder de vie, et totalement en paix. Le fait de savoir que c'est moi qui suis responsable de cette humeur m'emplit de bonheur. Colleen tord la bouche, cherchant vainement à cacher son irritation.

— Mais vous vous connaissez à peine ! Vous ne trouvez pas que c'est un peu tôt pour parler mariage ? Mon chéri…, ajoute-t-elle comme pour apporter du baume sur la blessure qu'elle vient de nous infliger.

Chase semble enfin réaliser que la nouvelle est loin de réjouir sa mère.

— Nous sommes amoureux, Mère. Il n'y a aucune raison d'attendre.

— Et j'imagine que mademoiselle a envie de se faire mettre la bague au doigt au plus vite… ? siffle-t-elle d'un ton méprisant au possible.

— Mais pas du tout ! rétorqué-je en voulant lui expliquer que ces six semaines ne sont pas ma décision.

— Ça suffit, Mère. Pour tout vous dire, Gillian aimerait attendre un an. Mais moi, je veux me marier tout de suite. Le mariage aura lieu dans six semaines.

Mlle Davis hoquette avant de plaquer une main sur sa bouche.

— Tu n'es pas sérieux, Chase ! Tu la connais à peine !

— Je sais ce que je veux. Gillian et moi allons nous marier, et je vous demanderai de garder votre avis pour vous, désormais, tranche-t-il avant d'ajouter d'une voix plus grave : À moins que ce ne soit pour féliciter votre fils et accueillir sa fiancée dans notre famille.

L'insolence avec laquelle il lui jette cela à la figure, sans même paraître le mesurer, me rend terriblement fière de lui. Que mon homme me soutienne n'est pas rien, en particulier face à sa mère. Je ne comprends toujours pas pourquoi cette femme est incapable de m'apprécier. J'ai à peine échangé quelques mots avec elle, depuis notre rencontre, tous ces mois plus tôt au gala de charité.

Tel un caméléon qui change de couleur, elle semble soudain se radoucir de tout son être.

— Je m'excuse, mon chéri. Je n'ai toujours voulu que ton bonheur, tu comprends ?

Puis, la voix fêlée par les larmes, elle tend un bras. Chase s'avance et s'agenouille devant elle. Je déteste la voir le contrôler comme ça… Je prends sur moi pour ne faire aucun commentaire et la regarde, écœurée, poser la main en coupe sur sa joue.

— Mon chéri… Si cette femme est ce que tu veux, alors prends-la.

Le sourire de Chase illumine une fois de plus la pièce. Les lèvres de sa mère s'étirent doucement, puis son regard se pose sur moi.

— Bienvenue chez les Davis, ma chère. On dirait bien que nous avons un mariage à organiser.

Chase se relève en frappant des mains d'un air extatique.

— Oui, génial ! Mère est douée pour organiser les mariages. Vous verrez, à travailler main dans la main, vous finirez forcément par devenir amies.

Je suis convaincue que mes yeux sont sur le point de sortir de leurs orbites. C'est très clairement la dernière chose dont j'ai envie sur cette terre. Mais plutôt que de faire éclater la bulle de bonheur de mon homme, je me contente de sourire en hochant mollement la tête, incapable d'autre chose pour le moment.

La porte derrière moi s'ouvre, et l'oncle de Chase surgit dans la pièce.

— J'ai raté le thé ? Désolé, des affaires qui m'ont demandé plus de temps que prévu…

Chase tend la main à son oncle pour le saluer.

— J'étais en train d'annoncer à Mère que j'avais demandé la main de Gillian, et qu'elle avait accepté.

— Bien joué, mon garçon ! s'exclame Charles en lui tapotant le dos avant de le serrer contre lui. Oubliez le thé ! Une nouvelle pareille exige du champagne !

La joie de son oncle est tellement contagieuse que je finis par relâcher un peu la tension qui n'a cessé de s'accumuler dès l'instant où j'ai mis les pieds dans cette maison.

— Je ne pourrais pas être plus d'accord, dis-je tandis que son oncle me tire du canapé pour m'étreindre à mon tour.

— Vous ferez une mariée magnifique, et je suis bien

heureux que vous fassiez bientôt partie de la famille Davis, ma chère, lance-t-il avec un grand sourire avant de me faire la bise.

Charles Davis est l'élégance à l'état pur. Ses cheveux poivre et sel gominés en arrière lui donnent un petit air d'homme d'affaires irrésistible. Le costume gris cendré qui ceint sa silhouette effilée a sûrement coûté plus cher que ma voiture, et il le porte à merveille. Derrière son apparence prétentieuse et inaccessible, on découvre très vite un regard chaleureux et un sourire avenant.

— Merci, dis-je en tendant la main vers Chase, qui s'empresse de me recoller à lui.

Je m'enivre aussitôt de son parfum d'agrumes qui a le pouvoir de calmer mes nerfs. En dehors du jour où je lui ai dit « Oui », je ne l'ai jamais vu aussi heureux. Et je n'ai pas envie de gâcher ce moment en montrant à quel point sa mère me met mal à l'aise.

— Charles, Chase… Si vous alliez chercher du champagne et des cigares pour vous deux, le temps que je discute avec ma future belle-fille, de femme à femme ?

Ses lèvres se tordent en un sourire forcé qui est tout sauf agréable.

— Bonne idée, Mère.

Chase m'embrasse alors beaucoup trop brièvement à mon goût, ce qui me force à le retenir par la nuque et à réclamer un baiser plus langoureux.

Enfin, il s'écarte et incline la tête pour me manger du regard.

— Je reviens, bébé, souffle-t-il avec un baiser léger.

— Fais vite, dis-je, en espérant mettre assez de crainte dans ma voix sans toutefois laisser deviner que je n'ai aucune envie de me retrouver seule avec sa mère.

— Ça suffit. Le champagne, Chase chéri, intervient alors celle-ci d'une voix irritée.

Les deux hommes s'éloignent au petit trot. Je ne quitte pas Chase des yeux jusqu'à ce qu'il franchisse la porte.

— Vous travaillez vite..., siffle-t-elle aussitôt.

Alors là, non. Il est hors de question que je me laisse marcher dessus plus longtemps.

— C'est quoi, votre problème, avec moi ?

Elle souffle avant de poser un ongle rouge vif sur sa lèvre.

— Je cherche seulement à savoir après quoi vous en avez. J'ai fait mes recherches, vous savez.

— Et qu'est-ce que vous avez trouvé pour me détester à ce point, sans même chercher à me connaître ?

— Pas besoin de creuser bien loin pour deviner que vous êtes complètement détruite.

Tout mon corps se crispe. Une bouffée de chaleur m'envahit la poitrine, et ma peau se fait soudain toute moite. Chase m'a promis qu'il ne parlerait jamais à personne de mon passé. Partant du principe qu'elle y va au bluff, j'inspire un bon coup et je rétorque :

— Je ne suis pas sûre de voir ce que vous voulez dire.

— Je sais que vous avez un passé compliqué. L'ordre de restriction que vous avez émis contre une certaine personne il y a quelques années de cela me suffit pour savoir que vous avez été battue. (Son grand sourire me donne la nausée.) Vous êtes pauvre, mais éduquée. Et là où vous êtes certainement le plus douée, c'est pour écarter les jambes, étant donné que vous travaillez à la fondation de mon fils.

— Tout cela est exact, dis-je en voyant son sourire s'agrandir face à mon aveu. En dehors du fait que j'ai couché pour grimper les échelons. Je ne veux pas de l'argent de Chase. Je n'en ai jamais voulu. S'il me le demandait, je signerais un contrat de mariage sur-le-champ.

— Je m'assurerai qu'il le fasse, ne vous inquiétez pas, rétorque-t-elle avec une nouvelle grimace. Il est hors de question que vous touchiez un seul centime si vous faites du mal à mon fils.

Faire du mal à son fils ? Est-ce vraiment ce qu'elle s'imagine ? Est-ce ainsi qu'une mère parle à la future femme de son enfant ?

— Eh bien, je vous souhaite bonne chance, dans ce cas. Chase m'a déjà dit qu'il ne voulait pas établir de contrat, mais sincèrement, si vous parvenez à le convaincre du contraire, je n'y vois aucun inconvénient. Et je n'ai aucune envie de lui faire du mal. Je l'aime, mademoiselle Davis. Je l'aime énormément.

— Tu parles. La dernière petite rouquine qui a dit ça l'a trompé. Ça l'a complètement détruit. Il a mis des années pour s'en remettre. Ce n'est que depuis tout récemment que je vois mon garçon enfin revivre.

Elle s'apprête à poursuivre, mais je la coupe.

— Et à qui le doit-il, à votre avis ?

Elle me scrute d'un regard glacial.

— À moi, déclaré-je en pointant le doigt sur ma poitrine. À notre amour. Ces derniers mois n'ont pas toujours été faciles, mais nous avons trouvé quelque chose, chez l'un comme chez l'autre, que nous ne pouvons renier. (Les larmes envahissent soudain mes yeux, et je sens l'une d'elles couler sur ma joue.) Ce que nous partageons est réel, et je vous jure sur la tombe de ma mère que je serais prête à tout pour le rendre heureux.

J'essuie mes larmes du dos de la main tout en essayant de me reprendre.

— Nous verrons bien. Vous êtes prévenue : je ne vous lâcherai pas. Aucune femme sur cette planète n'est assez bien pour mon fils, lance-t-elle en me dévisageant de la tête aux pieds. En particulier une pauvre fille paumée née du mauvais côté de la barrière.

Son ton méprisant me fait l'effet d'une gifle. Je comprends soudain que je ne pourrai jamais lui faire changer d'avis sur moi.

— Alors c'est une chance que ce ne soit pas vous que j'épouse. Cette conversation est terminée. Je retrouverai mon chemin toute seule, étant donné que vous n'êtes pas dans la capacité de m'accompagner, craché-je en posant un regard appuyé sur son fauteuil roulant, qui attend à côté d'elle. (Ses yeux me percent une fois de plus de leur poison.) Quel dommage que le père de Chase vous ait laissée handicapée. Vous ne seriez peut-être pas aussi frustrée… Au moins ai-je survécu à ce qu'on m'a fait. Par contre, vous, vous vous en êtes sortie vivante mais plus détruite que je ne le serai jamais. Parce que Chase est là pour panser mes blessures. Qui s'occupe des vôtres, déjà ? Ah oui, c'est vrai… Personne.

Ses yeux sont aussi grands que des soucoupes, et froids comme la glace.

— Il vous a raconté…, hoquette-t-elle, incapable de terminer sa phrase.

Je hoche la tête et avance vers la porte.

— Vous savez, nous nous ressemblons beaucoup plus que ce que vous vous imaginez. J'ai passé des années à laisser un homme me battre, au point de presque en perdre la vie, avant de m'en sortir.

Sa bouche s'ouvre sous le choc, abandonnant momentanément toute trace des bonnes manières dont elle exsude habituellement.

— Je ne suis pas encore totalement guérie. Mais grâce à Chase, chaque jour qui passe me paraît meilleur que le précédent. C'est quoi, votre excuse, à vous ? Vous avez tout : l'argent, l'amour inconditionnel de votre fils, une belle famille... (Je secoue la tête d'un air exaspéré.) Vous savez quoi ? Je me fiche de ce que vous pensez de moi.

Puis j'ouvre la porte et je l'abandonne à ses pensées méprisables. Rien de ce que je pourrais faire ou dire ne me rendra grâce à ses yeux. Et Chase se fourre clairement le doigt dans l'œil, s'il s'imagine une seule seconde que je vais organiser le plus beau jour de ma vie avec une vieille harpie.

Une fois dehors, je découvre Austin et Jack adossés à la limousine. Jack sort aussitôt son téléphone.

— Elle est dehors avec nous, aboie-t-il.

Je me rue vers la voiture sans chercher à dissimuler ma colère.

— Tout va bien, mam'selle ?

L'accent traînant et chaleureux d'Austin me déclenche une nouvelle crise de larmes. Sa main chaude se pose sur mon épaule. À cet instant précis, j'ai juste besoin d'un ami. De quelqu'un qui prenne soin de moi. Je secoue la tête, et il m'attire contre son torse. C'est une telle armoire à glace que ses bras semblent m'entourer par deux fois.

— Ça ne va pas plaire à M. Davis, ça…, le prévient Jack d'une voix grave.

Un sanglot saccadé s'échappe de ma gorge, et je serre Austin un peu plus fort, avide de cette proximité, regrettant seulement que ce ne soit pas Chase à sa place.

— Ce qui ne va pas lui plaire, c'est surtout de voir que sa femme souffre et que tout le monde s'en fiche, commente Austin.

— Oui, vous avez raison, nous parvient soudain la voix sèche de Chase, derrière nous.

Avant que je ne puisse réagir, on me fait pivoter et je me retrouve dans les bras les plus accueillants de tout l'univers. Mon refuge.

Les bras de Chase m'encerclent, et le monde entier semble disparaître autour de nous. Le souffle toujours haletant, je suis incapable de prononcer le moindre mot. Les frissons me secouent le corps tandis qu'il me tient plaquée contre lui, me protégeant, m'apaisant.

— Tout va bien, bébé, je suis là. Allez, on rentre, murmure-t-il contre mes cheveux.

Je hoche la tête et le laisse me pousser dans la limousine. Avant de refermer la portière, je l'entends s'adresser à Austin :

— Vous êtes un chic type, mais ne prenez pas l'habitude de mettre vos pattes sur ma femme, à moins que ce soit pour la protéger.

— C'est exactement ce que je faisais, monsieur, répond Austin.

Je sens le corps de Chase se raidir, puis il hoche une fois la tête. Au bout d'un long moment, il me serre un peu plus fort et dit :

— Je vous crois.

Alors, la portière se referme et le moteur se met à gronder. Le temps semble s'étirer dans un brouillard de larmes et de sanglots.

J'aime cet homme. J'aime cet homme. J'aime cet homme. Cette phrase résonne comme un mantra, sous mon crâne.

Alors que je pensais le voir devenir dingue, voilà qu'il me surprend avec une douceur et une compréhension que je n'aurais jamais imaginées.

— Désolée d'avoir pris Austin dans mes bras. Il cherchait juste à me consoler, je t'assure…

Les mots s'échappent de manière saccadée. Chase fait courir ses doigts sur ma joue avant de me prendre doucement par la nuque.

— Je sais, bébé. Il semble vraiment tenir à toi, même si j'ai du mal à l'accepter.

— Non, non, ce n'est pas ça, dis-je en dégageant mon visage. Il se comporte comme un frère avec moi. Je t'assure qu'il n'a jamais laissé sous-entendre quoi que ce soit.

Il est crucial qu'il comprenne cela. Je ne supporterais pas que Chase soit jaloux de mon garde du corps, et je refuse d'en avoir un autre. Je commence tout juste à me faire à sa présence.

— Je le sais, bébé. Ne t'inquiète pas, j'ai fait mes recherches. Il a cinq sœurs, dans le Kentucky. Quand une femme intéresse un homme, ce n'est pas comme ça qu'il la console. Oui, il te rassurait comme un frère. C'est exactement ce que je faisais avec Chloe, avant. Je sais faire la différence.

— Merci. Je l'apprécie beaucoup, tu sais, dis-je en jetant un coup d'œil à l'écran qui nous sépare du côté conducteur. Plus que Jack.

Chase éclate de rire.

— J'avoue que Jack est un peu plus bourru. Il n'accorde pas facilement sa confiance. Il m'a fallu des années pour avoir la relation que j'ai avec lui aujourd'hui. Mais une fois que tu seras ma femme et qu'il comprendra que tu es là pour de bon, il se détendra un peu, ne t'inquiète pas. Alors..., ajoute-t-il en me serrant contre lui. Tu vas me dire ce qu'il s'est passé, pour que Mère te mette dans un tel état ?

Un long soupir s'échappe de mes lèvres, et je me redresse contre son bras. Je savais qu'il allait falloir aborder le sujet, mais cela ne rend pas la chose plus agréable.

— Elle pense que je ne suis pas assez bien pour toi. Elle me l'a dit très clairement.

La mâchoire de Chase se contracte, et il rejette le crâne en arrière pour le poser sur l'appuie-tête.

— Ça n'a rien à voir avec toi, Gillian. Depuis Megan, elle...

Il inspire un bon coup.

— Je sais. Elle pense que je vais te faire du mal. Mais elle n'a pas besoin de m'en faire en retour ! Elle a dit qu'elle s'assurerait que je signe un contrat de mariage, qu'il était hors de question que je t'épouse pour ton argent. J'ai vraiment envie de signer ce contrat, juste pour lui prouver qu'elle se trompe ! (C'est une bonne idée, après tout. Et j'ai envie de prendre cette histoire très au sérieux.) Demande à tes avocats d'en rédiger un. Je signerai ce foutu papier sous ses yeux, s'il le faut. (Mon indignation monte en flèche, se muant peu à peu en une rage folle.) Je lui prouverai que je ne veux pas de ton argent !

— Chhh, Gillian. Calme-toi, bébé. Il n'y aura pas de contrat de mariage. Nous en avons déjà parlé. Tout ce que j'ai est à toi, et tout ce que tu as est à moi. C'est *ça*, un vrai mariage. Partager notre argent n'est juste qu'une extension de mon engagement, dit-il en déposant un baiser dans ma nuque.

— Elle n'y croira jamais, à notre histoire… Je ne supporterai pas l'idée que la seule autre femme que tu aimes me déteste. Je ne peux pas, Chase. C'est trop dur.

Je sais que ma lèvre tremble, sous la pulpe de son pouce.

— Tu finiras par la faire changer d'avis. (Je secoue la tête, convaincue qu'il se trompe.) Si, je te le dis. Nous devons simplement lui prouver que c'est sérieux, entre nous. La laisser t'aider à organiser ce mariage, ce sera un grand pas en avant pour gagner sa confiance, tu sais ?

— Je ne peux pas, Chase…

— Si, tu le peux, bébé. Je crois en toi. Tu m'as conquis, et tu la conquerras elle aussi. Promets-moi que tu essaieras.

Je plaque les mains sur mon visage sous la frustration et essuie les dernières larmes, en espérant que mon mascara n'ait pas trop coulé et que je ne me retrouve pas avec une tête de panda. Pour Chase, je suis prête à tout. Cet homme est le prix ultime. Oui, je peux convaincre sa mère. J'ai déjà fait bien pire. La mère de Justin me détestait, au début. Elle disait que j'étais trop coincée pour son fils, trop pimbêche. Même si notre relation était beaucoup plus cordiale sur la fin, elle ne s'était pas trompée : j'étais trop bien pour son fils. Mais il avait fallu qu'il manque de me tuer pour que je le comprenne. Cette fois, ce sera différent.

— Bon, je vais essayer de faire un effort, mais je te préviens, Chase : je ne changerai pas pour elle. Il va falloir qu'elle accepte mes copines, aussi. Tu sais comme elles sont importantes, à mes yeux. Et elles auront autant leur mot à dire qu'elle, voire plus.

— Voilà qui s'annonce palpitant. J'imagine parfaitement Maria remettre ma mère à sa place. Tu crois que je pourrais avoir des billets pour le spectacle ? J'apporterai le pop-corn, rit-il.

— Ce n'est pas drôle, rétorqué-je en lui donnant une petite tape sur le torse.

Il me tire alors à lui, me posant à califourchon contre son corps, pour me serrer dans ses bras.

Ses doigts remontent le long de mes cuisses tout en repoussant ma jupe. Ses mains empaument mes fesses recouvertes de dentelle, et d'un coup de reins, il plaque ses hanches aux miennes. Le gémissement qui s'échappe de mes lèvres résonne dans l'habitacle. Il m'a prise il y a à peine deux heures, et voilà que j'ai à nouveau envie de lui… Et vu la vitesse à laquelle son sexe se dresse, il ressent de toute évidence la même chose. Peut-être même encore plus fort.

— Défais ma ceinture.

Son regard encore rieur d'il y a quelques minutes a disparu. Les profondeurs océanes de ses prunelles sont désormais chargées de désir. C'est affreusement troublant. En un simple regard, il a le pouvoir de me faire saliver de désir.

Mon cœur battant la chamade, je défais sa ceinture, ouvre sa braguette puis libère son membre turgescent de son boxer. Tandis que je l'admire, Chase s'occupe de chatouiller le pli de mes fesses, sa toute nouvelle lubie. Je me penche pour embrasser mon homme quand le bruit d'un tissu que l'on déchire me parvient aux oreilles.

— J'adorais cette culotte, dis-je dans un murmure avant de mordiller sa lèvre en m'enivrant de son souffle.

— Je t'en achèterai d'autres, grogne-t-il en me léchant la bouche du bout de la langue. J'adore te les retirer comme ça. Je t'ai prévenue, Gillian : rien ne m'empêchera de te prendre où je veux et quand je veux. (Il tire doucement sur ma lèvre supérieure avant d'y passer de longs coups de langue réparateurs.) Surtout pas un bout de dentelle… (Sa main glisse alors entre mes jambes, et ses doigts caressent ma chair humide.) Oh, je vois que tu es prête, bébé. J'aime ça, grogne-t-il en frottant mon clitoris du bout du pouce.

— Mmm…

Je rejette la tête en arrière tandis que Chase me positionne sur son sexe. Ses mains se placent sur mes hanches, et d'un puissant coup de reins, il me pénètre jusqu'au fond.

Mon corps est aussitôt parcouru de frissons de plaisir, et je lâche un cri déchirant, incapable de me contenir. Austin et Jack m'ont très probablement entendue, mais je m'en fiche. Cet homme causera ma perte.

— Chevauche-moi, bébé, dit-il en effleurant la peau de mon cou du bout des lèvres.

Je me relève légèrement et pose une main sur chacune de ses épaules, tandis que ses paumes larges me portent au niveau des côtes.

Lorsque je me rebaisse, il me pénètre sauvagement, sa queue épaisse et dure martelant les parois de mon sexe. Chase soulève alors les hanches puis les genoux pour me plaquer un peu plus contre lui, si bien que notre connexion est la seule chose que je puisse voir lorsque je baisse les yeux. L'épaisse base de sa queue est collée à moi, et les lèvres de mon sexe grandes ouvertes pour l'accueillir.

— Vas-y, touche. Sens-moi en toi, bébé.

Il me redresse de quelques centimètres, et je place les doigts sur la base de sa queue, toute humide de notre union.

— Oh oui, j'adore…, murmure-t-il.

Le regard embrumé, je le laisse me pénétrer plus profondément encore, les pétales de mon sexe agrippant sa queue, me donnant l'image d'une étreinte à la fois vulgaire et graphique. C'est la chose la plus érotique que j'aie jamais vue, et les ondes inédites de plaisir dont elle submerge mon entrejambe rendent son passage plus moite encore.

Je regarde mon corps l'avaler tout entier, encore et encore, mon cœur martelant ma poitrine au même rythme que ses coups de reins. C'est comme s'il battait pour lui. Seulement pour lui. Quelques instants plus tard, ses mouvements se font plus enfiévrés, et je devine que l'orgasme approche.

— J'ai envie de te voir jouir sur moi. Mets-moi-en partout, bébé.

Entre ses paroles crues et son pouce qui se remet à me titiller le clitoris, je n'ai pas besoin de plus pour venir. Une bouffée de chaleur envahit chacun de mes pores, le plaisir m'électrise et m'envoie en orbite. Je jouis si fort qu'un hurlement s'échappe de ma gorge. Chase ne cherche même pas à l'étouffer, préférant plutôt accélérer la cadence, se servant de sa force pour me m'attirer de nouveau sur son sexe avec de violents coups de reins tout en torturant mon clitoris à coups de petits cercles et de pincements qui me font osciller entre extase et douleur. Ma chatte emprisonne son sexe toujours plus fort pour le faire enfin jouir, quelques secondes plus tard. Avec un grognement rauque, il me donne tout ce qu'il a.

Mais il poursuit ses coups de reins, le corps contracté comme jamais. La main cramponnée à mon épaule à m'en faire mal, il martèle ma chatte, encore et encore. Je ne tarde pas à sombrer dans un second orgasme, certes moins intense mais tout aussi satisfaisant.

Son sperme chaud asperge les parois de mon sexe, me réchauffant de l'intérieur tandis que je m'écroule sur son torse. Nous ne nous sommes même pas déshabillés, bien trop pressés de nous unir.

Chase me caresse tendrement le dos, son sexe toujours en moi perdant peu à peu sa vigueur.

— Tu te sens mieux ? souffle-t-il. Moi, oui.

Puis il illustre sa question d'un petit coup de reins qui m'envoie de délicieux picotements dans la colonne.

— Oui, dis-je en me nichant dans son cou. Mais tu sais que le sexe n'est pas la réponse à tout, n'est-ce pas ?

— Pourquoi ça ?

Il glisse la main dans les cheveux à la base de mon cou, et je m'écarte légèrement pour plonger les yeux dans les siens, toujours chargés de désir mais plus doux et plus bleus, désormais.

— Eh bien, parce que… Non, en fait, je n'ai pas d'argument, avoué-je en souriant.

— Moi, en revanche, j'ai quelques contre-arguments, rétorque-t-il en remuant les hanches.

— Tu es bête.

Je fourre le nez dans son cou et me mets à lécher sa peau salée.

— Mais tu m'aimes, dit-il en riant.

J'adore le son de son rire. Il est beau.

— Oui, je t'aime.

7

X

C'est l'heure. Les vestiaires sont vides de tous ces accros à la testostérone et de tous ces gens si gros qu'ils ne perdront jamais ces kilos dont ils se sont tant convaincus du pouvoir libérateur. Je trouve très vite le casier que je cherchais. Je l'ai suffisamment épié ces derniers temps pour le cerner. Ce pauvre type est tellement prévisible… Bien évidemment, son code correspond à l'anniversaire de sa fille. S'il s'était agi de celui de Gillian, j'aurais dû trouver un plan un peu plus complexe. Je pose le cylindre dans l'espace carré et attache la corde au gond du casier. Lorsqu'il l'ouvrira… BOUM. Plus de Phillip.

Des frissons d'excitation se mêlent à l'anticipation qui me torture et à l'image de ma femme à son enterrement… Toute de noir vêtue, son visage magnifique pleurant la perte d'un homme qui ne sera bientôt plus qu'un souvenir ridicule. Je m'en assurerai. Mon sexe se durcit en m'imaginant son expression quand elle apprendra que son meilleur ami de ces dix dernières années, son premier coup, a disparu en un claquement de doigts.

Bordel… C'en est même trop facile. Au bruit de pas qui approchent, je me retourne et fais mine d'enfiler mon sweat-shirt. Le bonnet qui me recouvre la tête permet de cacher la couleur de mes cheveux. Un type s'assoit et commence à se changer. Sans un mot, je lace mes chaussures tout en prenant bien soin d'éviter son regard. Il ne faudrait pas qu'un témoin se souvienne de mon visage, même si ça n'a pas vraiment d'importance, au final. Je passe mon temps ici. Aujourd'hui, je suis rentré par-derrière, avec l'un de mes amis coachs. Il n'y a donc aucune trace de mon passage, jusqu'ici. Désormais, il est temps de solidifier mon alibi.

Une fois seul, je rejoins discrètement la porte de derrière, puis je retire mon sweat, révélant le tee-shirt rouge vif hyper-criard que j'ai enfilé dessous. Je me débarrasse ensuite de mon bonnet et jette le tout dans ma voiture avant de repasser par l'entrée principale. La fille, derrière le comptoir, ne peut s'empêcher de flirter avec moi, et je profite de faire durer un peu la conversation tout en passant ma carte.

— Bosse bien…, me dit-elle d'un air dragueur.

— Oh, ça va être l'éclate, aujourd'hui ! dis-je, ravi de mon trait d'humour noir.

— Oh oui, l'éclate ! surenchérit-elle en me gratifiant d'un clin d'œil.

Je lui tourne le dos et lâche une grimace. Pauvre bimbo… Comme si j'allais me taper une nana refaite de la tête aux pieds quand je peux avoir quelqu'un d'aussi précieux que ma Gillian. Une femme qui n'a pas besoin de chirurgie plastique. Son corps a été sculpté par les anges... Lorsque je ferme les yeux, je revois sa peau laiteuse, ses mamelons rosés et la petite fente rouge nichée entre ses cuisses. Même son parfum me fait tourner la tête. Elle sentait toujours la vanille. Je suis incapable de mettre les pieds dans un *Starbucks* sans saliver en pensant à elle.

Je décide de m'installer sur une machine elliptique située à l'opposé des vestiaires, et j'attends. Vingt minutes plus tard, il apparaît, son corps de grand dadais entièrement recouvert de Nike. Décidément, ce type est d'un pathétique… Un sourire sadique étire mes lèvres lorsque je surprends mon reflet dans le miroir. Ça va péter.

Quelques minutes plus tard, la délicieuse musique que j'espérais tant me parvient enfin aux oreilles : des cris à glacer le sang mêlés à une agitation soudaine. Cette espèce de trou du cul est en train de hurler aux autres de sortir. C'est à cet instant précis que le rugissement de l'explosion me fait décoller de ma machine. Les bouchons d'oreille que j'ai eu la précaution de mettre étouffent à peine le tonnerre, tandis que tout le bâtiment tremble. Les lumières au plafond se mettent à vaciller. La fumée envahit tout le rez-de-chaussée, sous les hurlements des gens qui se ruent les uns vers les autres pour s'entraider. Je cours en direction des vestiaires pour me faire une idée des dégâts. En lieu et place de la pièce : un trou béant. Il y a des corps partout. Certains poussent des râles atroces, d'autres ne bougent déjà plus. Parmi ceux-ci, un pauvre type aux cheveux bruns. Il est sous un énorme tas de débris. Je suis incapable de dire s'il est mort ou vivant. J'espère mort, mais… Pourquoi la bombe ne s'est-elle pas déclenchée dans la seconde ?! Peut-être s'est-il contenté d'entrouvrir son casier, dans un premier temps. Peut-être la corde n'a-t-elle pas été suffisamment tendue quand il l'a ouvert. Quoi qu'il en soit, la bombe a fini par exploser et détruire cette partie du bâtiment, mais pas sa sale face comme je l'aurais espéré. Bordel de merde.

— Hé, tu nous files un coup de main ? lâche une voix rauque à ma droite.

Je baisse les yeux et découvre le type de tout à l'heure, dans les vestiaires.

Réalisant que je ne peux pas rester là sans rien faire, si je ne veux pas me faire repérer, je me mets aussitôt à aider les autres à dégager les morceaux de plafond qui recouvrent les corps. Des mares de sang encerclent certaines têtes. Ils ne respirent plus. Des victimes de guerre. J'en ai vu lors de mon service en Afghanistan. Parfois, vous vous trouviez simplement au mauvais endroit, au mauvais moment. Je devrais me sentir mal, mais ce n'est pas le cas. La mort ne me fait rien. Elle fait partie de la vie.

Les premiers secours arrivent dans un tourbillon d'agitation. Tandis que je porte une femme qui aura probablement besoin de se faire amputer de la jambe, je vois un ambulancier poser les doigts sur le corps inanimé de Phillip. Une seconde plus tard, les paroles qu'il prononce m'envahissent d'une telle rage que je ne suis même pas certain de pouvoir la contenir.

— Hé ! Un brancard, par ici ! J'ai un pouls !

Tout en faisant de son mieux pour le garder en vie, l'ambulancier hurle à ses collègues de dégager les gravats du corps de Phillip.

— Fils de pute..., grommellé-je tout en sortant pour prendre un bol d'air frais.

Un pompier surgit pour me prendre la femme des bras et l'amener dans une ambulance. La jolie bimbo de l'accueil se jette alors sur moi pour me serrer dans ses bras. C'est avec un effort extrême que je ne l'envoie pas valser au sol.

— Oh, mon Dieu ! Je suis tellement contente que tu ailles bien ! pleure-t-elle dans mon cou.

Je serre les dents si fort que leur grincement résonne presque sous mon crâne.

— Ça va. Tu devrais aller te faire examiner, toi.

Elle renifle dans ma nuque et hoche la tête. J'ai envie de vomir.

— Oui, j'y vais. On se revoit bientôt ? dit-elle d'un air inquiet.

— Ouaip, dis-je en parvenant à peine à esquisser un sourire.

Tandis que je donne mon témoignage à la police de San Francisco, une équipe d'ambulanciers quitte la salle, ma cible allongée sur leur brancard. Assis à califourchon, l'un d'eux est en train de lui faire un massage cardiaque. Son cœur a dû s'arrêter. Peut-être suis-je en veine, finalement...

Ils le mettent dans l'ambulance puis, sirènes hurlantes et gyrophares allumés, ils disparaissent dans la nuit en direction de l'hôpital. J'ai terriblement hâte d'apprendre s'il s'en est sorti ou non.

***

Gillian

J'essaie d'avancer dans mon roman à l'eau de rose, mais c'est impossible, avec Chase qui me chatouille les pieds.

— Arrête ! râlé-je en le poussant du bout des orteils.

Une paire de lunettes noires à monture métallique perchée sur le nez, il fait mine de lire un article dans *Forbes* tout en me « massant les pieds ». Chase m'adresse un petit regard taquin par-dessus ses lunettes. Il est à tomber. Le côté intello de mon homme le rend incroyablement sexy. J'en ferais bien mon quatre heures… La preuve que c'est Superman. Il a même les lunettes de Clark Kent.

— Je ne vois pas de quoi tu parles.

Un sourire étire lentement ses lèvres délicieuses. Je commençais à me demander si je n'allais pas lui sauter dessus quand mon téléphone se met à sonner sur la table.

Je regarde l'écran. *Numéro inconnu*. Une vague de froid m'envahit instantanément tout le corps, m'empêchant d'émettre le moindre geste.

— Qu'est-ce qu'il y a ? m'interroge Chase, percevant aussitôt que l'atmosphère légère de ce dimanche matin vient brusquement de changer.

— Je ne sais pas, mais…

Je lui montre l'écran de mon téléphone, qu'il saisit pour décrocher.

— Chase Davis à l'appareil, aboie-t-il en se servant de sa voix menaçante d'homme d'affaires. (Il écoute un moment sans rien dire. J'attends en retenant mon souffle.) Oui, c'est ma fiancée. Vous pouvez me dire ce qui se passe directement. (Il dit cela comme un avertissement, tel un serpent à sonnette qui remuerait la queue.) D'accord. Quand est-ce que ça s'est passé ? (Il regarde sa montre.) On arrive tout de suite. Merci de nous avoir prévenus.

Puis il raccroche, le front plissé, et inspire lentement. Une terreur glaciale s'insinue dans ma colonne vertébrale. Je sais que quelque chose d'horrible vient de se passer. Je le ressens au plus profond de mon âme.

— Qu'est-ce qu'il y a ?

— C'est Phillip. Il est blessé. Il faut qu'on aille à l'hôpital. Tout de suite.

Pour qu'il exprime les choses de cette manière, sans détour, c'est que ça doit être très grave.

Je bondis sur mes pieds et fonce dans notre chambre. Je me débarrasse de mon peignoir d'un violent coup d'épaule, enfile un pantalon ample et un tee-shirt à manches longues. En moins de cinq minutes, je suis habillée, j'ai mis une paire de tennis et ai noué mes cheveux à la va-vite. Nous courons jusqu'au garage, où Chase m'aide à grimper dans une Aston Martin gris acier. Il a la mâchoire contractée et les lèvres pincées. Je sais qu'il me cache quelque chose.

Je murmure alors :

— Pourquoi tu ne me dis pas tout ?

— Il y a eu une explosion à la salle de sport. Ça a l'air assez grave.

Puis, les dents toujours serrées, il démarre le moteur et fonce en direction de l'hôpital.

Ne meurs pas. Ne meurs pas, je ne cesse de me répéter. *Je ne peux pas te perdre.*

J'ai dû exprimer cette dernière pensée à voix haute car Chase me rassure aussitôt :

— Tu ne vas pas perdre ton ami. Il faut que tu aies la foi.

Puis il prend ma main dans la sienne. Paume contre paume, son énergie s'infiltre dans mon corps et réchauffe mon âme.

Forte. Inflexible. C'est l'homme avec lequel je vais passer le restant de ma vie.

Nous arrivons à l'hôpital en un temps record. Grâce à ses relations, Chase obtient beaucoup plus d'informations que ce que nous devrions savoir. Nous apprenons que l'explosion a eu lieu il y a déjà plusieurs heures.

— Pourquoi est-ce que nous n'avons pas été prévenus plus tôt ? dis-je en me mettant à paniquer, réalisant soudain qu'Anabelle est restée beaucoup plus longtemps que prévu avec sa baby-sitter.

L'infirmière que l'on nous a envoyée nous met gentiment à l'écart.

— Votre ami était en tenue de sport. Il n'avait aucun papier sur lui. Nous n'avons rien pu faire avant que la salle ne nous fasse parvenir la liste des usagers présents au moment de l'explosion et recroise les informations avec les personnes déjà interrogées par la police et celles que nous étions parvenus à identifier ici. Nous avons vingt-cinq blessés. Malheureusement, votre ami fait partie des moins chanceux. Il est encore en salle d'opération.

Des picotements brûlants m'envahissent la peau, et ma vision se brouille. Des taches noires puis blanches apparaissent dans mon champ de vision, si bien que mes jambes se mettent à chanceler.

— Attention, elle est en train de tourner de l'œil, j'entends dire la voix de Chase.

— Pas tant que je suis là, rétorque l'infirmière avant de me fourrer quelque chose sous les narines.

En une poignée de secondes, tous mes sens sont en éveil. Je découvre alors que j'ai eu le plaisir de respirer une capsule d'ammoniaque. J'ai bien cru que cette horreur allait me brûler toute la cavité nasale. Chase et l'infirmière me guident vers une chaise, où je m'assois, la tête nichée entre mes jambes.

— Respire, Gillian. Ça va aller, murmure Chase en me frottant tendrement le dos.

Je relève la tête et centre à nouveau mon attention sur la femme blonde aux grands yeux. Elle me rappelle Bambi, avec ses yeux de biche et son visage tout fin.

— Je vais bien, merci. Dites-nous tout, s'il vous plaît.

Elle sort alors un calepin.

— Comment vous appelez-vous ? J'ai besoin de m'assurer que vous êtes de la famille ou que vous figurez sur les contacts d'urgence du patient.

J'ouvre la bouche en grand et je sens Chase se hérisser à côté de moi.

— Écoutez, je suis un ami intime du directeur de cet établissement, je fais partie du comité de direction et je suis un important mécène. Vous pouvez tout me dire.

Chase a beau sortir sa carte « Je suis le maître de l'univers et vous n'êtes qu'un vulgaire pion sur mon échiquier géant », cela ne marche pas. Ses grands yeux de biche lui adressent un regard tout sauf impressionné. Plutôt que de lui voler dans les plumes, ce qui ne nous fera pas obtenir quoi que ce soit plus vite, je sors mon portefeuille et lui donne ma carte d'identité. Par chance, Phil et moi nous sommes respectivement notés comme personne à contacter en cas d'urgence.

— Gillian Callahan, dit-elle à voix haute en revérifiant mon identité sur mon permis de conduire. Très bien, je peux vous dire ce que je sais, mais pour des détails un peu plus approfondis, il faudra vous adresser au médecin. M. Parks est actuellement en chirurgie. Il souffre d'une hémorragie interne et de multiples lésions dues aux éclats de la bombe. Ils lui ont retiré la plupart des morceaux, ainsi que sa rate. Ils ont réparé une lésion au niveau de son foie, regonflé son poumon affaissé, et ils s'occupent actuellement des fractures qu'il a dans les deux jambes.

Ma main se plaque aussitôt sur ma bouche.

— Mon Dieu… Est-ce qu'il va s'en sortir ? demandé-je

sans vraiment avoir envie d'entendre la réponse à cette question.

Je ne peux pas accepter autre chose qu'un « OUI » tonitruant. Mais l'infirmière ne semble pas avoir la réponse magique dans sa poche.

— Nous ne savons pas, mademoiselle Callahan. Son état est très fragilisé. S'il survit à toutes ces heures d'opération, il faut que vous sachiez que la guérison sera très longue.

— M-m-mais… Est-ce que c'est possible ? Tout est envisageable, non ?

Je la regarde avec tout l'espoir, la peur et le désarroi d'une femme dont le meilleur ami se trouve entre la vie et la mort. Plus qu'un meilleur ami, un membre de sa famille. Le sourire qu'elle m'adresse n'atteint malheureusement pas ses grands yeux.

— Les miracles arrivent tous les jours, ici, vous savez. Je serais vous, je me contenterais de prier, pour le moment.

Ses paroles m'achèvent, et je m'agrippe à Chase.

— Merci, lui dit-il en la congédiant. Envoyez-nous le chirurgien dès qu'il est disponible. Phillip est quelqu'un de fort, Gillian. Il se battra, crois-moi.

Je hoquette en réprimant un sanglot.

— Il va falloir aller chercher Anabelle ou demander à sa baby-sitter si elle peut rester encore un peu avec elle…, dis-je en me raccrochant fiévreusement à tout ce qui peut me tenir occupée.

Phillip gît sur une table d'opération pendant que tout un tas de gens sont en train de refixer les morceaux. *Faites qu'ils y parviennent…*

Je sors mon téléphone et compose le numéro des grands-parents d'Anabelle. Frustrée, j'écoute les sonneries s'enchaîner et je finis par tomber sur le répondeur. Je leur demande de me rappeler puis essaie de joindre Bree. Je laisse un nouveau message.

— Bree, Phillip a eu un accident. Nous sommes aux urgences de San Francisco. Rejoins-nous dès que tu peux.

Puis je me lève et me mets à arpenter la salle d'attente tout en tapant nerveusement le numéro du domicile de Phillip. Une sonnerie suffit avant qu'une jeune fille ne décroche.

— Eva ? C'est Gigi.

— Gigi ! se met-elle aussitôt à pleurer. M. Parks n'est pas encore rentré, et il est parti il y a des heures… Il a dit qu'il rentrerait, mais… mais… il n'est toujours pas là ! Je n'arrête pas de l'appeler ! renifle-t-elle.

— Calme-toi, ma chérie. Phillip a eu un accident à la salle de sport. Il est à l'hôpital. Est-ce que tu peux rester avec Anabelle jusqu'à ce que je puisse la faire récupérer par quelqu'un ? Tu seras payée, ne t'inquiète pas. Je sais que tu as cours demain matin mais… on a vraiment besoin de toi jusqu'à ce que je puisse trouver une solution.

Un rapide calcul mental me fait réaliser que les parents de Phillip se trouvent à deux heures d'ici. En revanche, ceux d'Angela ne sont qu'à trente minutes. Il faut à tout prix que je les contacte.

— Dis-moi, Eva, tu peux me rendre un service et m'envoyer les numéros des grands-parents maternels d'Anabelle, notés sur le frigo ?

— J'ai essayé de les appeler. Leur femme de ménage a dit qu'ils étaient à Hawaï pour deux semaines, m'explique-t-elle en se remettant à pleurer.

— Entendu. Ne t'inquiète pas, ma puce. Soit c'est moi qui viens récupérer Anabelle, soit j'envoie des amis. Tu peux t'occuper d'elle encore un peu ? Jusqu'à dix heures, à peu près ?

La jeune fille hoquette avant d'inspirer lentement.

— Oui, pas de problème. Je vais appeler ma mère pour la prévenir. Est-ce que je peux te rappeler s'il se passe quelque chose ou si maman veut te parler ?

— Bien sûr, ma puce. Tu as mon numéro. Pourquoi tu ne m'as pas appelée plus tôt, d'ailleurs ?

Sa crise de larmes, que je pensais terminée, reprend de plus belle.

— Mais je *t'ai* appelée ! s'égosille-t-elle. Je n'ai pas arrêté ! Je t'ai laissé je ne sais pas combien de messages !

— Tu as changé de numéro, Gillian, me rappelle Chase, qui a visiblement tout entendu, en me tapotant l'épaule.

Je ferme les yeux et réalise ma bêtise. Heureusement que Phil avait mis son dossier médical à jour… Sinon, personne ne serait au courant de ce qu'il se passe, à cette heure.

— Excuse-moi, ma puce. J'avais oublié que j'ai changé de téléphone. Tu fais un super boulot, avec notre Anabelle. Heureusement que tu es là. Je suis très fière de toi, et je peux te dire que ton aide nous est très précieuse.

— C'est normal. J'adore cette famille, dit-elle en inspirant lentement. M. Parks est tellement gentil avec moi… J'espère vraiment qu'il va s'en sortir.

— Oui, il va s'en sortir, dis-je avec toute la conviction dont je suis capable, ne sachant pas vraiment si c'est moi ou Eva que je cherche à convaincre.

Chase me rapproche de lui pour me serrer d'un bras protecteur et rassurant qui emplit mon cœur d'espoir.

— Je te rappelle très vite, d'accord, Eva ?

— D'accord, Gigi. À tout à l'heure. Je m'occupe d'Anabelle, ne t'inquiète pas.

— Merci, ma puce. À tout à l'heure.

Puis je raccroche et me cale dans la chaleur du corps de Chase. Réalisant plus que jamais que la vie de Phillip ne tient qu'à un fil, je fonds en larmes. Chase me laisse sangloter contre son torse sans desserrer son étreinte. Il est si fort… Le corps secoué de violents sanglots, je suis dévastée par l'idée que Phillip puisse disparaître de cette terre, le cerveau de plus en plus aux prises avec cette réalité empoisonnée.

Une heure plus tard, un ouragan de bruits de pas envahit la salle d'attente des urgences. Maria et Bree longent en courant le couloir aveuglant de lumière. J'ai l'impression de les voir au ralenti. Je me lève et ouvre les bras pour y accueillir Bree.

— Dis-moi tout ! s'écrie-t-elle d'une voix qui résonne beaucoup trop fort dans cet endroit si calme.

— C'est très sérieux, Bree. Il est encore en salle d'opération.

Les larmes envahissent mes yeux et brouillent tout devant moi. J'essaie de trouver les mots pour annoncer la nouvelle à la petite amie de Phillip. Chase pose une main sur mon épaule et me force à me rasseoir. Bree est voûtée devant moi, ses longs cheveux blonds tombant devant son visage comme un voile. Chase la prend à son tour par les épaules et la guide vers la chaise à côté de moi, puis il s'accroupit devant nous, nous prenant chacune une main, tandis que Maria s'assoit tout près.

Je n'ai jamais vu mon mâle alpha faire un geste si plein de tendresse, en dehors de notre intimité. Mon amie redresse la tête et pose son regard humide sur lui, comme s'il était sa bouée de sauvetage en plein naufrage.

— Bree, Phillip était à la salle de sport quand il y a eu une explosion. Il y a eu plus de vingt personnes blessées… (Bree lâche un hoquet, et son souffle se fait affreusement rauque.) Il a des lésions internes, un poumon affaissé et les deux jambes fracturées. Cela fait plus de huit heures qu'il est en salle d'opération. C'est tout ce que nous savons.

D'épaisses larmes se mettent à maculer les joues rosées de Bree pour tomber sur son pantalon fuchsia.

— Et s'il ne s'en sortait pas ? murmure-t-elle en exprimant la seule chose que je crains plus que tout.

Maria et moi nous nichons contre elle pour la prendre dans nos bras.

— Il va s'en sortir. Il n'a pas le choix, d'accord ? dis-je, toujours plus confiante.

Chaque seconde qui passe sans que l'on m'annonce que mon ami nous a quittés signifie qu'il se bat. Pour nous, pour Anabelle, pour tous ceux qui l'aiment.

Très vite, Kat, Carson et Tom nous rejoignent. Chase leur fait un bref compte-rendu de la situation. Puis nous attendons.

Encore et encore.

Durant les trois heures suivantes, j'ai réussi à joindre les parents de Phillip, qui sont arrivés il y a un peu moins d'une heure. Les filles et moi, nous nous sommes mises d'accord avec eux pour nous occuper d'Anabelle à tour de rôle. Chase et moi la prendrons les week-ends, et Maria et Kat sont prêtes à lui accorder autant de soirées qu'il le faudra. Bree nous écoute régler ces sinistres détails dans un état presque catatonique.

Il est près de dix heures du soir quand un médecin aux traits affreusement tirés nous rejoint enfin.

— Docteur Roberts, lui dit Chase en lui tendant la main. Nous sommes la famille et les amis de Phillip. Comment va-t-il ?

Le couloir est plongé dans un tel silence que l'on pourrait entendre une mouche voler.

— Il a survécu à ses opérations, mais il a été victime de deux arrêts cardiaques, en cours de route.

Bree et moi lâchons un hoquet de stupeur. Les larmes se mettent à couler sur le visage de toutes les femmes présentes et qui attendent de savoir ce qu'il adviendra de l'homme que nous aimons tous, ici.

— Ce Phillip est un battant, je peux vous le dire, commente le médecin avec un sourire faible. En plus de ses multiples fractures aux jambes et de ses côtes brisées, il a eu un poumon affaissé et une très sérieuse hémorragie interne. L'explosion ne l'a clairement pas épargné. Nous allons le mettre en coma artificiel pour une semaine minimum. Son cerveau présente des tumeurs, et nous devons absolument laisser son corps récupérer. La douleur serait insupportable, s'il se réveillait.

Bree tombe à genoux, dévastée par le chagrin. Kat et Maria l'aident à se relever et l'étreignent tandis qu'elle se laisse aller à sa peine. Quant à moi, je reste figée sur place, comme si le temps venait de s'arrêter. Le médecin est en train de parler, mais je n'entends rien. J'ai l'impression d'avoir fait un *black-out* au moment où j'ai entendu les mots « coma artificiel » et « douleur insupportable ».

— Est-ce qu'on peut voir notre fils ? demande la mère de Phillip.

— Avec le risque d'infection, je ne peux autoriser que la famille à aller le voir, et seulement quelques minutes.

À ces mots, Bree plonge dans une violente crise de nerfs, et je dois avouer que je ne suis pas loin de l'imiter.

— On ne peut pas faire une exception, docteur ? Ces deux femmes sont la petite amie de Phillip et sa meilleure amie – qui est aussi ma fiancée. Vous ne pouvez vraiment pas les laisser le voir une petite minute, après ses parents ? J'apprécierais énormément, dit Chase en posant une main ferme sur l'épaule du chirurgien.

Son message est très clair : vous m'aidez, je vous aide. Je l'ai vu faire ce geste un nombre incalculable de fois, ces derniers mois, mais je n'ai jamais été aussi heureuse de l'influence que mon homme peut avoir dans cette ville.

Le docteur souffle avant de secouer la tête.

— D'accord, juste elles deux, et je les accompagne. Il va falloir qu'elles prennent sur elles, en revanche. La salle où se trouve M. Parks est remplie de patients qui sont à divers stades de guérison et qui ne pourront évidemment pas supporter une crise telle que celle à laquelle je viens d'assister, commente le docteur Roberts en regardant Bree.

Mon amie essuie ses larmes et redresse les épaules, comme si elle avait soudain repris du poil de la bête.

— Je me contrôlerai, c'est promis. J'ai juste besoin de le voir ne serait-ce que quelques secondes…

Sa voix se brise de nouveau, et je lui prends la main en la serrant fort.

Le chirurgien s'occupe d'abord d'accompagner les Parks. Lorsqu'ils reviennent, je serre sa mère contre moi. J'ai toujours adoré cette femme. Plus jeune, je la considérais comme la mère de famille américaine modèle que l'on voyait dans les téléfilms. Mais à la voir ainsi devant moi, on dirait qu'elle a tout perdu. Ses épaules s'affaissent, ses cheveux s'emmêlent sous ses doigts nerveux, et son maquillage qui a fini par disparaître révèle la soixantaine qui n'est pas loin. Mais même ainsi, cette femme est belle, et je pose un baiser sur ses deux joues.

— Embrasse mon petit ange pour moi, et dis-lui que je viens la voir demain.

Elle enveloppe ma joue de sa paume avant de la tapoter affectueusement.

— Tu as toujours été là pour mon fils. En particulier après Angela… Le paradis réserve une place spéciale pour les femmes comme toi, Gigi.

Puis elle m'embrasse et se tourne vers son mari.

Bree tire ma main pour aller voir Phillip. Un rapide regard par-dessus mon épaule me laisse voir l'amour pur dont débordent les yeux de Chase et le regard de nos amis qui nous disent, sans prononcer un seul mot, qu'ils sont là pour nous, et pour Phillip par la pensée. Chase articule un « Je t'aime », et nous disparaissons derrière les portes du couloir.

Le médecin nous guide vers un mur vitré derrière lequel se trouve Phillip. Bree pose les mains et le front sur les vitres avant de fermer les yeux. Ses lèvres remuent, et j'imagine qu'elle est en train de prier. Je profite de cet instant de silence pour mesurer toutes les blessures que je peux voir de mon poste. En plus de son torse complètement bandé, une ligne de points de suture marque sa paupière, et une autre la joue opposée. Ses bras sont couverts d'hématomes, de coupures et de plaies plus importantes. Le masque à oxygène plaqué sur son visage lui permet de rester parmi nous. Cela signifie qu'il n'est pas capable de respirer par lui-même. Je ferme les yeux à mon tour et lui envoie ma propre prière, demandant cette fois à ma mère qui est au paradis de tirer quelques ficelles pour que le grand manitou aide mon ami. Il lui reste encore beaucoup trop de choses à vivre pour partir maintenant.

Une sensation de chaleur m'envahit la poitrine pour se répandre lentement à travers tout mon corps. Un sentiment de pleine sérénité chasse alors le nuage noir qui menaçait au-dessus de ma tête depuis que nous avions pris la voiture pour foncer à l'hôpital. Je repose les yeux sur Phillip et lui envoie tout ce que j'ai. Mon amour, ma lumière, mon amitié, ma loyauté, ma paix et mon bonheur. J'espère simplement que cela suffira. Quelque chose en moi y croit dur comme fer. Je sais qu'il va s'en sortir.

8

Gillian

Les deux semaines qui suivent sont assez difficiles. Phillip n'est plus en soins intensifs, mais il n'est toujours pas sorti du coma. À la base, les médecins avaient parlé de « coma artificiel », mais lorsqu'ils ont essayé de le réveiller une semaine après l'accident, rien ne s'est passé. Hier, ils ont enfin pu le débrancher des machines à oxygène, car ses poumons fonctionnent à nouveau tout seuls. Bree est dévastée, comme nous tous. Elle passe tout le temps qu'elle peut à l'hôpital. Et lorsqu'elle n'y est pas, l'une de nous ou les parents de Phillip veillent sur lui. Ces derniers temps, elle a demandé à l'une de ses élèves diplômées de la remplacer, et la jeune femme assure presque tous ses cours, désormais. Mais Bree s'en fiche. Elle se fiche de tout, à vrai dire. Et je ne peux pas lui en tenir rigueur. Si Chase était entre la vie et la mort, et toujours dans le coma, je serais incapable de le quitter une seule seconde.

J'éteins le jet de la douche et attrape l'une des serviettes disposées sur le chauffe-serviettes. Mmm… Il n'y a que mon homme pour s'assurer que sa serviette est bien chaude avant de sortir de la douche. Je sèche mes cheveux à la va-vite et me fais une queue-de-cheval. Debout devant le miroir, je ne peux m'empêcher de remarquer à quel point j'ai maigri. C'est sûrement le contrecoup de ces dernières semaines. Il faut dire que mon corps a connu de meilleurs jours… J'ai toujours fait un bon 38, voire un 40, ce qui colle plutôt bien à mon corps élancé. Mais en ce moment, tous mes vêtements bâillent. J'examine ma carcasse, de la tête aux pieds, dans le reflet. Mes côtes et les os de mes hanches ressortent affreusement. Chase n'a plus grand-chose à quoi s'agripper, en ce moment… Même mon bon bonnet C semble avoir dépéri. *Quand est-ce que j'ai mangé pour la dernière fois ?* tenté-je de me souvenir alors que mon téléphone se met à sonner sur la coiffeuse.

Je m'empresse de récupérer un jean skinny, un débardeur et un pull-tunique qui tombe à mi-cuisses. Puis je décroche en activant le haut-parleur, ce tout en enfilant une culotte gris chiné et son soutien-gorge assorti.

— Allô ? dis-je tout en me coulant dans mon jean.

Je jette un coup d'œil à mes fesses, dans le miroir. Elles forment toujours ce joli petit cœur mais ne sont plus aussi rondes qu'avant.

— Gigi, quand tu sortiras de l'hôpital, tout à l'heure, tu pourras passer au théâtre pour un rapide essayage ? J'ai un bon modèle, mais je préférerais épingler mes échantillons de tissu là où je les veux exactement, tant que tu es dans la robe, souffle Kat d'une voix pressée.

Je lâche un grognement et glisse le débardeur par-dessus ma tête.

— Ah là là, Kat, j'ai tout un tas de choses à faire à la maison ! Entre le boulot et le mariage, je ne m'en sors pas…

— Euh… allô ? Ici ta couturière ! Tu crois que je passe mes journées et mes nuits à faire quoi, moi ? Si ton homme n'avait pas insisté pour te mettre la bague au doigt dans quatre semaines…, l'entends-je ruminer pour la énième fois.

— O.K., O.K., je décide de la couper avant qu'elle ne se lance dans l'un de ses discours sans fin. Je passerai vers deux heures. Ça te va ?

Un gros soupir me percute l'oreille.

— On va faire avec. Prévois de rester au moins deux heures, par contre.

Deux putains d'heures ? Mais elle est en train de confectionner une robe pour la reine mère ou quoi ? Je ne tiendrai jamais…

— Très bien ! crié-je avant de raccrocher.

Je n'ai pas le temps de m'attarder. J'ai des choses à faire. C'est à mon tour d'être au chevet de Phil, et je dois me dépêcher d'aller libérer Bree. Une fois ma tunique enfilée, je récupère au hasard une paire de ballerines dans le placard et traverse sur la pointe des pieds la chambre plongée dans l'obscurité.

J'ignore par quel miracle Chase dort encore. Il faut dire qu'en ce moment, il enchaîne les heures, entre la fusion stratégique qu'il essaie de décrocher et les efforts intenses qu'il déploie pour traquer mon harceleur. Il ne s'est pas passé grand-chose à ce niveau-là, ces derniers temps, si bien que je commence à croire que ce malade est officiellement passé à autre chose. Je me demande encore s'il s'agit de Justin, d'autant que personne ne sait où il est. C'est comme s'il avait soudainement disparu de la surface de la Terre. Chase est convaincu que c'est lui le coupable ; à part lui, qui pourrait être obsédé à ce point ? Lorsqu'il m'a fait part de sa théorie, je lui ai répondu : « Je ne sais pas. Pourquoi est-ce que je t'obsède tant, toi ? » Il s'est contenté de ricaner, mais je me posais sincèrement la question.

Je me dirige vers la cuisine en salivant d'avance à l'idée du délicieux nectar qui m'attend. Bentley, notre chef, programme la machine pour qu'elle me prépare le café chaque matin. Il y ajoute quelques épices de son cru et me laisse tous les soirs un pot de crème bien fraîche dans le réfrigérateur. C'est ce qui se rapproche le plus de mon *latte* vanille de chez *Starbucks*, sans que j'aie à mettre les pieds là-bas.

Lorsque j'entre dans la cuisine, l'assistante de mon fiancé ne perd pas une seconde pour me sauter dessus.

— Vous voilà enfin ! Je vous attendais ! lance jovialement Dana, assise sur un tabouret de bar.

Posé devant elle : un énorme classeur découpé en trois sections, avec tout un tas de languettes qui dépassent de partout. Je jette un coup d'œil à l'horloge du micro-ondes.

— Il est sept heures et demie du matin, Dana.

Comment se fait-il que cette femme ait les clefs de notre penthouse ? Il va vraiment falloir que j'aie une petite discussion avec mon futur époux au sujet du zèle de son assistante et du fait qu'elle ait accès à notre domicile à toute heure du jour et de la nuit.

— Tout à fait, et il n'y a pas un moment à perdre !

Elle hoche fiévreusement la tête, sa jolie chevelure blonde rebondissant en rythme. Elle porte un tailleur noir accompagné d'un chemisier de satin couleur rubis. Les boucles parfaites que forment ses cheveux dorés retombent élégamment sur ses épaules. Avec une grimace, j'observe mes pieds nus. Mon vernis est tout écaillé, et j'aurais bien besoin d'une pédicure, mais je n'ai franchement pas la tête à ce genre de trivialités, quand mon meilleur ami se trouve à l'heure actuelle dans un lit d'hôpital.

— Bon, j'ai tout un tas de choses à valider avec vous, commente-t-elle en ouvrant la première section de son classeur sur l'une des languettes.

Je me dirige vers le placard où sont rangées les tasses.

— Vous voulez un café ?

— Non, j'en ai déjà pris un.

Quoi ? Sérieusement ? Il est sept heures et demie du matin. Comment parvient-elle à être aussi enjouée à une heure pareille ?

— Vous voulez bien regarder ces nappes et me dire celle que vous préférez ?

Des putains de nappes. Elle est devenue dingue ou quoi ? Qu'est-ce que j'en ai à faire, moi ?!

— Je vous laisse choisir, dis-je en récupérant mon mug préféré.

C'est l'une des rares choses que j'ai pris le soin de déballer, pour le moment. Il s'agit d'une fée dont les ailes gigantesques ressortent de chaque côté. C'est Bree qui me l'a offert pour Noël, il y a plusieurs années. Depuis, c'est mon mug fétiche.

Dana hausse les sourcils et m'observe en pinçant les lèvres.

— Très bien. Qu'est-ce que vous voulez comme police, alors, pour les invitations ? Ça fait deux semaines qu'on aurait dû les envoyer, mais vu les circonstances…

En effet. Elle veut parler du fait que mon meilleur ami ait explosé sous une bombe, mais au moins a-t-elle la délicatesse de ne pas expliciter sa pensée.

— Pfff, ça m'est tout aussi égal, Dana, rétorqué-je d'une voix froide.

Des picotements d'irritation commencent tout doucement à m'envahir la colonne vertébrale. Et ma température interne grimpe en flèche. Dana passe à la section suivante, pas le moins du monde découragée.

— Bien, la cérémonie, maintenant. Parlons fleurs, si vous voulez bien. Je sais que vous adorez les marguerites, vu que Chase m'a demandé de m'assurer que le fleuriste en mette partout dans l'entrée et dans son bureau, mais qu'est-ce que vous…

Elle poursuit sa phrase, mais je ne l'écoute plus. Chaque semaine, un bouquet de marguerites fraîches vient orner notre entrée. C'est la première chose que je vois quand je sors de l'ascenseur, et cela me réchauffe le cœur. J'en suis venue à avoir hâte de les retrouver, à mon retour. C'est la même chose concernant mon bureau du cinquantième étage, ainsi que tout un tas d'endroits dans la maison. Comment ai-je pu prendre à la légère un tel geste, quand Chase ne cherche par là qu'à me rendre plus heureuse et à l'aise dans ce nouvel environnement ?

Cet homme possède définitivement mon âme.

— Donc, vous partiriez sur quoi ? Juste des marguerites, ou quelque chose de plus traditionnel, comme des roses ?

Un frisson me parcourt l'échine. Je crache d'une voix glaciale et rageuse :

— Non, pas de roses. Je déteste les roses !

Dana m'adresse un regard perplexe, mais elle poursuit tout de même. Incroyable. Un tremblement de terre ne l'impressionnerait pas…

— Bon, et niveau nourriture ? Chase a un gros faible pour les fruits de mer. Et j'imagine qu'à Cancún, se procurer du poisson frais n'est pas bien compliqué.

— Non, pas de fruits de mer.

— Pardon ? dit-elle en plissant les yeux. Vous n'avez pas envie de profiter de la proximité de la mer ? Les fruits de mer seraient tellement…

— Écoutez, Dana, dis-je en commençant sérieusement à perdre patience. Je sais que vous ne cherchez qu'à être gentille… et vous l'êtes, vraiment. Mais je n'aime pas les fruits de mer, d'accord ? Et je n'ai pas envie d'empester le poisson le jour le plus important de ma vie. Nous allons au Mexique, pourquoi ne pas manger mexicain ? ajouté-je en levant les mains.

Je réalise alors que je ne cesse de m'agiter comme une folle, depuis tout à l'heure. Je m'agrippe au plan de travail en marbre, le froid de la pierre me calmant temporairement.

— O.K.… Je ne savais pas que vous n'aimiez pas les fruits de mer. Chase ne me l'avait pas dit…

Puis elle griffonne quelque chose dans son classeur, l'encercle avant de le barrer d'un grand trait. Ce qu'elle vient de marmonner a piqué ma curiosité. Je récupère ma tasse et m'efforce de prendre une voix plus posée.

— Vous parlez du mariage ensemble, tous les deux ?

Dana hausse nonchalamment les épaules avant de passer à une nouvelle section de son classeur.

— Il aime être tenu informé des décisions que nous prenons. Et je peux vous dire que nous n'avançons clairement pas assez vite à son goût. Nous avons pris un sacré retard, Gigi.

Je secoue la tête en riant. Comment puis-je me concentrer sur mon mariage, avec tout ce qu'il se passe en ce moment ? L'iPhone que j'ai glissé dans la poche arrière de mon jean se met à résonner dans la pièce.

— Une minute, dis-je à Dana en pointant un doigt vers elle.

Puis je m'adosse au plan de travail et pousse un soupir. *Qu'est-ce que ça va être, cette fois ?*

— Gigi ? Il a laissé un putain de mot… ici, à l'hôpital ! Putain, c'est dingue !

Bree hurle et pleure à la fois. Je plaque le téléphone contre mon oreille, momentanément perdue.

— Attends, Bree… De quoi tu parles ? Calme-toi…

— Non, je ne vais pas me calmer ! C'est ton putain de harceleur qui a fait ça à Phillip ! rugit-elle d'une voix si haut perchée que je dois écarter le téléphone de mon oreille pour ne pas me faire percer le tympan.

— Je ne comprends pas… Comment ça ?

La peur rétracte peu à peu ses griffes vicieuses sur mon cœur. Je distingue des bruits de pas, puis une porte qui se ferme, avant d'entendre les bruits familiers de l'hôpital.

— Je te jure, Gillian, s'il meurt…

Elle n'a pas la force de terminer sa phrase. Je ne l'ai jamais entendue parler comme ça. Son ton est déchirant, empli de feu et de glace, et imprégné de poison. De haine. Oui, c'est à ça que ressemble la haine.

— Je viens juste d'arriver. J'avais du retard, aujourd'hui. Et quand je suis entrée dans sa chambre, il y avait un mot au pied du lit. Pour toi, lâche-t-elle d'une voix cinglante.

Je demande, les larmes brouillant désormais ma vision :

— Qu'est-ce qu'il dit ?

Mon pire cauchemar est en train de devenir réalité.

À l'autre bout du fil, Bree s'éclaircit la gorge, la voix fêlée par l'émotion.

Gillian,

Je me suis éclaté avec Phillip. Dommage qu'il s'en soit sorti.

Peut-être pas la prochaine fois. À qui le tour ?

Tu es à moi... salope !

— J'arrive tout de suite. Je suis désolée, Bree. Je suis tellement désolée... Tu ne peux même pas savoir.

— Garde ton baratin pour Phillip, me coupe-t-elle. C'est lui qui est dans le coma.

Puis elle raccroche. Mon cœur se serre, et mes genoux cèdent sous mon poids. Je m'effondre sur le sol et éclate en sanglots, les genoux plaqués contre ma poitrine.

— Qu'est-ce qui se passe, Gigi ? Dana fond sur moi et pose une main sur la mienne : Hé, ça va ?

Je secoue frénétiquement la tête.

— Non, ça n'ira plus jamais, dis-je en hoquetant à travers mes larmes.

La culpabilité, la peur et la tristesse me vrillent de part en part.

— Je vais chercher Chase !

Le bruit de ses talons sur le carrelage est la dernière chose que j'entends.

X

Voilà, j'en ai terminé, ici. Je suis dans la chambre de cet enfoiré de comateux, en train d'écouter son hystérique de nana incendier l'amour de ma vie. Sa performance est digne d'un Oscar. Connaissant ma princesse, elle doit être dévorée par la culpabilité. Elle sait désormais ce dont je suis capable pour la récupérer. Rien ne pourra me faire obstacle.

Ça a été un vrai jeu d'enfant de me faufiler dans cette chambre d'hôpital. Ce crétin de Chase Davis n'a même pas pensé à poster un agent de sécurité devant la porte… Grâce à sa négligence, je vais récupérer ma femme encore plus vite que prévu. Je vais enfin pouvoir me débarrasser une à une de toutes ces garces, ces « sœurs d'âme », comme elle les appelle. Pfff… Des crétines sans cervelle, oui ! Pas une seule d'entre elles n'a songé au fait que c'est peut-être moi qui la harcèle. Pas même ses soi-disant « meilleures amies ». Tu parles d'une amitié… Elles me facilitent tellement la tâche… Je passe une main dans mes cheveux et les dissimule sous la charlotte chirurgicale.

Je me coule hors de la chambre en prenant bien soin de regarder à droite et à gauche pour m'assurer que je ne reconnais personne. C'était une excellente idée d'aller récupérer une tenue dans la réserve. J'ai pu faire ma petite affaire sans que qui que ce soit s'aperçoive de ma présence. Il faut dire que le personnel est bien trop occupé par tous ces patients pour faire attention à ce qu'il se passe autour. Des morts-vivants, pour la plupart. On peut dire que ça m'a rendu sacrément service, aujourd'hui. Ça a été tellement facile d'entrer dans cette chambre… Phillip était raide comme une statue quand j'ai posé le mot au pied de son lit. Je dois avouer que j'étais surpris de ne pas tomber nez à nez avec une horde d'admiratrices agglutinées autour de lui, comme c'était habituellement le cas. Les dieux étaient avec moi.

J'ai à peine le temps de me faufiler dans la chambre d'à côté que sa « petite copine » débarque en tenue de yoga. Cette nana est sacrément jolie, il faut avouer. Je préfère en général les femmes élancées, avec des formes, et rousses, mais je comprends pourquoi tous ces types vont au yoga. Ce n'est clairement pas pour l'exercice, mais plus pour la petite prof canon et souple à souhait avec qui ils s'imaginent sûrement avoir un ticket. Je suis convaincu qu'elle se fait draguer à tous les cours. Quoi qu'il en soit, je n'aurai bientôt plus à la regarder, et surtout, à me taper sa voix insupportablement geignarde. Le micro que j'ai planqué sous le lit de Phillip la semaine dernière, en pleine nuit, m'a donné une idée assez claire de leur relation.

Cette fille est complètement dingue de cet abruti. Je serais capable de me tirer une balle si je devais me taper encore une seule de ses crises, quand elle se met à le supplier en plein milieu de la nuit pour qu'il se réveille, pour elle, pour sa sale gamine ou que sais-je encore. Cette pauvre fille ne sait pas se taire… Un vrai disque rayé, je vous jure. Il faut absolument trancher cette monotonie. Ça tombe bien : je compte justement m'en occuper dès que l'occasion se présentera. Et c'est sa jolie petite gorge que je vais trancher. Si je n'arrive pas à récupérer ma femme, au moins me débarrasserai-je du maillon faible du groupe, dans un premier temps.

C'est fini, Barbie Yoga.

***

GILLIAN

— Inspire, bébé. Deux, trois, quatre, cinq… Expire, maintenant. Deux, trois, quatre, cinq… Encore.

Chase inspire et expire en même temps que moi. Je regarde son visage sous un voile brumeux, l'imitant sans vraiment savoir ce que je suis en train de faire. Tout ce que je sais, c'est que Chase est là, et que je suis en sécurité.

— Encore, me dit-il en me poussant à inspirer une nouvelle fois.

Ses mains chaudes m'enveloppent la nuque, et son front est posé contre le mien. Il continue à inspirer profondément, et je me synchronise à lui, ne sachant pas quoi faire d'autre.

Je tangue dans un océan vaste et tranquille, avec pas un seul point de chute à l'horizon. Chase est mon seul radeau.

— Reviens-moi, Gillian. (Sa voix me donne l'impression d'être façonnée dans un morceau de bois, épaisse, rauque et étouffée.) Allez, bébé. Montre-moi ces yeux verts. Concentre-toi sur moi. Seulement moi. Il n'y a que toi et moi, ici. Nous sommes chez nous.

Chez nous.

Chase.

Se concentrer.

Les picotements qui me ravageaient le corps commencent à se calmer. Les battements frénétiques de mon cœur ralentissent enfin. Il y a encore quelques secondes, il battait si vite que l'on aurait dit un marteau-piqueur en train de m'enfoncer dans la terre. Je ne pouvais plus respirer, et je ne pouvais plus rien voir. Désormais, je ne vois que du bleu. Un bleu infini. Les yeux de Chase se mettent à cligner, et un léger sourire retrousse ses lèvres.

— Ahhh, je préfère ça. Concentre-toi sur moi. Regarde-moi dans les yeux. Voilà. Je te tiens. Je ne te lâcherai jamais, d'accord ?

La voix de Chase est calme et assurée.

Lentement, je commence à m'imprégner de ce qui m'entoure. L'atmosphère n'est plus en train de me plaquer au fond de ce trou. Les mains de Chase caressent mon dos, de haut en bas, doucement. Je plante les doigts dans sa chair et le tire contre moi, la peur brûlant encore les extrémités de ma conscience. Je niche mon visage dans son cou, et son odeur de bois de santal et d'agrumes me ramène peu à peu au présent. Je réalise alors où je me trouve.

Par terre. Dans la cuisine. Agrippée à Chase. Il est assis en tailleur, et j'ai les jambes coincées autour de sa taille. Je m'accroche si fort à lui que j'en ai perdu toute sensation dans les mains. Après quelques inspirations, je dégage la tête du confort de son cou et cligne des yeux.

Je demande, ma voix craquelant sur chaque syllabe :

— Qu'est-ce qu'il s'est passé ?

Chase me caresse les cheveux et coince les mèches rebelles derrière mon oreille.

— Tu as fait une crise d'angoisse. Je ne t'ai jamais vue comme ça. C'était encore plus terrifiant que tes *flash-backs*. Qu'est-ce qui a pu te déclencher ça ?

Tout me revient alors avec la violence d'un tsunami qui viendrait s'écraser sur le rivage. Les larmes se mettent à couler sur mes joues. Je réponds dans un murmure haché :

— Mon harceleur a laissé un autre mot.

— Un mot ?

Je hoche la tête.

— Où ça ?

La fissure de mon cœur s'ouvre en grand pour y laisser pénétrer une nouvelle vague de douleur.

— Phillip ! crié-je dans sa nuque, incapable de contrôler cette culpabilité terrassante.

Chase m'écarte doucement et pose une main sur ma joue.

— Je ne comprends pas, bébé... Phillip ? Un mot ? (Je hoche la tête.) Tu veux dire que ce sale type a laissé un mot à l'hôpital, dans la chambre de Phillip ?

Mes lèvres tremblent, et je sens les muscles de mon visage se tordre sous le poids de la tristesse.

— Bree l'a découvert ce matin.

— O.K. On va s'en occuper.

Il me serre plus fort contre lui et se relève. Je m'accroche à lui, n'ayant aucune envie de le lâcher, là, tout de suite.

— Dana ! crie-t-il par-dessus mon épaule.

Les talons se remettent à claquer.

— Chase ?

— Envoyez Jack à l'hôpital. Il y a un nouveau message. Dites-lui de m'appeler dès qu'il l'a.

— Oui, monsieur.

La voix de Dana me paraît terriblement lointaine.

Nous nous déplaçons. Chase nous fait traverser le penthouse pour gagner notre chambre. Une fois là-bas, il me pose sur le lit, retire ma tunique puis me pousse doucement pour me faire m'allonger. Il déboutonne mon jean et le retire, me laissant avec ma petite culotte et mon débardeur. Puis il enlève son tee-shirt et son pantalon de pyjama pour ne garder que son boxer. Je me sens tellement mal que je n'arrive même pas à apprécier sa beauté sculpturale.

Les larmes qui coulent sur mes joues mouillent l'oreiller, sous ma tête. Chase me fait glisser au milieu du lit, sous notre grosse couette. Puis il me plaque contre lui et me laisse pleurer, sans jamais me lâcher. Les autres hommes, comme Danny, ou même Justin, cherchaient toujours à ce que je leur dise ce qu'ils pouvaient faire pour m'aider. Ils me harcelaient jusqu'à ce que je finisse par faire comme s'il n'y avait rien. Si bien que j'avais fini par ériger des murs gigantesques autour de mon cœur, des murs que personne ne pouvait franchir. Mais ces dernières années, grâce à ma thérapie, j'ai appris qu'il n'y avait rien de mal à pleurer. Qu'il n'y avait rien de mal à souffrir, et que je devais m'autoriser à ressentir cette souffrance.

Chase me caresse partout. Sa main remonte sur ma cuisse nue, passe sur mon bras et redescend sur ma main, pour ensuite courir dans mon dos et se glisser dans mes cheveux. Il retire mon élastique et laisse ma chevelure retomber.

— Parle-moi, dit-il lorsque je suis enfin calmée.

Je ferme les yeux et porte ses mains à mes lèvres. J'en embrasse chaque jointure, le creux des paumes, chaque centimètre de peau. Ces six derniers mois, j'ai toujours été convaincue que je ne pourrais jamais aimer cet homme davantage. Mais je me trompais. À cet instant précis, il prend soin de moi exactement comme j'en ai besoin. Sans me juger. Simplement en étant avec moi. En me laissant prendre mon temps, même si je sais que ce qu'il s'est passé dans cette cuisine le tue. Le fait de ne pas savoir ce que dit ce mot doit être horrible, pour lui, mais il a mis ça de côté pour s'occuper de moi. Je passe en priorité.

— Jamais aucun homme ne pourra m'aimer comme tu m'aimes, dis-je en mettant des mots sur mon épiphanie.

Le regard bleu océan de Chase croise le mien. Je crois bien ne l'avoir jamais vu chargé d'autant d'honnêteté.

— Je suis venu sur cette terre pour t'aimer et te protéger.

— Pour toute la vie ?

Il cligne lentement des paupières et me gratifie de ce petit sourire mystérieux.

— Oui, pour toujours, bébé.

Puis il joue du bout du nez avec le mien et m'embrasse brièvement. Ce n'est pas un baiser romantique. C'est un baiser qui ne fait que solidifier notre amour.

— Dis-moi, Gillian.

Les mots se déversent alors comme un bol de céréales trop plein.

— Il a laissé un mot en faisant comprendre qu'il était responsable de l'explosion. Qu'il aurait préféré que Phillip soit mort, mais qu'il l'aurait sûrement la prochaine fois. Il laisse également entendre que quelqu'un d'autre va suivre.

Un hoquet m'échappe, et je m'efforce de ne pas laisser mes émotions me submerger à nouveau. Chase pose une main sur ma joue.

— On va le trouver, ma chérie. *Je* vais le trouver. Même si ça doit me coûter la vie. Je te le promets.

Je le plaque contre moi et l'embrasse passionnément. Il me rend mon baiser sans me lâcher. Nos visages sont si proches l'un de l'autre que je sens son souffle sur mes lèvres.

— Il faut que tu voies quelqu'un, Gillian. Un thérapeute. Ces *flash-backs* et ces crises d'angoisse me font trop peur, je te jure…

J'inspire lentement et je me niche une fois de plus dans son cou.

— D'accord, je vais m'en occuper.

Les bras de Chase m'enserrent plus fort.

— Tout de suite. Pas la semaine prochaine. Pas dans un mois. Pas après le mariage, d'accord ? Cette semaine, Gillian. Si tu ne prends pas rendez-vous, je le ferai pour toi, me dit-il de ce ton non négociable que j'aime habituellement défier – mais pas cette fois.

Le mariage… Je n'arrive même pas à m'enthousiasmer pour ce jour qui devrait être le plus beau de ma vie. J'ai l'impression que tout est en train de s'écrouler autour de moi.

— Chase… Ce mariage, c'est trop…, finis-je par admettre en exprimant ce qui me tracasse depuis deux semaines.

Il inspire lentement, roule sur le dos et me tire par-dessus son corps. Je pose les deux bras sur son torse chaud et y cale le menton. Son regard balaie le plafond, sans jamais chercher à croiser le mien. Il finit par baisser les yeux, une main se niche à la base de mes cheveux, et l'autre se pose sur ma hanche. Son regard est triste, plus triste que je ne l'ai jamais vu.

— Je sais. Je déteste attendre, mais avec tout ce qu'il se passe… Je ne supporte plus de voir tout ce stress t'affecter.

Je dépose un baiser sur son torse, juste au niveau du cœur.

— Tu sais que je meurs d'envie de devenir ta femme… (J'avale l'énorme boule de tristesse qui ceinture mes mots.) Mais… Entre ce type, Phil qui est dans le coma, Anabelle qui n'a plus de père pour le moment… (Je secoue la tête en m'efforçant de me sortir de cette boucle négative.) Bree est dévastée, et elle me déteste, à l'heure actuelle. Il faut que je règle tout ça, Chase. Je ne t'apporterai aucun bien, sinon…

J'ai la voix qui tremble, et je dois me mordre la lèvre pour réfréner une nouvelle crise de larmes.

— Tu es la seule chose de bien qui me soit arrivée, bébé…, souffle-t-il en prenant mon menton et en faisant courir son pouce le long de ma mâchoire. Je ne te mérite pas, mais je suis bien trop égoïste pour te laisser me filer entre les doigts.

Je plonge mon regard dans le sien, cherchant à y mettre tout le sérieux de ce que je m'apprête à lui dire.

— Ne me laisse jamais filer, Chase. Je ne sais plus qui je suis, sans toi. Nous ne faisons qu'un, tous les deux. Toi et moi. Rien que nous deux.

Son sourire est immense, et aussi beau qu'un lever de soleil.

— Tu sais, ce que tu m'as dit, tout à l'heure ? Qu'aucun homme ne pourrait t'aimer comme je t'aime ? (Je hoche la tête.) Je détruirai n'importe quel homme qui essaiera de s'interposer entre nous. (Je ne l'ai jamais vu aussi sérieux.) Nous nous marierons, ma belle, poursuit-il. Mais même si ça me fait mal de devoir dire ça, nous repousserons le mariage de quelques mois. Nous allons partir sur trois mois, dans un premier temps, d'accord ? Je n'ai pas envie d'attendre une seconde de plus que je ne le dois. Je brûle d'envie que tu deviennes madame Davis.

— Tu es mon tout, Chase. Tu le sais.

— Viens là, ma belle, dit-il en m'embrassant passionnément.

L'espace d'un long moment, nous nous embrassons et nous caressons, nous reconnectant sur le plan physique maintenant que nous sommes plus forts mentalement. Ses mains tracent des lignes sur tout mon corps. On dirait qu'il est en train de peindre un tableau. De petits coups ici, de grands gestes là… Ce sans jamais quitter mes lèvres. Un baiser de Chase est un véritable événement. Il est doux quand il le faut, plus sauvage à d'autres moments. Les petits coups de dents qu'il plante dans mes lèvres me font monter en flèche. Je lâche un soupir dans sa bouche. Ses mains tracent des cercles au creux de mon dos et commencent tout doucement à relever mon débardeur. Lorsqu'elles empaument mes seins, je me redresse, à califourchon au-dessus de lui, mais le téléphone se met à sonner. Les bras de Chase retombent lourdement sur le matelas.

— Putain, c'est pas vrai..., grogne-t-il, ce petit tic dont je raffole tant faisant aussitôt tressauter sa mâchoire.

— Ce n'est rien, Chase. C'est sûrement Jack ; tu lui as dit de te rappeler.

Cela suffit à le ramener à la réalité. Il se redresse, enveloppe mon corps d'un bras et se penche par-dessus le lit pour attraper son téléphone posé sur la table de chevet. Puis il se rassoit et décroche. Je m'allonge sur lui et profite de ce moment pour recouvrir son torse large de petits baisers.

— Lisez-le-moi, dit-il d'un ton bourru.

J'ai beau déjà savoir ce que le mot dit, je distingue le moment précis où Chase comprend à quel point cette histoire est sérieuse, désormais. Son torse se contracte et sa main se raidit sur ma cuisse. Je le serre contre moi du mieux que je le peux, enveloppant son corps du mien.

— Postez un homme à la porte de sa chambre. Personne n'a le droit d'entrer, en dehors de la famille et du groupe d'amis. Apportez le mot à Thomas Redding et à son équipe. Il faut qu'ils se mettent dessus au plus tôt.

Puis il coupe la communication et jette le téléphone sur le lit.

— Quand je ne suis pas avec toi, Austin ne doit pas te lâcher d'une semelle, c'est compris ? (Sa voix est menaçante, et je devine que mon homme ultra-protecteur s'apprête à entrer en scène.) Il ne t'atteindra pas. Si je dois dépenser toute ma fortune pour l'en empêcher, je le ferai.

Il serre les dents si fort que je les entends grincer sous l'effet de la nervosité. Je pose la main sur sa mâchoire et y dépose un baiser pour évacuer sa colère.

— Je te le promets, bébé. Mais là, j'ai besoin de toi, dis-je en remuant les hanches sur son érection.

Son sexe a légèrement ramolli durant le coup de fil, mais un simple coup de reins suffit à le refaire durcir. D'un geste preste, j'arrache mon débardeur, je glisse un bras dans mon dos et détache mon soutien-gorge. Puis j'attrape ses poings serrés, je les arrache de mon corps avec force et les place sur mes seins nus. Ses mains se pressent par pur réflexe, et Chase donne un délicieux coup de hanches entre mes cuisses.

— Oui, c'est ça… Prends ce qui est à toi, bébé, dis-je dans un souffle en choisissant méticuleusement mes mots pour le faire revenir à la réalité.

Ses yeux crachent du feu. Mon homme est un possessif. Il ne me considère pas comme sa propriété, mais il part du principe que je suis à lui, car je suis sa moitié. Sans lui, il n'y a pas de moi, et vice versa. Nous sommes les meilleures parties de l'autre.

Chase se redresse dans le lit et agrippe ma nuque avant de lever mon menton du bout du pouce.

— Je vais te baiser si fort que tu n'oublieras jamais qui s'occupe de toi, bébé…

Puis il me dévore la bouche. Je lui rends son baiser avec tout ce que j'ai. Il sait ce dont j'ai besoin et me le donne, encore et encore. Nous reconnecter physiquement, lorsque je suis en lutte avec mes émotions, est exactement ce qui me permettra de survivre à cette journée. En revanche, celle de demain sera bien différente, et je n'ai pas hâte d'y être.

9

Gillian

— Ça me fait plaisir de vous revoir, Gillian, dit le docteur Madison en me prenant dans ses bras.

J'ai l'impression de retrouver un frère, un être cher. Cette sensation de familiarité et de paix s'insinue aussitôt dans les zones torturées de mon âme. Malheureusement, je ressens également le manque de Phillip et de ses grands bras. Je serre le docteur Madison un peu plus fort, en essayant de lui transmettre toute la douleur et toute l'angoisse qui me submergent en ce moment, sans avoir à dire quoi que ce soit.

J'entends Chase ruminer derrière moi :

— Bon, ça va, maintenant.

Je me dégage aussitôt. J'avais oublié qu'il était juste là.

Le docteur Madison me retient du bout des bras avant de regarder par-dessus mon épaule.

— Un ami à vous, j'imagine ?

Sa voix a ce petit côté sarcastique toutefois teinté d'humour qui me fait toujours me sentir suffisamment à l'aise pour lui révéler mes secrets les plus sombres et les plus intimes. Avant que je ne puisse répondre, Chase m'agrippe par la taille et m'attire contre son torse. Les sourcils du docteur Madison se dressent, et ses lèvres s'ourlent en une moue familière tandis qu'il presse les deux mains devant lui d'un air confiant.

— Je vous présente Chase Davis, docteur. C'est mon fiancé.

— Votre fiancé ?

Il a l'air véritablement surpris. Peut-être parce que la dernière fois que je suis venue ici, c'était en jurant haut et fort que plus jamais je ne retomberais dans les serres d'une quelconque relation sérieuse.

Je hoche la tête, et il me fait signe de m'asseoir dans le gros fauteuil douillet sur lequel je me jette comme un chaton, habituellement.

— Vous pouvez attendre dehors, monsieur…

— Davis. Chase Davis, dit-il avec un air d'autorité.

Mon homme est habitué à ce que son nom ait un certain poids. Malheureusement, Chase risque d'être déçu, quand il comprendra que le docteur Madison se fiche éperdument d'une chose aussi triviale que le pouvoir. Cet homme est dans la santé mentale, pas dans la réussite sociale.

Le regard de Chase passe de moi à lui. Puis au lieu de partir, il contourne mon fauteuil et s'installe dans celui qui est disposé juste à côté, une jambe posée nonchalamment sur l'autre et les mains jointes sous son menton.

— Non, je vais rester. Je préfère veiller sur *ma* femme, déclare-t-il.

Je lève les yeux au ciel. Alors là, je crois qu'il aurait mieux fait de se taire…

Le docteur Madison s'assoit à son tour et croise les jambes tout en posant un calepin jaune sur ses genoux.

— *Votre* femme ? commente-t-il en haussant de nouveau un sourcil. Intéressant… Qu'est-ce que cela vous fait, d'être *sa* femme, Gillian ? ajoute-t-il alors en se tournant vers moi.

— Eh bien…

Je pince les lèvres, ne sachant pas du tout quoi répondre à cela.

— Cela lui va parfaitement bien. N'est-ce pas, Gillian ?

répond Chase pour moi de la seule manière dont il est capable… avec un ton péremptoire.

Je doute qu'il puisse accepter une autre réponse. Sa fierté se fêlerait pour se briser devant moi comme une poupée de porcelaine qui percuterait le sol.

Le docteur se tourne vers Chase.

— Je n'avais pas compris que cette séance serait une thérapie de couple. Quand Gillian m'a appelé, elle m'a dit qu'elle avait des choses personnelles dont elle avait besoin de parler.

Je vois bien qu'il n'a pas fini, mais Chase s'empresse de le couper.

— Je n'apprécie pas vraiment ce ton, docteur…

Ses yeux se plissent, et il se penche en avant, les coudes plantés dans ses genoux.

— Veuillez me pardonner si je vous ai offensé. Je pense que nous sommes partis du mauvais pied, répond le médecin d'un air parfaitement raisonnable.

Chase le balaie du regard. Il faut dire que mon thérapeute est canon ; c'est indiscutable. Maria et moi l'avons d'ailleurs surnommé « Doc Beau Gosse ». Des cheveux châtains sublimement ramenés en arrière, un pantalon et une chemise impeccables malgré le fait que je sois sa dernière patiente de la journée… Ses yeux noisette passent alors de Chase à moi, puis il finit par croiser les bras et poser un doigt sur sa lèvre.

Je sens Chase se raidir à côté de moi. Il est incroyablement mignon, quand il est jaloux…

— Pourquoi tu as besoin de voir un homme, déjà ? Il n'y a pas de femmes thérapeutes ?

J'éclate de rire et me débarrasse de mes talons pour me rouler en boule dans le fauteuil. Chase et le docteur Madison me dévisagent comme si j'avais perdu la tête. Ce qui est peut-être le cas.

— Tu sais, parfois, bébé, tu es vraiment irrécupérable… Vous avez vu ce que je dois endurer tous les jours, docteur ?

Chase hausse les sourcils et écarquille les yeux de stupeur. Avec un rictus, le docteur répond du tac au tac.

— Je vois ça, oui… On dirait bien que vous replongez dans des schémas familiers.

J'opine du chef, sachant pertinemment qu'il fait référence à mon adoration pour les dominateurs.

— Mais Chase ne se rend pas compte qu'il cherche à contrôler l'univers, voyez-vous. Et avec moi, il pète un plomb à la moindre occasion...

Chase tourne brusquement la tête vers moi, son regard exprimant toute sa frustration. Une seconde plus tard, il est debout, me tirant par le bras pour me forcer à me lever.

— Pardon ? grogne-t-il. C'est terminé, on s'en va.

La façon dont il me tient et dont il cherche à marquer son territoire n'échappe évidemment pas à mon thérapeute.

— Asseyez-vous, monsieur Davis, dit le docteur d'une voix ferme mais respectueuse. Nous venons à peine de commencer. Si vous voulez que Gillian soit capable d'être elle-même et de se sentir en sécurité, sereine et entière dans votre univers, il va falloir que vous travailliez *avec* nous, et non *contre* nous. Sa santé émotionnelle est indispensable, si vous voulez que votre relation s'épanouisse et perdure. Avez-vous envie que Gillian soit entière ? demande-t-il d'une façon qui n'attend évidemment aucune protestation.

— Bien sûr que oui. Rien n'est plus important qu'elle, à mes yeux.

Je le serre contre moi avant de me détacher de ses bras et de retourner m'asseoir. Il m'imite, son joli visage toutefois barré d'une moue boudeuse.

Le docteur Madison ajuste son long corps dans son propre fauteuil de cuir usé.

— Bien. Dites-moi, Gillian… Pourquoi êtes-vous ici ?

J'inspire un bon coup et me lance. À peu près au milieu de mon histoire, lorsque j'aborde l'accident de Phillip, Chase prend ma main. Je lui rends son étreinte, et il trace du bout du doigt le symbole de l'infini sur le dos de ma main. Cet homme est mon roc.

— Du coup, nous avons dû annuler le mariage. Je suis incapable de me détendre un tant soit peu… Je ne sais pas quoi faire, vis-à-vis de Phillip. Ma meilleure amie, Bree, est blessée, et…

Je tremble tandis que le poids de tout cela semble vouloir me tirer toujours plus bas.

— Nous n'annulons pas le mariage, intervient Chase. Nous ne faisons que le repousser un peu. J'espère bien que cette histoire de harceleur sera réglée sous peu. J'ai des types de l'armée sur le coup.

Je m'écrie d'une voix implorante :

— Je suis *traquée*, docteur Madison. Un pauvre fou me suit *à la trace*. Ce taré veut me faire du mal… Il veut faire du mal à mes amis… Il *a* fait du mal à mes amis ! Qu'est-ce que je vais faire ? Qui d'autre a déjà vécu un truc pareil ?! C'est complètement dingue…

Je m'exprime comme si j'étais en train de libérer toute la frustration accumulée au fil de ces cinq dernières années. Peut-être est-ce le cas, au final.

Le docteur inspire un coup sec et me tend une boîte de mouchoirs. Je me mouche bruyamment.

— Gillian… Je suis très attristé d'apprendre tout cela, et je suis vraiment désolé que vous ayez à vivre une telle chose. Avez-vous une idée de qui il peut s'agir ? Peut-être quelqu'un de votre passé ?

Il prononce ces mots lentement, et l'image de Justin s'impose à moi, avec sur le visage ce sourire terrifiant et malsain qui étirait ses lèvres chaque fois qu'il était sur le point de sombrer dans la folie. Je me retrouve immédiatement là-bas.

Les bois m'entourent. Je cours au milieu des arbres, le soleil couchant faisant danser des points lumineux sur le sol, là où mes pieds foulent la terre et les feuilles. Mon nez pisse le sang. J'en ai plein la bouche et plein la chemise. Il faut que je m'en aille d'ici. S'il me retrouve, il serait capable de me tuer, cette fois.

— Où est-ce que tu es, Gil ? crie sa voix, pas très loin derrière.

J'accélère le pas, même si le goût ferreux de mon propre sang me donne des haut-le-cœur affreux. Je ne peux respirer que par la bouche. Il m'a une fois de plus cassé le nez. Et chaque inspiration suffocante que je prends dans ma course puise un peu plus dans mes réserves vitales.

Mes mains sont peintes en rouge quand je percute un arbre et tournoie autour, tout en essayant de reprendre mon souffle.

— Tu ne m'échapperas pas ! Inutile de te cacher, je te dis ! lance-t-il avec un rire de fou qui semble résonner bien trop près de mon oreille, comme s'il était là, juste devant moi.

De ma cachette, je ne vois pas où il est, mais je sais qu'il est proche. Je m'accroupis et m'adosse à l'écorce rugueuse de l'arbre, aveuglée par mes larmes.

Pendant un long moment, mon souffle rauque est le seul son que je distingue. Peut-être est-il retourné au terrain de camping ? Je sais qu'il y a une route, pas loin d'ici. Si j'arrive jusque là-bas, je pourrai trouver de l'aide.

Je me relève et essaie de voir quelque chose à travers les arbres désormais plongés dans l'obscurité. Je tremble de tous mes membres, et le choc glacial de la douleur commence peu à peu à faire effet. J'ai à peine fait deux pas quand une main m'agrippe le cou, et une autre me plaque contre l'arbre par la taille. Ma tête percute l'écorce si fort que des étoiles se mettent à danser sous mes yeux.

— Tu pensais pouvoir m'échapper ? grogne Justin avant de m'asséner un violent coup de coude dans le ventre.

Mes poumons se vident instantanément de tout leur air. Une douleur fulgurante me traverse l'abdomen. Il m'épingle à l'arbre avec le poids de son corps et lève mes bras au-dessus de ma tête. Puis il étudie mon visage, millimètre par millimètre, ses lèvres sèches et craquelées finissant par esquisser un rictus mauvais. Il se rapproche encore et frotte sa joue piquante à la mienne. Je sens ses lèvres contre mon oreille.

— Tu te souviens quand tu as dit que tu serais à moi pour toujours ? C'était une promesse. Une promesse que je ne te laisserai jamais briser. Je préférerais te tuer plutôt que te voir partir.

— Bébé ! Gillian ! Je suis là !

La voix de Chase s'insinue dans mes pensées. Je sens sa main me frotter le dos. Les lumières de la pièce commencent à pénétrer mes sens. Je distingue les portes-fenêtres qui donnent sur le balcon, le bureau en acajou dans un coin, le mur de bibliothèques envahies d'ouvrages médicaux et de souvenirs provenant du monde entier. Je connais cet endroit. J'aime cet endroit. C'est un endroit qui me fait me sentir en sécurité. Mais à cet instant précis, je suis en position fœtale, tapie dans un coin de la pièce.

— Viens ici, Gillian. Viens… Je te tiens. Toujours… Tu te souviens ? Je t'ai promis de toujours te ramener.

Les paroles de Chase atteignent mon subconscient, et je me jette dans ses bras. Il me serre contre lui, me soulève et retourne vers le fauteuil dans lequel j'étais assise il y a encore peu. Je me cramponne à lui tandis qu'il me berce comme un bébé. Une fois mon souffle revenu à la normale, je déroule mes jambes et regarde tout autour de moi. Le docteur Madison est assis dans son fauteuil, son calepin jaune serré entre ses poings, le papier tout chiffonné sous ses doigts, un peu comme mon cœur après ce *flash-back.*

— Je suis désolée, docteur…, dis-je dans un murmure.

Il relève aussitôt la tête.

— Vous n'avez pas à vous excuser de quoi que ce soit, Gillian. Je ne m'étais pas rendu compte que vous aviez de nouveau ce genre de *flash-backs*. Cette histoire de harceleur a de toute évidence ravivé de vieilles blessures, des blessures que vous n'avez pas encore su appréhender. Est-ce que ça vous arrive souvent ?

La honte me percute comme un coup de poing.

— Euh… J'en ai eu pas mal ces derniers mois, oui. Quand j'ai emménagé avec Chase, je n'en ai plus eu un seul. Puis il y a eu cette histoire avec Phillip, et ça n'arrête pas, depuis.

— Et les cauchemars… Il faut que tu lui dises tout, intervient Chase d'une voix ferme qui me pousse à me montrer honnête aussi bien vis-à-vis de mon thérapeute que vis-à-vis de moi-même.

Je ferme les yeux et laisse l'odeur de mon homme m'envahir les narines et me calmer. Sa chaleur remplace le froid glacial qui me ronge les os, et son amour balaie toute la honte que je peux ressentir.

— Je cauchemarde toutes les nuits depuis que ce mot est apparu sur le lit d'hôpital de Phillip. J'ai l'impression de devenir folle, de revivre dans le passé… La seule chose qui est capable de me sortir de là, c'est…

Je hoquette tandis que les larmes envahissent mes joues.

— Qu'est-ce que c'est ? demande le docteur Madison.

— Moi, répond Chase à ma place, et je hoche silencieusement la tête, incapable de former des mots. Et je suis prêt à le refaire autant de fois qu'il le faudra, bébé. Tu es à moi. Pas à une espèce de taré psychopathe qui surgit de ton passé en pensant pouvoir déverser toute sa haine sur toi. Je jure devant Dieu : si jamais je le vois…

Je me tourne sur ses genoux et prends son visage entre mes mains.

— Non. Il m'a assez détruite comme ça. Je ne peux pas le laisser te faire du mal. Pas toi, dis-je dans un souffle en posant mon front contre le sien.

— C'est vraiment ce que vous pensez, Gillian ? Que Justin vous a détruite ? demande doucement le docteur Madison.

Je hoche la tête et détourne le regard vers la fenêtre.

— Je ne sais même pas pourquoi Chase a envie de quelqu'un d'aussi paumé que moi. Ça n'a pas de sens.

Je sens les bras de Chase me serrer plus fort. Je quitte alors ses genoux et vais m'asseoir dans l'autre fauteuil, ressentant le besoin soudain de gérer seule cette vague de sentiments négatifs.

— Tu es la meilleure chose qui me soit jamais arrivée, Gillian. Non seulement tu es la plus belle femme que j'aie jamais vue, mais ton cœur est plus grand que ceux de cent personnes réunies. Tu es futée, drôle, incroyablement intelligente, et ton âme est pure. C'est *ça* que je veux dans ma vie. *Ça* dont j'ai besoin. Tous les jours de mon existence. Et pour toujours. (Chase s'approche de moi et s'agenouille à mes pieds.) Aucune femme n'a jamais aimé le véritable *moi*, l'homme que je suis avec *toi*. (Il déglutit et se met à embrasser mes mains.) Tu n'es pas détruite, bébé. Tu es parfaite. Parfaite pour moi.

Je hoche la tête, pose mes mains sur les siennes et j'embrasse chacun de ses doigts.

— Je t'aime, Chase. Merci d'être là. Merci de t'être imposé aujourd'hui. J'avais besoin que tu sois là, avec moi.

— Rien ne pourra jamais m'empêcher d'être avec toi, commente-t-il en m'embrassant tendrement, comme pour sceller sa promesse.

Le docteur Madison inspire longuement avant de lâcher un gros soupir.

— Je suis vraiment content de vous revoir, Gillian. Nous avons du pain sur la planche, avec ou sans votre fiancé surprotecteur, ajoute-t-il avec un sourire en coin à l'intention de Chase.

Mais mon homme n'y prête aucune attention. Il se contente de hausser les épaules et de me faire me relever. Puis il attrape mes chaussures et me les enfile l'une après l'autre, ses mains caressant mes jambes au passage. Une petite caresse qui me laisse entendre que notre histoire est loin d'être terminée.

Mais je n'en doute pas un seul instant. Je n'en aurai jamais assez de Chase.

***

GILLIAN

— Qu'est-ce que tu fais ici ? Ce n'est pas ton tour de jouer à la baby-sitter, crache Bree d'une voix chargée de mépris.

Lorsque j'entre dans la pièce, son apparence anormalement chaleureuse me prend par surprise. La moindre surface est recouverte de fleurs, leur odeur sucrée venant aussitôt chatouiller mes narines. Le contraste qu'elles provoquent avec l'homme qui gît dans son lit d'hôpital est saisissant, autant qu'avec la furie qui lui tient la main. Bree en est rouge de colère. Sa bouche forme une moue dédaigneuse, et ses yeux jettent des éclairs. Sa main minuscule serre tellement fort l'épaisse couverture qui enveloppe Phillip qu'elle en est toute pâle.

— Qu'est-ce que c'est que tout ça, Bree ? dis-je en secouant la tête avant de venir poser la main sur la cuisse de Phillip pour lui faire ressentir ma présence.

Bree me la fait dégager d'une tape si violente que je m'écarte aussitôt, perplexe.

— Ne le touche pas, tu entends ? Tu gâches tout ce que tu touches !

Ouah ! Je savais qu'elle était contrariée, et que ce mot lui avait profondément brisé le cœur, mais j'ignorais totalement que j'aurais affaire à une parfaite inconnue. Cette fille n'est *pas* ma sœur d'âme, ma Bree. Elle n'est pas elle-même.

— Ce n'est pas juste, Bree. Et tu le sais.

Je m'efforce de parler d'une voix calme, en espérant y mettre toute la tristesse qui m'habite.

— *Juste* ? Tu veux vraiment parler de ce qui est juste ?

Elle se lève et passe une main nerveuse à travers sa crinière blonde tout emmêlée. Habituellement, ses cheveux tombent en un voile impeccable dans son dos, mais aujourd'hui, ils partent dans tous les sens – je me demande même si elle les a lavés, dernièrement.

— Toi, tu es là, debout devant moi, alors que Phillip est allongé dans ce lit. Tu trouves ça vraiment juste, Gigi ?

— Tu ne penses pas ce que tu dis…

La peur, la culpabilité et la honte, mes trois vieilles amies, s'insinuent aussitôt dans mon subconscient.

Les yeux bleus généralement chaleureux de Bree me fusillent d'un éclair glacial.

— Tu crois ? Si Phillip est dans le coma à l'heure actuelle, c'est à cause de toi. Parce qu'une espèce de psychopathe veut te faire du mal. (Je lâche un hoquet de stupeur, mais elle continue à me flageller.) Ça a marché ? Tu as mal ?

Les larmes envahissent mes joues ; je ne cherche pas à les essuyer.

— Oui, dis-je en sanglotant.

— Mais ce n'est pas suffisant, n'est-ce pas ? Il ne va pas s'arrêter là ! Qui viendra ensuite, Gigi ? Anabelle ?

Elle enfonce ce poignard si profondément dans mon cœur que je plaque une main sur ma poitrine et percute le mur derrière moi. Les larmes redoublent d'intensité et s'amassent sur mes joues tandis que je m'écroule au sol, les genoux pressés contre mon corps. Non, pas Anabelle. Pas mon petit ange. Des images m'envahissent aussitôt l'esprit. Son adorable petit visage rond, ses yeux aussi bleus qu'un ciel d'été sans nuages, ses boucles blondes qui rebondissent lorsqu'elle se met à chantonner… Ma filleule.

Bree est désormais accroupie devant moi. Nous n'avons jamais été aussi proches sans nous toucher d'une quelconque manière. Une caresse, un geste amical, quelque chose… Mais à cet instant précis, la haine de Bree est tout ce que je perçois, me faisant l'effet d'une véritable couverture qui ne fait qu'attiser la culpabilité de mon esprit déjà torturé.

— Je vais me rendre. Je vais le laisser me prendre, dis-je

à travers mes larmes. Il peut m'avoir. Jamais je n'aurais pu souhaiter une chose pareille à l'un d'entre vous. Ni à Phil ni à mon bébé… à personne ! crié-je avec autant de conviction que possible.

Je vois alors le visage de Bree se décomposer devant moi. Elle me regarde comme si c'était la première fois qu'elle me voyait.

— Il faudra d'abord qu'il me passe sur le corps pour ça, entends-je dire de la porte, derrière moi.

Kat tient dans ses bras tout un assortiment de fleurs. Elle nous observe l'une après l'autre, pose les fleurs sur la seule place libre qu'il reste sur la table de chevet et vient vers nous, sa longue jupe flottant autour d'elle à chacun de ses mouvements. Tout ce qu'elle porte est bleu, indigo, aigue-marine ou vert. Le tissu ample ondule gracieusement tandis qu'elle s'arrête devant nous, les mains sur les hanches. Enfin la paix. Je ferme les yeux. Ils sont bien trop chargés de larmes pour que je puisse les garder ouverts. Je laisse alors les ondes calmes de sa présence apaiser les émotions bouillantes qui m'animent, telle une serviette humide sur une flamme ardente.

Bree se lève brusquement.

— Méfie-toi, Kat. Ça pourrait justement t'arriver.

Une nouvelle vague de chagrin me déchire le cœur tandis qu'elle rejoint Phil et fait courir sa main sur son visage.

— Viens ici, souffle Kat en écartant les bras.

Je me lève faiblement et m'effondre dans son étreinte. Elle me caresse les cheveux d'une main et le dos de l'autre jusqu'à ce que je me calme. Puis elle s'écarte, sa main toujours nichée dans mes cheveux, l'autre me retenant par le bras.

— Ce. N'est. Pas. Ta. Faute, dit-elle avant de poser le front contre le mien. (Nos regards ne se quittent pas. Caramel contre vert.) Tu m'entends ? (Je hoche la tête.) Bien. Je ne veux plus jamais entendre parler d'un quelconque sacrifice à une espèce de taré. Nous sommes toutes ensemble dans cette histoire, O.K. ?

Kat secoue la tête de haut en bas jusqu'à ce que je l'imite.

— Ensemble dans quoi ? lance Maria en apparaissant à son tour.

Elle trébuche en entrant et se rattrape au mur de justesse. J'inspire un bon coup tout en me dégageant des bras de Kat et en essuyant les dernières larmes qui me maculent les joues. Bree a les bras croisés, les pieds campés au sol.

— Qu'est-ce que j'ai raté ?

— Je suis surprise que tu sois arrivée jusqu'ici vivante ! commente Bree d'un air mauvais.

Je ne connais pas cette femme. Ce n'est pas possible. Bree n'a jamais parlé à qui que ce soit avec autant de méchanceté.

— *Discúlpeme* ? De quoi elle parle ? lance Maria en posant son sac de répétition au sol.

Elle porte sa tenue de danse habituelle : un legging noir et un tee-shirt ample par-dessus une brassière. Elle est probablement passée faire un saut avant d'aller au théâtre.

Je suis incapable de répondre, la tristesse m'empêchant de former le moindre mot. Mais Bree s'en charge à ma place.

— Eh bien, autant dire que nos chances de survie jusqu'à ce que le harceleur de Gigi soit démasqué sont proches de zéro… Vas-y, parle-leur du mot, crache-t-elle.

Elle pivote la tête vers moi, la peur contrôlant sa langue. Je reste muette, toujours dans l'incapacité de parler. Elle n'a pas besoin d'encouragements pour poursuivre.

— Il a laissé un mot il y a quelques jours, ici… Sur le lit de Phillip, dit-elle en tendant un bras vers la couverture. Il dit que c'est lui qui a posé la bombe dans la salle de sport, et qu'il y aura bientôt une autre victime.

Ses jolis yeux se plissent. Kat lâche un hoquet tout en plaquant une main sur sa bouche. Le corps fin de Maria se raidit. Droite comme un piquet, elle pose les mains sur ses hanches d'un air déterminé.

— Attendez que je mette mes *manos* sur ce taré ! lâche-t-elle en inspirant nerveusement. *¡Está muerto!* Il est mort !

— Non, il ne faut pas que tu partes sur ce chemin, Ria. Bree a raison : c'est ma faute. Qui que soit ce type, il me veut *moi*. Même si Chase et Tommy font de leur mieux pour le retrouver, j'ai l'impression que tout ça ne sert à rien. C'est vrai, je gâche tout ce que je touche, Bree. Je ferais mieux de me rendre.

J'agite les mains devant moi à la manière d'une folle. Et je commence sérieusement à avoir l'impression de sombrer… Si ça continue comme ça, je risque de voir le docteur Madison beaucoup plus souvent, à l'avenir.

— Je t'interdis de faire une chose pareille ! Tu es dingue, ma parole ?! Tu ne peux pas te jeter dans les griffes de ce taré rien que pour nous protéger ! Il pourrait te tuer ! Qu'est-ce qu'il nous resterait, hein ? Une sœur à enterrer, c'est ça ?

La voix de Kat est chargée d'émotion, mais elle fait de son mieux pour relever la tête. Si seulement je pouvais être aussi forte qu'elle, à cet instant précis…

Maria nous rejoint et me serre dans ses bras. Je vois Bree se hérisser et détourner les yeux. Comment en sommes-nous arrivées là ? Ce monstre me détruit à petit feu, ainsi que tous ceux que j'aime… Il faut que nous fassions quelque chose. L'idée de me rendre à ce dingue me tente de plus en plus, et un plan est déjà en train de se former dans ma tête. Oui, je peux y arriver. Sauver mes amis. Chase. La petite Anabelle. Plus personne ne risquerait quoi que ce soit.

— Je t'entends réfléchir, *cara bonita*. Il est hors de question que tu fasses une chose pareille, tu m'entends ? *¿Me escuchas?* Ne pense même pas à te donner en offrande à ce *loco*.

Maria prend mon menton entre ses doigts et attend que j'acquiesce. Son regard de glace est dur, inflexible. Il me rappelle celui de Chase lorsqu'il passe en mode « non négociable ». Chase. J'ai besoin de Chase.

— Se servir d'elle comme appât n'est pas une si mauvaise idée que ça, commente Bree. Ce taré se montrerait sûrement, pour récupérer son *précieux* prix…

Ses mots me cinglent tel un fouet et laissent une plaie béante en plein milieu de mon cœur.

Kat frémit tandis que les paroles de Bree l'atteignent. Ria se tourne alors vers notre sœur d'âme, folle de rage.

— Qu'est-ce que c'est, ton problème, toi ? Tu es sérieuse ? Tu penses vraiment que notre *hermana* devrait risquer sa vie pour se punir de ce qui est arrivé à *Phillipe*, ou juste pour sauver ton cul ?

Les yeux de Bree se remplissent soudain de larmes. C'est la première fois, depuis mon arrivée, que je vois un fragment de la véritable Bree. La femme pour laquelle je serais prête à me jeter sous un train, si c'était pour lui sauver la vie. Ses épaules s'affaissent, et elle se voûte sur elle-même, son regard vaincu braqué au sol.

Malheureusement, Maria ne perçoit pas sa détresse.

— Tu as pris un coup sur la *cabeza* ? Tu es *loco* ? lui assène-t-elle, impitoyable.

Les épaules de Bree se mettent à trembler. Très vite, son corps entier est pris de convulsions tandis qu'elle s'agrippe au dossier de la chaise, devant elle.

— Je suis désolée, Gigi… Je ne sais pas… (Les larmes inondent ses joues à l'instant où nos regards se croisent. Je lis ses excuses dans ses yeux. Elle est dévastée.) Je ne le pensais pas… Oh, mon Dieu, qu'est-ce que j'ai fait ?

Sa voix se fêle. Je me rue sur elle et la prends dans mes bras, la serrant si fort que je risque bien de laisser des marques sur son corps menu. Mais elle ne semble pas s'en soucier. Elle sanglote dans ma nuque, évacuant à travers ce tsunami trois semaines de douleur intense. L'angoisse exsude de chacun de ses pores, au point d'en être presque palpable.

— Je ne suis p-p-pas f-folle…, hoquette-t-elle dans mes cheveux.

Puis elle essuie ses larmes et son nez humide sur mon épaule. Ça m'est égal. Je suis prête à tout accepter, si cela peut lui faire oublier l'espace d'un instant la peur et l'incertitude qui nous rongent toutes. Mais surtout Bree, qui ne se rend probablement pas compte qu'elle est raide dingue de Phillip. Il faut juste qu'elle se ressaisisse.

Je lui caresse les cheveux sans la lâcher.

— Tu n'es pas folle, ma chérie.

Elle hoquette tandis qu'une nouvelle vague de larmes prend d'assaut son visage.

— Non, je ne suis pas folle. Je suis enceinte, annonce-t-elle.

Le silence s'abat sur la pièce. Je la prends à bout de bras devant moi et observe son expression torturée. Tous les yeux sont braqués sur elle. Elle hoche la tête puis s'effondre à nouveau contre moi, complètement abattue.

Nous l'encerclons toutes les trois d'un geste protecteur en lui transmettant tout l'amour dont nous sommes capables. Notre trinité. Alors, ensemble, nous évacuons tout.

X

Alors comme ça, Barbie Yoga est enceinte. Ouah ! Mais c'est génial ! Je n'aurais pas pu rêver mieux. C'est officiel : elle vient juste de passer tout en haut de ma liste. La faire disparaître elle et son sale marmot du même coup… Si ça n'est pas le message ultime pour ma femme, rien ne le sera. J'ai envie de hurler de joie quand j'apprends la nouvelle à travers le micro que j'ai planqué sous le lit d'hôpital. La petite cour de Chase me sous-estime beaucoup, décidément… Après le coup de l'explosion et le mot bien en évidence sur le lit, je pensais qu'ils me prendraient plus au sérieux. Mais leur bêtise fait ma bonne fortune.

Je sors les photos de Bree Simmons et de son studio, *I Am Yoga*. Quel nom ridicule… C'est plutôt « I Am Dead », qu'elle devrait le rebaptiser, parce qu'elle sera bientôt morte, et beaucoup plus tôt que ce qui était prévu à la base. Ma princesse et ces deux autres garces qui lui servent de « sœurs » vont complètement perdre la boule, quand je leur aurai arraché leur petite blonde. Une fois que je l'aurai tuée, elle et son gosse, elles seront bien trop occupées à pleurer sa disparition pour songer à se méfier de moi. C'est là que je frapperai. Le jour de son enterrement. Oui, ce sera parfait. Je sais quelle église fréquente la famille de cette pauvre fille – celle de St. Patrick, dans le Mission District. C'est sûr qu'ils organiseront ses funérailles là-bas. C'est ostentatoire, m'as-tu-vu, exactement ce qu'ils dégagent. À se demander comment cette fille est tombée dans le yoga et le bouddhisme avec des parents ultra-cathos. Bref.

Tout ce qu'il me reste à faire, désormais, c'est y avoir accès avant eux en m'assurant une porte de sortie. Je sais que cette église est située juste au-dessus de vieux égouts désaffectés. L'endroit parfait pour y traîner une rouquine inconsciente d'à peu près un mètre soixante-dix. J'aurai enfin ma femme là où je la veux. Quelque part où jamais personne ne pourra la trouver.

Je me rassois et plaque mes chaussures vernies sur le joli visage de Bree Simmons, sur le cliché en noir et blanc. Elle sera encore plus jolie quand je lui aurai donné un nouveau sourire… Un sourire qui s'étirera d'une oreille à l'autre. J'ai tellement hâte de la voir saigner comme une truie…

10

GILLIAN

Une semaine est passée depuis que Bree a complètement craqué dans la chambre d'hôpital. Sept jours entiers que j'ai précautionneusement passés à éviter Maria, Bree et Kat. J'ai vu le docteur Madison deux fois, cette semaine. Il a eu beau m'avoir répété de ne pas mettre de distance entre moi et ceux que j'aime, je n'ai pas été capable de l'écouter. Le fait de savoir que Phillip a été visé et blessé à cause de moi, qu'il est plongé dans un coma dont il ne se réveillera peut-être jamais, pèse trop lourd sur mes épaules, au point que je me sens sombrer à petit feu.

Les médecins disent que son corps récupère peu à peu, et que lorsqu'il se réveillera, il aura surmonté le plus douloureux de sa convalescence, en dehors de la thérapie physique. Chase s'est assuré que Phillip bénéficie de soins constants, vingt-quatre heures sur vingt-quatre, ce en donnant un gros million de dollars à l'hôpital. Il ne m'en a rien dit, bien sûr. Je l'ai entendu en parler à Dana, il y a deux semaines. Mais plutôt que de chercher à discuter, j'ai décidé de laisser couler. Après tout, j'ai autant envie que lui que Phil ait les meilleurs soins possibles, et si mon fiancé est capable de tirer quelques ficelles, alors je préfère ravaler ma fierté et accepter. Surtout maintenant.

— Habille-toi, bébé.

Chase apparaît dans le dressing derrière moi et attrape

l'une de mes robes longues préférées ainsi qu'un petit gilet. Dana déteste toutes ces robes dont je refuse de me débarrasser. Elle prétend qu'elles font trop larges, sur ma silhouette toute fine, mais moi, je me sens parfaitement bien, dedans. Mais nous sommes vendredi matin, et c'est ma tenue de travail qui m'attend.

— Nous sommes vendredi, Chase, dis-je en sortant une jupe tailleur gris chiné et un petit haut rose pastel.

Chase me prend les cintres des mains pour y mettre la robe longue et le gilet à la place.

— Nous prenons notre journée. J'ai tout arrangé, ne t'inquiète pas. Hawthorne sait que tu travailles dur, et il a accepté sans souci. Il a dit de considérer ça comme une journée de récupération.

Puis il remue ses sourcils bruns, me serre contre lui et m'embrasse. Je m'enivre de son parfum d'agrumes et de bois de santal qui est devenu l'odeur la plus apaisante du monde, à mes yeux. Je me frotte le nez sur son torse.

— Je te sors, aujourd'hui, ma chérie, déclare-t-il.

Mon visage doit trahir ma surprise, car il prend mon menton entre ses doigts et me caresse du bout du nez.

— Je ne t'ai pas assez courtisée. Cette journée ne sera rien que pour nous deux. Nous allons profiter de notre ville. Tu as besoin de faire un break avec tout ça, et moi, j'ai besoin de passer du temps seul avec toi.

Il embrasse le coin de ma bouche et fait courir sa petite barbe du matin le long de mon cou, m'envoyant des frissons jusqu'au bout des orteils. Après avoir léché, mordillé puis embrassé tendrement cette zone sensible qu'il aime tant, entre le cou et l'épaule, il s'écarte.

— Enfile cette robe. Je sais que tu l'aimes, et moi, c'est toi que j'aime. Aujourd'hui, ce n'est rien que nous deux.

Rien que nous deux.

Il y a six mois, je ne me serais jamais imaginée ici, en petite tenue, pendant que le plus bel homme que la terre ait jamais porté, mon fiancé, m'annoncerait que cette journée n'était rien que pour nous deux. Nous deux… À quoi cela ressemble-t-il, exactement ? Ces derniers mois ont été magnifiques et dévastateurs, surchargés de bonheur, de plaisir, de douleur, de culpabilité, de traumatisme et de tout ce qui va avec. J'ai l'impression que nous avons vécu plus en une demi-année que la plupart des couples en toute une vie de mariage.

Un petit sourire redresse les coins de ma bouche tandis que je m'agrippe à la robe.

— Où est-ce que tu m'emmènes ? l'interrogé-je en le regardant décrocher un pull à manches courtes jaune poussin et sortir un chino kaki de sa pile impeccable de pantalons.

Je retire mon débardeur, enfile mes sous-vêtements et passe la robe longue par-dessus ma tête avant de la laisser retomber dans un nuage de coton. La palette de violets et de bleus, avec ces petites bretelles au niveau des épaules, est envoûtante. Je récupère le gilet et entre dans la salle de bains.

— Laisse tes cheveux lâchés. J'aime les voir voler au vent, murmure Chase derrière moi.

— D'accord.

Je lui adresse un regard faussement pudique, et il plonge une main dans ma chevelure pour venir m'empoigner la nuque. Puis, de la pulpe du pouce, il se met à tracer des cercles sur ma peau, juste sous mon oreille, avant de partir de son côté de la salle de bains pour terminer de se préparer.

Après avoir avalé un petit déjeuner léger, consistant en un demi-bagel, un peu de fromage frais et un fruit, nous partons. Une fois au niveau du garage, je m'attends à ce que Chase me guide vers l'un de ses bolides. Je n'y connais rien en voitures, mais les petites ailes qu'arbore l'une d'elles, et le bouclier avec un lion sur une autre me laissent deviner qu'elles coûtent probablement plus que tout ce que mes trois sœurs et moi possédons. Mais au lieu de cela, je suis accueillie par six hommes en costume noir. Des nouveaux agents de sécurité.

— Très bien, les gars. Si ce taré nous observe, il pensera que monsieur Davis et mademoiselle Callahan sont avec moi ou monsieur Campbell. Nos voitures serviront d'appât. Vous deux, déclare Jack en désignant deux armoires à glace que je vois pour la première fois, vous vous occuperez de les amener là où monsieur Davis vous dira d'aller. Je veux un rapport détaillé toutes les vingt minutes. Si je ne le reçois pas, je partirai du principe qu'il s'est passé quelque chose. En plus de ça, je les suivrai tous les deux par le biais du GPS de leurs téléphones et de la voiture.

À ma gauche, trois SUV noirs parfaitement identiques aux fenêtres teintées nous attendent.

— C'est vraiment nécessaire, tout ça ? dis-je dans l'oreille de Chase en lui donnant un petit coup d'épaule.

Il m'observe alors avec un regard dur et inflexible. Le même regard qu'il jetterait à un adversaire en pleine transaction. Un regard sérieux et débordant de contrôle.

— Je suis prêt à tout pour protéger ce qui est à moi. Ta sécurité est non négociable.

Encore ce mot… Je devrais noter le nombre de fois où je l'entends dire « non négociable ». Je lève les yeux au ciel, et il passe un bras sur mes épaules avant de déposer un doux baiser sur ma tempe.

— Joue le jeu, ma chérie. S'il te plaît…

Ses paroles me rappellent qu'il est toujours mon Chase. L'homme qui m'aime. Celui qui peut être jovial, doux, et incroyablement honnête dans l'intimité. Mon fiancé. L'homme qui vieillira avec moi et qui me fera toujours passer d'abord.

— Tu es à moi, toi aussi, tu sais ?

Je me niche dans son cou et mordille sa peau. Il me serre plus fort contre lui. Ses bras pourraient sauver le monde entier, mais il ne les donne pas à n'importe qui. Je ne l'ai vu étreindre que les membres de sa famille, et encore, cela n'a rien des câlins passionnés dont il me gratifie. Non, ceux-ci sont juste pour moi. Chase me serre plus fort tandis que Jack achève ses recommandations.

— Pour toujours, bébé, souffle-t-il avant de s'écarter et de me prendre la main. Bon, ça suffit. On a assez perdu de temps comme ça.

Puis il me guide vers l'un des SUV. Nous nous asseyons à l'arrière, et nos nouveaux gardes du corps s'installent à l'avant.

***

Gillian

Nous nous arrêtons d'abord sur la 16e Rue. Chase inspire calmement avant de sortir de la voiture. Il me tend la main et m'aide à descendre du véhicule gigantesque. Nos gardes du corps restent à côté de nous sans pour autant se mettre sur notre chemin.

Je balaie des yeux la rue bondée et demande :

— Où est-ce que nous sommes ?

San Francisco est riche d'une diversité incroyable. Des gens de toutes sortes et de toutes origines vivent ensemble dans ce melting-pot urbain. Certains en costume impeccable avancent résolument vers leur destination. Des *hipsters* envahissent les petits cafés et les librairies aux côtés de familles traînant derrière elles leur marmaille.

Chase me prend la main et s'élance dans la rue.

— Tu verras, dit-il avec un grand sourire.

Je m'immobilise presque, juste pour m'enivrer du bonheur évident dont il me fait cadeau, et du monde qui nous entoure. Nous traversons quelques pâtés de maisons jusqu'à nous retrouver entre Moraga et Noriega. Chase s'arrête en désignant le bas d'un escalier.

— Regarde.

Je tourne la tête pour suivre son doigt, puis j'avance lentement et je suis accueillie par la vue la plus spectaculaire qui soit. Il s'agit d'un escalier arc-en-ciel, sans que celui-ci représente véritablement un arc-en-ciel.

Des petits carrés de mosaïque se fondent les uns aux autres pour former une myriade d'images. Mon regard passe de scène en scène, incapable de rester focalisé sur une seule image. C'est à couper le souffle. Parfaitement unique. Et probablement l'une des plus belles choses qui m'aient été données de voir.

— Qu'est-ce que…, dis-je, époustouflée.

— Il a été construit en 2005, m'explique Chase. Plus de trois cents bénévoles, d'entreprises locales et de donateurs se sont regroupés pour donner vie à cette œuvre d'Aileen Barr et de Colette Crutcher. (J'avance de deux marches et balaie les vagues de couleurs composées uniquement de minuscules carrés.) Il y a cent soixante-trois marches en tout. J'adore la lune, au centre. Les soirs où le ciel est clair, on dirait qu'elle reflète les vrais rayons de la lune. C'est féerique.

Je lève les yeux tout en haut de l'escalier, jusqu'à distinguer la lune gigantesque, en son centre, cernée de spirales noires. Je parviens enfin à reprendre mon souffle et à véritablement apprécier la vue. Le bas des marches débute par une effervescence de scènes marines, de minuscules poissons à d'immenses vagues, toutes composées de petites pièces colorées. Les rouleaux de l'océan semblent manger la moitié de l'escalier, jusqu'à atteindre une scène d'une riche teinte marron et orangée parsemée de fleurs et de bêtes sauvages. Le tout est surplombé d'un ciel chargé d'oiseaux et de tout un ensemble d'insectes représentés dans des teintes bleu pâle. Apparaît ensuite la lune que Chase aime tant. Un immense cercle blanc composé de carrés scintillants blancs et gris, et cerné d'un indigo sombre et d'un bleu nuit. Tout en haut des marches, un immense éclat de feu semble représenter le soleil. Je suis convaincue de n'avoir jamais rien vu d'aussi époustouflant, à l'exception de l'homme qui me tient dans ses bras tandis que je me repais de cette œuvre d'art.

— Tu veux monter ?

Je hoche la tête, et il me prend la main. Je suis toujours incapable de parler. Nous grimpons lentement, marche après marche. Je m'arrête de temps à autre pour faire courir un doigt sur les carrés. Chase ne me lâche jamais la main, se contentant de s'accroupir pour voir ce qui a capté mon attention. Nous poursuivons notre route, et enfin, lorsque nous nous retrouvons entre la lune et le soleil, Chase me fait m'asseoir. Il redescend alors une dizaine de marches et sort son téléphone.

— Fais-moi un de tes jolis sourires, ma belle !

Je n'ai pas à me forcer. Assise ici, dans cet endroit inédit, avec l'homme qui tenait à partager une telle beauté avec moi, je suis incapable de retenir le sourire qui veut me barrer le visage. Chase prend quelques photos, puis je sors mon téléphone et lui dis de venir s'asseoir à côté de moi. Un jeune homme affublé d'une crête rose fluo et d'une veste en cuir passe à notre niveau au même moment.

— Excusez-moi ? (Je sens Chase me serrer plus fort la main, et il marmonne quelque chose entre ses dents.) Vous pouvez nous prendre en photo, s'il vous plaît ?

Le garçon à la crête hoche la tête et affiche un grand sourire avant d'ajuster sa sacoche sur son épaule. Je lui tends mon téléphone. Ses deux lèvres sont percées de petits anneaux. De loin, on pourrait croire qu'il a un appareil dentaire étrangement placé.

— Vous ressemblez à ma sœur, lance-t-il sans se départir de son sourire.

Ses yeux arborent une nuance étonnante de vert qui ressemble en effet à la mienne. S'il n'avait pas autant de métal sur la figure, je pourrais le trouver mignon.

— J'espère que c'est un compliment ! dis-je de mon ton le plus cordial.

— Bien sûr que oui. On n'arrête pas de me dire qu'elle est canon. Moi, je ne trouve pas, bien sûr. C'est ma frangine, quoi… Berk, frissonne-t-il.

Puis il descend de quelques marches avant de diriger le téléphone vers nous. Chase et moi éclatons de rire en entendant ce parfait inconnu partager un bout de sa vie avec nous. Cela a le pouvoir d'ajouter une touche de gaieté à ce moment déjà parfait. Le garçon à la crête profite de notre inattention pour prendre quelques photos – j'entends le cliquetis du téléphone. Puis il se rapproche et dit :

— Faites semblant de vous aimer, maintenant.

Chase tourne la tête vers moi et prend mon visage entre ses doigts. Ses prunelles arborent une étonnante nuance de bleu océan, et comme tellement de fois auparavant, je m'aime en m'y voyant.

— Je n'ai pas à faire semblant, murmure-t-il.

— Moi non plus, dis-je juste avant que ses lèvres ne touchent les miennes.

Sa bouche s'ouvre, et je m'y plonge, donnant à Chase ce que je considère comme étant le premier véritable baiser de la journée. Ici, sur le plus bel escalier du monde, il a un goût de menthe et d'homme. *Mon* homme.

Chase et moi nous embrassons comme deux adolescents avides de connaître leur premier baiser. Nous y mettons tellement de promesse et d'amour que j'en oublie où nous sommes jusqu'à ce que j'entende des ricanements derrière moi et de petits bruits de pas. Je m'écarte et tourne la tête. Une petite fille brune et ce qui doit être son frère sautent les marches une à une en se tenant la main. Je tourne la tête de l'autre côté pour découvrir que le garçon à la crête a disparu, mais qu'il a déposé mon téléphone à mes pieds. Ne jamais juger les gens sur leur apparence… Il aurait très bien pu filer avec le smartphone hors de prix que m'a offert Chase, mais non.

Je récupère le téléphone et regarde les photos. Il y en a une petite dizaine, en tout. Celles où nous rions, celles où nous posons, et enfin les toutes dernières. Chase tient mon visage en coupe et me dit qu'il m'aime. Cette photo, je compte bien l'imprimer et l'afficher dans notre maison.

— Regarde, dis-je en lui montrant les clichés.

Il désigne celle que je préfère.

— Envoie-les-moi toutes, mais celle-ci… elle est spéciale.

Je confirme d'un hochement de tête, si heureuse de voir que nous sommes sur la même longueur d'onde. J'ai tellement hâte de voir sa tête, quand il découvrira l'agrandissement encadré dans notre chambre ou notre salon…

— Allez, viens, ma bichette.

Ah non ! Pas un nouveau surnom ! *Ma bichette*, ça, je ne le tolérerai pas. J'esquisse une grimace, ce qui le fait éclater de rire.

— Ça ne te plaît pas, bichette ? Bon, d'accord… Je me contenterai de *bébé*.

Puis, avec un grand sourire, il fait courir son nez sur ma joue, prend ma main, et nous poursuivons notre ascension.

— Maintenant, direction notre prochain arrêt, commente-t-il en passant un bras sur mes épaules. Ça ne te dérange pas de marcher ?

Nos regards passent de mes sandales à paillettes à ses mocassins de marche. Je souris, plonge les yeux dans les siens et m'agrippe à sa taille.

— Je serais prête à marcher n'importe où, avec toi.

***

Gillian

Nous avons parcouru à peu près un kilomètre quand Chase s'arrête à l'entrée d'un jardin japonais. Son portail énorme a des airs de pagode, et un panonceau indique : *Fermé pour entretien*. Mais Chase entre tout de même.

— Nous ne pouvons pas y aller, c'est fermé ! dis-je doucement tout en espérant que personne ne nous a repérés.

Chase regarde derrière lui et fait signe à nos gardes du corps de s'asseoir sur le banc qui flanque l'entrée.

Un homme d'origine asiatique tout habillé de blanc semble soudain surgir de nulle part.

— Monsieur Davis, dit-il en avançant vers Chase, la main tendue. Tout est tel que vous l'avez demandé. Les jardins sont à vous pour les trois prochaines heures, comme prévu. Et merci encore pour votre générosité. Nous ferons bon usage de ce don.

— On y va ? lance Chase en souriant avant de tendre la main vers les différents chemins qui s'offrent à nous.

Je secoue la tête, tout sourire. S'il le pouvait, cet homme sortirait son portefeuille pour payer sa place au paradis.

Notre premier arrêt consiste en une pagode rouge de cinq étages qui me rappelle les pétards de l'amitié de la même forme que l'on voit partout, le jour de l'Indépendance. Ceux en octogone, et qui se transforment en mini-bâtisse asiatique quand on les allume. Sauf que celle qui se trouve face à moi est beaucoup plus classe.

— Elle a été bâtie en 1915 pour l'Exposition universelle. On l'a déplacée jusqu'ici après l'événement pour protéger son histoire. Les pagodes sont considérées comme des endroits destinés à des activités religieuses, surtout pour les bouddhistes, qui ont tendance à s'y réfugier pour vénérer leurs dieux. Elles sont aussi connues comme étant les gardiennes des artefacts et des reliques religieuses.

Chase observe la bâtisse rouge tandis que de mon côté, je l'observe, lui.

— L'architecture et l'histoire, c'est vraiment ton truc, hein ? dis-je en me collant contre son épaule.

Il inspire lentement et balaie les lieux des yeux.

— Oui, c'est vraiment une passion, répond-il simplement.

J'aime ça, chez lui. C'est quelque chose d'à la fois intéressant et différent. Quelque part, cela le rend plus réel, plus humain.

Nous poursuivons notre route pour gagner un gigantesque jardin zen. Chase me guide vers un banc, où nous nous asseyons. Devant nous s'étale un magnifique paysage de galets que l'on a ratissés pour former des motifs parfaitement apaisants.

— Tu t'y connais aussi en jardin zen ? (Ses yeux se mettent à briller, et il hoche la tête.) Dis-moi ce qu'il représente, dans ce cas.

Chase me prend l'épaule avant d'observer le jardin.

— On l'a ajouté dans un esprit aussi bien religieux que mythologique. Les jardins zen sont censés aider les gens dans leur recherche de l'éveil.

D'accord… Je ne vois pas trop le lien avec la mythologie et la religion, mais ce qui est certain, c'est que ce jardin est magnifique, et qu'il pousse forcément à prendre un peu de recul.

Je lui demande d'un air sarcastique :

— Et toi, tu te sens éveillé ?

— Oui, répond-il tout à fait sérieusement.

Je laisse retomber mes épaules, déçue que ma petite plaisanterie n'ait pas eu l'effet escompté. Mais une seconde plus tard, je sens son corps se secouer, puis il rejette la tête en arrière avant qu'un énorme rire ne surgisse de sa gorge. Je lui assène une petite tape sur le torse d'un air faussement vexé.

— Tu m'as cru, hein ? Tu m'as vraiment pris pour le genre de type qui se sent éveillé par un vulgaire tas de cailloux ? lance-t-il, hilare.

Je lève les yeux au ciel.

— N'importe quoi, rétorqué-je avant de me lever, histoire de mettre un peu de distance entre nous.

— Non, non, non, tu restes là !

Mais je m'élance sur le chemin sinueux, me sentant aussi libre qu'un oiseau. Le paysage qui m'entoure est luxuriant, verdoyant, et chargé d'odeurs florales qui m'enivrent à chaque foulée. L'air moite dépose des gouttelettes d'humidité sur ma peau, tandis que je surgis dans une nouvelle zone du parc. Un immense pont rouge brique en forme de demi-lune s'étirant au-dessus d'un cours d'eau semble avoir surgi de nulle part. Le soleil scintille aussi bien sur le pont que sur l'eau, créant un cercle parfait avec le reflet.

Les bras de Chase m'enserrent par-derrière et son corps vient s'écraser dans mon dos. Nous sommes haletants, tous les deux.

— C'est beau, n'est-ce pas ? murmure-t-il, son souffle me chatouillant la nuque et le bout de l'oreille.

— Oui…

Je tiens ses bras plaqués contre moi, m'enivrant de son étreinte.

— Viens. Tu veux grimper dessus ?

Puis il me tire par la main. Je le suis jusqu'au pont de bois, dont de petites marches assez profondes séparées de trente bons centimètres les unes des autres mènent au sommet du cercle. Je grimpe lentement, Chase me tenant par les côtes. Une fois en haut, je balaie le jardin des yeux. Tout est calme. Si calme que l'on entend les oiseaux chanter, les abeilles bourdonner et même quelques bêtes sauvages, invisibles, mais que l'on devine fureter dans les buissons.

Chase se tourne vers moi et m'emprisonne entre ses bras. Son regard perçant semble tout deviner de moi. Tout ce que je pense à cet instant, sans avoir besoin de dire un seul mot. Il pose alors ses lèvres sur les miennes et m'embrasse. Ce n'est pas le baiser d'un homme qui brûle de désir pour sa femme. Non, c'est un baiser pour se souvenir. Un baiser à associer à cette journée, et que nous nous rappellerons dans vingt, trente ou quarante ans, lorsque nous serons vieux et grisonnants, et que nous reviendrons ici. Nous aurons ce souvenir. Un moment où nous nous sommes exprimé notre amour mutuel sur un pont formant un cercle infini. À l'image de notre relation.

Il m'aide à redescendre les marches raides, m'agrippe par la taille et m'attire contre son corps musculeux, une fois à terre.

— Allez, viens… Tu as faim ? demande-t-il.

Je secoue la tête par pur réflexe. Qui pourrait avoir un quelconque appétit, quand votre vie est totalement bouleversée ? C'est en tout cas la sensation que j'ai depuis un mois.

— Non ? Eh bien, tu vas manger quand même. Tu es trop maigre, bébé.

Je ne cherche pas à discuter. Il a raison, et nous le savons tous les deux. Nous nous éloignons du pont, et il me guide vers une grande clairière cernée de saules pleureurs dont les lourdes branches touchent le sol. Dessous, je découvre une grande couverture blanche ainsi que plusieurs coussins disposés çà et là. Juste à côté, un seau qui contient une bouteille de champagne, ainsi que deux paniers de pique-nique.

Nous nous asseyons, je me débarrasse de mes sandales, j'attrape Chase par les chevilles et je lui retire ses chaussures tout en admirant ses pieds nus. Ils sont tellement… masculins, avec des orteils courts et larges aux ongles parfaitement arrondis. Ses pieds sont atrocement doux, et une fine couche de poils à peine visible en recouvre le dessus. C'est agaçant. Les hommes sont censés être affublés de grosses et vilaines pattes, non ? Pas mon Chase.

Il ouvre le champagne et me sert un verre. Le liquide est frais, et ses bulles parfaites viennent aussitôt me chatouiller les papilles. Puis il sort une planche à découper et commence à déballer tout un ensemble de charcuterie et de fromages. Vient ensuite un petit pot de verre rempli d'une espèce de pâte violette, dont il ajoute quelques cuillerées sur le plateau.

— Bentley m'a dit que c'était une moutarde à la framboise, et qu'elle accompagnerait à la perfection la coppa, la sopressata et le prosciutto, explique-t-il en désignant les différentes charcuteries. Mais aussi le brie, le manchego et le cheddar.

— Ça a l'air fantastique !

Son grand sourire déborde de sincérité.

Il complète notre festin de cornichons, de poires et de fraises. Pendant une bonne heure, nous nous enivrons de tous ces mets, nous donnant la becquée comme à des enfants. Une fois rassasiés, nous nous allongeons l'un à côté de l'autre sur la couverture, la tête calée sur les coussins moelleux à souhait. Chase fait courir son doigt sur mon poignet, remonte le long de mon bras, s'arrête sur mon épaule, puis reprend le chemin inverse. Chaque zone qu'il touche est prise de picotements de plaisir, titillant le désir qui bouillonne toujours sous la surface, lorsque nous sommes ensemble.

— Je suis incapable de m'imaginer ne pas contempler ta beauté chaque jour de ma vie, exprime-t-il comme s'il disait une prière.

— Ça tombe bien, car ce n'est pas ce que je prévois, lui dis-je avec le plus d'honnêteté possible.

Je n'envisage pas un seul instant de vivre sans lui. Je doute même d'en être capable. Plus maintenant que je connais le véritable Chase, l'homme, et pas seulement le puissant homme d'affaires qui dirige un empire, ou le petit garçon triste qui a regardé sa mère souffrir pendant des années. J'ai la chance de voir l'homme qui aime l'architecture, et l'histoire, et les cookies au petit déjeuner. Qui apprécie un repas tout simple aussi bien qu'un dîner dans un restaurant cinq étoiles. L'homme qui aime porter des pantalons de pyjama assortis à mes nuisettes, ou des costumes accordés à mes robes, afin que nous ne fassions qu'un en toute circonstance. C'est l'être humain le plus honnête que j'aie jamais eu le privilège d'aimer.

Chase se redresse et fait courir sa jambe sur ma jambe, sous ma robe longue. Puis il pousse le tissu jusqu'à ma poitrine et me fait signe de me lever. Il retire alors le vêtement, ne me laissant qu'avec mon soutien-gorge couleur lavande et mon bas de bikini assorti.

— Tu es la chose la plus resplendissante de tout ce parc, murmure-t-il tout en traçant une ligne sur mon corps, du bout du doigt.

D'un geste fluide, il s'agenouille et retire son pull, m'offrant une vue délicieuse sur son torse de dieu grec. Chase est d'une rigueur extrême, en matière d'hygiène et d'exercice. Et cela paie, lorsqu'on voit les collines et les vallées que dessinent les muscles de son ventre hâlé. Il retire alors son pantalon puis, d'un geste délicat, il agrippe mes deux jambes et me les écarte afin d'y nicher son corps.

Sans que j'aie le temps de réaliser ce qu'il se passe, il m'a déjà enlevé mon soutien-gorge, et sa bouche me dévore un mamelon. Il titille le bouton sensible jusqu'à ce qu'il soit aussi rouge que les fraises que nous venons de manger. Puis il contemple ma poitrine avec un air admiratif avant de se mettre à suçoter l'autre mamelon. Sa bouche a beau être occupée, ses mains le sont tout autant, à me retirer ma petite culotte. Je l'aide en me tortillant du mieux que je le peux jusqu'à me retrouver nue sous son corps brûlant. Je le tire alors par le menton, ma poitrine quittant sa bouche dans un bruit de succion humide.

— J'adore tes tétons, bébé… Je pourrais les sucer pendant des heures…

Puis il se met à jouer avec du bout du nez avant d'y donner de vilains coups de langue. Je pousse un gémissement et cambre les hanches.

— Viens, s'il te plaît… J'ai envie de toi en moi…, dis-je en plaquant mon bassin contre son sexe dur comme l'acier.

Il grogne et descend un peu plus entre mes jambes.

— Pas encore. J'ai envie de ta semence sur ma langue, souffle-t-il en écartant mes jambes au maximum.

Le côté cru de ses paroles m'envoie une nouvelle décharge de désir à travers tout le corps. Nous sommes en plein air, à la vue de tous, le soleil jouant à travers les arbres, et Chase me prend, ici, nue, le regard vissé sur la zone brûlante entre mes jambes.

— J'aime le fait de ne même pas avoir à toucher ta chatte pour qu'elle réclame mes doigts, ma langue, ma queue… (Il se penche vers moi et inspire profondément.) Cette odeur, ton excitation… Ce n'est rien que pour moi. Tu sais ce que ça me fait, Gillian ? (Il se relève pour enfin retirer son boxer. Je m'apprête à resserrer les jambes, mais il m'en empêche.) Reste ouverte pour moi. J'ai envie de regarder ta chatte me supplier de la remplir.

Alors, durant un long moment, il me contemple, totalement envoûté par mon sexe, le centre de mon être. Puis il finit par empoigner son érection et tirer quelques coups secs dessus, préparant son sexe à venir réclamer ce qui est indéniablement à lui.

Je ne vais plus pouvoir tenir bien longtemps. Mon corps s'agite en tous sens, roulant des hanches, mes jambes toujours écartées face à lui, ouvertes à son regard. Il tire tellement fort sur son sexe que je dois me cramponner à la couverture pour ne pas me jeter sur lui. Je ferme les yeux, embrasée par le désir d'envelopper sa queue soyeuse. Enfin, Chase m'agrippe par les hanches et calme mes contorsions. Une seconde plus tard, je sens la chaleur humide de sa langue plonger directement dans mon sexe.

— Mon Dieu…, hoquetté-je avant que les mots ne s'éteignent dans ma gorge.

Il m'agrippe par les fesses pour enfoncer sa langue un peu plus profondément en moi, si loin que je suis sûre qu'aucun homme ne m'a jamais goûtée de cette manière.

Le corps secoué de désir, je le laisse engloutir mon orifice et le sucer à pleine bouche. Il y va si fort qu'une douleur intense me traverse le bassin pour se répandre dans mon corps, telle une couverture chaude. Chase s'écarte légèrement pour poser les lèvres sur mon bouton rosé pulsant de plaisir, celui qui réclame si fort son attention. Il joue avec du bout des lèvres, le mordille du bout des dents, le titille du bout de la langue. Je lui tire les cheveux si fort que je pourrais en arracher des poignées, submergée par le désir. Chase se décide enfin à abréger mes souffrances… Il plaque violemment les lèvres sur mon clitoris et se met à le lécher du plat de la langue tout en le suçotant.

Un cri muet quitte mes lèvres tandis que mon corps est secoué de frissons délicieux, du bout de mes orteils jusqu'à la pointe de mes cheveux. Chase reste avec moi, léchant mon petit bouton enflé, enfouissant sa langue au plus profond de ma chatte tout en lâchant des grognements dignes d'une bête sauvage.

Lorsque je redescends enfin de mon nuage, il se positionne entre mes cuisses, attendant que je le regarde dans les yeux. Ses lèvres, son menton et son nez sont maculés de mes fluides. Il s'agenouille alors, écarte mes jambes puis m'empale de sa queue. Je lâche un cri de jouissance absolue.

— Ouais… C'est ça, bébé… Prends ma queue, grogne-t-il en me martelant. Prends-la jusqu'au bout… (Il s'enfonce jusqu'à la garde, ses lourds testicules cognant contre mes fesses.) Tu me sens, Gillian… Tu me sens en toi, pas vrai ? Je serai toujours là, en toi. Je viendrai toujours te prendre… Prendre ce qui est à moi, te donner ce qui est à toi… (Son souffle se fait de plus en plus rauque.) C'est ça que tu veux ? Moi tout entier ? Toute. Cette. Queue. Est. À. Toi, hoquette-t-il en m'assénant un coup de reins à chaque mot.

Les mains cramponnées à ma taille, il plaque mon corps au sien pour mieux me pénétrer, les lèvres de mon sexe protestant à chaque nouvelle ruade. C'est divin. J'adore quand il me prend comme ça. En me prouvant que rien ne pourra jamais l'empêcher de m'avoir.

— Qu'est-ce que tu ressens ? souffle-t-il alors en jouant avec mon clitoris de la pulpe du pouce, ce qui provoque aussitôt une nouvelle décharge dans mon corps.

— Je…

J'essaie de contrôler ma respiration tandis que le plaisir monte en flèche. Mon corps se raidit, et tous mes membres protestent sous les premières vagues d'extase qui se mettent à vibrer.

— Je nous ressens, nous…

Chase sourit, se dégage de quelques centimètres pour m'empaler de nouveau.

— Quoi d'autre ?

Sa peau est maculée de sueur à force de se retenir – et pas seulement à cause de ses va-et-vient violents. Non. Il veut que je jouisse avant lui, comme toujours.

— C'est tout ce que je veux ressentir, lui dis-je à l'oreille, agrippée à lui, avant de rejeter la tête en arrière et de pousser un cri d'extase.

Je le serre si fort contre moi que je distingue le moment précis où son dos se raidit, vertèbre après vertèbre, dans un élan de plaisir intense, avant de lâcher sa semence en moi. Plaqués l'un contre l'autre, nous laissons notre orgasme nous secouer de longues minutes.

Lorsque je redescends enfin du Nirvana, je suis toujours agrippée à lui, sauf que je suis désormais étalée sur son torse. Nous sommes tous les deux à bout de souffle, comme si nous venions d'achever un marathon. Chase tend le bras et fouille dans son pantalon. Il en sort alors son téléphone et le dresse au-dessus de nos têtes.

— Regarde l'objectif pour moi, cette fois. J'ai envie de garder ce moment avec moi pour toujours.

Comment ne pas céder ? Une fois assurée que ma poitrine est bien plaquée contre son torse, je lève les yeux vers l'objectif. L'une de mes mains est posée sur son cœur, qui bat la chamade. Nos deux regards braqués sur l'écran, j'esquisse mon sourire mystérieux, celui auquel seul Chase a droit. Il prend la photo et me la montre. Elle est absolument magnifique. Derrière nous, je distingue le Drum Bridge, mais plus important encore, je vois Chase. Le regard comblé est tout sauf terni par son passé ou notre situation actuelle. Mon propre regard est doux, radieux. Un nouveau moment de candeur rien qu'à nous…

— Tu peux me l'envoyer ? Celle-ci est spéciale, dis-je en reprenant volontairement ses mots.

Il hoche la tête puis jette son téléphone sur son pantalon.

Nous restons allongés ainsi un long moment.

— Tu penses que ce sera toujours aussi bien, entre nous ? finis-je par demander.

Ses bras enserrent mon dos nu. Je me redresse et niche le menton sur son torse, comme je le fais chaque fois que nous venons de faire l'amour.

— Je ne vois pas pourquoi ça changerait. Je suis convaincu que tu es la femme qu'il me faut. Personne d'autre ne pourrait me supporter comme tu le fais.

Puis il se met à remuer les sourcils, mais je sais que ses paroles détiennent une part de vérité. Je l'embrasse tendrement.

— Tu as raison. Aucune femme un tant soit peu saine d'esprit aurait envie de vivre avec un type comme toi, dis-je malgré sa grimace. Des rendez-vous incroyables dans des jardins privatisés, des brunchs sur des terrasses magnifiques, des nuits entières passées à prendre soin de ta femme… Tu as raison, c'est complètement ridicule !

Il me titille du bout du nez.

— Tu es mignonne.

— On n'a pas déjà parlé de ça ? « Mignon », c'est pour les chiots et les nouveau-nés, pas les femmes nues qui t'autorisent à leur faire l'amour en plein jardin public !

Chase éclate de rire, et je m'enivre de la sensation de son sexe remuant en moi. Il aime rester lié à moi aussi longtemps que possible, mais j'ai conscience que notre moment d'intimité touche à sa fin.

— On ferait mieux d'y aller, non ?

Il m'embrasse puis se redresse. Je me relève comme je le peux, le mélange de nos sucs se mettant aussitôt à couler le long de ma jambe. Chase pose les yeux dessus, une lueur prédatrice dans le regard et un petit sourire sexy sur les lèvres. Je lève les yeux au ciel et essuie les dégâts avec une serviette avant de me rhabiller.

Chase se rhabille à son tour tandis que je commence à tout ranger.

— Laisse ça. J'ai payé quelqu'un pour s'en occuper.

Évidemment. Je secoue la tête, et il glisse mon gilet sur mes épaules. La fraîcheur de cette fin d'après-midi commence tout doucement à se faire sentir.

— Maintenant, c'est l'heure du dessert ! déclare Chase tout en me faisant quitter le jardin japonais.

Je ferme les paupières et tente de graver au mieux ce que nous avons vécu aujourd'hui afin que je puisse y retourner à volonté. Chaque fois que j'aurai une baisse de moral, je reviendrai à cet escalier arc-en-ciel qui raconte une histoire si belle que chacun devrait la voir de ses propres yeux, et à ce jardin magique où Chase m'a fait sauvagement l'amour sous l'ombre fraîche d'un saule pleureur.

Je lance d'un air taquin :

— Ce n'est pas ce qu'on vient d'avoir ?

— Allez, viens, petite vicieuse. Je connais un endroit qui sert les meilleurs cupcakes au caramel du monde…

— « Petite vicieuse » m'aurait suffi, tu sais, rétorqué-je avec un grand sourire.

11

Gillian

Hollow est un petit café situé à quelques minutes du jardin japonais. À notre arrivée, la nuit commence à tomber. Chase m'ouvre la porte, et je pénètre dans un endroit tout à fait pittoresque où une vague entêtante de cannelle et de café me frappe aussitôt les narines. J'inspire profondément, m'enivrant de ce délice en fermant les yeux. Chase presse ma main et avance vers le comptoir, où il prend notre commande tandis que je rouvre les paupières pour examiner les lieux. Un vieux buffet sorti tout droit d'un magasin d'antiquités propose tout un assortiment de cafés et d'ustensiles de cuisine. Une petite boule à thé en forme de robot m'attire aussitôt l'œil. Elle est tellement originale que je décide sur-le-champ d'en acheter deux, pour Chase et moi. Cela fera un joli souvenir de cette journée. Je les récupère et les cache rapidement derrière mon dos à l'instant où Chase se tourne vers moi.

— Tu veux qu'on s'assoie à l'intérieur ?

J'opine du chef et le laisse avancer vers une table en fer forgé. Alors, à une vitesse dont je ne me serais pas crue capable, je fais volte-face, cours à la caisse et plante les robots sur le comptoir ainsi que deux billets dans la main du garçon. Je le presse avant de jeter un regard à Chase :

— Vite ! Vite !

Il est déjà installé, bras et jambes croisés, en train de secouer la tête. J'émets un haussement d'épaules, récupère ma monnaie et le petit sac avant de rejoindre mon homme, qui m'attend tout sourire.

— Je peux savoir ce qu'il y a dans ce sac, trésor ? lance-t-il en faisant pianoter ses doigts sur la table.

C'est officiel. Chase a décidé de m'attribuer tous les petits noms existant sur cette terre. Je devrais l'imiter, histoire de voir si ça lui plaît…

— Des souvenirs de cette journée, dis-je en sortant les deux petites boules à thé.

Un énorme sourire illumine son expression. Dans sa main géante, l'objet paraît incroyablement minuscule.

— Qu'est-ce que c'est ? demande-t-il en l'observant d'un air perplexe.

J'éclate de rire.

— Une boule à thé. Regarde, tu ouvres ici. (Je défais la petite attache, au niveau de la tête du robot, qui s'ouvre en deux parties égales.) Tu mets ton thé ici, tu refermes, tu mets la boule dans ta tasse et tu ajoutes de l'eau chaude.

Il fait alors bouger les longs bras articulés du robot, terminés par deux petites rondelles que l'on a coupées en demi-lunes pour imiter des mains.

— Et ça ?

Je lève les bras du robot en gloussant et fais courir mon pouce sur le métal.

— Cette partie s'accroche à ta tasse. Comme ça, quand ton thé est prêt, tu peux te servir des bras pour le sortir.

— C'est génial ! commente Chase, comme si c'était la première fois qu'il voyait une boule à thé.

— Je me suis dit que ce serait chouette d'avoir quelque chose à nous deux dans notre cuisine. Quelque chose qui nous rappelle cette journée passée ensemble.

Je sens mes joues s'échauffer sous l'effet de la gêne. Chase pose alors sa main sur la mienne.

— C'est parfait.

Puis il la porte à ses lèvres et dépose un baiser sur ma paume. Le serveur nous apporte deux tasses fumantes qui ont tout l'air de *latte*, sauf que la mousse, ici, arbore de jolis motifs. La mienne a un cœur, et celle de Chase, une feuille.

— Ouah, mais c'est top ! m'exclamé-je en me penchant pour renifler ma boisson. Non… C'est… ?

J'inspire profondément et m'enivre de ce délicieux parfum de vanille et de café.

— Ton *latte* à la vanille adoré ? Bien entendu.

Puis il lève sa tasse avec un grand sourire. Je l'imite et trinque avec lui.

— À notre avenir. Qu'il soit aussi merveilleux qu'aujourd'hui.

— Ça me va parfaitement, commente Chase avec un sourire.

Ce *latte* est l'un des meilleurs dont j'aie jamais fait offrande à ma langue. Le dosage d'expresso, de vanille et de crème est à tomber. Je gémis au-dessus de ma tasse, le précieux breuvage emprisonné entre mes deux mains tandis que je laisse ce cocktail enivrant me faire monter au septième ciel. Lorsque je redresse la tête, Chase est en train de me manger du regard. Ses yeux sombres flirtent avec le désir.

— Tu me rends sauvagement heureux, Gillian.

Ses paroles s'insinuent dans mon corps comme s'il les avait prononcées dans une boîte de conserve reliée à mon cœur par une ficelle. Je souris tandis que le serveur nous apporte cette fois deux énormes cupcakes qui arborent quatre petites fleurs dorées parfaitement exécutées en guise de chapeaux.

— Ce sont les meilleurs cupcakes de San Francisco, j'imagine ? l'interrogé-je alors qu'il lève le sien pour mordre dedans à pleines dents.

En général, Chase est du genre à privilégier les bonnes manières, en public. Mais de toute évidence, cette merveille est trop irrésistible pour cela. Il confirme d'un hochement de tête enfiévré.

Je retire alors le papier qui enveloppe le cupcake et mords délicatement dedans. Oh. Mon. Dieu. Je crois bien que je viens d'avoir un orgasme culinaire. Chase ne plaisantait pas. Le caramel fond dans la bouche, sans être trop âpre, et le gâteau est aérien et moelleux à souhait.

— Incroyable…, dis-je en m'enivrant de ce délice sucré.

— Je te l'ai dit : les meilleurs !

— On devrait commander ça pour le mariage, dis-je tout sourire en mordant de nouveau dedans.

Chase pose son cupcake et plante le coude sur la table, le poing niché sous son menton. Son regard soutient le mien tandis qu'une sérénité merveilleuse traverse ses traits.

— Quoi ? dis-je, incapable de contenir mon sourire lorsque mon homme me regarde comme si j'étais la seule chose qu'il aimait au monde.

— Toi. (Je penche la tête sur le côté.) C'est la première fois que tu parles du mariage en souriant.

Soudain, le cupcake me paraît épais, sec, comme si j'avalais du ciment.

— C'est vrai ?

Je prends une gorgée de ma « tasse d'amour » pour faire descendre le sentiment désagréable que ses paroles ont éveillé en moi. Je sais que ça ne devrait pas être le cas. Cela n'avait rien d'une agression, dans sa bouche, mais sa franchise est brutale.

— C'est juste que j'ai envie que tu sois excitée à l'idée de devenir ma femme. Et là, c'est la première fois que je vois vraiment de l'excitation dans tes yeux, vis-à-vis du mariage. Ça me fait plaisir.

Il s'enfonce dans sa chaise, et je ne peux m'empêcher de penser que c'est pour mettre de la distance entre nous. Refusant cela, je me penche vers lui et pose ma main sur la sienne.

— J'ai envie d'être excitée, tu le sais… Mais pour l'instant, c'est dur. (Ses lèvres se crispent.) J'aimerais que nous n'ayons que le mariage dont nous préoccuper. Ce serait vraiment chouette, et je sais que je serais la femme la plus heureuse du monde. C'est comme ça que ce sera, une fois que Phil ira mieux et que notre problème aura disparu.

C'est ainsi que je fais référence à mon harceleur. J'ai découvert que cela lui donnait beaucoup moins de crédit.

— Je sais, bébé. Je ne suis pas fou. Enfin… Ça me rend dingue de voir ce que tu as dû endurer, mais je sais également que ce ne sera qu'une goutte d'eau, dans notre vie. Un tout petit bout de tout ce qu'il nous reste à vivre ensemble, dit-il d'un ton assuré.

Il a raison. Il a tellement raison. Dans vingt ans, cela ne sera plus qu'un vilain souvenir. Nous nous dirons : « Tu te souviens de ce taré qui nous pourchassait ? Quel ahuri… Comment il s'appelait, déjà ? » C'est tout du moins ce dont je cherche à me convaincre.

Nous terminons notre rendez-vous en nous murmurant toutes les belles choses que nous vivrons ensemble dans cinq, dix, quinze ans. Une fois de retour à la maison, nous faisons l'amour sous les étoiles, dans notre jardin en terrasse.

***

GILLIAN

Le samedi matin nous apporte une boule de bonheur. Anabelle arrive telle une tornade, courant à travers le penthouse comme une gazelle.

— Tata Gigi ! C'est ta maison à toi ? couine-t-elle en passant de pièce en pièce. Tu vis dans cette énorme maison toute seule ?

Elle contemple les cadres, sur les murs, de l'émerveillement plein les yeux. Même le vase à côté duquel elle se tient est plus grand qu'elle.

— Non, tata vit avec tonton Chase, tu te souviens ?

Chase surgit justement de l'ascenseur, dans sa tenue de golf, ses clubs à la main. L'expression d'Anabelle s'illumine, lorsqu'elle le voit.

— Mais oui ! C'est vrai ! Tu lui fais des bisous et tu vas te marier avec lui, et vous allez me donner une petite sœur pour que je puisse jouer avec ! dit-elle en battant des mains.

Chase se fige sur place, perplexe.

— Euh… J'ai raté quelque chose ? (Son regard passe d'Anabelle à moi, avant de se poser sur mon ventre.) Tu es…, ajoute-t-il d'une voix soudain rauque.

Je réponds en secouant furieusement la tête et en tendant les bras devant moi :

— Mais non, ne t'inquiète pas !

Chase se détend aussitôt. Je m'accroupis alors devant la fille de Phillip.

— Belle, tata Gigi va en effet épouser Chase. C'est pour ça qu'il va devenir ton oncle. Et nos enfants, ce seront tes cousins. Mais tata ne va pas avoir de bébé tout de suite.

Ses lèvres forment une petite moue.

— Mais moi, je pensais que quand on se mariait, c'était pour avoir des bébés ! dit-elle en croisant les bras.

— C'est vrai, dis-je sur une inspiration. On peut avoir des bébés quand on est marié, et quand tonton Chase et tata Gigi décideront que c'est le moment, tu seras la première à être au courant, d'accord ?

Je tapote son nez du bout du doigt, puis elle l'essuie avec sa manche tout en ricanant.

— D'accord !

Elle virevolte alors sur ses orteils et court vers Chase. Il l'attrape et la brandit dans les airs comme s'il ne s'agissait que d'un sac de plumes. Depuis l'hospitalisation de Phillip, il y a trois semaines, nous ne nous sommes occupés d'elle que deux nuits, et seulement chez Phil. Mais cela a suffi pour que Chase et elle deviennent très complices. Cette fois, nous l'aurons jusque lundi, et nous la déposerons à la garderie avant de partir travailler.

— Très bien, miss Anabelle. Si tu avais envie de faire quelque chose aujourd'hui, n'importe quoi, qu'est-ce que ce serait ? Tonton Chase peut tout faire exaucer, tu sais, dit-il avec une bonne dose d'assurance.

La lèvre inférieure d'Anabelle ressort pour former une nouvelle moue. Oh là là… Je m'attends au pire. Jamais personne n'a pu résister à cette moue tremblante, jusqu'ici.

— J'ai envie de voir papa, annonce-t-elle avant de nicher son visage au creux du cou de Chase.

Je m'élance vers elle et lui caresse le dos.

— Oh, mon ange… Tu sais que tu lui manques. Il est en train de guérir, d'accord ? Il rentrera bientôt à la maison, c'est promis.

Ma voix est affreusement rauque, mais je fais de mon mieux pour donner une impression de confiance. Anabelle dresse la tête et me regarde de ses grands yeux bleus envahis de larmes.

— Mais pourquoi je ne peux pas le voir ? Il y a plein de gens qui vont à l'hôpital, et on peut leur apporter des fleurs, des ballons, des crayons, même des poupées ! J'ai envie d'apporter une poupée à mon papa, moi ! Peut-être qu'il ira mieux encore plus vite !

Mon cœur se fêle dans ma poitrine. Nous aimerions tous que Phil sorte du coma. Les médecins ignorent pourquoi il ne s'est toujours pas réveillé. La tumeur dans son cerveau a disparu, ses poumons fonctionnent correctement, il respire sans aucune assistance, et son corps tolère le traitement qu'on lui administre. Tous ses organes vitaux fonctionnent, mais il n'a toujours pas ouvert les yeux.

— Ma chérie... Dès que papa dit que tu peux venir le voir, nous t'y amènerons, c'est promis.

Mes épaules s'affaissent sous le poids de mes paroles, de

ce que ses grands-parents et moi-même avons décidé : Phil ne voudrait pas qu'elle le voie dans cet état.

Le regard d'abord empreint de tristesse de mon homme change brusquement. Son corps se contracte, et il se redresse de toute sa hauteur. Le capitaine s'apprête à redresser le navire.

— Qu'est-ce que tu dirais d'un sundae avec tous les *toppings* que tu veux ? J'ai entendu dire que Bentley t'avait préparé un buffet magique de glaces…

Les yeux d'Anabelle s'écarquillent, et elle se met à battre des jambes pour qu'il la repose.

— C'est vrai ? Je vais essayer de le trouver ! Ne me dis rien ! s'écrie-t-elle, enjouée rien qu'à l'idée de partir à sa recherche.

Chase glisse un bras sur mes épaules et m'attire contre lui.

— Ça va aller.

— Je sais. C'est juste que… ça fait mal de la voir comme ça. Il faut vraiment que Phil se réveille. Anabelle a besoin de son père, et moi j'ai besoin de mon meilleur ami. Bree a besoin de son homme… Aujourd'hui plus que jamais, ajouté-je en me nichant dans mon endroit favori, au creux de sa nuque.

Chase sent divinement bon, cette odeur de bois de santal et d'agrumes renforcée par la petite touche acide de sa transpiration.

— Pourquoi aujourd'hui plus que jamais ? dit-il en s'écartant pour me regarder droit dans les yeux.

Je ferme les paupières et j'inspire un bon coup.

— Je pensais te l'avoir dit… Je suis désolée. Elle est enceinte. (Il me dévisage, bouche bée.) C'est encore tôt. Ça doit à peine faire un mois.

Chase me serre un peu plus fort.

— Cette espèce d'enflure va finir en enfer, je t'assure. Et c'est moi qui m'en chargerai.

Je sens son corps se crisper sous une vague brûlante de

tension. Je fais courir mes mains le long de son dos, lentement, puis je passe sur ses bras et prends ses mains.

— Non, pas aujourd'hui. Aujourd'hui, il va falloir impressionner ta future nièce avec des montagnes de glace.

Un petit sourire glisse sur ses lèvres, puis il m'embrasse une fois, deux fois, trois fois, avant de me guider vers la cuisine. À notre approche, des éclats de rire enfantins nous parviennent. C'est le son le plus merveilleux qui soit. Je suis convaincue que le rire d'un enfant pourrait panser toutes les blessures.

Anabelle et Bentley sont en train de composer non pas un, mais deux sundaes chacun. Bentley l'a surprise avec une crème fouettée multicolore. La petite est en train d'ajouter des boules de crème bleutée sur un sundae tout en se mordillant la lèvre d'un air concentré.

— Mmm ! Ça a l'air délicieux ! C'est pour moi ? demandé-je en sachant pertinemment que ça ne l'est pas.

Anabelle dévore ses deux douceurs des yeux.

— Je pourrai en avoir un autre, si je termine le mien ?

Elle a pris le soin de poser la question à Chase, pas à moi. Elle sait très bien que je n'aurais jamais été d'accord.

— Bien sûr ! déclare Chase.

Je lève les yeux au ciel tout en me demandant si c'est ainsi que ça se passera quand nous aurons des enfants. S'ils n'auront qu'à ouvrir le bec pour que tout leur tombe tout cru dedans.

Anabelle pousse vers moi ce qui ressemble à un arc-en-ciel qui sortirait tout droit d'une vilaine explosion.

— Tu peux prendre celui-ci. Bente, dit-elle au lieu de Bentley. Je peux avoir un autre bol pour tonton Chase ?

— Oh, je n'ai pas besoin de glace, ma chérie, commente Chase en tapotant ses abdominaux ciselés.

J'ai conscience qu'il travaille très dur pour avoir ces tablettes, et je suis la première à m'en réjouir. Mais je sais également qu'il a avalé quatre cookies maison avec son café, ce matin. Anabelle lui jette un regard blasé dans lequel on peut clairement lire : « Les adultes ne savent décidément pas ce qui est important dans la vie. »

— Tout le monde a besoin de glace ! C'est la meilleure chose du monde !

Elle secoue la tête et se met à remplir le bol vide, se léchouillant les doigts toutes les dix secondes, remplissant chaque bol d'une double dose avant d'y ajouter les *toppings* de son choix.

J'éclate de rire et mange le mien de bon cœur. Quelques calories de plus ne peuvent que me faire du bien.

— Tiens, tonton Chase. C'est parfait. Tu as vu ? Je n'ai mis que des bonbons et de la crème bleue, parce que tu es un garçon. Ça aime le bleu, les garçons, déclare-t-elle d'un air assuré.

— Ah là là… Comment refuser une chose pareille d'une petite fille aussi mignonne ? Merci, miss Anabelle.

Ils se mettent alors à discuter gaiement tandis que je m'installe pour m'enivrer de ce spectacle. Ils forment une sacrée paire, ces deux-là. Je dois admettre que je suis surprise de voir Chase aussi calme et aussi à l'aise avec elle. Il est d'une patience incroyable avec les enfants. Même lorsqu'elle part dans ses monologues sans fin, il prête attention à tout ce qu'elle dit. Quand Anabelle est avec nous, Chase semble insouciant, il rit plus, sourit beaucoup, et il a l'air comblé. Est-ce à cela que ressemblera notre vie quand nous aurons un enfant ? Je ne peux m'empêcher de rêver à notre propre mini-Davis… J'espère que notre premier enfant sera un petit garçon, avec des cheveux couleur café comme son père, et ses yeux bleu océan dans lesquels on pourrait plonger.

— La terre pour Gillian ? souffle Chase en glissant une main à l'arrière de ma nuque. Je serais prêt à donner un million pour savoir ce que tu penses, ajoute-t-il avec un grand sourire.

J'embrasse son torse et quitte mes songes pour revenir dans le présent.

— Il faut toujours que tu en fasses trop… Je te l'ai déjà dit : mes pensées sont gratuites pour toi, mon amour.

Puis je l'embrasse, sur la bouche cette fois.

— Beurk ! C'est dégoûtant, tata Gigi ! Tu vas attraper des boutons, puis tu vas tomber malade et tu vas mourir ! commente-t-elle, le sérieux incarné. (Chase et moi devons faire un effort surhumain pour ne pas éclater de rire.) Papa m'a dit de ne jamais embrasser les garçons, sauf lui, parce que les papas prennent un médicament spécial pour ne pas attraper de boutons.

Chase se tourne vers notre petit ange et lui dit :

— Tu sais, je prends ce médicament, moi aussi. C'est ton papa qui me l'a donné. Mais ça ne marche que pour tata Gillian. C'est la seule fille que je peux embrasser, pour toute ma vie. C'est pour ça qu'il faut qu'on se marie.

Je me laisse presque avoir par son baratin. Anabelle, elle, est pleinement convaincue. Elle n'a pas besoin de plus d'arguments.

La petite inspire longuement avant de plaquer sa main potelée sur son front.

— Ouf ! J'ai cru que c'était fini pour vous !

Il ne nous en faut pas plus pour céder au fou rire, puis Chase la prend dans ses bras et la hisse sur ses épaules.

— Tu veux aller voir le toit du monde ? propose-t-il.

Anabelle écarquille les yeux et hoche frénétiquement la tête.

— Oh oui ! Ce serait super trop génial !

— Chase, je vais appeler Bree pour lui dire que nous avons Anabelle ce week-end et prendre des nouvelles de Phil. (Il hoche la tête tout en gagnant l'escalier en colimaçon. Puis il la fait descendre de ses épaules et l'aide à grimper lentement.) Je vous rejoins tout de suite !

— T'inquiète, je gère ! répond-il du haut des marches.

Et vous savez quoi ? Je sais qu'il gère. Il est incroyable avec elle, avec mes amis, avec ma vie tout entière, à vrai dire. Il a tout accepté sans sourciller ni se plaindre de quoi que ce soit. Le fait de garder la fille de mon meilleur ami tout un week-end aurait pu lui poser problème, mais au contraire, il transforme cela en aventure, s'implique à trois cents pour cent, et il semble vraiment aimer ça. Voilà qui prouve que derrière cette nature froide et autoritaire se cache un homme doux, gentil et attentionné. Mon homme, et ce sera bientôt mon mari.

Mon mari.

Ces mots ont une telle valeur à mes yeux, désormais… Je sais que cela lui pèse de ne pas pouvoir m'épouser tout de suite. Le mariage aurait dû avoir lieu le week-end prochain, si la situation s'était améliorée et que ce psychopathe avait été attrapé. Je n'arrive pas à croire que ce taré ait pu échapper à la police et aux hommes de Chase, jusqu'ici. À part Justin, je ne vois vraiment pas qui pourrait me vouloir du mal, ainsi qu'à tous ceux qui m'entourent. Je ne comprends pas. Il y a forcément quelque chose, ou *quelqu'un*, que j'ai sous-estimé.

Je me frotte les tempes afin de soulager la migraine qui menace chaque fois que je plonge dans cette spirale infernale. Le pire, c'est que la réponse est probablement sous mes yeux, et que je ne la vois pas.

Sur un soupir, j'attrape mon téléphone et compose le numéro du studio de Bree.

— I Am Yoga, Charity à l'appareil ! répond une voix que je ne reconnais pas.

— Bonjour… Est-ce que Bree est là ?

— Son cours va commencer. Je peux savoir qui la demande ? lance-t-elle d'un air guilleret.

— Dites-lui que c'est Gigi. Elle viendra.

Elle pose le combiné, puis je distingue un froissement avant que la voix qui pourrait guérir un cœur brisé ne réponde.

— Salut, toi, dit Bree d'une voix légèrement tendue.

C'est ma faute. J'ai évité les filles toute la semaine. J'avais besoin de temps pour prendre du recul sur toute cette histoire, pour voir mon thérapeute et pour me reconnecter avec Chase.

— Désolée de ne pas avoir donné signe de vie…

— Non, ce n'est pas grave. Après ce que j'ai dit… Bon sang, Gigi, je ne pense pas pouvoir me le pardonner un jour…, renifle-t-elle, et je distingue distinctement les larmes qui lui nouent la gorge.

— Arrête un peu, tu veux ? Tu as dit ça sous le coup de l'émotion. Oublions ça. Je refuse que ce sale type mette en péril notre amitié, d'accord ? dis-je avec toute la conviction que je peux mettre dans ma voix.

À l'autre bout du fil, un nouveau reniflement, suivi par ce qui ressemble à un grattement de gorge.

— Oui, d'accord. Tant que tu sais que je n'étais pas moi-même, quand je t'ai dit ça… Je venais de découvrir que j'étais enceinte, ajoute-t-elle en baissant la voix. Et il me manque tellement, Gigi… Je ne voulais pas m'en prendre à toi comme ça…

Les larmes sont de retour. Quand cette situation s'améliorera-t-elle donc ?

— Tout va bien, ma chérie. O.K. ? Nous allons bien, et Phil va s'en sortir. Ce bébé sera parfait.

— Tu parles, lâche-t-elle d'une voix pleine de sarcasme, suivie par un hoquet qui réprime, je le sais, une affreuse crise de sanglots.

— Bree, est-ce que tu… ? (Je peux à peine formuler les mots.) Tu envisages d'avorter ?

Silence à l'autre bout du fil.

— Bree…

— Je suis là. Écoute, il faut vraiment que j'aille donner mon cours, là. Pourquoi est-ce que tu as appelé ?

Mon Dieu… Non. Phil ne le lui pardonnerait jamais, si elle se débarrassait du bébé. Je ne connais pas d'homme aussi opposé à l'avortement que lui. Cela n'a rien de religieux ni de politique – il part juste du principe qu'une vie ne se détruit pas comme ça. Nous en avons longuement parlé, ces dernières années.

Je répète :

— Bree…

Cette fois, je mets dans ma voix toute la peur que je suis capable de puiser en moi.

— Pas maintenant, répond-elle sèchement en anéantissant tout espoir d'en savoir plus sur ce qu'elle pense à cet instant. Pourquoi tu as appelé ?

— On a Anabelle ce week-end. Je voulais juste te prévenir, au cas où Phil… Enfin…

— Oui, très bien, me coupe-t-elle. On discutera plus tard. Je t'aime. *Besos*.

Puis elle raccroche avant que je ne puisse lui répondre quoi que ce soit.

— Je n'y crois pas…, soufflé-je dans la pièce vide avant de me laisser tomber sur le lit. Réunion de sœurs d'âme au sommet dans trois, deux, un…

Je lance l'un des numéros qui figurent parmi mes favoris.

— *Hola* ? répond Maria.

— Salut, Ria. On a un souci. Il va falloir qu'on récupère Kat et qu'on s'occupe de Bree. Petite séance de yoga lundi matin ?

— Qu'est-ce qu'il se passe avec ma *hermana* ? s'affole-t-elle.

Je pousse un soupir tout en jetant un coup d'œil à mon vernis. J'aurais bien besoin d'une manucure doublée d'une pédicure. J'irai peut-être y faire un tour demain, avec Anabelle…

— Cette histoire de bébé l'angoisse, et je m'inquiète pour elle et de ce qu'elle pourrait faire si Phil ne sort pas très vite du coma.

— Tu penses qu'elle pourrait se faire du mal ? Ou au *niño* ?

Je secoue la tête, même si Ria ne peut pas me voir.

— Je ne sais pas ce qu'elle va faire. C'est juste l'impression qu'elle m'a donnée au téléphone. Elle a besoin de nous. On pourrait essayer de la faire sortir de cette spirale négative… Cette grossesse n'était pas prévue, visiblement. Tu l'as déjà entendue parler d'avoir des enfants, toi ?

Ria lâche un ricanement, à l'autre bout du fil.

— Non, mais… Elle est super, avec Belle.

— C'est vrai. Je suis sûre que c'est juste lié à tout ce qu'il se passe… Tu veux bien parler à Kat ? On se retrouve au yoga lundi matin, première heure ?

— *Si, cara bonita.* Dis *hola* à Chase pour moi. *Besos mi amiga* !

Me sentant déjà mieux, je jette mon téléphone sur le lit et entame mon ascension vers le toit du monde, où mon homme et mon ange m'attendent.

12

X

Regardez-moi cette jolie petite blonde en train de préparer son cours... La pièce est encore plongée dans la pénombre, mais je la vois très nettement, de ma cachette derrière le panneau japonais. Elle n'a aucune idée de ce que ce délicieux lundi matin lui prépare. Ses jolis cheveux d'or sont tirés en une queue-de-cheval basse. D'un coup de poignet, elle étale un tapis de yoga bleu sur la petite estrade en bois. On dirait un autel, la rampe d'éclairage qui l'illumine créant un halo parfait. Je profite de ce qu'elle a le dos tourné pour gagner, pieds nus, la monstruosité que ce sale bourge et ma princesse lui ont offerte pour son anniversaire. Bouddha. Je n'arrive pas à croire que des gens puissent se raccrocher à de telles conneries… Qu'est-ce qu'on m'a raconté, déjà ? Ah oui : que le bouddhisme, c'était l'introspection de sa propre vie. En gros, si vous pensez à votre vie à un moment donné, vous êtes bouddhiste ? D'accord…

Barbie Yoga met de la musique. On dirait du Enya. Je ne supporte pas cette brailleuse… Je contourne discrètement la statue et la regarde allumer des bougies, avant de brancher une espèce de brûleur qui contient un liquide odorant. Une fois tout installé, elle se lance dans sa séance de méditation. C'est le moment précis que j'attendais.

Je patiente quelques minutes, qu'elle soit bien plongée dans sa relaxation. Alors, lorsque sa respiration me parvient de manière régulière, je longe le mur sur la pointe des pieds. Même si elle ouvre les yeux, elle ne me verra pas tout de suite. L'effet de surprise, c'est la clef. Je poursuis sur la moquette, aussi discret qu'une petite souris. Plus je m'approche et plus je bande. Le fait de savoir que je m'apprête à arracher de cette terre l'une des personnes qui m'ont arraché ma femme est trop jouissif. J'en ai l'eau à la bouche rien que de penser à tout le sang que je vais répandre. Mon sexe est dur comme la pierre. La bombe blonde, cette minuscule petite chose au corps parfait et aux lèvres pulpeuses, ne sera bientôt plus rien.

J'ai le goût de la vengeance sur la langue. Une fois ma tâche achevée, je m'accorderai un petit moment de plaisir intime avec les affaires de Gillian. Les choses que j'ai récupérées dans son appartement, avant que ce fils de pute ne vide entièrement les lieux, suffiront en attendant que je remette la main sur elle. Oui, je me branlerai en pensant à toutes ces choses que je ferai à Gillian quand je l'aurai retrouvée. Une fois qu'elle aura découvert ce qui est arrivé à sa sœur d'âme et à son bébé, ils me prendront enfin un peu plus au sérieux. Peut-être alors ma princesse réalisera-t-elle qu'il est temps de larguer ce bourge pour un vrai homme. Quelqu'un qui peut prendre soin d'elle, qui peut la protéger. Chase n'est même pas capable de protéger ses amis. Je sais que je l'aurai bientôt de nouveau pour moi.

La musique passe à quelque chose de plus tribal. Mon cœur se met à battre en rythme avec la basse entêtante. C'est le son parfait. Les yeux sur mon trophée, je grimpe sur l'estrade. Elle est en train de fredonner une espèce d'incantation d'une voix gutturale, le ventre ressorti. Lorsqu'elle inspire, son ventre se creuse d'une manière inquiétante. Qu'est-ce que c'est que cette folle ?! Le monde ne se portera que mieux lorsque je l'aurai débarrassé d'une autre de ces tarés d'écolos qui ne jurent que par le bio et la survie animale…

Je me faufile juste derrière elle. Je suis tellement proche que je distingue même l'odeur qui se dégage de ses cheveux. Noix de coco. Une odeur qui me rappelle la plage. Exactement comme ses cheveux blonds et sa peau hâlée. Elle doit la cramer à coups d'UV, c'est sûr. Ma femme et sa peau laiteuse n'a pas besoin de ça, elle. Sa peau crémeuse scintille comme une perle. Il n'y a rien de plus beau.

Je glisse la main derrière mon dos et sors ma lame. C'est le même couteau que j'utilise pour vider les poissons. Une lame de six bons centimètres à l'épais manche de bois. C'est mon psychopathe de géniteur qui l'a fabriqué il y a plus de quarante ans. C'est l'une des seules choses que j'ai récupérées avant de tuer mes parents et de mettre le feu à la maison. Ce couteau s'est révélé bien plus utile que ces deux ordures, au final. L'acier scintille sous la lumière de la rampe, tel un signal lumineux me disant de continuer à débarrasser le monde de tous ces gens stupides.

Avant qu'elle ne puisse hurler, je m'accroupis, la saisis par la poitrine et coince les jambes sur les siennes. Puis, d'un geste fluide, je lui tranche la gorge. Son sang jaillit comme une fontaine sur son haut, teignant le tissu rose pâle en cramoisi. Son corps se met à convulser, accompagné de ce son affreux d'air qui tente d'entrer dans la gorge, là où le sang coule. Je la maintiens contre moi jusqu'à ce que son corps se raidisse. Puis je pose le couteau, saisis l'une de ses mains et m'assure à travers mon gant qu'il n'y a plus de pouls.

C'est terminé.

Je déroule alors les jambes et la laisse retomber naturellement. Ses yeux marron sont grands ouverts, mais il n'y brille plus aucune lumière. Au moins, je l'ai prise quand elle était en train de méditer. Vu qu'elle croyait à toutes ces conneries, c'est sûrement une chouette façon de partir… Tandis que je regarde le reste de son sang se répandre sur le parquet verni, s'étalant centimètre par centimètre telle une rose géante qui s'ouvrirait sous mes yeux, quelque chose se met à chatouiller les cheveux au bas de ma nuque. Un long moment, je regarde le corps, ne parvenant pas à deviner pourquoi tout cela ne semble pas coller. Mais plutôt que de m'en inquiéter, je me déshabille et rejoins ma cachette d'origine, entièrement nu. Alors, je me dépêche d'enfiler mon survêtement gris et ma casquette de base-ball puis récupère le sac-poubelle que j'avais enfoncé dans mes tennis et y fourre mes habits souillés. Il serait plutôt mal vu de laisser une telle preuve derrière moi, avec bouts de peau et cheveux à foison…

Je jette le sac sur mon épaule tel un père Noël en pleine distribution et contemple mon œuvre. C'est parfait. L'entaille est nette, précise, digne d'un chirurgien. Merci, papounet, de m'avoir appris à vider les poissons… Finalement, ça s'est avéré utile. La seule chose utile que ce pauvre type a su m'apprendre. Je balaie à nouveau la pièce des yeux, incapable de me défaire de ce sentiment que quelque chose ne va pas.

Mais oui… Je récupère l'un de mes gants, l'enfile, puis je plonge un doigt dans la mare de sang qui est déjà en train de coaguler. Quelques secondes plus tard, j'ai apposé ma marque sous la forme de quelques lettres dessinées dans le sang. Avec un grand sourire, je grave ce moment dans ma mémoire.

Je jette un dernier coup d'œil à la pièce, m'assurant de n'avoir laissé aucun moyen à ce connard de Thomas Redding de me mettre la main dessus. Non, rien. Un bruit de voix résonnant à travers l'escalier me ramène brutalement à la réalité. Aussi rapide que l'éclair, je me faufile par la porte de derrière et dévale l'escalier de secours. Ni vu ni connu.

Les amis de Gillian sont en train de perdre cette bataille. Je n'attends qu'une seule chose, maintenant : qu'elle déclare forfait et se livre à moi. Ça fait deux à zéro, Gillian…

***

GILLIAN

— Excusez-moi, mais il y a une meilleure copine qui attend, là ! dis-je en braillant à travers la fenêtre ouverte de la limousine.

Kat est en train de dévorer la bouche de Carson et de frotter son long corps au sien, juste devant chez elle. Quant à lui, il a les mains agrippées à ses fesses et le visage tout aussi collé au sien.

— Sérieux, les gars ! Il faut qu'on s'occupe de Bree avant le cours !

J'ouvre alors la portière pour sortir, mais une main ferme me saisit le bras pour me repousser à l'intérieur.

— Je me ferai un plaisir d'aller chercher Mlle Bennett pour vous, mam'selle, me prévient Austin.

Je me renfrogne, lève les yeux au ciel et grogne suffisamment fort pour qu'il m'entende. Un petit sourire aux lèvres, il quitte la limousine et va tapoter l'épaule de Kat. Elle s'écarte de Carson, le regard vitreux, comme si elle ne savait pas où elle était.

— Mlle Callahan vous réclame, dit Austin.

— Hé ho ! crié-je en sortant le bras de la voiture.

Kat a au moins la décence d'avoir l'air gênée.

— Oh là là, excuse-moi, je me suis laissée emporter. Cet homme… Aïe, aïe, aïe ! me salue-t-elle en léchant ses lèvres tandis qu'Austin regrimpe dans la voiture.

Quand Chase n'est pas là, il s'assoit à l'arrière avec moi. Il pense que c'est plus sûr comme ça. Moi, je trouve ça simplement suffocant.

Je gratifie Kat d'un grand sourire.

— On dirait que ça se passe plutôt bien, entre vous, non ?

Elle hausse les épaules et tourne la tête. Clairement pas la réponse que j'attendais d'une femme éperdument amoureuse de son homme.

— Qu'est-ce qu'il se passe ?

Voilà que ma meilleure amie se défile. Je décide d'attendre, les bras croisés et la tête inclinée. Cela fait quelque temps, déjà, que je cherche à perfectionner sa fameuse pose. Mais ça ne semble fonctionner que sur elle. Les autres trouvent ça tellement ridicule que je parviens seulement à les faire éclater de rire. Kat lâche un gros soupir avant de s'enfoncer dans son siège.

— Je ne sais pas. Tout est génial. Lui est génial, le sexe est…

— Génial ?

— Non, phénoménal. Mais il ne l'a pas encore dit. Tu vois… ? dit-elle en agitant la main.

Je secoue la tête, ne comprenant absolument pas ce qu'elle cherche à me dire.

— Gigi ! Tu es incapable de lire dans mes pensées, c'est dingue !

— Ce n'est pas ma faute si tu es nulle en devinettes ! Dis-le-moi clairement, c'est tout. Qu'est-ce qu'il se passe ?

Elle lâche un nouveau soupir qui fait voleter sa longue frange.

— Il ne m'a pas encore dit qu'il m'aimait. Alors que moi, je le lui ai dit… je ne sais pas, peut-être mille fois ! déclare-t-elle en faisant la moue.

— Oh, ce n'est rien, ma chérie ! Tu lui en as parlé ?

Ses yeux se mettent à briller.

— Oui, c'est justement ça, le problème. Je lui en ai parlé. Il prétend qu'il me le dira quand il se sentira prêt. Ça fait des mois qu'on est ensemble, et il ne m'a toujours rien dit. Tu ne trouves pas ça bizarre ?

Je sais que Kat est le genre de femme à tout suranalyser. Il est tout à fait possible qu'elle ait mal interprété ce que Carson voulait dire. D'un autre côté, je ne vois pas ce qu'il y a de compliqué à répondre. Soit il l'aime, soit il ne l'aime pas. Je me demande ce qui le bloque comme ça.

— Je suis d'accord avec toi, c'est bizarre. Mais peut-être qu'il attend… je ne sais pas, une occasion particulière, quelque chose pour te le dire ?

Je termine ma phrase pile au moment où nous nous arrêtons devant le studio de Bree. Maria nous attend, un sourire amusé étirant ses lèvres lorsqu'elle découvre la limousine.

Austin sort du véhicule en premier et fait descendre Kat rapidement, puis nous gagnons le bâtiment sans qu'il me lâche d'une semelle. Il nous précède alors dans l'escalier, jusqu'au troisième étage, où se situent les locaux de Bree.

— C'est bon, Austin. On peut se débrouiller à partir de là, dis-je en avançant vers la porte.

— Désolée, mam'selle, mais vous savez que je dois d'abord m'assurer qu'il n'y a pas de danger. Je resterai en retrait en attendant que le cours se termine. M. Davis s'est montré très spécifique dans ses ordres. La sécurité a été renforcée depuis que Mlle Simmons a découvert ce fameux mot à l'hôpital.

Je lâche un grognement devant son air perplexe. Maria appuie sur la poignée, mais le bruit du verrou encore enclenché résonne dans le couloir. J'essaie de voir quelque chose à travers le verre dépoli et distingue alors la musique, à l'intérieur. Elle est là. Peut-être a-t-elle oublié de déverrouiller la porte et est tout simplement partie aux toilettes ?

Maria se met à cogner le bois en braillant :

— Bree ! Ouvre-nous !

Je profite de ces quelques secondes d'attente pour me tourner vers Kat en murmurant :

— Ça va aller, tu verras. Je suis certaine qu'il y a une raison pour qu'il n'ait pas encore prononcé ces trois petits mots, hein ? Ça pourrait être n'importe quoi, tu le sais… Il est peut-être timide, peut-être qu'on l'a déjà trompé, peut-être qu'il ne l'a jamais dit, ou peut-être qu'il ne sait même pas encore ce que c'est, d'aimer quelqu'un ?

— Oui, peut-être, mais ça craint. J'ai l'impression d'être la seule à être à fond dans cette histoire.

— Je comprends… Mais il ne serait pas avec toi, s'il n'y avait rien. Tu ne penses pas ?

Kat opine du chef avant de regarder Maria, qui est en train de s'enflammer, derrière nous.

— *Perra* ! grogne-t-elle. Tu ferais mieux d'ouvrir cette porte si tu ne veux pas que le *hombre grande* le fasse pour nous !

Je me retourne vers Maria, plonge la main dans mon sac et j'en sors mon trousseau. Je brandis alors la clef qui porte le symbole *Om* écrit au feutre noir et suggère en riant :

— Ou alors, on pourrait simplement se servir de notre clef ?

— Oh ! J'avais totalement oublié qu'elle nous l'avait donnée…, commente-t-elle en se frappant le front du plat de la main.

Je déverrouille la porte et ouvre.

— Bree ? Tu es où, chérie ?

La pièce est beaucoup moins éclairée qu'en temps normal, quand elle prépare son cours. Peut-être est-elle encore en train de méditer ? En général, c'est comme ça qu'elle commence sa journée, mais les coups sur la porte auraient dû la sortir de sa transe, non ? Lorsque je pénètre dans la pièce principale, je me fige sur place. Les lumières de la rampe d'éclairage illuminent un corps, face contre terre, baignant dans une mare écarlate. J'avance alors à pas minuscules. Je bégaie, le corps envahi par la chair de poule :

— B-Bree…

Elle ne bouge pas. Elle est parfaitement immobile. Sans vie.

Je distingue le moment où Maria et Kat arrivent à leur tour, car leurs voix guillerettes s'éteignent brusquement quand elles découvrent le spectacle que j'ai sous les yeux.

Un pas, deux, trois, et je distingue ses cheveux blonds. Je ne vois pas son visage, mais ses cheveux ressemblent beaucoup trop à ceux de Bree, sauf qu'ils sont maculés d'une substance couleur rubis.

Non… non… non… J'ignore si je prononce vraiment ces mots, car il semble ne plus y avoir une once d'oxygène dans la pièce. C'est comme s'il n'y avait qu'un grondement sourd, à la place. Le bruit d'un train qui approche en émettant un sifflement ressemblant à un cri. Le train se rapproche, le cri se faisant plus déchirant tandis que je découvre la plaie béante à la base de son cou gracile. Le crissement tonitruant du métal me vrille le corps comme si le train passait à quelques centimètres de ma tête. Je ressens presque la bourrasque de son passage, le corps secoué d'un violent tremblement.

Sauf qu'il ne s'agit pas d'un train, mais du cri à glacer le sang qui s'échappe directement de mon âme. Je me sens soulevée dans les airs, la silhouette de Bree s'éloignant de moi comme dans un tunnel. De ce nouveau point de vue, mon cauchemar prend vie sous mes yeux, et je peux désormais voir le message qui n'a pu être laissé que pour moi.

Des lettres épaisses écrites dans le sang de ma meilleure amie.

DEUX EN MOINS. ENCORE DEUX.

***

Gillian

— Où est-elle ? hurle quelqu'un.

Je n'entends presque rien. Le bruit du train résonne encore sous mon crâne.

— Ma fiancée ! Où est-ce qu'elle est, putain ?! Grande, magnifique, rousse. Impossible de la rater.

Ah, mon amour… C'est le son d'un homme qui aime sa femme. Sauf que cette femme ne mérite pas d'être aimée. C'est une meurtrière. Je n'ai peut-être pas tenu le couteau, mais on peut dire que j'ai signé son arrêt de mort. Et le bébé… Mon Dieu.

Le bébé. Le bébé de Phillip.

Je suis serrée entre deux corps chauds, à l'extérieur du bâtiment, abandonnée aux soins des urgentistes. Les deux femmes qui m'entourent respirent si vite que j'ai l'impression que nous venons de courir un marathon. De nos trois visages collés les uns aux autres coulent nos larmes, gouttant sur nos mains liées, rendant l'air de notre petit espace épais d'humidité. Deux bras m'encerclent par-derrière, mais je ne les lâche pas. Je ne peux pas. Si je le fais, il pourrait les prendre, elles aussi.

— Ne les touche pas, ordure ! crié-je dans un râle d'horreur. Prends-moi à la place, mais pas elles !

— Bébé, c'est moi. C'est Chase.

Sa voix me fait l'effet d'une vague d'eau glacée sur une brûlure. Je me tourne et m'agrippe à lui. Ses bras m'enserrent, et je me sens instantanément soulagée. Tant que cet homme me tient dans ses bras, rien d'autre n'existe. Sa présence est trop puissante, trop grande pour laisser pénétrer quoi que ce soit. Un vrai Fort Knox. Le seul endroit où je me sente en sécurité.

Derrière moi, je vois Carson prendre Kat dans ses bras. Je ne sais ni comment ni pourquoi il est arrivé jusque-là, mais c'est une bonne chose. Il ne manque qu'une personne…

— Maria ! entends-je par-dessus mon épaule. (La silhouette impressionnante et la voix grave de Tommy accueillent Maria, qui se rue vers lui.) Dieu merci, tu vas bien…, murmure-t-il en l'embrassant.

Chase glisse son pouce sous mon menton pour me faire redresser la tête, jusqu'à ce que je plonge dans ses yeux bleus.

— Parle-moi, souffle-t-il avant de déposer un tendre baiser sur mes lèvres.

Les larmes envahissent mon visage.

— Elle est partie. B-Bree… Il l'a tuée.

Les mots quittent mes lèvres, mais ils sonnent faux, tordus, imprégnés d'acide.

Le regard de Chase se fait dur, glacial. Ses narines frémissent et sa mâchoire se contracte.

— Thomas ! Viens par là !

Le petit ami de Maria la quitte avec un baiser et une petite pression sur sa main.

— Où est le corps ? demande Chase.

Je me mets à remuer fiévreusement la tête.

— Non, non, non, tu ne peux pas voir ça ! Je ne veux pas que tu aies cette image dans la tête ! m'écrié-je en m'effondrant.

Maria et Kat fondent sur moi et m'entourent à nouveau, plongées dans leur propre chagrin.

— Il faut que je voie ce qu'il s'est passé, bébé. Je suis désolé… Je reviens. Thomas, laisse-moi entrer, grogne-t-il. Carson, Austin, gardez un œil sur les filles. Jack, vous venez avec moi, ajoute-t-il à l'intention de son garde du corps.

Je n'avais même pas réalisé que tous ces hommes étaient là.

— Je n'y suis pas encore allé, moi non plus, répond Thomas en hochant la tête. Austin m'a appelé juste après toi.

Le temps semble s'étirer sans fin, mais ça m'est égal. Même si j'ai perdu toute sensation dans les jambes à force de rester dans la même position. Et même si mes paupières me donnent l'impression d'être scellées, d'avoir tellement pleuré que j'en ai perdu la capacité à générer des larmes. Chacune d'elles est partie pour Bree. Ma sœur d'âme. Le goût amer que j'ai en bouche gronde et tourbillonne, tel un volcan prêt à entrer en éruption. Je bondis sur mes pieds et me rue vers la poubelle la plus proche pour vider le contenu de mon estomac. Mon corps se soulève sous les spasmes, jusqu'à ce qu'il ne reste plus rien d'autre que le goût infect de la bile sur ma langue.

Carson me tend une bouteille d'eau et pose une main amicale sur mon épaule. Il ne dit rien. Je n'attends rien de lui. Que dire à quelqu'un qui vient de découvrir que sa meilleure amie a été tuée ? J'avale le liquide avant de le recracher dans la poubelle, lui aussi. Une fois la vague de nausées passée, je retourne vers le mur contre lequel Maria et Kat sont adossées. Elles ont l'air aussi dévastées que moi.

Je suis incapable de trouver quoi que ce soit à leur dire, alors je m'adosse à leurs côtés et j'attends. Chase et Tommy finissent par réapparaître et nous rejoignent d'un pas brusque, une expression grave au visage. Tommy a son téléphone à la main.

— Maria, regarde ça, dit-il en le lui tendant.

Nous regardons toutes les trois la photo, où nous distinguons deux pieds nus vus du haut. Sauf que je suis incapable de me concentrer sur autre chose que le sang qui les entoure. Il colle au côté de l'un d'eux, presque marron sous l'effet de la coagulation. Les frissons qui s'emparent de mon corps menacent de faire remonter une nouvelle vague de bile.

— Qu'est-ce qui manque, sur ses pieds ? lance Thomas tandis que Maria plaque une main sur sa bouche et s'approche de l'écran.

— *Dios mio !* Ce n'est pas elle !

La chair de poule envahit mes bras lorsque j'entends ces mots. Kat attrape le téléphone à son tour et observe la photo.

— Mais oui… Il n'y a pas de tatouage ! Notre trinité… Je ne le vois pas, hoquette-t-elle, la voix nouée par l'émotion, les larmes coulant en silence sur ses joues.

Chase m'attire dans ses bras.

— Ce n'est pas Bree, Gillian. Je ne sais pas qui est cette malheureuse, mais ce n'est pas elle, murmure-t-il.

Mes jambes cèdent sous mon poids, et je dois me rattraper à ses épaules larges. Une vague de soulagement déchirante me submerge. Soudain, une idée folle me vient. Je me libère et plonge la main dans sa poche pour récupérer son téléphone. L'écran est verrouillé, mais je glisse le pouce dessus et fais apparaître le clavier.

Je tape alors ce mot si cher à mon homme.

I-N-F-I-N-I

L'écran prend vie sous mes yeux, et une photo de moi interrompt momentanément mon geste. Je suis dans notre lit, ma chevelure rousse étalée sur les oreillers blancs. J'ai le dos complètement nu, la couette tirée juste au-dessus de la courbe de mes fesses. Je suis en train de dormir. Cette photo n'a rien d'intime, mais je jette un regard étonné à Chase, qui me gratifie de l'un de ses sourires espiègles. Bon, on en discutera plus tard. Pour l'instant, j'ai juste besoin d'être rassurée.

Je compose le numéro et patiente. Au bout de deux sonneries, la voix la plus belle du monde répond.

Bree. Elle est en vie.

— Allô ? Chase, c'est toi ? lance-t-elle gaiement. Il faut que je parle à Gigi ! Passe-la-moi !

— Oh, mon Dieu… C'est toi ! Tu es en vie !

Les larmes que je pensais taries resurgissent en une vague torrentielle. Je suis un véritable ouragan, et je sais pertinemment que rien ne pourra calmer cette tempête. Maria m'arrache le téléphone des mains.

— Bree !

Les larmes envahissent ses yeux à son tour. Notre sœur d'âme. En vie. Qui a échappé à la mort sans même en avoir conscience.

— Quoi ? Phillip est réveillé ? hoquette Ria d'une voix émerveillée.

Ces quelques mots s'insinuent dans mon cerveau pour gagner lentement mon cœur, qui se met alors à enfler et à se réchauffer.

— Phillip est réveillé, dis-je dans un murmure.

— *Gracias, Jesús* ! Hé, tout le monde ! Phillip est réveillé ! crie Ria en riant. (Je serre Chase plus fort contre moi.) O.K., O.K., calme-toi, *hermana*. Il faut qu'on te parle. Qui devait gérer ton cours, ce matin ? (Son expression s'éteint aussitôt.) Tommy, la fille s'appelle Charity Kerns.

Il hoche la tête et s'empresse d'aller donner l'info à la police.

Une fois que Kat a pu parler à Bree, nous décidons toutes les trois de la rejoindre à l'hôpital afin de lui annoncer la nouvelle en direct. Il faut que nous lui disions ce qui est arrivé à Charity. Sa disciple. Mais nous devons également voir Phil.

La vie et la mort. Le yin et le yang.

Je vous en prie, Seigneur, aidez-nous à voir la lumière…

13

Gillian

Lorsque vous vous retrouvez confronté à la mort et que vous vous pensez sur le point de perdre un être cher, cela vous transforme. Je n'ai jamais été aussi consciente de ma propre existence, au point de ressentir une espèce d'unité avec Dieu et l'univers tout entier. Voir Phillip se battre pour sortir des limbes de son coma, voir Bree en vie alors que je pensais l'avoir perdue pour toujours, cela va au-delà de la simple expérience. Ce genre de choses vous définit, vous et le reste de votre existence, d'une manière intraduisible sous forme de mots. Je suis juste… différente. Je sais pertinemment que je porterai toujours cette expérience en moi. Que je me raccrocherai à cette peur, à ce sentiment dévastateur de deuil en moi.

J'entre dans la chambre de Phillip et mes yeux se posent aussitôt sur Bree, en bonne santé, et plus important encore, *en vie*. Un hoquet s'échappe de mes lèvres lorsqu'elle tourne vers moi un sourire sublime. C'est le genre de moments où la vague de gratitude est si forte qu'elle vous met presque à terre. Je dois me retenir au pied du lit et reprendre mon souffle, bouleversée. Je me tourne alors vers Phil et me plonge dans ses yeux marron et doux. Il ne m'en faut pas plus pour craquer. Il m'observe de cet air soucieux, celui qui semble toujours m'atteindre quand c'est moi qui devrais me soucier de lui, à cet instant. C'est lui qui sort d'un mois de coma, lui qui a failli perdre la vie à cause d'un taré obsédé par une rousse indisponible qui est si pâle qu'elle brille dans le noir…

— Phil, Bree…

Bree avance vers moi pour me prendre dans ses bras. Ce moment est parfait. Je fais courir ma main dans son dos et niche mes doigts dans ses longs cheveux d'or soyeux, sans aucune trace de ce sang visqueux et épais.

— Chérie… Tu trembles ! murmure-t-elle tandis que je me colle à son corps menu.

— Tu es en vie…

Je m'écarte et contemple son visage. Les larmes envahissent ses yeux, touchée par mon émotion, même si elle ignore tout de la véritable raison de mon soulagement. Alors, lentement, je pose une main sur son ventre, et un sanglot déchirant s'échappe de ma gorge. Le bébé va bien, en sécurité dans le petit ventre de sa maman. Sans même réaliser ce que je suis en train de faire, Bree attrape ma main, jette un regard par-dessus mon épaule puis embrasse mes doigts.

— Je vais bien, me promet-elle.

Puis elle m'adresse un regard plein de sous-entendus, ses yeux passant de Phillip à moi, cherchant à me dire quelque chose que je n'arrive pas à saisir.

— Oh que oui, ma belle ! s'écrie Maria avant de prendre Bree dans ses bras.

Je gagne alors le côté du lit. Phil observe la scène, sans rien sembler comprendre.

— Salut, toi…, dis-je d'une voix affreusement rauque.

— Hé, viens par là.

C'est incroyable comme il n'a rien perdu de son assurance. Peut-être est-ce cette familiarité si évidente, quoi qu'il en soit, les larmes se remettent à affluer. Je m'approche de lui et il met sa main si chaude sur la mienne. Je pose un doux baiser sur ses lèvres sèches, presque comme s'il n'était pas réel, puis je colle mon front au sien.

— Tu as vu l'état dans lequel tu es ? souffle-t-il, le regard plein d'inquiétude. Tu t'es laissée aller, Gigi. Tu es maigre comme un clou.

Son regard balaie chaque centimètre carré de mon visage, comme s'il en faisait l'inventaire.

— Hé, ce n'est pas toi qui vas me donner des leçons en matière de look. Tu t'es vu ? dis-je en replongeant volontiers dans nos taquineries si familières.

Il ferme les paupières et laisse retomber sa tête sur l'oreiller en lâchant un soupir.

— Tu t'es mariée sans moi ?

Je secoue la tête et souris.

— Impossible. Qui m'amènerait jusqu'à l'autel ?

Phillip déglutit lentement et secoue la tête à son tour.

— Tu m'as tellement manqué…, dis-je avant d'embrasser son front.

Je balaie d'une main légère l'une de ses mèches rebelles, chose que j'ai faite un nombre incalculable de fois, mais qui semble être tellement plus que ça, à cet instant. Tout est plus fort, lorsque vous savez que vos amis resteront dans votre vie.

Son regard soucieux passe alors sur Maria et Kat, qui serrent Bree comme si elles ne comptaient plus jamais la lâcher. Et c'est probablement ce qu'elles prévoient. Nous avons vécu l'horreur, ce matin. Il va sûrement nous falloir un petit moment avant de revivre les unes séparées des autres. Derrière les filles, je découvre Chase et Carson, adossés au mur. Le regard de Chase est méfiant. Ses yeux balaient mon visage, mes mains et mon corps tandis que je touche mon meilleur ami. J'ai beau me trouver de l'autre côté de la pièce, je distingue parfaitement le soupir tendu qu'il pousse. Il a la mâchoire contractée et les dents serrées. Je sais qu'il fait de son mieux pour dompter sa jalousie.

Même s'il a fini par accepter Phil, il n'aime pas voir un autre homme que lui me toucher. En particulier un homme qui m'attire contre lui. Mon oreille atterrit doucement sur le coton de sa blouse d'hôpital, juste au-dessus de son cœur. Je ferme les paupières et l'écoute battre. C'est un son merveilleux.

— Ça va aller, d'accord ? Je sais que j'ai mis du temps à sortir de là, mais je suis de retour.

Je hoche la tête contre son torse et laisse les larmes mouiller sa blouse. Je sens alors une main se poser sur mon épaule. Je m'attendais à ce que ce soit Chase, mais c'est celle de Maria.

— *Cara bonita*, c'est mon tour, maintenant, dit-elle, la voix chargée par l'émotion.

Je m'écarte et les laisse avoir leur moment à eux.

Chase me tend ses bras ; je m'y plonge tel un aimant.

— Ça va aller, maintenant, dis-je en me nichant contre son torse.

Les effluves d'agrumes et de bois de santal m'imprègnent instantanément d'une douce sensation de paix.

— Oui, je vais m'en assurer, dit-il d'une voix étonnamment froide.

Je m'écarte et l'observe. Son regard est glacial. Sa mâchoire tressaute comme s'il était en train de moudre des cailloux entre ses dents. Mais malgré ce qu'il dégage, il me tient avec une tendresse qui n'est destinée qu'à moi et à ce que nous partageons tous les deux. Il me serre une dernière fois contre lui avant de me prendre contre son flanc.

— Phillip, Bree, il faut que vous sachiez ce qu'il s'est passé ce matin.

Les yeux de Bree se plissent avant de nous fusiller les uns après les autres.

— Il s'est passé quelque chose de grave, pas vrai ? C'est pour ça que vous ne me lâchez pas depuis tout à l'heure et que vous vous comportez comme si vous ne m'aviez pas vue depuis des années ?

Maria et Kat échangent un regard. Quant à moi, je garde la tête baissée, à nouveau rongée par cette affreuse culpabilité.

— Qu'est-ce qu'il y a ? Dites-moi ! commence-t-elle à s'agacer.

Phil pose une main sur son épaule. J'observe tout le monde, autour de moi. Kat dans les bras de Carson ; Maria qui se retient au mur, à côté du lit ; nos deux gardes du corps ; Chase et moi. Tous les regards sont braqués sur Bree… et emplis de tristesse. Chase commence à s'avancer, mais Maria dresse une main pour le stopper. Il hoche docilement la tête, acceptant de la laisser gérer cette situation délicate de la meilleure façon possible, au vu des circonstances. Quant à moi, je serais incapable de parler si j'essayais. Les parois de ma gorge sont sèches et tapissées de remords.

Maria avance vers Bree et lui prend la main.

— Bree… Charity s'est fait agresser au studio, ce matin. (Bree écarquille les yeux et recule d'un pas.) *Cariño*, elle n'a pas survécu…

Bree se met à secouer violemment la tête.

— Mais non, ce n'est pas possible… Comment ça, elle n'a pas survécu ? Tu veux dire qu'on l'a tuée ? Sa voix frise les aigus, puis elle inspire lentement avant de murmurer : Qu'est-ce qu'il s'est passé ?

Phil la fait s'asseoir sur le lit, juste à côté de lui. Puis il glisse un bras autour de sa taille. Sa main se pose directement sur son ventre, protégeant déjà son futur enfant. L'instinct parle de lui-même, même s'il n'est pas encore au courant.

— Le… le harceleur… Il lui a tranché la gorge. (Bree plaque sur sa bouche l'une de ses mains minuscules, les yeux grands comme des soucoupes, désormais.) *Hermana*, c'est toi qu'il visait. Il… il a laissé un autre message, bégaie Maria avant d'éclaircir sa gorge nouée par l'émotion.

Chase en profite pour intervenir.

— Ce type a d'abord cherché à tuer Phillip, puis maintenant Bree…, commente-t-il en lui jetant un regard désolé. Ça dépasse largement les capacités de mes hommes. L'enquête est désormais entre les mains de la police judiciaire de San Francisco. Thomas est toujours en charge de l'enquête, et il nous tiendra informés dès qu'il aura de nouveaux éléments. D'ici là, j'ai un plan pour vous garder tous en sécurité.

Maria braque si violemment la tête vers lui que l'on dirait qu'elle vient de prendre un coup de poing en plein estomac.

— Ah oui ? Tu as un plan ? Quelque chose me dit que ça ne va pas me plaire…

Puis elle plaque les mains sur ses hanches, incline la tête sur le côté et le fusille du regard, son côté italien resurgissant plus sauvagement que jamais.

— Ça ne plaira à personne, ici, rétorque-t-il, les lèvres pincées. Vous allez tous déménager.

La chambre se met aussitôt à bourdonner sous les hoquets blasés et les protestations. Quant à moi, je laisse Chase se débrouiller, muette comme une tombe. Rien de ce que nous avons fait, jusqu'ici, a pu protéger mes amis. Je suis prête à tout pour y arriver.

— Je vais vous demander à tous de vous installer temporairement dans la propriété des Davis, en périphérie de la ville. Elle dispose de hauts murs de pierre, et le portail ainsi que la propriété seront gardés par des hommes armés de jour comme de nuit. Je compte également poster des équipes supplémentaires à toutes les portes.

— Ce n'est pas sérieux ? commente Phillip.

— Bien sûr que si. Aussi sérieux que le fait que ta petite

amie et ton futur enfant seraient morts, à l'heure actuelle, si le plan de ce taré s'était déroulé comme prévu.

Son regard passe alors sur la main que Phil a toujours posée sur le ventre de Bree, et celle-ci se contracte par pur réflexe.

Oh mon Dieu, ce n'est pas vrai… Je serais capable de le tuer de mes propres mains pour avoir osé faire une bourde pareille. L'agitation qui animait la pièce meurt dans la seconde. Le regard incrédule, Phil force Bree à se tourner vers lui.

— Notre futur enfant ? Mais de quoi il parle ?

Les larmes envahissent aussitôt les yeux de Bree, pour rouler délicatement sur ses joues.

— Je comptais te le dire…

— Tu es enceinte ? souffle-t-il.

Je me sens tellement mal, à les voir vivre un moment pareil devant nous tous alors que ça devrait être quelque chose d'intime…

— Comment ? Quand ? murmure-t-il, de toute évidence aussi choqué que nous lorsque Bree nous l'a appris, il y a une semaine.

— La première fois, dit-elle d'une voix rauque, puis il la serre contre lui.

— Mon Dieu, tu as dû gérer ça toute seule… Je suis tellement désolé, mon amour. Tellement désolé...

Plaquée contre son torse, Bree pleure toutes les larmes de son corps. Je distingue très nettement celles qui se forment dans les yeux de Phil, mais il rejette la tête en arrière et cligne des paupières pour les faire disparaître.

Je me tourne alors vers Chase et lui assène un coup de poing dans le biceps. Je grogne, rouge de colère :

— C'était personnel ! Elle voulait le lui dire elle-même !

Chase prend mon visage entre ses mains.

— Excuse-moi, bébé. C'est sorti tout seul, mais il faut vraiment que tes amis prennent cette histoire au sérieux.

(Il dépose un baiser sur mes lèvres et me serre contre lui.) Chacun d'entre vous disposera de son propre garde du corps et de son propre chauffeur. Dès que vous devrez quitter la propriété, ils vous accompagneront. C'est le seul moyen de défense que nous avons contre ce sociopathe, jusqu'à ce qu'on l'attrape. La propriété dispose de tout un tas de chambres, et chacune a sa propre salle de bains. Le personnel embauché à plein temps se chargera de vos repas, de votre linge, et sera à votre disposition pour toute requête.

— On y va direct. Hein, mes petites joues roses ? annonce Carson avant de déposer un baiser dans la nuque de Kat.

— Oui. Si c'est ce qu'il faut faire, nous le ferons, confirme-t-elle.

Chase semble rassuré.

— Et vous deux ? dit-il en tendant le bras vers Bree et Phillip.

La joue de Bree nichée au creux de sa paume, Phillip pose son front contre le sien, puis sa main descend lentement vers son ventre.

— Ma chérie… Il faut qu'on vous protège, toi et notre bébé.

Puis il la serre dans ses bras. Elle ramène ses genoux à sa poitrine, et il la berce doucement tandis qu'elle déverse toujours ses larmes.

— On fera ce que tu veux, Chase. Je ne sais pas quand on me fera sortir d'ici, mais la sécurité de Bree et de mon enfant est prioritaire. Putain ! s'écrie-t-il alors dans un rugissement. (Toutes les têtes se tournent vers lui.) Où est Anabelle ?

Son corps se raidit, et je devine que son geste a été trop brusque.

— Calme-toi, le rassure Chase. J'ai placé une équipe autour de chez toi, à l'école d'Anabelle et devant chez tes parents. Nous avons gardé ta fille à tour de rôle pendant tout ce temps, et je vais demander à tes parents et à Anabelle d'emménager dans la propriété immédiatement.

Phillip hoche la tête, rassuré.

— Merci, mec. Ce que tu fais…

Sa voix est rauque et chargée d'émotion.

— Il faut protéger sa famille, se contente de répondre Chase.

Ils échangent alors d'un simple regard cette espèce d'accord tacite qui nous insupporte tant, nous les femmes. Et moi en particulier.

Maria n'a toujours rien dit. Tous les regards sont désormais braqués sur elle. Elle est raide comme un piquet, et ses yeux jettent des flammes.

— Ria, je ne peux pas laisser ce monstre te faire du mal, dis-je avec le peu de souffle qu'il me reste. (La peur et la panique sont en train d'empiéter chaque zone de mon corps, vidant mes poumons de toute leur réserve d'oxygène.) Je t'en prie, fais-le pour moi…

Elle lève les yeux au ciel, puis ses épaules finissent par s'affaisser.

— *Cara bonita*, tu sais que je serais prête à faire n'importe quoi pour toi.

Puis elle me prend dans ses bras.

— Merci, merci, merci, murmuré-je dans son épaisse crinière noire.

— Je n'en reviens pas… Tu es encore plus belle que sur ta photo, dis-je en tendant les bras.

Les femmes aiment être étreintes sans qu'il y ait aucune pression sexuelle derrière. Cela leur donne un sens trompeur de sécurité. Le grand méchant loup ne pourra pas l'amener chez mère-grand pour la dévorer toute crue… Malheureusement pour elle, c'est moi le loup.

Un grand sourire illumine son visage. Si j'aimais les blondes, je la trouverais plutôt jolie. Mais je n'aime pas les blondes. Ma came à moi, ce sont les rousses. Sauf que cette blonde-ci, j'en ai besoin.

— Merci ! Tu es trop gentil…

— Assieds-toi. Ça te va, italien ?

Je ravale une boule de mépris en la regardant couler son corps élancé dans la chaise face à moi. J'ai choisi cet endroit en sachant pertinemment que n'importe quelle femme tomberait sous son charme. Ça a été le cas de Gillian, d'ailleurs. Le simple fait d'être ici me rappelle à quel point ma femme me manque, mais ceci est une étape nécessaire, une relation que j'ai besoin de nouer pour aboutir à la prochaine partie de mon plan.

Elle s'enfonce dans sa chaise, prend son verre d'eau et en avale une gorgée. C'est incroyable comme elle a l'air sûre d'elle, alors que je sais à quel point elle est nerveuse. L'une de ses mains est crispée sur sa serviette, posée sur ses genoux, et l'autre est agrippée à son verre.

— Oui, j'adore les pâtes. Quoi de plus universel, comme plat, pas vrai ?

Je ricane poliment, même si je trouve ça tarte à souhait. Mais je sais que ça la mettra plus à l'aise. Quand je distingue les petites couronnes rouges qui viennent orner ses joues, je sais que c'est dans la poche.

— Alors, si tu me parlais un peu de toi ?

Le but de ce rendez-vous est d'obtenir autant d'informations que possible afin de me rapprocher du prix ultime.

— Qu'est-ce que tu veux savoir ? demande-t-elle d'un ton faussement pudique avant de lécher ses lèvres.

C'est donc comme ça que ça va se passer ? À mon avis, certaines infos devront être soutirées à coups de reins. Vu la façon dont elle me bouffe du regard, par-dessus son verre… J'ai baisé quelques nanas, depuis Gillian, mais par pur besoin physiologique. Après tout, si elle laisse ce fils de pute mettre sa petite bite dans sa chatte, j'ai le droit moi aussi de me faire plaisir…

— Tout, bien sûr. Tu as de la famille ?

— J'ai une sœur qui vit à New York. Quand il m'arrive d'aller dans nos bureaux new-yorkais, je prends le temps de lui rendre visite. Mes parents vivent en Floride, eux. Comme tous les gens de là-bas, ils descendent passer l'hiver dans le Sud, commente-t-elle, tout sourire.

Je fais de mon mieux pour réprimer un bâillement et le remplacer par un hochement de tête.

Le serveur arrive, et elle se jette sur la carte, ses yeux passant d'un plat à l'autre à la vitesse de l'éclair.

— Vous préférez que je repasse un peu plus tard ?

Elle lève un regard nerveux.

— Une bouteille de vin rouge, ça te dit ? (Elle hoche la tête, et je me tourne vers le serveur.) Apportez-nous quelque chose qui plaît, dans cette gamme de prix, je lui dis en désignant les vins situés entre trente et quarante dollars. (Lorsque je repose les yeux sur elle, elle me mange du regard.) J'aime être surpris, expliqué-je avec un petit haussement d'épaules.

— Voilà qui est intéressant ! Tu pourrais finir avec une bouteille affreuse…

Sa voix est à la fois menaçante et sensuelle.

— Ou alors, je pourrais me retrouver face à l'une des choses les plus belles, les plus envoûtantes, les plus captivantes… (Je glisse ma main sur la sienne, posée sur la table, puis je fais lentement courir mon doigt du creux de son coude jusqu'à son majeur.)… que j'aie jamais connues.

Elle pousse un soupir haché. Oui, c'est officiellement dans la poche. Sans avoir eu à faire le moindre effort. Un vrai jeu d'enfant.

— Parle-moi de ta famille, toi, me demande-t-elle.

— J'ai été adopté. Ma famille m'a aidé, puis elle est passée au prochain gamin qu'il fallait sauver…

Ce n'est pas si éloigné de la vérité. La famille avec laquelle j'ai fini était géniale, vu l'enfer dont je m'étais sorti. Mais c'étaient des saints, et les saints ne peuvent pas se contenter d'une seule bonne action.

Son regard bleu clair s'adoucit pour se teinter de tristesse. Ah non ! Pas une énième geignarde ! Il faut que je la saoule très vite, pour qu'elle se mette à parler ou qu'elle la ferme pour de bon en lui fourrant ma queue dans la bouche.

Le serveur profite de ce moment pour nous apporter le vin. Il me le fait goûter, je confirme d'un hochement de tête, puis il remplit le fond de nos verres ballons. Nous trinquons. Il est plutôt pas mal, à vrai dire. En général, quand on réclame un vin qui plaît, il est rare que l'on soit déçu.

— Mmm, couine-t-elle avant de se lécher de nouveau les lèvres.

— Il te plaît ?

— J'adore, répond-elle en balayant ses longs cheveux blonds d'un coup de poignet. Merci.

Nous commandons tous les deux des pâtes au poulet. Lorsque nos assiettes arrivent, elle en est à son deuxième verre de vin, et l'alcool commence à faire son effet.

— Maintenant qu'on a plié le sujet famille, si tu me disais ce que tu aimes faire pour t'amuser ?

Je m'approche d'elle, tout sourire, recouvrant sa petite main délicate de ma grosse patte calleuse. Ses yeux se posent dessus tandis que je me mets à la chatouiller.

— Pas grand-chose, malheureusement… Je travaille beaucoup. Trop, même.

Ça ne pourrait pas être plus simple… Voilà qu'elle s'apprête à me servir sur un plateau ce que j'attendais.

— C'est vrai ? Tu travailles dans quoi, au juste ?

— Oh, mon entreprise est un peu dans tout. Rachats d'entreprises, investissements, acquisitions, restaurants, discothèques, hôtels… Tout ce qui te passe par la tête, tu peux être sûr qu'on a quelque chose à voir avec.

Enhardie par l'alcool, elle se met à glousser et place sa main par-dessus la mienne. Elle est chaude, et j'imagine que cela a fortement à voir avec son envie de sexe – en plus du vin qui court dans ses veines, bien sûr.

— Alors, dis-moi… C'est quoi, ton rôle, exactement, dans cette entreprise qui fait un peu tout ? demandé-je, même si je sais pertinemment ce qu'elle fait.

Cela fait des mois que je la file, en espérant que Chase se la tape en secret, mais jusqu'ici, cet enfoiré s'est montré tout sauf infidèle. Peut-être que je ne lui ferai pas bouffer ses couilles, au final, quand je les lui aurai coupées et que je le regarderai saigner… Non, pas de pitié pour les connards.

Son regard s'illumine.

— Oh, je suis l'assistante personnelle du patron ! déclare-t-elle fièrement.

— Mmm… J'adore. Ça a l'air puissant et sexy à la fois, dis-je en imprégnant ma voix d'une sensualité forcée.

— Comment ça ?

— Ça veut dire que tu bosses pour l'homme qui dirige tout… (Je remue les sourcils, et elle éclate de rire.) Donc, tu as du pouvoir. (Ses lèvres se tordent tandis qu'elle réfléchit à mon argument.) Assistante *personnelle* me fait forcément penser à « intime », ce qui peut mener à des choses particulièrement sexy, selon la façon dont on les voit…

Je lui fais un clin d'œil, et elle se remet à rougir. Cette fois, la vague de chaleur descend jusqu'à son décolleté plutôt généreux. Je suis assez surpris que Chase ne cherche pas à se la sauter. À mon avis, elle dirait oui tout de suite. Pour ma part, je sais que je serai entre ses cuisses ce soir, alors que l'on ne se connaît même pas. Elle les écarterait tout aussi facilement, pour un mec plein aux as…

D'après moi, cette nana ne s'est pas fait sauter depuis un bon bout de temps, vu le désir qui exsude de tout son corps. Le vin renforce la teinte écarlate de ses lèvres. De temps à autre, elle inspire et expire lentement, comme si elle cherchait à se détendre. Vu la façon dont elle se tortille sur son siège, je devine qu'elle est tout excitée. Ça va être tellement facile…

— Alors, dis-moi, qui est cet homme que tu assistes personnellement ? dis-je d'une voix pleine de sous-entendus.

Elle pousse un soupir, pose un coude sur la table et niche son menton dans sa paume. Lentement, je me coule sur la chaise à côté d'elle et pose le bras sur la nappe tout en approchant mon visage du sien. Son regard balaie mes traits, le désir teintant ses yeux d'un bleu beaucoup plus profond qu'à l'origine. Elle dégage un effluve floral qui me rappelle le printemps et les roses. J'aime les roses. *J'adore* les roses.

— C'est si important que ça ? répond-elle en cherchant à apporter une touche de mystère.

Pauvre fille… Elle pense sincèrement qu'elle peut jouer au chat et à la souris avec moi ? Je ne suis pas le gentil petit chaton qui se délecte d'un bol de lait, ma chérie… Je suis un jaguar qui se repaît de chair fraîche et d'os broyés.

Je me penche un peu plus et pose une main sur son genou pour découvrir qu'elle ne porte pas de bas. Elle lâche un hoquet lorsque mon pouce se met à caresser sa peau nue.

Millimètre par millimètre, je relève le tissu de sa robe tout en faisant glisser mon pouce à l'intérieur de sa cuisse. Ses jambes se resserrent sans qu'elle les referme complètement tandis que je parviens à quelques centimètres de sa zone brûlante de désir.

— Tu veux garder ça secret, hein ? grogné-je tout en me nichant dans sa nuque pour lui faire croire que je brûle de désir, moi aussi.

— Non…

— Alors pourquoi tu hésites ? J'hésite, moi ?

Puis je plaque ma main sur son sexe.

— Ohhhh, gémit-elle tandis que je fais courir ma main sur le tissu moite.

Je devine le moment où je frôle sa zone sensible, car ses jambes emprisonnent aussitôt ma main.

Je presse le doigt contre sa chair puis contourne le petit bout de tissu qui lui recouvre le sexe avant d'enfoncer mon doigt dans sa chaleur humide.

— Je te rends la monnaie de ta pièce, ma belle. Tu m'as chauffé toute la soirée, dis-je en mentant. Avec cette petite robe et ces talons vertigineux… Quelque chose me dit que tu as très envie de te faire sauter ce soir, toi…

Je pousse mon doigt un peu plus loin tout en la laissant gémir de plaisir. Quelques instants plus tard, elle se met à remuer les hanches, cherchant à enfoncer mon doigt plus profondément encore.

— Je n'en reviens pas qu… que tu f… fasses ça ici…

— Oh, trésor… Tu ne sais pas ce dont je suis capable pour obtenir ce que je veux… (J'enfonce un nouveau doigt dans sa chatte.) J'ai envie de tout savoir de toi. En commençant par celui pour qui tu travailles. (Je me mets à lui mordiller le lobe de l'oreille, ce qui la fait rouler des hanches un peu plus violemment.) Ce n'est quand même pas top secret, hein ?

Je fléchis les doigts dans sa cavité humide et commence à la chatouiller. De petits gémissements s'échappent de ses lèvres, de plus en plus sonores au fil de mes caresses. Si nous n'étions pas presque seuls ici, on nous demanderait très certainement de partir. Par chance, le *rush* est passé et la salle est pratiquement vide, ce dont je profite pour lui soutirer les informations dont j'ai besoin.

— Allez, dis-moi… Pour qui tu travailles ?

Je continue à la chatouiller avant d'enfoncer mes doigts plus profondément encore. Son corps entier se raidit, emporté par une vague d'orgasme silencieuse. Elle rejette la tête en arrière, sa poitrine se soulevant par à-coups. Je dégage alors ma main poisseuse de ses fluides et l'essuie sur ma serviette.

— Alors ?

Un dixième de seconde plus tard, j'obtiens enfin le nom que j'attendais, la confirmation que je viens de franchir une étape majeure pour récupérer ma femme.

— Chase Davis, le milliardaire, souffle-t-elle en relevant la tête, tout sourire.

Ce qu'elle ignore, c'est que c'est moi qui ai établi les règles de ce jeu. Et que je viens de gagner un nouveau round.

Bingo.

14

Gillian

— Gillian ! Sors de ce lit !

La voix puissante de Chase résonne dans la chambre plongée dans le silence, s'enfonçant telle une lame très fine dans mon subconscient. Je tire la couette sous mon menton et me mets en position fœtale. Le matelas s'affaisse, et Chase m'arrache la couette. Mon état frise tellement la léthargie que j'ai beau y mettre toute ma force, je suis incapable de la retenir. Je plaque le bras sur mes paupières et lâche un soupir blasé afin de lui exprimer toute ma frustration.

— Allez… Tu vas sortir de là, prendre une bonne douche, enfiler quelque chose de confortable et venir dîner avec tout le groupe.

Je secoue la tête sans prendre la peine de retirer mon bras. Je grommelle :

— Je suis fatiguée, Chase.

— Tu as dormi toute la journée ! Toute la semaine, même ! Les filles commencent à s'inquiéter, commente-t-il tout en faisant courir son doigt à la naissance de mes cheveux. Moi aussi, je m'inquiète. Tu t'es cachée dans ce lit toute la semaine. Ça suffit, maintenant. Allez, viens…

Puis il me tire par le bras jusqu'à ce que je daigne m'asseoir. Les lumières de la pièce sont beaucoup trop vives, la migraine qui me vrille les tempes est insupportable, et la culpabilité qui pèse sur mon cœur suffocante.

— Tu ne peux pas me laisser dormir, tout simplement ?

Je cherche à me défaire de ses mains, mais il tient bon, me force à me lever et me pousse presque jusqu'à la salle de bains.

— J'ai parlé avec le docteur Madison. Je lui ai expliqué que tu étais complètement déprimée, souffle-t-il en m'observant d'un regard empli de douceur. (Il pose alors un petit flacon sur la tablette de la salle de bains.) C'est un antidépresseur. Il a dit que tu devais en prendre un par jour, et la semaine prochaine, il faudra que tu lui parles de ce que tu ressens, d'accord ?

Les picotements de colère qui me hérissent soudain la peau me donnent l'impression de m'être transformée en un porc-épic prêt à mordre. Il a parlé à mon thérapeute derrière mon dos ? D'un coup de poignet j'envoie valser le flacon, qui atterrit dans le lavabo. Chase plisse les yeux, le regard bouillonnant, cette fois.

— Tu. En. As. Besoin, dit-il lentement – *trop* lentement.

— Je ne suis pas malade, Chase. Je suis juste très triste, d'accord ? Ça n'a rien à voir !

Ma voix est chargée de mépris, exactement comme le jour où le docteur Madison m'a donné sa première ordonnance. Je l'ai déchiquetée sous ses yeux pour laisser retomber les morceaux comme des confettis. Bien évidemment, ma petite scène l'avait aussi peu enchanté que Chase à cet instant.

Chase se rapproche en me tendant les bras. Je fais deux pas en arrière et croise les miens sur ma poitrine.

— C'est pour ton bien… Tu t'es complètement renfermée sur toi-même, Gillian. La vie passe sans que tu y prêtes une quelconque attention. Je ne suis pas d'accord avec ça. Tu ne vois pas ce que tu es en train de faire en t'éloignant de tout le monde ?

Je secoue la tête comme une forcenée. La panique et la colère embrasent chacune de mes synapses, au point que ma peau semble prête à entrer en combustion. Je rugis :

— Quelle vie, Chase ? Tu penses que j'aime ça, avoir un garde du corps collé à mon cul dès que je mets un pied dehors ? Regarder derrière moi toutes les dix secondes ? Avoir l'impression d'être constamment épiée ?

Je me retiens à la coiffeuse pour ne pas flancher.

— Mais c'est uniquement pour ta sécurité…

— Non ! Je ne veux même pas t'entendre dire ça, d'accord ? *Personne* n'est en sécurité. Mes amis ont été visés et ont bien failli y laisser leur peau ! Des gens sont morts à cause de moi, dans cette explosion ! hurlé-je en plantant un doigt sur ma poitrine. Et Bree… Elle devrait être morte, à l'heure où je te parle. Mais non, une pauvre gamine d'à peine vingt ans qui avait toute la vie devant elle a été tuée à sa place ! Tout ça à cause de moi… (Les larmes maculent désormais mes joues.) Alors ne me parle pas de vie qui passe, d'accord ? Je ne mérite pas de vivre !

La léthargie prend le contrôle de mon corps, et je m'écroule sur le carrelage de la salle de bains, telle une poupée de chiffon. Je plaque alors mes genoux contre ma poitrine et me laisse submerger par toutes ces émotions. L'inquiétude, la peur, l'angoisse qui me colle à la peau. Je ne supporte plus de voir mes amis me regarder avec cette pitié. C'est intolérable.

Chase est accroupi devant moi.

— Gillian, rien de tout ça n'est ta faute. Il faut que tu le comprennes…

— Tu crois, Chase ? Tu es sérieux ? Non. Tout ce que je sais, c'est qu'au moindre instant, ça peut arriver, ce taré peut me sauter dessus. Si je lui donne ce qu'il veut, au moins arrêtera-t-il de faire souffrir tous ceux que j'aime ! Ce serait beaucoup plus simple…

Le tremblement qui s'est emparé de mes lèvres descend sur ma poitrine pour prendre d'assaut chacun de mes muscles.

L'expression de Chase, d'abord douce, se mue en colère.

— Écoute-moi bien : tout ce qui se passe est la faute de ce psychopathe, pas la tienne. Bébé, regarde-moi. (Il prend mon visage pour me forcer à le regarder dans les yeux.) On va le trouver. Ce n'est qu'une question de temps, d'accord ?

Ses paroles ont tellement de poids, et pourtant, cette fois, elles sont incapables de panser la douleur glaciale qui a pris possession de tout mon être. Je rétorque sur un sanglot :

— Mais à quel prix ? Qui sera le suivant, hein ? Toi ?

Je ne doute pas un instant que Chase soit le prochain sur la liste de ce taré. Si ce type est vraiment obsédé par moi, il doit forcément en vouloir à l'homme que je m'apprête à épouser. L'homme à qui j'ai donné mon cœur en public. L'idée fugace que quelque chose puisse arriver à Chase suffit à me retourner l'estomac. Je suis à deux doigts de vomir. Cette peur vorace a de nouveau planté ses griffes dans mon cerveau.

— Je ne le supporterais pas…

Chase m'attire vers lui, et je me retrouve à califourchon sur ses genoux. Je me cramponne à lui comme à une seconde peau.

— Tu n'auras pas à supporter quoi que ce soit. Mais tout ça n'est pas sain, Gillian. Te cacher dans notre chambre…

— Ce n'est *pas* notre chambre, dis-je dans un hoquet avec une nouvelle fureur.

C'est une suite affreusement tape-à-l'œil et tout sauf confortable qui pue le faux style ancien à la française. Tout est d'un rose criard, combiné à des tons dorés et à des motifs à fleurs et à rayures un peu partout. Cette surenchère de rose me donne l'impression de devoir voir la vie à travers des lunettes teintées. Visiblement, la mère de Chase a choisi d'attribuer une thématique à chacune de ses chambres d'amis, un peu comme Chase le fait avec ses restaurants. Si cette pièce était un restaurant, elle s'appellerait « Rose », tout simplement. Maria et Tommy sont dans la chambre bleue, Bree est dans la blanche – même si je doute qu'elle y ait passé beaucoup de nuits –, et Kat et Carson sont dans la grise.

Mon homme lâche un lourd soupir contre ma nuque.

— En effet, ce n'est pas notre chambre. Je sais que tu commençais tout juste à prendre tes marques, dans le penthouse.

Ses mains caressant mon dos cherchent de toute évidence à calmer mon angoisse. Nichée dans ses bras, je m'efforce de respirer comme Bree me l'a appris. C'est miraculeux, quand je fais une crise d'angoisse.

— Bébé, nous avons toute la vie devant nous pour construire notre petit nid, d'accord ? Je t'ai dit qu'on chercherait notre maison à nous, après le mariage. Quelque chose près d'ici, sûrement. Cet endroit est génial, et les biens proposés tapent dans le haut de gamme.

Je lâche un grognement. La dernière chose dont j'ai envie, c'est de me rapprocher de Colleen Davis. Je n'ai rien à reprocher à son oncle Charles, bien sûr… Mais cela fait une semaine que je suis ici, et j'ai bien pris soin d'éviter toute forme de communication avec le monstre qui me fera bientôt office de belle-mère. Chase tire ma tête en arrière pour poser son front contre le mien.

— L'idée de te rapprocher de Mère ne te plaît pas plus que ça, pas vrai ?

Je distingue le sourire dans sa voix sans avoir à regarder son joli visage. Je confirme d'un hochement de tête. Cela fait moins d'un an que nous sommes ensemble, et il me connaît déjà si bien…

— Ce n'est pas grave. Lorsque ce sera le bon moment, nous dénicherons l'endroit parfait pour nous et nos futurs enfants. Et s'il n'existe pas, je le construirai. Je te l'ai déjà dit, Gillian : je suis prêt à tout, pour toi. (Il caresse ma joue du bout du nez avant de m'embrasser tendrement.) C'est toi que je veux…

Un sourire, et la glace qui m'emprisonnait le cœur se fissure pour fondre une fois de plus sous le charme de mon homme.

— C'est sidérant… (Puis il secoue la tête et me plaque contre lui avant d'inspirer profondément.) Par contre, s'il te plaît, prends une douche. Tu schlingues…

J'éclate de rire. C'est la première fois que je ris depuis une semaine, peut-être même deux. Il m'aide à me relever, me débarrasse de mes vêtements et ouvre le robinet de la douche.

— Allez, va te laver, dit-il en me poussant dans l'espace immense tout carrelé de rose.

Note pour moi-même : ne jamais décorer quoi que ce soit en rose. Ja-mais.

J'avance sous le jet, et j'ai soudain l'impression d'être au paradis. La chaleur martèle ma nuque endolorie et mon esprit abattu. Lorsque j'ouvre les paupières, Chase est en train de me manger du regard, ses yeux semblant dessiner chacune de mes courbes, s'attardant sur ma poitrine, mes jambes, et plus particulièrement le sommet de mes cuisses.

— Ça te dirait de me rejoindre ?

Il secoue la tête.

— J'adorerais, mais on nous attend, en bas. Et je connais trois femmes qui seraient prêtes à me priver de mes parties génitales, si je réapparaissais sans toi. Elles vont commencer à croire que je te garde en captivité... même si l'idée n'est pas déplaisante, ajoute-t-il en remuant les sourcils. (Je lève les yeux au ciel et lui tourne le dos. Une seconde plus tard, je l'entends hoqueter derrière moi.) Putain, ce cul… J'ai envie de…

Je me retourne et le découvre les poings serrés, le regard brûlant de désir. Une bosse impressionnante s'est formée sous son pantalon.

— Oui ? Tu as envie de… ?

Je fais alors courir mes mains sur mes seins, les savonnant méticuleusement jusqu'à ce que mes tétons durcissent sous mes doigts. J'entrouvre les lèvres et penche la tête en arrière, l'eau chaude envahissant ma bouche pour couler sur mes pointes dressées.

— Plus bas, grommelle Chase d'une voix rauque.

J'obéis, déjà pour le rendre fou de désir, mais aussi parce qu'il a le pouvoir de me faire me sentir belle, désirable. Toute la semaine, j'ai eu l'impression de n'être que la coquille vide d'une femme que je pensais connaître et respecter, pourtant. Il est temps de briser cette coquille.

— Comme ça ? l'interrogé-je en coulant la main entre mes cuisses avant de me mettre à caresser mon entrejambe en gémissant.

— Oui, comme ça, souffle-t-il, la voix tellement chargée de désir que lorsque je rouvre les yeux, c'est pour découvrir le plus délicieux des spectacles.

Face à moi, toujours dans son joli costume et le regard braqué sur moi, mon homme a ouvert son pantalon afin de laisser jaillir son sexe. Son érection est énorme, épaisse, et son gland scintille de la preuve de son désir. L'eau à la bouche, je le regarde se branler sauvagement, d'un geste beaucoup plus brusque que ce que j'aurais moi-même osé faire.

— J'ai envie de te voir enfoncer un doigt dans ta jolie petite chatte, comme si c'était le mien, grogne-t-il.

— Je ne peux pas, bébé… (Je ferme les paupières tout en tentant de faire ce qu'il me demande.) Il est trop petit. Le tien me paraît énorme, quand il est en moi…

— Alors mets-en deux. Et écarte bien les jambes. Oui, comme ça. Entrouvre-moi ces lèvres et cambre le bassin pour que je te voie te doigter. Putain, tu es trop sexy, je te jure…

Sa voix rauque s'échappe de sa gorge par petits hoquets entrecoupés de gémissements.

Chase me trouve peut-être sexy quand je me touche, mais sa beauté à lui est indéfinissable. Une véritable œuvre d'art en mouvement. Son corps cambré est penché vers moi d'une manière qui me laisse deviner qu'il a physiquement *besoin* d'être plus proche. Sa crinière brune s'agite sauvagement à chacun de ses à-coups, la tête rejetée en arrière, les muscles saillants sous la force de son bras. En voyant ses dents parfaites plonger dans sa lèvre pulpeuse, je lâche un couinement, ne désirant rien d'autre que de la mordre moi-même. Ses yeux s'ouvrent brusquement, envoyant une décharge brûlante de désir dans tout mon être, telle une montgolfière surchargée en oxygène et prête à éclater.

— Oui… Titille-moi ce clito, bébé. J'ai envie de te regarder jouir… Jouis pour moi. Seulement moi.

Comme si j'avais besoin qu'il me le rappelle… Tout mon plaisir est pour lui. Grâce à lui. Et je le lui offre volontiers pour l'éternité.

Un petit cri se forme à la base de ma gorge, s'amplifiant peu à peu tandis que je m'acharne sur mon clito d'une main, mes deux autres doigts martelant toujours plus vite ma chatte.

— Oui, comme ça. Jouis avec moi, bébé…, grogne-t-il d'un ton que je reconnaîtrais entre mille.

Ce simple son me transporte de l'autre côté, et la montgolfière finit par éclater. Un ballet d'étoiles sous les yeux, je sens une décharge de plaisir surgir de mon entrejambe pour remonter le long de ma colonne et envahir tout mon corps. L'extase est merveilleuse, douce. Chase est là, avec moi, le regard vitreux, une grimace presque douloureuse au visage, tellement c'est intense. Sans le quitter des yeux, je laisse mon corps trembler de plaisir tandis que les jets de sa semence atterrissent à mes pieds pour disparaître par le siphon.

Chase s'agrippe alors au porte-serviettes. Quant à moi, je dois me retenir aux murs carrelés de la douche afin de reprendre mon souffle.

— Ça va mieux ? lance-t-il avant de retirer ses vêtements trempés et de me rejoindre sous le jet.

Je suis encore dans les nuages quand je vois mon Superman abandonner son costume et venir me prendre dans ses bras, son joli petit cul dénudé. Oui, car son cul à lui aussi n'est pas mal…

— Oui, beaucoup mieux. Mais pourquoi tu n'es pas venu plus tôt ?

Je n'aurais pas craché sur un petit peu plus de proximité…

Il passe une main dans ses cheveux tandis que l'eau lui lèche la peau, la faisant scintiller tel un Dieu. Avec un grand sourire, il me gratifie d'un baiser humide et sauvage, un baiser qui ne m'aurait pas déplu quand j'avais les doigts enfoncés dans ma chatte, un peu plus tôt…

— Je te l'ai dit : je n'avais pas envie qu'on arrive en retard pour le dîner. Tout le monde nous attend. Tu me connais, Gillian. Une fois que je t'ai nue devant moi, les jambes grandes ouvertes, il me faut des heures pour me repaître de ton corps magnifique. Dès l'instant où mon sexe est en toi, le temps s'arrête. Et là, c'est une tout autre histoire…

Je secoue la tête d'un air amusé et me dépêche de sortir de cette douche avant d'avoir d'autres idées cochonnes.

***

GILLIAN

— Elle est en vie ! couine Kat avant de se ruer vers moi.

Je ne me suis pas embêtée à me sécher les cheveux, m'étant contentée de les attacher avec une grosse barrette. Au moins ma tenue ne jure-t-elle pas, au milieu de tout le monde. Je porte l'une des chemises de Chase et un pantalon de yoga. Lorsqu'il m'a vue en sortant de la douche, il m'a regardée avec des yeux de gros nounours. Eh oui, mon homme stoïque, dominateur et confiant à l'extrême peut avoir des airs de gros nounours… Mais cela, c'est seulement quand il voit que je suis plus à l'aise que jamais dans quelque chose qui porte son odeur.

— Bienvenue dans le monde des vivants, *puta* ! Tu as fini d'éviter tes *hermanas*, oui ?

Maria a beau avoir l'air contrariée, elle quitte sa chaise et me prend dans ses bras avant de poser son front contre le mien. Ses yeux bleu glace envoûtants braqués sur les miens, j'ai l'impression qu'elle est en train de lire en moi.

— Ça va ?

— Pas le choix.

Je lui rends son étreinte tout en essayant de remplacer la culpabilité qui inonde mon âme par l'amour et la bienveillance de mes amis.

Bree se lève à son tour, et je m'écarte de Maria pour courir vers elle.

— Je suis tellement désolée…, dis-je en tremblant dans ses bras.

— Oh, Gigi… Tu n'as pas à être désolée de quoi que ce soit ! Ils vont choper ce monstre, j'en suis sûre. Nous avons certes perdu beaucoup, mais nous nous avons encore les uns les autres.

Sa voix se fêle, et elle s'éclaircit douloureusement la gorge. Je m'écarte alors et pose une main sur son ventre. Il est toujours aussi plat, mais j'ai l'impression de sentir le bébé à l'intérieur, niché dans son petit cocon douillet.

— Et on aura bientôt ce bébé, en plus, hmm ? dis-je en plongeant dans ses yeux humides.

Elle hoche vivement la tête et esquisse enfin un sourire.

— Je n'arrive pas à croire que je vais être la mère d'un petit être ! Mon Dieu…

Il ne nous en faut pas plus pour toutes bondir de joie, et Maria, le poing brandi, se met à effectuer sa fameuse danse de la victoire.

— Désolée, les filles, mais la meilleure tata est devant vous !

Kat se tourne vers elle, un poing sur la hanche et la tête en mode pivot.

— Je ne crois pas, non… Tout le monde sait que c'est moi la meilleure. Et puis, moi, je vais pouvoir lui fabriquer tout un tas de costumes de princesse, et elle passera des heures à jouer dans mon dressing…

Je lève les yeux au ciel. Bree, elle, assiste au combat de poules en souriant.

— Les filles, j'ai l'impression que vous oubliez un détail important… (Elles arrêtent leurs chamailleries pour se tourner vers nous.) Et si c'était un garçon ? fais-je remarquer.

Elles me dévisagent alors comme s'il venait de me pousser un troisième bras.

Maria avance vers nous et pose la main sur le ventre de Bree.

— Non, ce sera une *chica*. Je ne me trompe jamais, pour ça. (Elle hausse les épaules puis se tourne vers Kat.) Eh bien moi, je lui apprendrai à danser comme une ballerine. Toutes les *niñas* aiment les ballerines, déclare-t-elle avec un air suffisant, les sourcils en l'air.

Bon, il va falloir que je m'impose un peu, si je ne veux pas me faire voler la vedette par ces deux nénettes.

— Désolée, les filles, mais moi, je compte partager ma passion pour les chaussures avec elle. Vous avez vu comme Anabelle est folle de moi ? Et vous avez vu sa collection de pompes ? C'est grâce à qui, à votre avis ? Hmm ?

Bree se met à glousser en secouant la tête. Deux bras m'encerclent alors par-derrière pour m'attirer contre un corps chaud. On dirait bien que Chase nous a enfin rejointes.

— Tu t'amuses bien ? demande-t-il tandis que Maria me tend un verre de vin.

Je lui souris, trinque avec elle et lance un « *Salud* » avant d'attraper les mains de Chase.

— Beaucoup, oui. (Je prends une gorgée et me niche un peu plus dans ses bras.) Merci de m'avoir sortie de cette chambre, et de mon cafard. C'est exactement de ça que j'avais besoin.

— Je te ramènerai toujours, je te l'ai dit.

Puis il pose un baiser dans ma nuque et part discuter avec Carson. Son cousin lui tend un verre de vin, puis ils s'éloignent en direction de la table de billard tandis que nous en profitons toutes les quatre pour nous reconnecter.

— Alors, qu'a dit Phil, pour le bébé, quand vous vous êtes retrouvés seuls tous les deux ? demande Kat en exprimant à voix haute ce qui me brûlait tout bas.

Bree attrape une fraise sur le plateau mis à notre disposition, puis elle mord dedans.

— Étonnamment, il l'a très bien pris. Il m'a fait faire un autre test de grossesse avec lui, et il a attendu patiemment les trois minutes pour pouvoir voir le petit plus apparaître sur le bâton… Ensuite, avec un grand sourire, il m'en a tendu un autre en me disant : « Encore », lance-t-elle en prenant une voix virile.

Nous éclatons toutes de rire.

— Ça, c'est du Phil tout craché. Il ne supporte pas de ne pas participer…

Je secoue la tête, prise d'une bouffée d'affection pour mon meilleur ami. Il mérite ce nouveau bonheur, et vu l'éclat radieux de Bree lorsqu'elle évoque cette grossesse, je sais que tout se passera pour le mieux.

— Oui, il veut que j'emménage avec lui au plus vite pour qu'Anabelle se fasse à ma présence avant que nous lui annoncions qu'elle s'apprête à devenir grande sœur. Qu'est-ce que vous en pensez, vous ? Je ne lui ai pas encore donné ma réponse. Il quitte l'hôpital la semaine prochaine, et il nous rejoint avec Anabelle jusqu'à ce que cette situation soit résolue. Mais ensuite, je ne sais pas vraiment quoi faire… (Son nez se plisse et elle tire un genou contre sa poitrine pour y poser son menton.) Ça ne fait pas si longtemps que ça que nous sommes ensemble… Et si nous n'étions pas faits pour cohabiter ?

— Qu'est-ce qui te fait penser une chose pareille ? Tu l'aimes, non ? s'étonne Maria.

Avec un soupir, Bree attrape ses longs cheveux blonds, les fait tournicoter dans sa main avant d'en faire un escargot au sommet de son crâne. J'ignore comment, mais il parvient à rester en place sans qu'elle y ajoute un quelconque accessoire. Je lui ai déjà demandé de m'enseigner son art, mais mes cheveux refusent de se laisser dompter.

— Bien sûr que je l'aime. Je l'aime énormément. Mais ça va trop vite… Je n'ai pas envie qu'il ait des regrets. Ce n'est pas parce que je suis enceinte qu'il faut à tout prix qu'on emménage ensemble… Vous voyez ce que je veux dire ?

Kat hoche la tête, les lèvres tordues en une moue songeuse.

— Mais, ma chérie… Et si c'était la meilleure chose qui puisse t'arriver ? Regarde Gigi : Chase et elle ne se fréquentaient que depuis quelques mois quand ils ont emménagé ensemble. Et ils s'apprêtent à se marier ! Quand l'amour vous tombe dessus, il n'y a pas à tergiverser. On s'en fiche, que ça aille vite. (Nous confirmons toutes d'un hochement de tête tout en laissant Kat tenir le rôle de la voix de la raison.) Ne t'interdis pas un bonheur dont tu aurais pu rêver toute ta vie, tout ça parce que tu as peur.

— Oui, je vais y réfléchir…, répond Bree en se mordillant la lèvre.

— Et n'oublie pas que vous allez pouvoir profiter du temps passé ici pour apprendre à vivre ensemble, ajouté-je. Vous allez partager le même espace vital pendant quelque temps, cohabiter comme une famille. Ça peut être un bon entraînement !

Les yeux de Bree s'illuminent.

— Tu as raison. Ça va nous donner le temps de voir si nous sommes compatibles au quotidien. Tu es géniale, Gigi !

Puis elle se met à fredonner gaiement, balançant son corps menu sur sa chaise, comme si tous les problèmes du monde venaient d'être résolus. Si seulement c'était si simple…

Maria me gratifie d'un clin d'œil en levant son verre. Je lui souris en retour.

— Un toast ! lance-t-elle. (Nous lâchons toutes les trois un grognement, mais nous obtempérons.) Allez... Promis, je vais rester sage, maintenant que Bree a un polichinelle dans le tiroir, commente-t-elle, ce qui lui donne droit à un regard noir de la part de l'intéressée.

— Non, c'est moi qui vais le faire, déclaré-je alors en m'éclaircissant la gorge. J'aimerais trinquer au changement ! Au changement qui est en train de surgir dans nos vies à toutes. Qu'il nous guide vers le prochain de notre existence, et remercions notre bonne étoile d'être encore ensemble pour le partager.

Tous les regards se tournent vers Bree. Le regard de trois femmes si reconnaissantes que leur sœur d'âme soit encore en vie... Qu'elle porte le prochain membre de leur famille en elle. Le regard de trois femmes plus que jamais déterminées à ne pas se lâcher pour les prochaines années à venir. L'image de cette pauvre jeune fille, celle qui ressemble tellement à Bree, s'impose brièvement à mon esprit. Je fais alors une prière silencieuse, pour elle et pour sa famille.

À cet instant précis, je scelle un pacte avec moi-même. Terminées, les crises d'apitoiement. Ces femmes, Phil, Thomas, Carson, et plus important encore, Chase, me méritent entière. Plutôt que de pleurer ou de me cacher dans ma chambre, je vais braver cette situation la tête haute. Quoi qu'il m'en coûte. Cette enflure ne peut me retirer ni ma volonté de vivre ni l'amour indéfectible de ceux qui m'entourent.

— Allez ! On va se détendre un peu ! clame Maria en remplissant nos verres à ras bord d'un cabernet rouge sang en provenance directe de Napa.

Bree regarde nos verres avec envie avant de frotter doucement son ventre. C'est le moment que choisit le chef pour apparaître dans la pièce.

— Le dîner est servi, monsieur Davis, dit-il en faisant une révérence.

Nous prenons la direction de la salle à manger dans un concert de cris de faim virils. Le chef nous a préparé un plat de viande accompagné de pommes de terre et de légumes. Quelque chose de simple, assorti d'une petite touche gastronomique, bien sûr. Avec un petit ricanement, je laisse Chase me guider au bout de la table et me faire asseoir à sa droite. Sa mère est installée à sa gauche.

— Mère, murmure-t-il avant de se pencher pour déposer un baiser chaste sur sa joue.

Colleen balaie des yeux le petit groupe qui, à l'exception de Bree, est quelque peu éméché – pour ne pas dire plus.

— Je vois que tout le monde a fait l'effort de s'habiller, commente-t-elle d'un air hautain tout en gratifiant chacun d'entre nous d'un regard méprisant.

Avec les filles, nous sommes toutes en tenue décontractée – pantalon de yoga, débardeur ou chemise. Maria s'enfonce dans sa chaise et fusille Colleen du regard.

— Excusez-moi ? Vous avez un problème avec ma tenue, peut-être ? dit-elle d'une voix lente. (Puis elle tend sa jambe droite, agrippe son mollet et étire sa jambe tout en hauteur, les orteils dressés vers le plafond. Elle ferme alors les yeux et expire lentement.) Crampe. Désolée, lance-t-elle d'un ton provocateur.

Narguer cette vieille sorcière qui tente de l'intimider en faisant des étirements à table, alors que celle-ci pourrait être dressée pour la royauté… J'adore cette fille !

— Punaise, il en a de la chance, ce Tommy, marmonne Carson avant de se prendre un petit coup dans l'épaule par Kat. Désolé, mes petites joues roses, mais il faut reconnaître que c'est impressionnant… Tu imagines ce que je pourrais te faire, si tu étais aussi souple ? ajoute-t-il, tout sourire, le regard fixé sur son joli visage.

Rouge comme une pivoine, elle lui assène cette fois un coup de coude.

Chase, lui, fait de son mieux pour contrôler le sourire qui lui étire le visage.

— En effet, Mère. Les gens normaux mettent des vêtements confortables, quand ils passent la soirée chez eux. Vous devriez essayer.

Puis il balaie du regard son chemisier de soie boutonné jusqu'à la gorge et sa jupe trop sage. Je suis toujours stupéfaite lorsque je vois la facilité avec laquelle il parvient à la remettre à sa place sans jamais lui manquer de respect.

— Allez, bon appétit, tout le monde. Ce serait dommage de laisser tout ça refroidir.

Je le regarde manger tout en observant la longue tablée avec un sourire. Je ne l'ai jamais vu aussi heureux. Nos amis font désormais partie intégrante de sa vie, et le fait de tous les voir réunis ici, à se régaler dans la maison où il a grandi, doit forcément le rendre nostalgique. Son regard finit par se poser sur moi. Il incline la tête sur le côté, gobe une petite pomme de terre et me fait un sourire tellement craquant que j'en ai les joues rouges d'excitation. Un clin d'œil, et la bave menace de franchir mes lèvres.

— Mange, bébé. Tu vas avoir besoin de prendre des forces, avec ce que je te réserve ce soir…

Je coupe un morceau de ma viande, le fourre dans ma bouche et le gratifie d'un regard sexy et amusé. Il croit peut-être que c'est lui qui va mener la danse, ce soir, mais il se trompe. Cela fait bien longtemps que je ne me suis pas sentie aussi en forme. Mes amis sont en bonne santé, heureux, et les jours de Phil ne sont plus en danger. Nous allons tous bientôt avoir une nouvelle vie à célébrer, et par-dessus le marché, je m'apprête à épouser l'homme de mes rêves. Oh oui… Il ne sait vraiment pas ce qui l'attend, ce soir. J'ai bien l'intention de chevaucher mon homme toute la nuit, quitte à marcher en cow-boy demain.

Chase perçoit le glissement de mes pensées. Il parvient toujours à deviner les changements les plus subtils qui s'opèrent en moi, c'est dingue… Ou alors, c'est juste une question de phéromones.

— Qu'est-ce qu'il y a ? murmure-t-il.

— Tu es à moi, dis-je dans un souffle avant de saisir son genou, sous la table.

— Tu marques ton territoire, hmm ?

Puis il se penche vers moi tandis que les conversations battent leur plein, autour de la table, chacun cherchant à monopoliser la parole.

— Ça te pose un problème, peut-être ?

— Oh, pas du tout…

Puis il passe la main sous la table pour tirer sur son pantalon. Un sourire me barre le visage en devinant l'érection dont il est très probablement victime, à l'idée de ce que nous allons nous faire endurer tout à l'heure.

Je me lèche les lèvres, prends une gorgée de vin et lâche un soupir. Simplement penser au fait d'être avec lui *intimement* fait battre mon cœur, mouiller ma culotte et pulser mes veines de désir.

Son regard s'est assombri sous l'intensité qui y tournoie.

— Tu vas voir ce que tu vas prendre, grogne-t-il dans son verre avant de boire une longue gorgée.

— Ah oui ? Tu comptes me faire plaisir, ce soir ?

— Et pas qu'une fois, ma belle. Attends-toi à ne pas marcher droit, demain, avec ce que je vais te mettre.

Je plonge mon regard dans le sien. Ses yeux sont toujours chargés de désir, reflétant probablement le mien. Je n'entends plus rien des conversations, autour de nous. Il n'y a rien d'autre que ses yeux, sa bouche et son beau visage, ainsi que le désir qui vibre entre nous.

Jamais je n'ai autant désiré quelqu'un que cet homme.

J'ai besoin de lui plus que d'oxygène.

— Qu'est-ce que tu attends, alors ? lancé-je en avalant un nouveau morceau de viande.

Sans préambule, Chase se lève, me tire par le bras, se plie en deux et me hisse sur son épaule.

— Chase ! Qu'est-ce que tu fabriques, voyons ?! s'écrie sa mère.

Je hurle en lui tapant les fesses :

— Repose-moi !

Mais très vite, ses muscles raidis ont raison de moi et je me mets à caresser son joli petit cul.

Une main sur mes jambes et l'autre sur mes fesses, il déclare :

— Désolé, tout le monde. La journée a été longue ; ma fiancée et moi allons nous coucher. Je vous en prie : profitez de ce repas, et je pense que le dessert vous plaira.

— Chase, assieds-toi. Tu te couvres de ridicule, aboie sa mère.

Je ricane derrière lui tout en essayant de me redresser pour voir le petit groupe.

— *Buenas noches*, lance Maria en dressant un pouce en l'air à mon attention.

— Amusez-vous bien, glousse Kat avant de faire tourbillonner une mèche de cheveux autour de son doigt.

Vu la façon dont Carson la mange du regard, à mon avis, ce sont les prochains à quitter cette table.

— À demain, sourit Bree.

Je leur fais un petit coucou tandis que Chase me porte en direction de l'escalier. Le visage bouillant de rage de Colleen est la dernière chose que j'aperçois.

Une fois dans notre chambre, Chase me jette sur le lit. Je glousse comme une gamine. Il saute alors sur le matelas et m’emprisonne entre ses cuisses musclées, que je m’empresse de griffer d’une main séductrice.

— Qu’est-ce que je vais bien pouvoir faire de toi ? dit-il en léchant ses lèvres avant de se mettre à déboutonner ma… enfin, *sa* chemise.

— Tout ! murmuré-je.

Il plonge alors sur ma nuque pour y planter une série de baisers jusqu’à la naissance de mes seins.

— Vos désirs sont des ordres.

15

X

Je n'arrive pas à croire que cet enfoiré ait survécu à une explosion, et à un effondrement ! Sa volonté de survivre doit largement surpasser mon désir de le voir mort, et pourtant… Au moins souffrira-t-il quelques longs mois, le temps de sa convalescence. Qui sait, peut-être parviendrai-je à lui trancher la gorge dans son sommeil, une de ces nuits ? Histoire de rendre cette gamine orpheline une bonne fois pour toutes. Je me suis déjà occupé de son autre rejeton, en étripant sa jolie petite blonde. Une en moins. Il m'en reste deux. Mon sexe se durcit au souvenir du moment précis où mon couteau a percé sa jolie jugulaire… Mais je n'ai pas le temps pour ça. Maintenant que cette enflure est sortie de l'hôpital, j'ai besoin d'une nouvelle source, pour pêcher mes infos.

Je sors de la cabine d'ascenseur et balaie les lieux des yeux. Sur le mur pile en face, une énorme plaque tout en chrome annonce fièrement : *Davis Industries, Inc.* Je ralentis ma cadence et fais mine de parler tout bas au téléphone, mon attaché-case à l'autre main. Tous ceux que je croise m'ignorent superbement. Quoi de plus normal qu'un type lambda qui se rend à une énième réunion ? Sauf que je ne suis pas là pour une réunion, mais pour un repérage. Je sens l'essence de ma femme, même si elle n'est pas là en ce moment. Je le sais, car je l'ai vue sortir avec son abruti de mec et leurs deux gardes du corps. Ne me reste plus qu'à trouver son bureau. Je suis sûr qu'il est juste à côté de celui de son milliardaire. Quand on a une nana pareille, on fait en sorte de la garder près de soi… La laisser partir a été l'une de mes plus grosses erreurs. Mais ça ne se reproduira pas. Je prends mon temps et je fais bien attention. C'est comme ça que je la récupérerai.

Il est encore tôt, mais vu qu'elle est partie, j'ai la tactique parfaite. Dès qu'elle m'aperçoit, un immense sourire illumine son joli visage. Le même visage que j'ai baisé toutes les deux nuits depuis notre rencontre. Je dois avouer avoir été quelque peu surpris : Dana Shephard est une sacrée tigresse, au lit… Ma bite a tout vu d'elle. C'est rare de rencontrer une fille et de la sodomiser au bout de même pas une semaine. Cela ne fait que prouver à quel point l'habit ne fait pas le moine. Qui aurait pu imaginer qu'une vulgaire putain se cachait derrière ces tailleurs impeccables ?

— Salut, toi ! me lance-t-elle.

J'avance vers elle tout en remarquant la double porte qui donne probablement sur le bureau de Chase. Juste à côté : un bureau plongé dans la pénombre. La petite plaque apposée sur la porte me fournit l'info que j'étais venu chercher. En lettres d'or s'étale le nom de ma femme : *Gillian Callahan*. Cela me réchauffe le cœur de voir l'importance qu'elle a ici. Mais ce ne sera plus le cas très longtemps. Il faut qu'elle soit importante, certes, mais pour moi, et seulement moi. Une fois devant le bureau de Dana, je plante un baiser humide sur ses lèvres, et elle se laisse faire volontiers tout en gémissant dans ma bouche. Se laisser lécher la glotte par son nouveau mec sur son lieu de travail montre une fois de plus à quel point c'est une fille facile…

Je brandis un sac en papier blanc et le pose sur son bureau avant d'en sortir un *latte*. J'ai bien évidemment dévissé le couvercle afin que le liquide se répande sur son chemisier blanc dès l'instant où je le tends vers elle.

— Oh non ! C'est pas vrai, bordel ! dis-je en faisant une performance d'acteur digne d'un Oscar.

Je m'empresse d'attraper les serviettes en papier fournies dans le sac, sachant pertinemment qu'elles ne changeront rien au drame.

— Mince, gémit-elle en décollant le chemisier de soie trempé de sa poitrine.

— Je suis désolé, chérie... Je voulais juste t'apporter un petit quelque chose à déjeuner, histoire que tu tiennes l'après-midi. (Je l'attrape par le poignet et l'attire vers moi.) Après tout ce que j'ai fait endurer à ton corps de déesse cette nuit... (Elle se met à glousser comme une petite fille.) Tu devrais aller rincer ça à l'eau froide.

— Ce n'est pas grave, j'ai des chemisiers de rechange.

Puis elle se tourne vers le mur de placards, derrière elle, et en ouvre un. Je découvre une armée impeccable de chemisiers et de jupes, tous pendus à des cintres.

— Quand tu fais les heures que je fais, mieux vaut avoir de quoi se changer, commente-t-elle en attrapant un chemisier blanc pratiquement identique au sien.

Je jette un coup d'œil à ma montre et esquisse une grimace.

— Je suis vraiment désolé, chérie, mais il faut que je retourne travailler. C'était juste histoire de te faire un petit coucou.

Dana s'approche, prend mon visage entre ses mains et plaque un baiser passionné sur mes lèvres. Ma queue se raidit légèrement lorsque je m'imagine lui faire faire volte-face et la prendre par-derrière sur ce bureau. C'est tout ce que cette pute mérite.

— On se voit ce soir ? lance-t-elle d'un ton plein d'espoir.

Je secoue la tête tout en me tournant vers le couloir par

lequel je suis arrivé, histoire de lui faire croire que je suis pressé.

— J'ai bien peur que non, ma belle. Je termine tard, ce soir, et ensuite je vais à la salle. Mais demain, je suis tout à toi…

Ses joues se colorent aussitôt.

— O.K. Alors on se voit demain. J'ai hâte !

Puis elle me fait un petit signe de la main et s'éloigne vers ce que j'imagine être les toilettes. J'attends qu'elle disparaisse et je me dirige vers le bureau plongé dans la pénombre. À peine y ai-je mis un pied que son délice vanillé m'enveloppe. Il est absolument partout. Je me souviens qu'elle utilisait du lait pour le corps à la vanille, tous les matins. Cette odeur me propulse instantanément à une époque où nous étions heureux, où nous profitions de chaque moment passé ensemble, et où la vie nous paraissait tellement meilleure…

Je laisse le passé derrière moi, m'agenouille au sol et sors le micro de ma poche. Je libère alors le côté adhésif et le colle directement sous le caisson de rangement posé sur son gros bureau en bois massif. Cela me permettra d'écouter à loisir tout ce que prévoit et fait ma femme, en espérant en apprendre un peu plus sur sa situation actuelle. Je sais qu'elle est toujours en couple avec son sale milliardaire, mais elle ne crèche plus dans leur penthouse. Aujourd'hui, elle est revenue travailler après une longue absence. Ses cartes de crédit n'ont pas été utilisées dernièrement, et elle ne dort chez aucune de ses amies. En parlant d'elles, elles ont toutes disparu, elles aussi. J'imagine que je leur ai foutu une frousse bleue en me débarrassant de leur petite copine.

Son enterrement ne devrait plus tarder, à celle-ci. Ça fait plus d'une semaine que je lui ai tranché la gorge. Ça promet d'être un chouette moment, même observé de loin… Voir tous ces gens pleurer la mort d'une pauvre fille. Je pense même que ce sera comique. Plus j'y pense et plus je suis convaincu d'avoir rendu service à l'univers en la tuant. Peut-être serait-elle encore là si elle ne s'était pas mise en travers de mon chemin, si elle n'avait pas été si proche de ma femme… Nous naissons tous avec notre propre libre arbitre, pas vrai ? Je leur avais dit que rien ne m'empêcherait de récupérer Gillian. Peut-être m'écouteront-ils, désormais. Les deux autres ont forcément appris que j'avais laissé un mot. Elles sont les prochaines sur ma liste, si elles ne se décident pas à débarrasser le plancher pour de bon. Mais jusqu'ici, tout va bien. Pas un seul signe de vie de qui que ce soit depuis plus d'une semaine.

Puis je l'ai vue quitter le bâtiment juste avant que j'y entre. Je suis content qu'elle ne m'ait pas vu. C'est plutôt agréable de se la jouer incognito, je dois avouer. Mais le fait qu'elle ne se doute pas que ce soit moi derrière tout ça… Je ne sais pas, c'est étrange. C'est moi qui l'ai aimée comme personne, qui ai pris soin d'elle, qui l'ai aidée à gérer tous ses problèmes. Je ne comprends pas pourquoi je ne lui suis pas venu immédiatement en tête. C'est sûrement son abruti de mec qui déteint sur elle… Mais je ferai en sorte d'arranger ça. Lorsqu'elle sera de nouveau à moi et que je la tiendrai bien à l'abri, dans ma cachette secrète, elle n'aura pas d'autre choix que de se souvenir de l'amour que nous partagions. À quel point il était beau et unique, et qu'il pourrait l'être à nouveau.

Je sors du bureau, toujours seul, et pose l'enveloppe qui porte le prénom de Gillian sous une poignée de feuilles, dans la ramette de dossiers à traiter de Dana. Elle la trouvera dans deux ou trois jours et la donnera à ma femme. Là, je pourrai l'entendre l'ouvrir. Tandis que je me laisse rêver au moment où Gillian découvrira le cadeau que je lui ai laissé, la porte en verre qui s'ouvre devant moi me ramène brusquement à la réalité. Je lève les yeux et me retrouve nez à nez avec l'ennemi. Cet enfoiré de Chase Davis.

— Je vous en prie, monsieur, me dit-il en me tenant la porte, son garde du corps sur les talons.

Jack Porter me balaie des yeux de la tête aux pieds, une lueur de reconnaissance passant brièvement dans son regard avant de disparaître lorsque je baisse la tête et reprends mon chemin. Rien ne me différencie des autres employés d'ici, avec mon pauvre costume et ma mallette, après tout.

— 'Scusez. Merci, marmonné-je en adoptant un accent inédit, juste au cas où.

— Je vous en prie, répond Chase tandis que je passe devant lui.

J'entends ses pas dévaler les marches de ciment. Au moment où je jette un coup d'œil par-dessus mon épaule pour m'assurer que tout va bien, je découvre que Jack Porter n'a pas bougé de son poste, son regard noir et glacial analysant chacun de mes faits et gestes.

Putain de merde ! Ça sent mauvais pour moi, ça. S'il y a bien une chose dont je n'ai pas besoin, c'est d'un ex-militaire au cul. Il va falloir que je me fasse discret pendant une petite semaine avant de refaire parler de moi. Les laisser penser qu'il n'y a plus rien à craindre. Jusqu'à ce qu'ils découvrent l'enveloppe, bien sûr.

Tout ira bien. Je ferai profil bas et me contenterai d'écouter les faits et gestes de ma femme tout en sautant la secrétaire de Chase Davis, en attendant. Je prendrai peut-être même des photos pour les envoyer à Gillian. Oh oui, je les lui montrerai un jour. Elle sera folle de rage. Me voir prendre quelque chose qui appartenait à Chase. Laisser une autre femme poser ses mains sur moi. Je suis certain qu'elle sera dingue de jalousie.

***

GILLIAN

— Alors, tu prends tes marques ? dis-je Phil.

Je distingue un long soupir, à l'autre bout du fil.

— Oui, autant que je peux. Je ne suis pas chez moi, mais je t'avoue que ça fait vraiment du bien d'avoir Bree et Anabelle avec moi. La petite est tellement contente d'être ici… Elle croit qu'on est en vacances.

J'éclate de rire et cale le combiné entre mon oreille et mon épaule pour parcourir mes mails en même temps.

— Tu sais, la proposition de Chase tient toujours. Si tu veux qu'Anabelle ait un professeur particulier pour compenser ses journées d'absence à l'école, il n'a qu'un coup de fil à passer.

— Non, ça ira. Ça ne va pas durer si longtemps que ça… Et puis, Bree a prévu de faire au moins un mois de pause. Elle ne supporte pas l'idée de retourner au studio, après ce qu'il s'y est passé. À mon avis, il y a de fortes chances qu'elle arrête tout et se lance dans autre chose.

J'ai un affreux pincement au cœur, en entendant cela.

— Mais non, elle ne peut pas… C'était son rêve d'ouvrir ce studio ! C'est tout ce dont elle a toujours rêvé !

— Peut-être, mais une fille a été assassinée là-bas, ma chérie. Tu te vois, toi, y retourner et t'installer sur l'estrade même où quelqu'un a été tué… à ta place ?

Je lâche un soupir avant d'inspirer un hoquet.

— Non, bien sûr. Je vais essayer de trouver une solution, promis. Est-ce que tu as réussi à la convaincre d'aller voir quelqu'un ? Je peux appeler le docteur Madison dans la minute. Je suis sûre qu'il acceptera de la voir. C'est nous qui paierons, bien entendu.

— Je vais lui en parler. Merci, Gigi. Et tu pourras aussi remercier Chase pour son hospitalité. J'ai déjà remercié Charles et Colleen. (J'entends soudain de l'agitation, à travers le combiné.) Ah, mon infirmière est arrivée, pour ma rééducation. Apparemment, Chase a fait installer tout l'équipement nécessaire dans sa salle de gym pour que je n'aie pas à sortir. Cet homme pense décidément à tout…

— Je ne te le fais pas dire, dis-je en riant. Je suis contente que tu ailles mieux, et je suis vraiment rassurée de vous savoir enfin en sécurité, ta famille et toi. Merci d'avoir accepté de rester tant que la situation n'est pas résolue. J'espère sincèrement pour nous tous qu'il n'y en a plus pour longtemps.

— Ne t'inquiète pas. Vu que Chase est propriétaire de mon cabinet d'architectes, il s'est assuré que je touche mon salaire complet tout le temps de ma convalescence. Bree, Anabelle et le bébé sont tous en bonne santé. Je ne vois pas ce que je peux espérer de mieux…

— Je suis vraiment contente, Phil, dis-je au moment où la porte s'ouvre sur Chase.

Son long corps a l'air tendu et imposant dans son costume noir d'encre. Il porte une chemise bleu pâle et une cravate jaune. Le tissu bleu fait tellement ressortir la couleur de ses yeux que je me sens me liquéfier sur place. Sa chevelure cappuccino tombe en vagues délicieuses dans lesquelles je brûle de plonger les doigts. Il ferme la porte, la verrouille, puis tire les rideaux avant de s'adosser à la porte.

— Bon, je dois y aller. Je t'aime, Gigi, dit Phil tandis que je me lèche les lèvres, m'enivrant du spectacle de mon homme debout devant moi, les bras croisés sur son torse, un regard terriblement provocateur au visage.

Je réponds dans un hoquet :

— Moi aussi, je t'aime.

Le front de Chase se plisse aussitôt. M'entendre dire ce genre de choses à un autre homme lui est insupportable, je le sais.

— Hé, tout va bien, Gigi ? Tu as l'air bizarre, d'un coup…, s'inquiète Phil alors que je m'apprête à raccrocher.

Les yeux braqués sur mon homme, je le regarde se

décoller de la porte et avancer vers mon bureau. Sa main chaude me menotte le poignet, puis il me fait mettre debout pour plaquer son corps au mien. Son sexe raide m'électrise. Une coulée de lave embrase mon corps, envoyant un jet humide de désir sur la bande de tissu qui me recouvre l'entrejambe.

— Oh oui, ça va mieux que bien, même… À plus tard, Phil, dis-je d'une voix rauque avant de tenter de reposer le combiné, dans mon dos.

Chase attrape le téléphone et raccroche pour moi juste avant de planter ses lèvres envoûtantes sur les miennes. Ses mains courent dans mes cheveux tandis que sa langue s'enfonce profondément dans ma bouche. C'est divin. De ses mains agiles, il déboutonne alors mon chemisier pour révéler mon *push-up* rouge qui ne laisse que peu de place à l'imagination.

— Ta petite culotte est de la même couleur, j'espère… ?

Son ton est chargé de désir à l'idée de ce que nous nous apprêtons à faire.

— Tu le sais très bien, dis-je en me mordant la lèvre.

— Putain, qu'est-ce que je t'aime…, grogne-t-il avant de retirer mon chemisier.

— Je t'aime encore plus, rétorqué-je dans un gémissement. (Il saisit alors mon mamelon à travers la dentelle rouge, le martelant de gros coups de langue, si bien que le tissu râpeux me brûle délicieusement la peau.) Qu'est-ce qu'il se passe, Chase ? dis-je en hoquetant après avoir déboutonné sa chemise pour m'enivrer de son torse doré.

Il s'écarte suffisamment pour que je fasse rouler ma langue autour de son téton avant d'y planter les dents. Un grognement quitte ses lèvres.

— J'ai besoin d'être en toi. Tout de suite. Je vais te prendre sur ce bureau, bébé…

Puis il mordille la peau sensible de ma nuque avant d'y tracer la ligne avec ses dents. D'une main, il ouvre la fermeture Éclair de ma jupe, qui tombe à mes pieds. En moins d'une seconde, j'ai le dos plaqué au bureau, mon homme entre mes jambes, à frotter son érection contre ma petite culotte trempée.

— Pourquoi un besoin si soudain ? Je ne m'en plains pas, mais… (Je remue les hanches tout en distinguant ce bruit si familier de dentelle qui se déchire sous ses doigts.) Encore une petite culotte ? Sérieusement, Chase !

S'il continue comme ça, c'est un magasin de lingerie qu'il va devoir racheter.

— J'ai besoin d'être dans cette chatte tout de suite, alors oui, bye-bye la petite culotte. Ce serait beaucoup plus simple si tu arrêtais d'en porter, tu sais.

Puis il m'écarte les jambes tout en me buvant du regard. Le fait de me voir m'offrir ainsi à lui, complètement vulnérable, le fascine au plus haut point. Son érection se fait plus dure encore.

— Putain… Tu es trop parfaite. Et tu n'es rien qu'à moi. (Il se baisse et se met à lécher ma zone humide de haut en bas, faisant rouler sa langue autour de mon petit bouton brûlant de son attention.) Tu es si bonne… Je pourrais te bouffer pendant des heures.

Je hoquette et continue à jouer avec lui, décidée à comprendre ce besoin soudain de me prendre ici, au travail, alors que n'importe qui pourrait nous surprendre.

— Si je ne portais pas de petite culotte…

Je ne termine pas ma phrase, submergée par des vagues de plaisir tandis que sa langue pénètre entre mes lèvres. Je plante une main dans ses cheveux pour plaquer sa bouche encore plus fort sur mon sexe. Il grogne, suce mon clito plus sauvagement avant d'y mettre un coup de dents. Je ne le lâche pas, le corps secoué de soubresauts délicieux.

— Si je ne portais pas de culotte, tout le monde le verrait et saurait que je suis prête à me faire sauter n'importe quand…

Il se dégage d'un air presque furieux. Je savais que ça le piquerait…

— Bien sûr que tu es prête à te faire sauter. Regarde ça, bébé.

Puis il ouvre sa braguette pour en sortir une énorme érection. Son sexe est tellement dur et engorgé que le besoin de le toucher, de l'avoir en moi, en est presque douloureux.

— Tu as vu comme je brûle d'être avec toi… De te baiser. De me fondre en toi. Ma fiancée.

Il pointe alors son sexe sur mes lèvres et m'empale. Sa main se plaque aussitôt sur ma bouche pour étouffer le cri qui s'en échappe.

— Ma queue sait où elle se sent bien. Et c'est en toi. Seulement en toi, bébé.

Il se dégage avant de me pénétrer plus profondément. La vague de douleur mêlée de plaisir est tellement puissante que je plante les dents dans sa main. Mon sexe se contracte sur sa queue, sous l'effet d'une première vague d'orgasme. Il ne s'arrête pas, un grand sourire aux lèvres.

— Je vais jouir, Chase.

Mon corps se cambre, mes tétons pointés vers le ciel, mes cheveux tombant de chaque côté du bureau. Il m'agrippe les hanches, soulève ma taille et m'écarte un peu plus les jambes pour marteler mon clito. Un sourire sexy barre son visage tandis qu'il me regarde sombrer dans l'abysse. Je sais qu'il ne compte pas s'arrêter là.

— Je n'ai pas fini de te baiser, ma belle. J'ai envie que tu aies si mal que tu ne pourras même pas t'asseoir, demain.

Il continue à me pilonner, sa main venant étouffer un nouveau cri lorsque le second orgasme jaillit en moi. Son pouce passe alors sur mon clito, où il se met à dessiner de petits cercles sauvages.

— Non, bébé, je n'en peux plus, dis-je d'une voix suppliante tandis que le plaisir monte en flèche, mon corps épuisé par les deux orgasmes sublimes que je viens de vivre.

Il se penche, me baisant sous un angle inédit qui enfonce son sexe encore plus profondément dans mon orifice crispé, pour mieux se frotter à cette zone si sensible. Je sombre aussitôt dans de nouveaux délices, sa queue gigantesque plongeant en moi encore et encore. C'est comme s'il était incapable d'arrêter de me baiser. Comme s'il avait perdu tout contrôle.

— Tu es à qui, hein ? grogne-t-il tandis que je suis sur le point de connaître mon quatrième orgasme.

Les muscles de sa mâchoire sont crispés, son souffle est plus rauque que jamais, et la sueur perle sur son front à chacun de ses va-et-vient.

Je sombre une nouvelle fois, mais il poursuit ses coups de reins. Je finis par perdre toute lucidité. Mon homme est une machine, et j'ignore comment l'arrêter.

— Stop, Chase ! Je n'en peux plus ! hurlé-je en le repoussant.

Ses mains ne me lâchent pas, mais le désir qui embuait son regard s'évanouit à la sécheresse de ma voix et de mon geste. Son regard océan est de retour, cherchant à lire mon expression. Sa queue palpite entre mes jambes, immobile. Je viens d'avoir quatre orgasmes, et mon homme n'est toujours pas rassasié.

Je le supplie :

— Parle-moi.

Il me laisse me redresser, et je lui saisis la nuque tout en enveloppant sa taille de mes jambes. Il s'assoit alors dans le fauteuil derrière, refusant de se défaire de notre connexion. Je passe les jambes par-dessus les accoudoirs et retombe lourdement sur ses cuisses, suffocante, le sexe en feu. Le calme a beau être revenu, j'ai le corps toujours envahi de décharges.

— On a eu un autre mot, finit-il par avouer.

Je ferme les paupières et m'appuie contre lui. Je comprends mieux ce besoin urgent de m'avoir pour lui. Cette façon dont il a voulu prouver que je lui appartenais, que j'étais *sa* femme, et qu'il pouvait me satisfaire sans relâche. Quand Chase est menacé, sa réaction est primaire, animale.

— Ça va aller, bébé. Je suis là, avec toi, et je ne crains rien. Grâce à toi. (Il me serre contre lui.) Je ne peux pas te perdre, Gillian. Je ne m'en remettrais pas. Tu es mon univers. La vie n'existe pas, si je ne t'ai pas avec moi pour la partager, murmure-t-il contre la peau fine de mon cou.

Une vague de frissons longe ma colonne, et je resserre mon étreinte. Dieu que j'aime cet homme…

— Tu ne vas pas me perdre, dis-je en laissant mes pieds pendre au-dessus du sol.

Alors, en appui sur mes orteils, je me redresse lentement avant de me rasseoir sur ses cuisses. Il pousse un gémissement et embrasse ma nuque. Je glisse les mains sur ses épaules et me redresse de toute ma hauteur, si bien que seul le bout de son gland est encore en moi. Ses paupières s'ouvrent, il saisit mon mamelon rosé entre ses dents et tire doucement dessus, envoyant de nouvelles vagues d'excitation humidifier mon entrejambe.

Chase rejette la tête en arrière en lâchant mon mamelon dans un bruit sec. Je savoure alors ses lèvres humides tout en me coulant sur sa queue, laissant la gravité faire le reste. J'atterris lourdement sur ses cuisses ; il grogne et referme les yeux. Je contracte les muscles de mon sexe aussi fort que possible, me redresse puis retombe à nouveau.

— Tu me sens, Chase ? Je suis là. Avec toi. Le seul endroit où j'ai envie d'être…, murmuré-je tout en continuant mes va-et-vient. À te faire l'amour.

Je poursuis mes mouvements lascifs et perçois enfin le moment où tout bascule pour lui. Son corps se raidit et ses mains se contractent sur ma peau. Je ressens presque l'instant où son sexe enfle en moi.

— J'arrive, bébé…, hoquette-t-il en passant sa langue sur ses lèvres.

Je me redresse, plaquant ma bouche sur la sienne, puis je contracte mon sexe et redescends violemment pour le faire partir dans les étoiles. Les mains agrippées à mes hanches, il me tient fermement contre lui, le dos cambré et le corps secoué de spasmes tandis que son sexe jette sa semence bouillante en moi sous un dernier coup de reins.

Nous restons plaqués l'un à l'autre un long moment. Chase est encore pratiquement habillé. Quant à moi, je ne porte plus que mon *push-up*, retourné sur ma poitrine. Il n'a eu le temps que de sortir son sexe, et moi d'ouvrir sa chemise. Sa cravate est de travers, mais toujours vissée à son cou. Le spectacle est beaucoup trop comique pour que je puisse contenir plus longtemps un fou rire. Incontrôlable, il s'échappe de ma gorge dans une pluie de hoquets, et je dois très vite essuyer les larmes qui me maculent les joues.

— Qu'est-ce qu'il y a de si drôle ?

— Tu as vu ce bazar ? dis-je en désignant mon soutien-gorge retourné et son pantalon grand ouvert.

Il baisse les yeux sur son sexe avant de les relever vers moi.

— Je ne vois pas ce qu'il y a à redire… Je trouve que ça te va super bien, le sexe au bureau, commente-t-il en se nichant dans mon cou avant de me mordiller.

— Non, non, non. Mon corps est dans l'incapacité de supporter un nouvel orgasme. On ne t'a jamais dit de réserver ce genre de folie pour la nuit ? J'ai encore du travail, moi !

Je tente de me relever, mais son bras me retient. Comme je m'y attendais, sa semence se met lentement à couler le long de ma cuisse. Il observe le carnage avec un sourire espiègle.

— Tu es complètement malade, tu sais ! dis-je en le réprimandant avec une petite tape sur le torse, puis j'attrape un mouchoir et je m'essuie la cuisse.

— Je suis désolé… Ça m'excite de voir ma marque sur toi. Tu vois ?

Il se relève, et je découvre que son sexe est à nouveau tout dur.

— Non ! m'écrié-je en m'empressant d'aller me cacher derrière le bureau, à moitié nue.

— Où tu comptes aller, comme ça ? (Il se mordille la lèvre puis ramasse mes vêtements, par terre.) Tu cherches ça, ma belle ?

— Chase, je te jure, je ne peux pas ravoir cette chose en moi, dis-je en désignant son anatomie. Une autre fois, demain. Tu m'as tué le vagin, là.

Il éclate de rire et plonge vers moi.

— Alors, il va falloir que je le soigne avec ma bouche…

Puis il me guide vers le canapé, au fond de mon bureau, et me fait m'asseoir. Je ne lui laisse pas le temps de s'agenouiller pour tenir sa promesse.

— Tu n'as pas plutôt envie que je te suce ?

Chase lâche un grognement, incline la tête en arrière et braque les yeux vers le ciel.

— Merci de m'avoir donné la femme parfaite, dit-il à ce que j'imagine être Dieu.

Moins d'une minute plus tard, plus un seul mot ne s'échappe de nos lèvres.

X

Je vais saigner cette espèce de sale petit bâtard ! Lorsque je l'aurai chopé, je couperai chacun de ses membres, un par un, en commençant par sa précieuse queue !

Dans mes oreilles, Chase gémit de plaisir tandis que ma femme est en train de pomper sa petite bite avec sa bouche si parfaite…

— Putain ! Il est mort ! hurlé-je en jetant mes écouteurs, puis je sors mon sexe de mon pantalon et enclenche le haut-parleur.

La fureur embrase mes veines.

— J'adore te sucer…, souffle Gillian d'une voix rauque. (J'imagine que c'est ma queue que ces jolies lèvres roses enveloppent.) Je vais te soulager.

À ces mots, je tire plus fort sur mon sexe prêt à éclater. Des grognements sourds s'échappent du haut-parleur, puis il commence à ouvrir sa putain de bouche.

— Oui, prends-moi bien au fond de ta gorge. Oui… Comme ça. Putain, Gillian, tu m'as tout entier, bébé. Tu es tellement belle…

Je porte ma main à ma bouche, la lèche de la paume jusqu'au bout des doigts puis j'empoigne de nouveau ma queue pour mieux la tirailler sous le bruit des gémissements du couple.

— Jouis sur moi. Entre mes seins, sur mon visage… Où tu veux.

On dirait une pute de bas étage. Mais ce n'est pas sa faute. Je sais que c'est son influence à lui, parce que c'est ce qu'il aime entendre.

— Jamais sur ton joli visage, répond-il avec un nouveau gémissement. Je t'aime trop pour ça. Avale, bébé. Tout ça, c'est pour toi.

Après une longue minute d'écœurants bruits de succion, je distingue le moment où Chase jouit. Dans la seconde, je jouis à mon tour, le jet bouillant de ma semence jaillissant dans ma main. Tout ça, c'est pour ma femme. Ma Gillian.

— Tu es à moi, Gillian, lâche ce fils de pute avant que j'entende de nouveaux bruits de baisers.

Ça me dégoûte. L'entendre le sucer me donne des haut-le-cœur, mais je suis également plus excité que je ne l'ai jamais été de toute ma vie. Ça a été tellement simple, de revoir ces lèvres parfaites et de les imaginer à nouveau sur ma queue. J'ai besoin de la récupérer.

— Oui, elle est à toi, Chase. Tant que tu es encore en vie ! craché-je dans la pièce, le regard de ma femme braqué sur moi, sur toutes ces photos collées aux murs.

Son image a le pouvoir de me calmer, et j'en ai des milliers, désormais, tapissant chaque mur de cette pièce qui lui est réservée.

— J'ai tellement hâte de t'amener ici, mon amour. Bientôt. Bientôt, nous serons de nouveau ensemble, je te le promets.

16

Gillian

— Il me rend déjà folle ! s'exclame Bree avant de s'effondrer sur la banquette.

Nous sommes dans notre pub irlandais préféré, installées à notre table habituelle. Je caresse le symbole de la trinité gravé sur la table, m'enivrant de la familiarité de cette trinité dans nos vies, et du cercle qui la protège.

— Mange, dit Maria en poussant vers elle l'assiette de cheddar fondu. Tu es déjà insupportable alors que tu en es à quoi… trois mois, seulement ?

— C'est juste qu'il a tout le temps envie…, soupire Bree en faisant la moue. Je n'ai pas envie de lui faire mal, moi !

— Qu'a dit le docteur ? demandé-je, curieuse de savoir ce qui est préconisé en matière de sexe, pendant la grossesse.

Elle attrape un morceau de pain croustillant et le fourre dans sa bouche.

— Qu'il n'y avait aucun problème, déclare-t-elle. Le bébé est en bonne santé, son rythme cardiaque est normal… J'ai adoré le moment où Phil a entendu son cœur et vu son image sur l'écran du gynéco… (Son regard s'illumine, et elle s'enveloppe de ses bras, comme pour se faire un gros câlin.) Il était totalement captivé par l'image de notre bébé… Ce sera un père génial, j'en suis sûre. J'espère qu'il m'apprendra un truc ou deux, d'ailleurs.

— Alors, c'est quoi le problème ? Son *pene* est *roto* ? s'exclame Maria.

— Arrête un peu, dis-je en lui assénant un coup de coude. Pourquoi tu pars du principe qu'aucun pénis n'est en état de marche ?

Maria hausse les épaules avant de siroter sa Poor Man, la bière traditionnelle que nous prenons à chacune de nos visites.

Bree lâche alors un lourd soupir.

— C'est juste que maintenant qu'il commence à se sentir mieux, il a tout le temps envie de faire l'amour, et moi, ça m'excite… Je ne sais pas, ce bébé me donne envie de sexe. Vous voyez ce que je veux dire ? lance-t-elle en nous dévisageant.

Maria et moi secouons la tête à l'unisson avant d'éclater de rire.

— Qu'est-ce que j'ai raté ? s'écrie Kat en se coulant dans la banquette à côté de Bree pour la serrer dans ses bras, puis elle se penche doucement et pose une main sur son ventre. Comment va notre nénette ?

Maria et moi lançons simultanément :

— Laquelle ?

Une fois de plus, nous nous mettons à brailler de rire. Décidément, nous sommes raccord, ce soir !

Maria est la première à parvenir à se contrôler.

— Bree était en train de nous raconter qu'elle est complètement excitée, en ce moment, mais qu'elle a trop peur de casser le *pene* de son homme, commente-t-elle avant de mordre dans un morceau de pain nappé de fromage.

Bree la dévisage d'un air abasourdi.

— N'importe quoi ! Je m'inquiète juste pour Phil. Il n'est pas encore entièrement rétabli, mais je peux vous dire que ce n'est pas l'envie de nous retrouver seuls tous les deux qui nous manque !

Une fois parvenue à contrôler ma crise de rire, je décide de proposer mon aide.

— Je suis sûre que tout se passera bien, si vous faites preuve de douceur. Parle-lui de ce qui t'inquiète, Bree. Avec Chase, on emmènera Anabelle voir un Disney dans la salle de projection de la maison. On fera comme si on était au cinéma – elle adorera ça, j'en suis sûre. Ça te branche ?

— Oh, ce serait génial, oui… Merci, ma chérie, souffle-t-elle en posant sa main sur la mienne.

— Je t'en prie. C'est le moins qu'on puisse faire. J'ai conscience que ce n'est pas forcément facile de vivre comme ça, tous sous le même toit.

— Oh, ce n'est pas si grave, intervient Kat d'une voix guillerette après avoir fait signe au serveur. Cette maison est énorme, et les chambres ressemblent à des appartements particuliers. Les seuls moments où je vous vois, c'est pour dîner. Le reste du temps, soit je travaille, soit je profite de Carson. Ce qui est toujours un problème, soit dit en passant, ajoute-t-elle en faisant une moue frustrée.

— Quel problème ? lance Maria. Il ne te traite pas bien ? Tu as besoin que Maria *hablar con él* ? Tu veux que je lui parle ? Il a plutôt intérêt à bien se comporter avec ma *hermana* !

Notre paon national a la colonne raidie et les plumes toutes hérissées.

— Détends-toi, Ria… Si Kat veut qu'on intervienne, on le fera. Mais je doute que ce soit ce qu'elle veuille, pas vrai ?

— Oui, ne vous inquiétez pas.

Elle parvient enfin à capter l'attention du serveur, désigne le verre posé devant Maria et lève un doigt. Le serveur confirme d'un hochement de tête.

— Tu as raison, Gigi. C'est juste que… Vous vous souvenez, quand je vous ai dit que Carson ne m'avait toujours pas dit qu'il m'aimait ? Eh bien, pas de miracle à l'horizon. Ça commence franchement à me gonfler. Du coup, moi aussi, j'ai arrêté de le lui dire. Et vous savez ce qui est bizarre ?

Bree se redresse pour se rapprocher.

— Quoi ?

— Il n'arrête pas de chercher à ce que je le lui dise. Quand on se taquine, par exemple, ou quand on vient de faire l'amour. Il me lance : « Tu m'aimes, pas vrai ? » explique-t-elle en prenant une voix virile. Alors plutôt que de répondre « Oui », je me contente de hocher la tête. Ça le rend complètement dingue. (Elle se met alors à glousser, et le serveur arrive avec sa bière.) Merci ! sourit-elle avant de boire une gorgée qui lui laisse une moustache blanche.

— Euh… tu as un petit truc, là, dis-je en désignant ma lèvre. On dirait bien que tu as Poor Man dans la peau ! gloussé-je.

Kat lèche la mousse et sourit.

— Non, ce que j'ai dans la peau, c'est un type loin d'être pauvre qui refuse de me dire qu'il m'aime. Vous en pensez quoi, vous ?

Je secoue la tête, ne sachant pas vraiment où en est Carson, au niveau de ses sentiments. Je le connais, certes, mais pas assez pour avoir une véritable idée de ce qu'il pense. Bree incline la tête d'un air songeur tout en faisant rouler une mèche de ses longs cheveux blonds sur son doigt.

— Et s'il avait simplement peur de le dire ? L'engagement le terrifie peut-être ?

Kat pose les coudes sur la table et pousse un soupir.

— Je ne sais pas quoi faire. S'il ne m'aime pas après tout ce temps, ça n'arrivera jamais. Mais moi, je suis tellement dingue de lui ! Je n'arrive pas à m'imaginer ne plus vouloir être avec lui…

— Il va falloir que tu lui parles, ma chérie, dit Maria en posant la main sur la sienne. Je sais que tu n'aimes pas les confrontations, mais malheureusement, je pense qu'il est temps de mettre les pieds dans le plat. Demande-lui clairement pourquoi il ne t'aime pas.

Lorsque les mots quittent la bouche de Maria, Kat esquisse une grimace. Cela me brise le cœur de la voir souffrir ainsi. Quand je les vois ensemble, j'ai l'impression qu'ils sont vraiment faits l'un pour l'autre. Leur complicité saute aux yeux, et pour moi, c'est une véritable histoire d'amour qu'ils sont en train de vivre. Je ne comprends pas ce qui bloque Carson. Ce qui est certain, c'est que nous ne pouvons pas nous permettre de nous mêler de leur histoire. C'est quelque chose que Kat doit faire toute seule, quand elle se sentira prête. J'espère seulement pour Carson qu'il ne sera pas trop tard, quand elle se décidera à lui parler. Si le sujet venait à être abordé en pleine dispute, cela risquerait de briser leur couple, et je ne le supporterais pas.

— Je suis sûre que tu vas trouver quelque chose. Réfléchis, et si jamais tu te sens de nous présenter ton plan d'attaque, tu sais où on crèche ! commente Bree en gloussant devant l'air blasé de Maria.

— Sérieusement, il faut vraiment que tu travailles sur ton humour, ma fille, commente celle-ci.

— En parlant de travail ! lance une voix familière que je n'ai pas entendue depuis quelques heures – voix rattachée au corps de Dana, l'assistante de Chase.

Maria observe cette déesse blonde et élancée d'un air méprisant.

— Pfff, elle ne sait pas se détendre un peu, celle-là ? grogne-t-elle avant que je lui plante un coup dans le coude. Aïe !

— Bonjour, Dana ! Je peux vous aider ? dis-je avec toute la politesse dont je suis capable après une semaine de travail intense couplée d'une partie de cache-cache avec mon harceleur.

Il n'a plus donné signe de vie après avoir envoyé les photos de la jeune fille qu'il a assassinée en s'imaginant qu'il s'agissait de Bree, il y a plus d'un mois. Sur chaque photo, il avait simplement écrit : *Souviens-toi.*

Chase n'a pas voulu me les montrer, et c'est tant mieux. Je n'ai pas besoin de revoir ce que ce psychopathe a fait à cette fille. Les images de ce spectacle macabre hantent déjà mes cauchemars, ainsi que mes pensées chaque fois que j'imagine ce qui aurait pu arriver à notre Bree.

— Chase m'a dit que je pourrais vous trouver ici, avec vos demoiselles d'honneur. Je me suis dit que ce serait l'occasion idéale pour finaliser les derniers détails du mariage. Il y a encore pas mal de choses à voir, et il ne nous reste plus qu'un mois !

Elle pose alors sur la table le fléau de mon existence. Ce satané classeur. Il fait trois fois la taille du début, avec son tas d'intercalaires parfaitement étiquetés.

— Vous ne voyez pas qu'on essaie de se détendre, là ? aboie Maria, fidèle à elle-même.

— Écoutez, mademoiselle De La Torre. (Les yeux de Ria se font grands comme des soucoupes.) Chase m'a demandé de faire en sorte que ce soit la plus belle journée de leur vie, et c'est bien mon intention. Vous êtes avec moi, ou contre moi, d'accord ? Et croyez-moi, je n'ai pas spécialement envie de dire à Chase que vous m'empêchez de faire correctement mon travail. Vous savez aussi bien que moi que ça ne lui plaira pas du tout.

Le regard de Maria passe de Dana à moi, puis sur chacune de nos amies, avant de se recentrer sur Dana.

— En une seule phrase, vous m'avez remise à ma place, vous m'avez menacée, vous avez joué avec mes sentiments, et par-dessus le marché, je culpabilise comme jamais. Vous êtes sûre que nous ne sommes pas sœurs ? (Puis elle éclate de rire avant de planter la main sur le classeur.) D'accord, vous pouvez poser vos questions. Mais si vous comptez toutes nous faire travailler, alors ce ne sera pas sans alcool ! déclare-t-elle.

— Entendu, répond Dana en se mordillant la lèvre, puis avec un haussement d'épaules, elle plonge sur son satané classeur, qu'elle ouvre au premier intercalaire, flanqué d'un Post-it.

Avec un signe au serveur, Maria nous commande une nouvelle tournée ainsi qu'une grosse galette de pommes de terre et un déca aromatisé à l'*Irish cream* pour Bree. Cent pour cent sans alcool, mais avec l'impression de boire du Bailey. Pour une femme enceinte, c'est la boisson idéale pour ne pas se sentir exclue.

— Je t'adore, sourit Bree avant de s'enfoncer dans sa banquette pour terminer son pain au cheddar.

— Bon, d'abord, le lieu ! J'ai réservé la moitié d'un hôtel, à Cancún. C'est Chase qui en est le propriétaire.

— La moitié ? Pourquoi toute une moitié ? On avait parlé de petit comité ; juste la famille et quelques amis…

Je sens déjà les poils se hérisser dans ma nuque.

Dana avale une gorgée de sa bière.

— Ouah ! C'est bon, ça ! s'exclame-t-elle avant de se lécher les lèvres. Ce sera un petit comité, je vous le confirme. Quarante personnes maximum. Chase voulait simplement s'assurer que ça reste privé, et qu'aucune chambre ne donne sur la cérémonie.

— Ah, d'accord, dis-je, vaguement soulagée.

— Je sais que cette histoire de fleurs était problématique il y a encore quelques semaines, mais est-ce qu'on peut en reparler ? Il faut absolument que je les commande pour la tonnelle qu'on est en train de faire construire, mais aussi pour l'allée centrale, les tables, tout ça…, commente-t-elle sans lâcher son stylo.

Ne sachant pas ce qui fonctionnerait le mieux, je me contente de lâcher un lent soupir.

— Je ne veux juste pas que vous fassiez venir des fleurs en avion.

— Vous adorez les fleurs blanches, Gigi. De toutes sortes.

Oui, vous aimez les pâquerettes, mais ce n'est pas la saison. Alors, pourquoi ne pas commander un mélange de fleurs blanches locales qui ne sentiraient pas trop fort ?

Dana m'observe, attendant de toute évidence mon approbation.

— Oui, ce serait chouette. J'adore les fleurs blanches.

— Excellent. Je m'occupe de commander un ensemble cohérent, dans ce cas. Bien, maintenant, votre robe. Je m'occuperai de la faire envoyer sur place.

Nous passons l'heure suivante à peaufiner les derniers détails. Lorsque nous approchons de la fin, j'en suis à ma troisième bière, et j'ai mangé la moitié d'un burger au cheddar.

— Bon, maintenant, les filles : la cerise sur le gâteau. L'enterrement de vie de jeune fille ! Vu les circonstances…, commente-t-elle en m'adressant un regard attristé, Chase ne veut pas que vous vous retrouviez quelque part toutes seules, même avec des gardes du corps. Il aimerait regrouper le sien avec le vôtre.

Bree, Kat et Maria se mettent aussitôt à grogner. Dans la mêlée, je distingue toutes sortes de protestations, agrémentées de « Sale rabat-joie » et autres gentillesses du même genre. Prenez trois filles qui adorent faire la fête, dites-leur qu'elles ne pourront pas avoir ce qu'elles veulent, et vous obtiendrez les trois frustrées qui me font office de meilleures amies.

— Ça suffit, les filles ! finis-je par exploser, ce qui coupe court à leurs plaintes. Nous savons toutes ce que nous risquons. Je refuse de vous mettre en danger, ou de m'y mettre moi-même juste avant mon mariage. Je suis sûre qu'on peut trouver quelque chose de chouette à faire, même si ça doit être plus sobre.

Je m'apprête à leur demander si elles ont des idées lorsque Dana me coupe la parole :

— Oh, je n'envisageais rien de sobre, juste de privé,

lance-t-elle avec un grand sourire. J'ai un plan, ne vous inquiétez pas. Et Chase a largement de quoi financer une chose pareille.

Les filles se penchent vers Dana comme si celle-ci allait leur révéler un incroyable secret.

— Allez, accouchez ! s'impatiente Ria.

Dana observe le petit groupe, ajoutant volontairement une once de mystère.

— Un yacht privé. Deux jours avant le mariage. Avec toutes les filles et tous les garçons du groupe. Oh ! Je pourrai même inviter mon nouveau copain ! s'exclame-t-elle alors, tout excitée, puis elle écarquille les yeux et plaque une main sur sa bouche, cherchant de toute évidence à ravaler cette nouvelle information.

— Dana ! Vous avez un petit copain ? m'écrié-je, beaucoup plus enjouée que je ne devrais l'être.

Même si je sais que Chase est à moi, le fait d'apprendre que son amie et collègue de longue date terriblement séduisante a son homme à elle me rend euphorique.

— On veut tout savoir ! clame Maria en claquant son verre vide sur la table.

Dana vire à l'écarlate.

— Oh, ça ne fait que quelques semaines qu'on se fréquente… (Elle inspire un coup sec en posant le regard au loin.) Il est génial. Il est beau, bien bâti, ajoute-t-elle en écartant les bras pour illustrer sa carrure. Et il est vraiment doué, au lit.

Les mots s'échappent de sa bouche telle une avalanche.

— Waouh ! se réjouit Bree avant de lui taper dans la main. Je suis bien contente de savoir qu'il y a des gens qui connaissent les joies du sexe, sur cette terre. Qu'est-ce que je donnerais pour que ça m'arrive, à moi aussi…

Puis elle reprend sa moue de petite fille frustrée, ce qui déclenche une crise de rire générale.

— Vous êtes complètement dingues, vous savez. Il faut

que j'aille faire pipi, laisse-moi passer, dis-je à Maria en lui donnant un petit coup de coude.

Austin se lève alors de sa banquette pour se diriger vers moi.

— J'ai l'impression que vous avez un peu forcé sur l'alcool, mam'selle, non ? Vous pensez que ce serait du goût de M. Davis ? commente-t-il avec un petit sourire, sachant aussi bien que moi que non, ce ne serait pas du tout du goût de Chase.

Je hausse les épaules et souris à mon tour.

— Est-ce que j'ai l'air de m'en soucier ?

Il ricane puis m'accompagne jusqu'aux toilettes, où il s'arrête devant la porte avant de me tourner le dos.

— Je n'ai pas envie que vous m'attendiez devant la porte, Austin. Franchement… Attendez-moi là-bas, dis-je en désignant le comptoir. Vous ne voulez pas essayer de choper le numéro de la jolie barmaid ? (Il me dévisage comme si j'étais en train de parler une langue incompréhensible.) Sérieusement, il faut vous lâcher un peu… C'est quand, la dernière fois que vous avez fréquenté quelqu'un ?

— Je ne sais pas… Avant que je commence à travailler pour M. Davis, en tout cas, répond-il.

Je le dévisage, la bouche grande ouverte, mais les mots semblent être coincés au fond de ma gorge.

— C'est une blague ? Vous n'avez pas couché avec une fille depuis six mois ?!

J'ai le cœur serré à l'idée que mon armoire à glace n'ait aucune vie sentimentale depuis tout ce temps.

— Je n'ai jamais dit que je n'avais pas couché avec qui que ce soit, mam'selle, commente-t-il avec un petit sourire. Juste rien de sérieux, du genre restau-ciné et tout le tintouin.

— Ah ! Espèce de petit vicieux, m'écrié-je en assénant une tape sur son biceps. (Je lui palpe alors le bras, impressionnée par ce tas de muscles.) Allez donc montrer à cette jolie petite brune ce que vous avez sous la chemise, et filez-lui votre numéro.

— Mam'selle, vous avez vraiment trop bu. Allez donc faire un tour aux toilettes, et je m'occupe de mon cas, d'accord ?

— O.K..., marmonné-je en levant les yeux au ciel. Mais je serais vous, je suivrais mon conseil. Aucune femme ne peut résister à des gros bras comme les vôtres. C'est l'équivalent de la kryptonite, pour nous, je vous jure !

Il saisit mon bras, me fait pivoter vers les toilettes et me pousse gentiment vers la porte.

— Allez !

Il a raison. Ça commence vraiment à urger.

Je me dépêche d'aller faire pipi, me lave les mains et profite du miroir pour retoucher mon maquillage et ma coiffure. Une fois assurée que tout est en place, je rouvre la porte. Celle des toilettes pour hommes, juste en face, s'ouvre au même instant, et je me retrouve nez à nez avec la dernière personne que j'aurais eu envie de croiser sur cette terre.

— Mon Dieu. Justin.

— Hé, ma princesse. Quel coup de chance ! J'espérais justement tomber sur toi, lance-t-il.

Je tourne la tête vers le bar – comme je m'y attendais, Austin est en pleine discussion avec la barmaid. Justin suit mon regard. Alors, à la vitesse de l'éclair, il m'agrippe le poignet et m'attire dans les toilettes pour hommes. Avant que je puisse hurler, il a plaqué une main sur ma bouche et tiré le verrou.

— Je t'ai cherchée partout, ma femme. Depuis que l'un de nos amis m'a envoyé l'annonce de tes fiançailles avec ce type plein aux as, j'ai su qu'il fallait que je te retrouve. Que je me rejette dans l'arène. (Il approche son visage du mien et inspire longuement.) Putain... Qu'est-ce que tu sens bon ! Toujours la même odeur. Mmm... J'ai l'impression de revenir à la maison. (Puis il laisse courir son nez le long de ma joue. Je lâche un gémissement empli de terreur.) Que je ne t'entende pas souffler un seul mot, tu as compris ? Sinon, on va avoir un gros problème.

J'opine docilement du chef. Alors, lentement, il me lâche le visage. Dans la seconde, je plante mon coude dans son ventre, fais volte-face et tente de déverrouiller la porte. Un hurlement s'échappe de ma gorge lorsque sa main se plaque de nouveau sur ma bouche. Je plante les dents dedans jusqu'à ce que son autre bras vienne cogner ma tempe si violemment que je vois des étoiles. Avant que je ne puisse retrouver mon équilibre, il m'a empoignée par les cheveux.

— Alors, comme ça, tu veux à nouveau te battre ? Mmm… Tu te souviens comme j'aimais ça, quand tu ne te laissais pas faire ? Il y a toujours eu tellement de passion entre nous… Pas vrai, Gil ?

Puis il me pousse vers le mur de carreaux, attrape plusieurs feuilles de papier toilette et les fourre dans ma bouche. Le papier râpeux me donne des haut-le-cœur ; je dois faire un effort surhumain pour ne pas vomir.

— Écoute, Gil. Je voulais juste parler avec toi, et regarde ce que tu m'as fait faire. Je veux te ravoir pour moi, souffle-t-il en pressant son corps contre le mien. Putain… Tu as toujours eu un corps de folie, mais plus le temps passe, plus il est beau.

Il pose les mains sur mes hanches et frotte son érection contre mon ventre. Je pivote la tête et j'essaie de hurler à travers le papier, mais aucun son ne sort.

Quelqu'un cogne alors à la porte et cherche à ouvrir. J'essaie à nouveau de hurler, mais Justin prend mon crâne et le plaque violemment contre le mur.

— Deux minutes ! aboie-t-il.

Lorsque je repose les yeux sur lui, je vois double, assommée par son dernier coup. Je sens ses mains remonter sur mes hanches pour passer sous mon chemisier.

— Oh oui… J'ai bien envie de retrouver ces jolis petits seins qui ne demandent qu'à être baisés, pas vrai ? (Il les empaume sauvagement, les yeux brillants.) Mmm… Ils sont plus gros, non ? commente-t-il en glissant les mains sous mon soutien-gorge.

Mes seins quittent aussitôt leur protection, mes tétons se durcissant sous l'effet du froid. Justin les pince l'un après l'autre, et les vagues de nausées se font plus fortes. J'inspire profondément pour contenir le flux – s'il y a bien une chose que je préférerais éviter, c'est m'étouffer avec mon vomi.

— Non, ne lutte pas, bébé. Tu sais que tu aimes ça… (L'entendre utiliser le seul petit nom que Chase utilise avec moi fait accélérer mon rythme cardiaque. Je *sais* que je vais vomir.) Tu te souviens comme on s'amusait, tous les deux ? Quand je te baisais… Tu sais quoi ? Je vais te prendre là, contre ce mur, comme au bon vieux temps. Ensuite, on pourra retourner chez moi et reprendre les choses tranquillement. Là, je te baiserai jusqu'à te faire mal. Je ne serai pas tendre, je te préviens. Tu n'aurais jamais dû partir, grogne-t-il en m'embrassant la nuque.

Les coups se font plus sourds, à la porte. Je tourne la tête d'un air implorant.

— Ne t'avise pas de parler. Ce sera pire si tu fais le moindre bruit, tu entends ? (Il empoigne mon sexe pardessus ma culotte, enfonçant son doigt dans le tissu.) Tu aimes ça, hein ? (Les coups redoublent. J'espère que c'est Austin. Si c'est lui, il m'aidera.) Hé, du calme ! Je suis avec ma nana, là ! s'enflamme Justin avant de se mettre à suçoter mon cou.

Je sens ma peau se contracter sous la force de sa bouche. Il a toujours aimé apposer sa marque sur moi, aussi souvent que possible. Et de toutes les manières. Que ce soit avec ses poings, sa queue ou sa bouche, il laissait toujours des traces visibles de son pouvoir sur moi.

— Je prendrais bien ta bouche, mais je ne peux pas me permettre de te laisser crier.

— Ouvrez cette putain de porte ! hurle alors Austin, de l'autre côté.

Un bref instant de gratitude m'apaise.

— Attends ton tour ! grogne Justin avant de se tourner vers moi.

Je soulève alors le genou et le plante de toutes mes forces dans ses parties intimes. Il pousse un cri de douleur, étire le bras en arrière et percute mon visage. Un jet de sang jaillit instantanément de mon nez, et tout devient noir, devant mes yeux.

— Non, non, non. Ne t'avise pas de tourner de l'œil maintenant, sale putain ! crache-t-il en me tenant plaquée contre le mur.

Je suis incapable de bouger. Entre l'alcool et les coups, je suis en train de sombrer. Alors qu'une sensation chaude et humide m'emprisonne le sein droit, un bruit sourd de bois qui explose et de métal dégondé me vrille les tympans juste avant qu'une douleur intense ne traverse mon mamelon, comme si une centaine d'aiguilles venaient de s'y planter en même temps. Mais la douleur disparaît aussi vite qu'elle est venue, et les mains qui tenaient mes bras au-dessus de ma tête ne sont plus là. Je m'écroule telle une poupée de chiffon. Je suis incapable de faire le moindre geste.

Des bruits lointains me parviennent comme par échos. Je distingue des grognements d'homme et de douleur. Tout un tas de gémissements et de cris. Puis je me retrouve en lévitation. On jette quelque chose sur ma poitrine et l'on me porte quelque part. La dernière chose que j'entends, ce sont mes amies en train de pleurer, des hommes massés autour de moi, et la portière de la voiture qui se referme.

— Ça va aller, Gigi. On t'emmène à l'hôpital.

Je secoue la tête. Enfin, je me rends compte que la nausée est passée. Je supplie :

— Emmenez-moi à la maison. Emmenez-moi voir Chase.

— Il faut que vous voyiez un médecin, souffle Austin en posant une main douce sur mes cheveux.

La voix de Jack me parvient alors de tout près.

— Austin, un médecin nous rejoindra à la propriété. Chase nous attend. Je vous préviens : il est furax.

Tout ce que je sais, c'est que j'ai mal et que j'ai besoin de retrouver mon abri. Les bras de Chase sont le seul endroit où je puisse me sentir en sécurité.

***

Gillian

Lorsque je me réveille, je suis dans mon lit. J'ai le visage qui me lance de partout, mais cela n'a rien à voir avec ce que j'ai déjà connu. La douleur est tolérable. Je balaie la pièce des yeux et découvre Chase assis, la tête enfouie entre ses mains et les coudes posés sur ses genoux. Une femme que j'ai déjà rencontrée entre alors dans la pièce. J'imagine qu'il s'agit du médecin que Chase a embauché pour suivre la convalescence de Phillip.

— Oh, vous êtes déjà réveillée ! Je pensais que le médicament vous tiendrait endormie un peu plus longtemps, dit-elle d'une voix douce.

Chase redresse brusquement la tête ; son regard croise le mien. Il est dans un état pitoyable, probablement comme moi, d'ailleurs. J'ai l'impression qu'il a pris dix ans en une soirée.

— Comment vous sentez-vous, Gillian ?

Je passe rapidement en revue chacune de mes sensations, mais au lieu de les cataloguer à voix haute, en particulier en présence de Chase qui me regarde comme si j'étais une pierre rare, je me contente de répondre :

— Je survivrai.

Chase se lève et se met à faire les cent pas, ses mains nerveuses triturant sa chevelure.

— Vous avez vécu une expérience assez traumatisante, vous savez. Vous avez le droit de dire que vous avez mal.

J'observe Chase, qui continue à arpenter la pièce. De temps à autre, son regard s'arrête sur moi avec envie, avant que la colère n'envahisse ses traits. Je ne sais pas vraiment à quel Chase j'ai affaire, à cet instant. Jusqu'ici, je suis toujours parvenue à les catégoriser, mais cette facette va au-delà de la simple fureur. Je pense que nous ne sommes pas loin du Chase enragé.

— Eh bien… Je suis un peu groggy, je dois avouer, et je ne me souviens pas de ce qu'il s'est passé après le troisième ou quatrième coup…

Chase se fige sur place, ses yeux lançant des flammes et les poings crispés le long de son corps. Ses lèvres se tordent pour former une moue écœurée.

— Je vais bien, bébé. Je te jure…, dis-je en m'efforçant de calmer sa colère, en vain.

Il secoue la tête et reprend sa marche fiévreuse. Je sursaute lorsqu'on frappe à la porte ; la douleur qui me vrille le crâne redescend le long de ma colonne vertébrale. Une femme munie d'un badge apparaît sur le seuil de la chambre, accompagnée de Tommy.

— Il faut qu'on parle avec la victime, annonce-t-elle.

Devant l'air fou de rage de Chase, Tommy s'empresse de poser une main sur son épaule.

— Avec Gillian, reprend-il. Il faut qu'on comprenne ce qu'il s'est passé, Chase. Ton homme, Austin, est en garde à vue. (J'ouvre la bouche en grand, sous le choc. J'aimerais dire quelque chose, mais rien ne sort.) Il a failli tuer cet homme ce soir. Il l'a tellement tabassé que l'autre souffre d'une hémorragie interne, et ils font de leur mieux pour essayer de lui remettre le visage en place.

Je lâche un hoquet d'épouvante, et les larmes envahissent mes yeux. Pauvre Austin. Il a risqué sa vie pour moi.

— J'aurais aimé qu'il le tue vraiment, grogne Chase,

l'expression dénuée de toute émotion hormis une rage glaciale et intense.

Tommy pousse la porte en grand et entre dans la chambre. Je me détourne aussitôt, n'ayant aucune envie qu'il me voie dans cet état. C'est assez embarrassant comme cela de ne pas avoir été capable de me débrouiller toute seule. Mais le fait que Tommy voie ce que Justin m'a fait… Quelque part, c'est encore plus difficile quand il s'agit de quelqu'un que vous connaissez et à qui vous tenez.

La femme s'installe sur la chaise que Chase a quittée il y a quelques minutes.

— Bonjour, Gillian. Je m'appelle Athena. Je suis enquêtrice pour l'unité d'aide aux victimes. Il va falloir que vous me racontiez ce qu'il s'est passé. (Mon regard se porte sur Chase, debout à côté du médecin et de Tommy.) Vous préféreriez discuter en privé, peut-être ?

À l'idée que Chase puisse quitter la pièce, une vague de panique m'oppresse, et mon cœur se met à résonner sourdement dans mes oreilles.

— Chase…, murmuré-je.

Il est à mes côtés une seconde plus tard.

— Je ne pars pas, bébé. Je ne partirai jamais.

Je lui prends alors la main.

— Est-ce que vous pouvez demander à Tommy de partir ? dis-je dans un souffle, et elle hoche la tête.

— Nous ferons un point ensemble lorsque nous aurons terminé, Thomas. Laisse-nous, tu veux ?

Thomas hoche docilement la tête et quitte la pièce.

— Bien. Dites-nous ce qu'il s'est passé, maintenant.

Elle a les cheveux courts, d'un blond sale, mais ses yeux sont ravissants. Un véritable arc-en-ciel de couleurs. Un mélange de vert, de bleu et de marron. C'est un regard honnête, sincère. Je sais que je peux lui faire confiance.

— Je suis allée aux toilettes. Austin m'attendait à quelques mètres seulement…

— Austin, c'est votre garde du corps ?

Je confirme d'un hochement de tête.

— Quand j'ai rouvert la porte pour sortir, celle d'en face s'est ouverte au même moment, et je me suis retrouvée nez à nez avec Justin. Il m'a attrapée, m'a attirée dans les toilettes des hommes et a verrouillé la porte. J'ai essayé de hurler, mais il a plaqué une main sur ma bouche, alors je l'ai mordu.

— C'est bien, bébé, approuve Chase.

J'esquisse un sourire fatigué. L'enquêtrice, elle, lui jette un regard chargé d'avertissement.

— Alors il a commencé à me dire qu'il voulait me récupérer. Qu'il avait entendu dire que j'allais me marier, et qu'il était temps qu'il se rejette dans l'arène.

Je ravale la bile qui monte en flèche de mon œsophage. Chase presse ma main pour m'encourager à poursuivre. Bien sûr, il ignore encore la suite de l'histoire…

— Quand il m'a tirée au fond des toilettes, il a cogné mon crâne contre le mur et m'a fourré du papier toilette dans la bouche pour me faire taire. Je ne pouvais plus ni crier ni respirer. C'est là qu'il a commencé à me toucher. Il disait qu'il adorait mon corps, et que j'avais pris des formes, depuis…

Les larmes que je retenais jusqu'ici se mettent à couler sur mes joues. Je les essuie d'une main rageuse, refusant de donner encore une partie de moi à Justin, ce soir.

— Vous avez besoin d'une petite minute ? me propose l'enquêtrice.

Je secoue la tête ; j'ai envie d'en terminer au plus vite avec cette histoire.

— Il a soulevé mon chemisier et s'est mis à me toucher la poitrine… (La main de Chase se contracte si fort sur la mienne que je dois la dégager.) Il m'a frappée tout en me maintenant contre le mur, puis il m'a dit qu'il allait me sauter vite fait dans les toilettes avant de me ramener chez lui et de prendre tout son temps, comme à l'époque. Il a dit qu'il aimait le fait que je ne me laisse pas faire. Au dernier coup, tout est devenu flou sous mes yeux. Je me souviens avoir entendu la porte se briser et ressenti une douleur intense au niveau de la poitrine.

Je porte la main à mon sein, et une décharge me traverse le corps entier. Je lâche un hoquet déchirant et tente de reprendre mon souffle malgré la douleur.

— Est-ce qu'il vous a touchée autre part ? demande-t-elle en griffonnant dans son calepin.

L'image de Justin se frottant entre mes jambes me revient subitement à l'esprit. Je jette un regard en coin à Chase, puis je me tourne vers l'enquêtrice, refusant de voir son expression.

— Oui. Il… Il me tenait plaquée contre le mur pendant qu'il me touchait les seins, puis il a pris mon sexe dans sa paume en essayant de m'exciter et en me rappelant ce que nous avions vécu, tous les deux…

Un coup sourd sur le mur nous fait sursauter toutes les deux.

— Fils de pute ! grogne Chase avant de sortir son poing du trou béant qu'il vient de creuser dans le mur.

Le médecin se rue sur lui. Quant à moi, je m'écroule dans mon lit, rompue de fatigue et le cœur brisé. Cette histoire ne s'arrangera jamais. Nous ne pouvons pas échapper à notre passé. Cet enfer sera à jamais marqué dans nos esprits.

17

Gillian

Le médecin soigne le poing de Chase pendant que j'achève mon témoignage. Alors que je m'imagine en avoir enfin terminé et pouvoir me reposer et m'occuper de mon homme, celui qui m'aime plus que tout et qui vient d'illustrer physiquement à quel point il tenait à moi, l'enquêtrice m'assène le coup de grâce.

— Je vais devoir prendre des photos de vos blessures, Gillian.

Le médecin s'était proposé de s'en occuper, pendant son examen, mais j'avais refusé. Je ne réalise que maintenant mon erreur.

Chase se rue vers l'enquêtrice.

— C'est une blague ?

Il est debout, devant moi, le souffle haletant et sa colère palpable. C'est un homme en mission, et celle-ci consiste à protéger ce à quoi il tient le plus. Malheureusement, rien ne peut me protéger. Je suis un aimant à psychopathes.

— Monsieur Davis… Je sais que votre fiancée a eu une soirée très difficile, mais pour statuer sur le cas de M. Campbell, il nous faut à tout prix la preuve que la vie de mademoiselle Callahan a réellement été mise en danger, et donc qu'il y a eu coups et blessures ainsi que tentative de viol.

Le mot « viol » suffit à faire officiellement péter un plomb à Chase.

— Non mais, vous vous foutez de ma gueule ?! Il faut qu'on protège les droits de ce putain de taré, en plus ? Cet homme, ajoute-t-il en désignant la porte de la chambre, même si Austin est en train de se faire cuisiner au poste, à l'heure actuelle, cet homme lui a sauvé la vie ! C'est un héros, et il devrait être traité en tant que tel !

Je pose la main dans son dos. Les muscles sont tendus, sous le tissu fin de sa chemise. Son corps irradie une telle chaleur qu'il pourrait fournir toute une ville en énergie.

L'enquêtrice sort un appareil photo d'un sac que je n'avais pas vu jusqu'ici.

— Je suis désolée, monsieur Davis. Les blessures de M. Durham engagent son pronostic vital, pour le moment. Afin de prouver que votre homme est le héros que vous clamez, il nous faut des preuves. Car à cette heure, ce n'est pas Gillian qui est au bloc opératoire pour une agression qui aurait pu lui coûter la vie, mais son agresseur.

— Bien, grogne-t-il entre ses dents, les muscles de sa mâchoire tressautant nerveusement sous la colère. Débarrassons-nous de ça une bonne fois pour toutes, pour qu'elle puisse enfin se reposer.

— Lumière, ordonne-t-elle alors à Chase.

Il se dirige vers l'interrupteur et met la lumière au niveau d'intensité maximum, si bien que je me retrouve totalement éblouie. J'ai la désagréable sensation d'être sous le feu des projecteurs. C'est sûrement ce que ressent Maria lorsqu'elle danse, sauf que la lumière la met en valeur, elle… À cet instant, je n'ai qu'une seule envie : me cacher, et protéger mon corps de tous ces regards emplis de pitié.

Athena m'observe, et la douceur sincère que je lis dans son regard me donne la force de faire ce qu'elle me demande.

— Écartez les cheveux de votre visage.

Alors, les cliquetis s'enchaînent tandis qu'elle prend en

photo chacun des hématomes qui me maculent le visage, ainsi que ceux qui me marquent le haut des bras, là où il m'a maintenue contre le mur. Ensuite, elle s'approche pour capturer la morsure et les suçons, sur ma nuque. Lorsque je révèle cette marque en soulevant mes cheveux, je distingue le grognement de Chase, derrière moi. Il a toujours considéré cette zone particulière comme sienne. Mais maintenant, un autre homme l'a ternie, pour nous deux. Je refuse de laisser les larmes revenir. Ce sera beaucoup plus difficile d'aller jusqu'au bout, si je ne me contrôle pas.

— Bien. Votre chemisier, maintenant.

Je ferme les paupières, consciente de l'effet dévastateur de ce que je m'apprête à faire. J'ai volontairement minimisé ce qu'a fait subir Justin à ma poitrine, car je n'avais pas envie de détruire Chase. Lorsque mon chemisier s'ouvre, les marques de ses doigts sont partout. Chase rejette la tête en arrière et enfouit les mains dans ses cheveux. Je ravale la boule qui vient de se loger dans ma gorge ; j'aurais tellement envie de le rassurer…

— Je suis désolée, Gillian, mais il va falloir retirer votre soutien-gorge. Votre visage n'apparaîtra pas sur ces photos, c'est promis, mais il faut vraiment que nous ayons tout.

Je savais que nous allions en arriver là, mais cela ne tempère pas la peur viscérale qui me vrille le ventre à l'idée de rejouer cette scène. Cela fait des années que je n'ai pas eu à faire prendre des photos de mon corps nu et meurtri.

Je glisse une main derrière mon dos et détache le soutien-gorge que j'ai enfilé après l'examen du docteur. J'inspire longuement puis je repasse les bras devant moi. L'enquêtrice lâche un hoquet, sous le choc, et ses paupières se ferment brièvement avant qu'elle ne se reprenne et lève l'appareil. Lorsque le regard de Chase se pose sur ma poitrine, il s'écroule à genoux, la tête pendante, ses poings serrés parvenant à peine à soutenir son corps de géant. À le voir comme ça, j'ai l'impression que l'on vient de me planter un couteau en plein cœur.

Les bleus marquent mes deux seins, mais ce n'est pas ça qui le tue. Non, c'est la morsure imprimée autour de mon téton droit. Je me souviens alors de la douleur fulgurante qui m'a traversé la poitrine à la fin de mon agression, sûrement juste avant qu'Austin ne vienne à mon secours. Je baisse les yeux. J'ignorais à quel point c'était sérieux. De profondes marques ensanglantées et régulières dessinent une demi-lune, et mon téton entier affiche une affreuse teinte violacée surmontée d'une couronne vermillon, là où ses dents m'ont arraché la peau à l'instant où l'on m'a débarrassée de mon agresseur.

Je relève les yeux vers le flash de l'appareil photo. Alors, instantanément, je me retrouve projetée à une autre époque, dans une autre pièce, avec une autre enquêtrice face à moi.

— *Mademoiselle Callahan, il va falloir que vous retiriez votre blouse et vos sous-vêtements afin que je puisse photographier vos blessures.*

L'enquêtrice est une femme robuste, du genre assez masculine. Ses cheveux sont coupés à la garçonne, et pas une seule trace de maquillage ne vient adoucir son visage dur. Cette femme n'est de toute évidence pas là pour jouer à la dînette. Le fait de devoir prendre ces photos semble même presque l'agacer.

— *On est vraiment obligées de faire ça... ? Je n'ai pas l'intention de porter plainte, dis-je doucement à travers ma lèvre enflée et ouverte – j'ai encore le goût du sang sur la langue.*

La femme m'observe avec de grands yeux, comme si je venais de perdre la tête.

— *Vous plaisantez ? Vous allez laisser ce type vous prendre pour un* punching-ball *sans rien dire ? C'est pour votre bien, vous savez. (Elle dresse son appareil et prend une photo.) Retirez-moi cette blouse.*

Le ton de sa voix me rappelle tellement Justin que j'obéis comme sur autopilote, terrorisée à l'idée qu'elle puisse s'en prendre à moi.

Des larmes plein les joues, je la laisse prendre photo après photo de mon corps dénudé. Puis elle s'accroupit devant moi et se met à observer mes cuisses, de beaucoup trop près à mon goût. Je recule d'un pas, autant sous l'effet de la peur que de la gêne.

— Ne bougez pas. Il faut que je parvienne à capturer l'endroit exact où il vous a forcée à écarter les jambes pour vous violer.

Me violer. Justin m'a-t-il violée ? Non. Il m'aime. Il perd juste les pédales de temps en temps, parce qu'il m'aime trop, justement. Il n'arrête pas de me dire à quel point je compte pour lui, à quel point je suis belle, à quel point il aime voir sa marque sur moi. Il le fait par amour. Il ne se rend pas compte qu'il me fait mal.

J'esquisse un mouvement de recul et tire le drap du lit d'hôpital pour cacher mon corps.

— Il ne m'a pas violée. Les choses ont dérapé, c'est tout. J'en avais envie. J'avais envie de lui. Il m'aime, et je l'aime. Je ne porterai pas plainte. C'était un accident, dis-je en secouant frénétiquement la tête avant de m'envelopper complètement du drap et de m'asseoir sur le lit.

L'enquêtrice se rapproche de moi. L'odeur de cigarettes qui émane de ses vêtements me rappelle Justin. Ils fument probablement la même marque. Elle pose alors une main sur mon épaule mais s'empresse de la retirer en me voyant tressaillir.

— Ce que cet homme vous a fait… Ce n'est pas de l'amour.

Je secoue la tête.

— Je me fiche de ce que vous pensez. Je ne porterai pas plainte. J'aimerais que vous partiez, maintenant.

Elle inspire longuement avant de relâcher son souffle en un soupir, comme si sa présence ici lui était insupportable. J'aimerais qu'elle parte, tout de suite. Qu'elle aille sauver quelqu'un d'autre. Une vraie victime, ailleurs. Et qu'elle me laisse tranquille.

— Gillian, cet homme a mis ses mains sur vous par pure colère. Il vous a tellement violentée que vos côtes sont toutes bleues, et deux d'entre elles sont fracturées !

— Je suis tombée dans l'escalier après avoir fait l'amour avec lui ! rétorqué-je d'un ton défensif.

Ce n'est pas vrai, mais elle n'a pas besoin de le savoir.

— Non, c'est faux. Il. Vous. A. Frappée. Vous ne comprenez pas ? Vous êtes aveugle à ce point ? (La peur s'insinue dans mon esprit, et je me mets à trembler.) Il continuera à vous frapper jusqu'à vous tuer, vous comprenez ? Vous tuer. Il ne vous aime pas. Il aime vous faire du mal.

Si c'est sa façon à elle de me faire entendre raison, alors ça ne fonctionne pas. À cet instant précis, je veux simplement retrouver Justin. Je ne pense pas qu'elle devrait me parler comme ça. Je n'ai que dix-neuf ans, je suis terrorisée, et j'ai envie d'avoir mon petit ami auprès de moi.

Je murmure :

— Où est Justin ? J'ai besoin de le voir.

— En garde à vue, jusqu'à ce que j'aie votre témoignage. Sans ça, il sera libéré.

— Vous n'obtiendrez rien de moi. Mon petit ami et moi avons simplement fait l'amour. Il ne m'a ni violée ni battue. Les choses ont dérapé, et je suis tombée dans l'escalier, c'est tout. Maintenant, sortez d'ici ! hurlé-je.

— Je pense que ça ira comme ça, intervient le médecin en s'élançant vers moi. Gillian, retournez vous coucher. Il faut que nous nous occupions de vos blessures. Madame, vous avez eu ce que vous vouliez ?

L'enquêtrice ne répond rien.

Tout se fait flou, sous mes yeux, et un rai de lumière vient percer le centre de ma vision, de plus en plus épais, me ramenant à l'instant présent. Des bras m'entourent, et une couverture recouvre mon corps nu.

— Vous avez eu ce que vous vouliez ? (La voix de Chase chasse les dernières poussières de mon passé.) Tu trembles, bébé. Tu as encore eu un *flash-back* ? (Je hoche la tête.) Bon, on arrête là, lance-t-il alors à l'enquêtrice.

— J'ai tout ce qu'il me faut. J'ai enregistré votre témoignage, Gillian. Nous le ferons retranscrire ; vous devrez le relire et le signer, ensuite. Il devrait être prêt dans deux jours.

Je hoche la tête avant de me nicher contre le torse de Chase. J'ai enfin l'impression de pouvoir à nouveau respirer.

L'enquêtrice quitte la pièce, et Chase me guide vers le lit.

— J'ai envie de rentrer chez nous, lui dis-je. Emmène-moi à la maison.

Il opine du chef et me fait m'asseoir sur le lit. Alors, avec un effort et un soin extrêmes, il glisse l'un de ses maillots de corps sur ma poitrine. Je me relève, et il fait remonter l'un de ses boxers le long de mes jambes. Puis il attrape un épais peignoir dans le dressing et me le fait enfiler. Il retourne dans le dressing et réapparaît avec un pantalon de pyjama et un haut de survêtement, ainsi qu'avec la paire de chaussons douillets que Maria m'a offerts pour Noël. Il s'agenouille et me les met, l'un après l'autre.

Enfin, il prend ma main et entrelace ses doigts aux miens, paume contre paume, et une sensation de calme m'envahit aussitôt. Chase me guide vers la porte ; dès l'instant où Jack nous voit, il attrape un trousseau de clefs.

— Où est-ce qu'on va, monsieur ?

— Au penthouse. Ma fiancée veut rentrer chez nous.

Jack opine du chef. Je suis certaine que ce changement de plan ne lui plaît pas plus que ça, étant donné que la sécurité est renforcée, à la propriété. Mais Chase n'est pas un homme à qui l'on refuse quoi que ce soit, lorsqu'il est décidé. Jack appelle alors deux types en claquant des doigts, et je reconnais les gardes du corps de Maria et de Kat.

— Vous deux, vous venez avec moi, ce soir. Des hommes viendront prendre le relais dans moins d'une heure, entendu ? (Nous attendons devant la porte pendant qu'il part s'adresser au garde du corps de Bree.) Vous, vous ne les laissez pas quitter leur poste tant qu'il n'y a personne pour les remplacer, d'accord ? ordonne-t-il au malabar.

Je me rends soudain compte que je ne me souviens même pas du nom de celui-ci. Décidément, mon cerveau a trinqué, ce soir.

— Pourquoi vous paniquez ? commente le gros type tout en opinant du chef. On l'a attrapé, ce soir, non ? Il est bon pour la taule ?

Dès l'instant où j'entends la réponse de Jack, une vague de frissons me traverse le corps, et la chair de poule envahit ma peau.

— Nous ignorons encore si Justin Durham est le fameux harceleur. Sincèrement, après l'avoir vu, j'en doute. Redding nous le confirmera demain matin.

Chase passe la main sur mon bras. Son geste m'arrache une grimace de douleur, mais je ne lui dis pas d'arrêter. C'est plus rassurant que douloureux, au final. Le fait d'avoir ses mains sur moi est la seule chose, à cet instant précis, qui peut me débarrasser de la crasse qu'ont laissée les sales pattes de Justin.

— On y va, aboie Chase tandis que les deux autres continuent à argumenter au sujet de l'identité de mon harceleur.

Je décide d'arrêter de les écouter. Je veux simplement être chez moi, avec Chase.

Le trajet me paraît plus long que d'habitude. Lorsque nous entrons dans le penthouse, les larmes me brûlent les yeux. Nous sommes chez nous. Terminée, cette affreuse chambre rose à la décoration douteuse. Chase me guide vers la chambre principale. Même si la pièce sent le renfermé, c'est la plus belle chose que j'aie jamais vue depuis bien longtemps.

— Qu'est-ce qui pourrait te faire du bien, Gillian ?

Je balaie des yeux notre lit, le parquet qui mène aux portes-fenêtres, la décoration que je n'ai pas encore eu l'occasion de changer, et pourtant, j'ai l'impression d'être chez moi plus que n'importe où ailleurs. C'est ici que j'ai passé ma première nuit avec Chase, et c'est ici que j'ai envie de passer cette soirée, nichée dans ses bras. Je pose un regard envieux sur le lit, mais j'ai l'impression d'avoir le corps encore recouvert de la crasse de Justin.

— Je me sens sale. Il faut que je me lave.

Il me guide vers notre salle de bains et met la lumière au minimum de son intensité, afin de ne pas mettre en valeur les marques qui me recouvrent le corps. Alors, lentement, il retire mon peignoir, puis mon maillot. Je couvre mes seins meurtris d'un bras et baisse la tête. Il retire doucement mon boxer, puis ma petite culotte. Enfin, il lance la douche, tout cela sans prononcer un seul mot. J'ignore ce qu'il pense ou ce qu'il ressent, et cela me rend malade.

Quand l'eau est à la bonne température, il me tient la porte ouverte et me fait entrer dans la cabine. Je me coule sous le jet d'eau chaude tout en protégeant ma poitrine et la chair à vif. Mon corps parcouru de frissons ne se calme qu'à l'instant où les bras les plus rassurants de l'univers m'enveloppent par-derrière. Je me niche contre le torse nu de mon homme et ferme les yeux en m'enivrant de cette sensation de sécurité qu'il me confère rien qu'en me tenant contre lui.

Nous restons ainsi de longues minutes. Enfin, je me tortille dans ses bras pour lui faire face. Lorsque ma poitrine se colle à son torse, un pic de douleur me traverse, mais ça m'est égal. Rien ne pourrait m'empêcher d'être dans ses bras, d'entendre son cœur battre contre mon oreille, de sentir ses mains caresser mon dos.

— Je vais te laver, maintenant, dit-il avant d'attraper mon gel douche.

— Non, le tien, dis-je en claquant des dents.

J'ai envie d'être enveloppée par tout ce qui peut me faire rappeler Chase. Son odeur me fait me sentir encore plus proche de lui, et j'ai envie qu'elle envahisse mes sens. Les tremblements qui me vrillent le corps ne cessent pas un seul instant. C'est comme si je n'arrivais pas à me réchauffer. Je me tourne pour augmenter la température. Lorsque je refais face à Chase, il est en train de verser le gel douche sur un gant.

— Non, à la main.

Son regard croise le mien. Il opine d'un petit coup de menton, et je tends la main devant lui pour qu'il fasse couler le liquide dedans. Ses yeux sont envahis de douleur, de colère et de chagrin.

— Je prends soin de ce qui est à moi, commente-t-il. (Je secoue violemment la tête. Il m'attrape alors la main, et sa voix se fait rauque.) Je n'ai pas le choix, bébé.

Son ton est chargé de désir cru. Je ferme les paupières et j'attends. Il soulève mon bras et nettoie doucement ma peau, passant brièvement sur les hématomes qui me ceignent le haut du bras et le poignet. Mon autre bras, lui, est toujours plaqué sur ma poitrine. Ses mains courent sur la ligne de ma clavicule pour passer de l'autre côté. Je change de bras tellement vite qu'il n'a sûrement pas eu le temps de voir l'horreur qu'a laissée le passage de Justin. Chase lève alors mon autre bras et le frictionne doucement, effaçant le souvenir des doigts ignobles de cet homme… tout du moins pour l'instant.

Il me fait pivoter devant lui, rassemble mes cheveux et les passe sur mon épaule. Il verse alors plus de liquide dans ses mains puis me frotte le dos, les fesses, pour terminer par mes cuisses. J'inspire lentement sous cette caresse familière, sachant que c'est celle de Chase, l'homme qui m'aime et qui n'oserait jamais lever la main sur moi. Ses doigts rebroussent chemin, et il me pousse délicatement sous le jet, ses mains suivant les gouttelettes savonneuses qui s'écoulent sur mon corps. Il se penche alors au creux de ma nuque et pose les lèvres sur la marque gigantesque que Justin y a laissée, puis il fait courir sa langue sur la chair meurtrie avant d'y déposer une vingtaine de petits baisers.

— C'est toujours mon endroit préféré. Rien qu'à moi, murmure-t-il.

Je dois ravaler un sanglot. Je pose une main sur le mur carrelé pour m'empêcher de défaillir, tout en hochant la tête afin qu'il comprenne que je suis à cent pour cent avec lui.

Du bout des doigts, il me fait me tourner vers lui, puis il attrape son gel douche, verse une nouvelle noix au creux de sa paume, frictionne ses mains et s'accroupit devant moi. Il m'attrape alors un pied et fait glisser sa main jusqu'en haut de ma jambe, s'assurant de la laver entièrement avant de passer à l'autre. Chacun de mes muscles se détend peu à peu, se transformant en gelée sous ses caresses apaisantes. Chase a toujours su précisément comment me toucher. Du premier instant à celui-ci, il a toujours su d'instinct ce qui me convenait le mieux.

Il se lève, fait couler encore un peu de gel douche dans ses mains avant de m'adresser un regard sévère.

— Retire ton bras, bébé.

— Non, je n'ai pas envie que tu revoies ce qu'il m'a fait.

Je laisse toutes mes émotions, toute ma honte et tout mon dégoût imprégner mes paroles.

— Chaque partie de ton corps est belle, Gillian. Chaque partie de toi est parfaite, et à moi. Je veux récupérer ce qu'il a touché, rétorque-t-il d'un ton sans appel. C'est non négociable.

C'est plus fort que moi ; ce mot m'arrache toujours un sourire. Cet homme a beau être taciturne, il est incroyablement démonstratif, et moi aussi, j'adore chaque partie de lui.

— D'accord, mais seulement si moi aussi, je peux te toucher.

— Pas de problème, je suis tout à toi. Chaque atome, chaque muscle, chaque morceau de chair, chaque os de mon corps… Tout est à toi.

Mes larmes viennent se mêler à l'eau qui recouvre déjà nos corps. J'inspire alors longuement et retire mon bras de ma poitrine pour poser les mains sur mon ventre. Je sens mes muscles se contracter, sous mes doigts. Je refuse de baisser les yeux sur son sexe, car je n'ai pas envie de savoir que je le dégoûte, que mon corps nu, à cet instant précis, ne l'excite pas. Je n'ai jamais été nue devant lui sans témoigner de sa réaction virile, entre ses jambes.

Chase ne dit rien. Son regard absorbe chaque centimètre carré de mes seins meurtris. Alors, lentement, ses mains empaument le côté de chaque globe, et de la pulpe du pouce, il étale le savon sur mes mamelons. Avec un hoquet, je le laisse recouvrir chacune des petites plaies marquées par les dents de Justin.

— Respire, bébé, murmure-t-il en se rapprochant.

C'est là que je sens son épais morceau de chair, dur comme du bois, s'enfoncer dans mon ventre. Je plaque les mains sur ses épaules et presse mon front contre le sien, envahie d'une délicieuse vague de soulagement.

Je murmure d'une voix fêlée :

— J'ai eu tellement peur…

— Je sais. Mais je suis là, maintenant. Il ne te touchera plus. Je te le jure.

Je le crois. Mais ce n'est pas ce qui me tracassait le plus.

— Tu ne comprends pas…, dis-je en secouant la tête.

— Qu'est-ce que je ne comprends pas ?

Il termine de laver ma poitrine, puis ses mains passent sur ma taille et sur mon ventre.

— Je ne pensais pas que tu voudrais de moi, après m'avoir vue dans cet état…

Je le serre contre moi, et il m'enveloppe de ses bras, le jet d'eau bouillante continuant à marteler les muscles endoloris de mon dos.

— Gillian…, murmure-t-il en déposant un baiser sur ma tempe. Je te veux dès l'instant où je te vois nue devant moi. Meurtrie ou non. Tu es toujours la plus belle chose que j'aie jamais touchée dans ma vie. Et que je toucherai jamais, me promet-il.

— Alors, aime-moi, tout de suite.

Il secoue la tête.

— C'est exactement ce que je fais en te touchant, tu ne comprends pas ? (Sa pomme d'Adam effectue un aller-retour.) C'est comme ça que je t'aime.

Et il a raison. Chacun de ses gestes balaie de ma conscience un nouveau souvenir de mon agression.

— Alors, fais-moi l'amour, l'imploré-je en venant empoigner son érection.

Il écarte ma main, porte mes doigts à sa bouche et les embrasse un à un.

— J'y compte bien, bébé, mais quand tu iras mieux.

Encore ce ton non négociable dont je suis si friande, habituellement. Mais cette fois, j'ai envie de le piétiner et de le réduire en miettes.

Je baisse la tête et lâche un soupir blasé. Il ne me touchera pas tant que je ne serai pas guérie. Ce qui me fait détester Justin encore un peu plus. Chase coupe l'eau, m'enveloppe d'une épaisse serviette puis me sèche lentement. Il en attrape une autre et la noue autour de sa taille, cachant son désir à mon regard avide. Une fois de plus, il prend son temps pour embrasser chacun de mes hématomes, l'un après l'autre, jusqu'à ce que je brûle de l'avoir en moi. Il s'approche de mon entrejambe et inhale lentement avant de darder les yeux vers moi.

— Bon sang, Gillian… Ton odeur, grogne-t-il.

J'écarte les jambes pour mieux m'offrir à lui. Il marmonne quelque chose que je ne parviens pas à entendre, s'approche encore et frotte ma peau du bout du nez tout en continuant d'inspirer.

— C'est pour moi ? dit-il en se léchant les lèvres.

— Toujours.

Il ferme les paupières, comme s'il était en pleine lutte intérieure. Je sais que j'ai gagné la partie lorsqu'il me fait m'asseoir sur la coiffeuse. Alors, lentement, il écarte la serviette et prononce les paroles qui me propulsent immédiatement dans une époque similaire, mais plus heureuse.

— Je vais te soulager, mais je ne te ferai pas l'amour tant que tu ne seras pas guérie.

Je hoche fiévreusement la tête. Je connais si bien mon homme… Il est incapable de passer à côté d'une petite chatte humide. En particulier quand il la considère comme sienne.

Chase me fait relever les hanches, s'assurant que je suis confortablement adossée au mur, avant d'écarter mes jambes. Les dents plantées dans sa lèvre pulpeuse, il boit du regard ce qui l'attend. J'adore son air vicieux, quand il est excité. Ses mains passent sous mes fesses pour me faire m'ouvrir davantage. Il est agenouillé devant moi, et c'est le spectacle le plus sensuel qu'il m'ait été donné de voir. Exactement ce dont j'ai besoin pour effacer l'horreur de ce que j'ai subi ce soir. Chase s'approche et se met à laper les plis luisants de mon sexe avant d'y plonger la langue. Je plante une main dans ses cheveux pour le tirer plus profondément. Il grogne et me suce plus avidement, léchant mon clitoris d'une langue agile. Je suis déjà pantelante, la migraine martelant mes tempes, mais je ne le lâche pas. Mon désir monte en flèche, puis il me pousse par-dessus le précipice pour que je plonge dans un enivrant abysse orgasmique, sans une seule fois cesser de me lécher et de m'embrasser.

Quand les tremblements s'arrêtent enfin et que je ne suis plus qu'une poupée de chiffon, Chase vient m'embrasser sur la bouche. Je sens mon goût sur ses lèvres, ce qui est beaucoup plus agréable que ce goût ferreux qui m'envahit le palais depuis tout à l'heure, avec ma lèvre entaillée. Il m'embrasse avec précaution, puis passe lentement à ma nuque. Ses lèvres descendent sur ma poitrine meurtrie et embrassent chacune des marques de doigts. Puis son regard se pose sur mon téton violacé et la marque de morsure. Je prends son visage entre mes mains, il soutient mon regard un instant puis s'approche de la chair torturée. Alors, il se met à la contourner du bout de la langue, recouvrant chaque blessure de sa marque unique. Avec une douceur dont je l'ignorais capable, il prend tout mon mamelon dans sa bouche, fait courir sa langue sur la chair sensible puis se dégage avant d'y apposer un léger baiser. Je suis incapable de contrôler les larmes qui me maculent la poitrine. Il se met à les lécher avant de m'embrasser à nouveau, toujours avec douceur. Jamais aucun homme ne m'a vénérée ainsi.

Une fois assuré que chaque zone de mon corps est sèche, chérie et repue, il me fait enfiler l'une de ses chemises propres, sans aucun sous-vêtement dessous. Cela signifierait-il qu'il compte me réveiller comme il sait si bien le faire, demain matin ? Je l'espère, en tout cas. Il enfile un boxer propre, la marque de son désir toujours aussi visible, sous le tissu. J'y pose un regard envieux, mais il secoue la tête et tire la couverture du lit. Nous nous glissons sous les draps, lui derrière moi, en cuillère, son corps parfaitement collé au mien. Quelques instants plus tard, ses doigts se mettent à courir sur ma taille pour se glisser sous la chemise, venant empaumer mon sein qui n'est pas meurtri. Tout au moins, pas autant que son jumeau.

— Je t'aime, Gillian.

Je ravale la boule qui s'est logée dans ma gorge, me serre un peu plus contre lui et pose ma main sur la sienne.

— Moi aussi, je t'aime, Chase. Merci d'avoir tout fait disparaître, ce soir.

— Je te ramènerai toujours à moi, me rappelle-t-il.

Il me l'a promis. Et jusqu'ici, il a toujours tenu sa promesse.

X

— C'est une super nouvelle ! s'exclame-t-elle dans le combiné avant de soupirer. Enfin… Oui, d'accord, je ferai en sorte de libérer son emploi du temps pour la semaine prochaine. Merci de m'avoir prévenue, Jack.

Puis elle raccroche d'un air joyeux et se laisse retomber dans le lit, ses petits seins ballottant au passage. En général, je les aime plus gros. Gillian fait bien un bonnet de plus qu'elle, mais je dois me contenter de ça, pour l'instant.

— Qu'est-ce qu'il se passe ? lancé-je, sachant parfaitement qu'il y a un rapport avec cet enfoiré de milliardaire.

Le sourire de Dana illumine la semi-pénombre de la chambre. Elle n'est vraiment pas désagréable à regarder… Rousse avec les yeux couleur de trèfle, elle serait carrément ma came.

— Ils l'ont attrapé ! s'écrie-t-elle en battant des mains, puis elle se rassoit en croisant les jambes pour m'offrir une vue parfaite sur sa chatte.

Je me redresse à mon tour.

— Attrapé qui ?

— Tu te souviens que je t'avais dit que mon boss et sa fiancée avaient une espèce de taré qui leur collait aux basques et qui cherchait à faire du mal à tous ceux qui les entouraient ?

Son regard brille de joie. Voilà qui ne sent pas bon du tout. Faisant mine de réfléchir, je plisse le front et passe une main dans mes cheveux.

— Ça me dit vaguement quelque chose, oui…

— Eh bien, ce soir, quand je suis allée rejoindre la fameuse fiancée et ses trois amies au pub, figure-toi qu'il était là, lui aussi !

Trois amies ? Comment ça, trois ? Il ne devrait y en avoir plus que deux. Je me suis occupé de Barbie Yoga.

— Je pensais que l'une d'elles était morte. Ce n'est pas ce que tu m'avais dit ?

Je serre le poing sur la couverture tandis qu'elle me regarde en secouant la tête.

— Non. C'est ce que tout le monde pensait, mais en fait, c'est une autre fille qui a été tuée à sa place. Charity. La pauvre… Elle avait à peine vingt ans, mais elle ressemblait tellement à Bree que tout le monde a cru que c'était elle, au début. Mais non. Bree fait profil bas, depuis. Ce soir, c'était la première fois qu'elle sortait depuis deux mois. Et elle est tellement mignonne, avec son petit ventre de femme enceinte…, sourit Dana.

Attendez… Cette garce est encore en vie ? Je dois faire un effort surhumain pour ne pas planter mon poing dans la tronche de cette pauvre fille. Mais j'ai besoin d'elle. J'inspire et j'expire, lentement.

— Donc celle-ci a survécu, finis-je par dire en secouant la tête. Mais… tu dis que leur harceleur était au pub avec Gillian ?

Dana se fige sur place en me dévisageant.

— Comment tu connais son nom ?

— Chérie… Je sais qui est ton patron, rétorqué-je avec un sourire. Tout le monde sait qui il s'apprête à épouser. C'est dans tous les magazines !

Elle se met de nouveau à hocher la tête et carre ses cheveux blonds derrière ses oreilles.

— Donc oui, le type était là-bas, et il l'a agressée dans les toilettes des hommes.

— Quoi ? m'écrié-je avant de faire de mon mieux pour me contenir. (Si elle ne parle pas très vite, je sens que je ne vais pas pouvoir faire autrement que de lui trancher la gorge, à elle aussi.) Mais c'est dingue ! ajouté-je, sincèrement surpris.

Qui a pu agresser ma femme en se faisant passer pour moi ? Qui est le salaud qui s'imagine pouvoir prendre le relais, après tout le mal que je me suis donné ?!

— C'était un de ses ex. Ça faisait des années qu'ils ne s'étaient pas vus.

Oh, la petite enflure… Je lui avais pourtant dit de garder ses distances.

— Un Justin, je crois, ajoute-t-elle.

Oui, Justin Durham. Je sais exactement qui est ce type. Aux dernières nouvelles, il avait quitté la ville lorsqu'il avait appris que Chase Davis et ses sbires le recherchaient.

— Enfin, bref…, lance-t-elle en m'assénant une petite claque sur la cuisse.

Je baisse les yeux et grimace. Si elle s'avise encore une fois de me claquer, on va avoir un sérieux problème, tous les deux. Du genre bye-bye, petite main.

Tu as besoin d'elle pour atteindre Gillian. Calme-toi, bordel.

— … là, il est en salle d'opération. Apparemment, le garde du corps de Gillian l'a tellement passé à tabac qu'il a fait une hémorragie interne. C'est dingue, non ? dit-elle en lâchant un soupir. Le truc moins fun, c'est qu'il a frappé Gillian, et qu'il a essayé de la violer, ajoute-t-elle d'une voix plus grave.

La *violer* ? Il a essayé de violer ma femme ! C'est un homme mort.

Je regarde le corps nu de Dana tout en réfléchissant à la meilleure façon de me tirer d'ici sans trop la contrarier. Il va falloir faire preuve d'un peu de patience.

— Qu'est-ce qu'elle compte faire ? Elle va porter plainte ?

Je repense à toutes ces fois où elle aurait pu envoyer ce sale type en taule sans avoir jamais osé porter plainte, dans le passé.

— Oui. Chase va faire en sorte qu'elle ait la meilleure défense possible. Il finira en prison, c'est certain. Les avocats de Chase sont sans pitié. Ils n'ont jamais perdu un seul procès, clame-t-elle fièrement.

J'ai une fois de plus envie d'effacer ce petit sourire de son visage. Chaque fois qu'elle parle de Chase comme si c'était un saint, j'ai envie de lui coudre les lèvres et d'en faire un affreux patchwork, du genre épouvantail. Histoire de lui faire fermer sa gueule pour de bon.

Je m'adosse à l'oreiller et songe à ce que je vais bien pouvoir faire à cet enfoiré de Justin.

— Tu as dit qu'il était à l'hôpital ? Lequel ?

— Pourquoi ? demande-t-elle en me regardant d'un air perplexe.

— Oh, simple curiosité.

Je l'attire contre moi et me mets à pincer son téton. Un gémissement quitte ses lèvres. Cette fille est tellement facile à manipuler…

— Le San Francisco General, hoquette-t-elle tandis que je serre plus fort.

Brave fille. Elle a bien mérité que je la saute, avant que je ne parte m'occuper de Justin. Je vais m'assurer qu'il ne sorte jamais de cet hôpital.

Personne n'a le droit de lever la main sur ma femme, sauf moi. Et la violer ? Alors là, il va payer cher pour ça. Le payer de sa vie.

18

GILLIAN

— Garde les yeux fermés, dis-je en plaquant une main sur ses paupières.

Je le fais alors sortir de la voiture, puis le guide jusqu'au dock, où nous attend son yacht. Sans Dana, je n'aurais jamais su qu'il avait un bateau, d'ailleurs. Bien que « bateau » ne soit pas vraiment le mot adéquat. C'est certes un navire, mais il fait dix fois la taille de mon ancien appartement. D'un blanc immaculé, il est judicieusement baptisé *Angel*, les lettres d'or s'étalant juste sous le pont, où nous attend Dana. Tous nos amis sont arrivés au moins une heure plus tôt. J'avais envie de faire une surprise à Chase. Il ne sait même pas que nous nous apprêtons à fêter nos enterrements de vie de célibataire ensemble. Je lui fais monter la rampe lentement.

Chase ricane et serre ma main en me sentant trébucher sur un échelon.

— Attention, sourit-il, les yeux toujours fermés.

Il a beau ne pas me voir, il est là, à me tendre la main pour me rattraper. Je n'arrive toujours pas à croire que j'ai trouvé mon âme sœur, l'homme avec qui je vieillirai, et que dans trois jours, je serai madame Chase Davis. Comme il le dit si souvent, c'est sidérant.

Nous grimpons enfin à bord et je le guide en direction du bastingage avant de poser l'une de ses mains dessus.

Je demande, incapable de cacher mon excitation :

— Tu as deviné où on était ?

— Hmm… Eh bien, j'entends le bruit de l'eau, sourit-il, et je sens l'air marin. Je dirais que nous sommes sur la baie, sur un bateau.

Ah là là. Quel sale gosse. Il est trop fort.

Je me rapproche de lui et passe les mains autour de son joli costume. Je l'ai kidnappé directement après le travail, sans lui laisser le temps de se changer.

— Oui et non. Ouvre les yeux.

Il obéit, et tous nos amis et ses cousins – dont il manque évidemment Cooper – hurlent « Surprise ! ». Son regard s'illumine d'une lueur qui ressemble à de la joie. Ce n'est pas une expression que je lis souvent sur son visage, donc autant dire qu'à cet instant, c'est quelque chose de terriblement précieux.

— Qu'est-ce que c'est que ça, bébé ? souffle-t-il en passant un bras sur mon épaule. Qu'est-ce que tu as fait, hein ?

Puis il dépose un baiser sur ma tempe. Je suis tellement contente que j'ai envie de sauter de joie.

— On va fêter nos enterrements de vie de célibataire ensemble. Dana et moi avons tout prévu !

Elle vient alors vers nous et tape dans ma main.

— Merci, copine ! lui lancé-je, assez à l'aise désormais pour la tutoyer.

— De rien, répond-elle. Qu'est-ce que je ne serais pas prête à faire, pour vous deux…

Puis elle place sa main sur son cœur. C'est incroyable de la voir autant se réjouir pour Chase. En particulier en me souvenant comme j'ai été envieuse de leur relation. Mais aujourd'hui, j'ai compris qu'ils se considéraient comme des frère et sœur. Exactement comme Phil et moi. Et puis, elle a quelqu'un, maintenant. D'ailleurs, en parlant de ça…

— Hé, où est ton homme ?

Son expression se mue en moue boudeuse.

— Oh, il avait du boulot. Il nous rejoindra directement à Cancún. Encore un bourreau de travail – tu n'as pas besoin de dessin, pas vrai ? lance-t-elle avec un regard appuyé sur Chase.

Oh oui, je sais de quoi elle parle. Chase est constamment plongé dans le travail, mais depuis mon agression, il est beaucoup plus présent à la maison. Nous avons laissé tous nos amis rentrer chez eux, mais Chase s'est assuré qu'ils conservent leur protection rapprochée. Austin n'a pas perdu son poste, et bien sûr, Jack ne lâche toujours pas Chase d'une semelle. Je doute que nous en soyons débarrassés un jour, de toute façon. Tant que Chase continuera à faire prospérer son empire et à manipuler de telles sommes d'argent, il y aura toujours un risque. Un risque qu'il refuse de prendre, en particulier si ma sécurité est en jeu.

— Tu es surpris ? lui demandé-je en nouant les doigts derrière sa nuque.

Il m'agrippe fermement par la taille et secoue la tête.

— Tu sais, on ne m'a jamais fait de surprise, dans ma vie. Je n'en reviens pas. (Il observe toute l'assemblée en souriant.) Ça me tue que tu sois aussi généreuse, tu sais…

Je devine de l'émerveillement dans son ton, un émerveillement qui m'envahit d'une douce chaleur. Même si cela m'attriste de savoir que sa mère, même une fois rétablie, n'a jamais cherché à lui faire une quelconque surprise. Au moins nous retrouvera-t-elle à Cancún, avec son frère. J'aurais beaucoup aimé que Charles se joigne à nous pour la fête, mais passer deux nuits entières sur un bateau avec Colleen Davis… ce yacht est peut-être grand, mais pas assez pour cela.

J'esquisse un sourire, et il m'embrasse tendrement.

— O.K., je note que tu aimes les surprises… Comme peut-être celle que j'ai pour toi sous cette petite robe moulante… ?

Je m'écarte et glisse une main langoureuse sur ma poitrine pour la faire descendre le long de mes côtes, jusqu'à ma taille. Chase inspire un coup sec, son regard suivant le mouvement tel un rapace guettant sa proie.

— Mmm, il ne doit pas y avoir grand-chose, là-dessous, bébé. (Puis il me saisit la taille en enfonçant les doigts dans ma chair. Il se rapproche et niche son nez au creux de ma nuque.) Je ne sens rien du tout, commente-t-il en faisant courir sa main sur mes fesses avant de les empaumer.

— C'est peut-être parce que je ne porte pas de petite culotte…

Puis je passe la langue sur son cou, laissant ma tignasse folle cacher mon geste coquin. Chase grogne et me colle un peu plus contre lui.

Lorsque je m'écarte pour le regarder droit dans les yeux, ils sont sombres et bouillonnants de désir.

— Espèce de sale petite tentatrice… (Mmm. Ça, j'aime beaucoup. Je lui réponds d'un sourire espiègle.) Comment veux-tu que je profite de la fête en sachant qu'à tout moment je peux soulever cette robe et me glisser en toi ?

Puis il me replaque contre lui tout en pressant son érection impressionnante sur mon ventre. Je lâche un ricanement et dépose toute une succession de baisers sur ses lèvres.

— Euh… Allô ? Vous vous souvenez que vous avez des *amigos* ? *Conseguir una habitación* ! braille Maria.

Chase ricane à son tour.

— Qu'est-ce qu'elle a dit ?

— D'aller nous prendre une chambre, répond-il en me mordillant la lèvre.

Je fais volte-face et la fusille du regard. Il va vraiment falloir que je me décide à apprendre l'espagnol, si je ne veux pas laisser ces deux-là continuer à communiquer tout seuls.

— Bon, vous venez ?! lance-t-elle en dressant la main.

— Seulement si tu as de quoi nous faire boire ! rétorqué-je en la regardant se diriger vers le bar installé sur le pont.

Chase me libère pour me laisser m'enivrer de la vue. L'équipage, qui n'attendait plus que nous, se prépare à appareiller. Dès l'instant où nous levons l'ancre pour nous enfoncer vers l'horizon, je m'autorise à me détendre. Ces derniers mois ont été terriblement difficiles, mais à cet instant précis, rien d'autre ne nous attend que cette étendue d'eau calme à perte de vue et deux jours de fête. Nous allons enfin pouvoir nous relaxer, être nous-mêmes, apprécier la compagnie des uns et des autres et célébrer la vie.

Une main chaude se pose sur mon épaule. Je me tourne et découvre Phil, ses cheveux bruns voletant au vent, une paire de fausses Ray-Ban perchée sur le nez. Il a l'air d'avoir tellement bien récupéré… Ces trois derniers mois l'ont vu incroyablement avancer. Il boite encore un peu, mais ça se voit à peine. La plupart de ses fractures sont guéries, et ses séances de kiné se passent à merveille. Il passe l'un de ses longs bras autour de ma taille, et nous observons l'océan, devant nous.

— Ça arrive enfin.

Sa voix est un grondement sourd, par-dessus le bruit du yacht qui brise les vagues sur son passage. Le trajet jusqu'à Cancún prend deux bonnes journées, en bateau, mais cela ne semble poser de problème à personne.

— Qu'est-ce qui arrive ? lui dis-je en souriant, car je crois bien savoir de quoi il veut parler.

— Notre insaisissable petite rousse va enfin se marier. Au moins, pour celui-ci, tu as toute ma bénédiction, commente-t-il, tout sourire.

J'éclate de rire et me tourne pour croiser le regard de Chase, de l'autre côté du bateau. Il est en compagnie de Maria, Kat et Carson. Ses yeux bleus pétillent sous les rayons du soleil couchant. Je lui souffle un baiser, et il fait mine de le récupérer d'un coup de dents. Phil rit, à côté de moi.

Je l'observe d'un air de défi et lui rappelle :

— Je ne sais pas si tu te souviens, mais la première fois que je t'ai parlé de lui, tu m'as clairement dit que c'était une très mauvaise idée…

Il lâche un lourd soupir, mais un sourire ne tarde pas à étirer le coin de ses lèvres.

— Pour ma défense, tu fréquentais ton boss, et le mien, par la même occasion ! (Je continue à le dévisager, tout sauf impressionnée.) Bon, d'accord… J'ai eu tort, tu as eu raison, et je te dois un déjeuner. Tu veux bien arrêter, maintenant que j'ai fait mon *mea culpa* ?

Je fais mine d'y réfléchir en posant un doigt songeur sur mes lèvres.

— Hmm…

— Allez !

— Tu sais quoi ? Je te pardonne simplement d'être un ami surprotecteur. Ce n'est pas grave. J'ai de quoi faire, entre toi et les filles. Mais je dois t'avouer que chez Chase, ça frise l'obsession. Malheureusement, je ne peux pas vraiment lui en vouloir, avec tout ce qu'il se passe en ce moment. (Je m'accoude au bastingage, les yeux braqués sur l'océan.) J'espère simplement que tout cela est derrière nous, maintenant.

— Il n'y a pas de raison de craindre quoi que ce soit, non ? souffle Phil en me tapotant gentiment le dos. Justin va être jugé pour coups et blessures ainsi que pour tentative de viol. Tu verras, ce n'est qu'une question de temps avant qu'ils ne fassent le lien avec l'explosion et le meurtre de cette pauvre fille.

Mon cœur se serre dans ma poitrine.

— J'espère, oui. Pour l'instant, il fait profil bas, mais Tommy et Chase ont mis des hommes à ses trousses, juste au cas où. Je ne sais même pas où il est. Maria aurait entendu dire qu'il était parti vivre chez sa mère en attendant son procès.

— Dis-toi que dans trois jours, tu seras mariée et tu partiras en lune de miel. Tu n'auras pas à penser à tout ça pour un bon moment, d'accord ? À moins que tu ne décides de rester à Cancún pour ta lune de miel ?

Je secoue la tête.

— Non, on va rester trois petits jours après la cérémonie, histoire de profiter du cadre et de vous tous, aussi. Mais ensuite, on part deux semaines en Irlande. J'ai terriblement hâte…

Le vent se lève, et une vague de chair de poule m'électrise les bras. J'ai beau les frictionner, ça ne change rien. Jusqu'à ce que deux mains beaucoup plus chaudes prennent le relais.

— Tu as froid, bébé ? Je t'ai vue de l'autre côté, et je me suis dit qu'avec ce vent…

C'est incroyable comme il fait toujours attention à moi. Il m'a clairement fait comprendre qu'il comptait être le plus prévenant des maris, ce de toutes les manières possibles. Et apparemment, ma température corporelle fait partie de la liste.

— Tiens.

Il retire sa veste de costume et la pose sur mes épaules. Son parfum de bois de santal et d'agrumes – ma bouée de sauvetage – m'enivre aussitôt, et la chaleur de son corps et du vêtement monte en brasier jusqu'à mon âme.

— Mmm, ça fait du bien. On va boire un coup ?

Je me tourne vers Phil, qui tend une main vers le bar.

— Je vous en prie, mademoiselle. Après vous.

Chase lui donne un petit coup dans l'épaule.

— *Ta* demoiselle ? Tu es sûr ? lance-t-il sans une once d'humour, même si je sais qu'il n'est pas sérieux.

— Dis donc, Gigi, tu ne plaisantais pas quand tu parlais de possessivité ! rétorque Phil en secouant la tête avant de glisser son bras sous celui de Bree, qui passe au même moment.

Puis il la fait tournoyer sur place, et mon amie pousse un petit cri exalté. Elle porte une robe moulante turquoise qui met parfaitement en valeur son petit ventre rond et son décolleté de plus en plus généreux. C'est l'un des avantages de la maternité dont elle se réjouit, et elle ne se prive pas pour en profiter. Même si elle n'est enceinte que de quatre mois, son ventre est déjà bien arrondi et attire tous les regards. Maria aime la taquiner en lui disant qu'il s'agit sûrement de jumeaux, et que l'un des deux cachait tout simplement l'autre sur l'échographie. Quant à moi, je suis simplement heureuse de la voir en bonne santé et s'épanouir jour après jour avec le bébé de Phil.

Chase n'a pas raté une miette du spectacle, et il ne se gêne pas pour retourner sa pique à Phil.

— On dirait que tu sais de quoi tu parles, n'est-ce pas ? commente-t-il avec un petit sourire.

— Ouuuh, Phil ! Tu viens de te faire avoir, là !

Nous éclatons de rire, et Chase me guide vers le bar. Je commande du champagne et vide mon premier verre cul sec avant de le retendre au serveur. Je sens Chase se pencher contre mon oreille.

— Prends ton temps, bébé. Ça me peinerait de te voir hors service, ce soir, grogne-t-il de cette voix rauque, celle qui me donne encore plus chaud qu'un après-midi caniculaire en pleine vallée californienne.

Je vide un autre verre pour me mettre à me dandiner.

— Oh, ne t'inquiète pas. Je compte bien éliminer tout ça sur la piste de danse. (Puis je lui adresse un sourire sexy avant de me diriger vers les femmes les plus merveilleuses que je connaisse.) Les filles, c'eeeeeest…, braillé-je, du suspense plein la voix.

— Funky Time ! clament-elles à l'unisson.

Maria dresse les bras tout en claquant des doigts.

— Dana ! Dis au DJ de lancer la soirée ! C'est l'heure de *sacudir el culo* !

Puis elle secoue son fessier pour illustrer ses propos. Autour de nous, tous les hommes ont les yeux braqués sur ce joli petit cul de danseuse qui roule des hanches comme si elle avait fait ça toute sa vie.

Alors, surgissant de nulle part, un mélange de techno pop et de funk annonce le début des festivités. Rien de moins que les Beastie Boys… Voilà qui promet. Dana a décidément plus d'un tour dans son sac. Je n'avais même pas vu de DJ, jusqu'ici, mais tout d'un coup, je le découvre, au fond du bateau, en train de jouer sur sa platine. Dès l'instant où le son de la cloche se met à résonner, mes copines et moi ne répondons plus de rien. S'il s'agissait d'une compétition d'endurance, nous serions *ex aequo* sur la première marche du podium. À la seconde où la guitare se met à couiner, c'est la folie sur le *dancefloor*. Dana se joint à nous, vêtue de son élégant tailleur de bureau. Chloe, la cousine de Chase, sautille gaiement, ses jolis seins qui ressemblent à deux pêches bien mûres rebondissant dans son petit haut bandeau et sa veste chic. J'ignore pourquoi cette fille n'a pas d'homme à son bras, mais dès que les choses se seront un peu calmées dans ma vie, je compte bien lui trouver un Apollon, avec l'aide de mes sœurs d'âme.

Les filles passent les deux heures suivantes à se trémousser sur la piste de danse, leurs hommes les dévorant du regard en décidant de temps à autre de se joindre à la folie ambiante. Alors que je roule fiévreusement des hanches, je surprends une conversation entre Chase et Carson. Mais plutôt que de leur faire comprendre que je les entends, je continue à me tortiller sur Taylor Swift.

— Putain, cousin, j'ai l'impression d'avoir gagné au loto. Je crois bien n'avoir jamais vu autant de jolies filles danser devant moi comme ça ! commente Carson en faisant claquer sa langue.

Je jette un coup d'œil par-dessus mon épaule et découvre que le regard de Chase est braqué sur moi, et seulement moi. Il contemple mes fesses comme s'il s'agissait de la terre promise, puis il passe une main sur sa mâchoire, et je m'imagine l'effet délicieux de cette barbe naissante sur ma peau.

— On est des putains de veinards, c'est sûr, jure-t-il.

Deux morceaux plus tard, mon homme semble ne plus supporter de me regarder me tortiller devant tout le monde.

Sans même que je me rende compte de quoi que ce soit, je me retrouve plaquée contre son corps. Chase danse merveilleusement bien. Je lève les bras et me mets à me balancer, ses mains traçant chacune de mes courbes, dans mon dos. Je noue les miennes derrière sa nuque et me frotte contre son érection. Il grogne dans mon oreille et vient me mordiller la nuque. La pellicule de sueur qui me recouvre la peau ne semble que l'exciter davantage. Il darde sa langue et la fait courir jusqu'à mon oreille, qu'il mordille enfin. Cette délicieuse torture, son souffle chaud caressant ma peau… Un gémissement quitte mes lèvres, et je me presse un peu plus contre lui.

— Attention de ne pas émasculer ton homme sur la piste de danse, bébé…, commente-t-il en passant un bras autour de ma taille pour me garder contre lui.

Le DJ lance alors *Dirty*, de Christina Aguilera, ce à quoi les femmes répondent en se mettant à osciller sensuellement les hanches. L'instant d'après, tous nos hommes sont à nos côtés. Je cherche Dana des yeux, mais je ne la trouve pas. Son petit ami lui manque sûrement… Chloe, elle, est en train de se frotter à l'un des associés de Chase.

— C'est qui, le type qui danse avec Chloe ? demandé-je tout en m'enivrant de la musique et de la sensation d'extase que me provoque l'érection de Chase s'enfonçant dans la douce courbe de mes fesses.

Chase lâche mes poignets qui lui enserrent la nuque, puis il fait courir ses mains sur mes bras, effleure mes seins, mes côtes, pour saisir mes hanches d'une poigne possessive avant de se frotter un peu plus fort contre moi. Je pousse un gémissement sous le chapelet de baisers qu'il vient déposer dans ma nuque. Il lâche un grognement de plaisir, affolant chacun de mes sens.

— C'est l'un de mes avocats, finit-il par répondre. C'est aussi un ami, mais je lui ai demandé de s'occuper de notre contrat de mariage et de toute la paperasse, une fois que nous serons mariés.

Il se remet à me mordiller la nuque, et je suis à deux doigts de perdre pied. Chase le ressent, car il me fait pivoter dans ses bras, ses yeux aussi noirs que cette nuit d'encre sur l'océan.

— J'ai envie de découvrir ma deuxième surprise, maintenant. Dis bonne nuit, Gillian.

— Bonne nuit, Gillian, répété-je, totalement perdue en lui et cette sensation de désir intense.

S'il ne me touche pas très vite, je crains d'imploser. Il ricane et me soulève dans ses bras. Mon chevalier en armure Armani s'apprêtant à faire chanter sa damoiselle en détresse…

Sans un mot, il traverse la foule en direction de la porte qui mène aux cabines, au niveau de la cale. Alors que nous nous enfonçons dans le ventre de la bête, les rires et les cris suggestifs de nos amis nous poursuivent. Tout au bout du long couloir, une double porte nous attend. Il l'ouvre d'une main, me tenant toujours de l'autre.

Une fois dans la pièce, il me repose pour me plaquer contre la porte avant de me dévorer la bouche. Des flashs de nos premiers ébats viennent embrouiller ma vision. Ses mains sont partout à la fois, traçant une ligne incandescente sur chaque centimètre carré de ma peau ultra-sensible.

— Chase, j'ai besoin de…, lâché-je dans un murmure rauque qui s'éteint dans ma gorge lorsque ses mains soulèvent le tissu moulant pour ne révéler rien d'autre qu'une paire de bas.

— Putain… Tu vas me tuer, tu sais ? grogne-t-il, la mâchoire plus contractée que jamais.

J'ai conscience qu'il fait de son mieux pour réfréner son côté sauvage, là, tout de suite, mais je n'ai pas envie de ça quand il est avec moi. Je sais que c'est le seul homme capable de perdre le contrôle sans pour autant en abuser.

La chaleur qui irradie de son corps suffirait à décimer tout un village. Ses narines frémissent, et ses dents luisent devant moi. Il se niche entre mes deux seins, écartant le tissu pour mieux mordiller le morceau de chair nue, puis se met à suçoter la douce courbe de mon sein droit. D'un coup de langue agile, il panse la marque violacée qui orne toujours mon mamelon. Depuis l'agression de Justin, Chase a fait en sorte de me couvrir de ses propres souvenirs de nos ébats passionnés. Il n'a pas envie que d'autres suçons que les siens me marquent la peau. Désormais, pleinement remise de mon agression, je suis prête à revendiquer mes droits sur lui.

Regarder Chase brûler de désir pour moi est exactement ce dont j'ai besoin à cet instant précis. Mon appétit monte en flèche, et j'ai très envie de m'amuser. Je plaque une main sur son torse, le poussant en arrière jusqu'à le faire tomber sur le lit. Je recule alors de quelques pas et me mets à rouler suavement des hanches tout en faisant courir mes mains sur la ligne de mes hanches, telle une *strip-teaseuse* en pleine représentation. Le regard de mon homme est ombrageux et concentré sur chacun de mes gestes. Je pivote sensuellement pour lui présenter mes fesses. Je soulève alors ma robe sans cesser de me dandiner, et dès l'instant où il découvre ma peau nue, un chapelet de jurons envahit la pièce. Je jette un regard par-dessus mon épaule tout en maintenant ma robe au-dessus de ma taille.

— Le spectacle vous plaît, matelot ?

— Oh que oui, putain ! Et ce petit cul est tout à moi. Viens me le donner, grogne-t-il.

J'aimerais bien, mais je n'ai pas terminé mon petit spectacle. Je refuse donc d'un signe de tête et le gratifie d'un clin d'œil. Il tire sur sa cravate, la retire puis l'envoie valser de l'autre côté de la pièce. Centimètre par centimètre, je soulève ma robe tout en continuant à rouler des hanches sur une musique que je suis la seule à entendre. Une fois ma robe retirée, je la tiens du bout des doigts, le dos toujours tourné, avant de la laisser tomber au sol.

— Gillian, je ne te le redemanderai pas.

Il est en train de perdre pied, et moi, j'adore ça. Le cœur gonflé de fierté et les cuisses humides de désir, je me prépare à ce qui promet d'être une nuit mémorable.

— Attends un peu, bébé, dis-je d'une voix sensuelle avant de lui asséner le coup de grâce.

Je me penche en avant, seulement vêtue de mes bas, pour retirer mes talons hauts.

— Putain, aboie-t-il.

Un instant plus tard, il est agenouillé derrière moi, ses mains écartant mes fesses et sa langue dévorant le petit orifice sombre que jamais aucun homme n'a touché à part lui. Les mains vissées à mes tibias, je le laisse se repaître de la semence qui me macule les cuisses, enfonçant sa langue pile là où j'en ai envie avant de retourner à cette nouvelle lubie.

— Je vais te prendre par-derrière. Je vais prendre ton joli petit cul, ce soir, bébé. C'est le seul endroit que ma queue n'a pas encore visité. Il est temps, tu ne crois pas ?

Une peur nerveuse mêlée d'excitation m'embrase, comme si je venais d'avaler cul sec un whisky de douze ans d'âge. J'ai la gorge sèche, mais c'est bien la seule zone de mon corps qui n'est pas trempée de plaisir.

— Chase…, dis-je dans un souffle, ne sachant pas vraiment quoi penser de tout cela.

Il écarte un peu plus les globes de mes fesses, plantant la langue plus loin encore dans la minuscule rosette. C'est une sensation unique, différente, étrange et grisante à la fois. Quelque part, le fait de donner cette dernière partie de moi à Chase rend notre union plus profonde, plus sombre, et ce de la manière la plus sensuelle qui soit.

— Tu vas me donner ce que je veux, bébé ? Laisse-moi te prendre ton petit cul… Le remplir avec ma queue.

Il a parfaitement conscience que ce genre de langage me fait monter en flèche dans les délices. Ses paroles et sa langue fureteuse me propulsent dans une zone de soumission profonde. Je deviens l'esclave de son désir, sans aucune envie de connaître une quelconque libération.

Je murmure dans une vague de plaisir :

— Tout ce que je suis est à toi, bébé. Prends ce que tu veux. Touche-moi, Chase.

Il se lève alors, comme s'il n'attendait plus que mon assentiment, et me fait me redresser pour planter sa langue dans ma bouche. Je la suçote en lui donnant tout de moi. Tout ce que je suis, et plus encore. Il m'allonge sur le lit, déposant sur chaque centimètre carré de ma peau un baiser, un coup de dent ou une caresse de sa langue agile, jusqu'à ce que le désir m'embrouille tellement le cerveau que je suis incapable d'aligner deux pensées cohérentes.

Chase retire ses vêtements, et je m'enivre de ce spectacle de peau dorée et de muscles tendus s'offrant à moi. C'est l'homme le plus incroyable que j'aie jamais connu, aussi bien intérieurement qu'extérieurement, et dans trois jours, il sera à moi pour toujours. Il plonge une main preste dans la table de chevet, à côté du lit, et en sort un tube de lubrifiant flambant neuf. J'ignore à quoi il va servir, vu que je suis déjà trempée.

Avec une impudence dont je ne me serais pas sentie capable, j'écarte les jambes pour lui montrer à quel point j'ai envie de lui.

— Je ne pense pas qu'on ait besoin de ça, bébé, dis-je en léchant mes lèvres avant de faire courir ma main entre mes cuisses.

Je fais alors rouler deux doigts autour de mon petit bouton de nerfs, poussant un gémissement désespéré. Puis je lui montre la preuve de mon désir qui me macule la peau.

— Tu vois ? soufflé-je en brandissant mes doigts luisants.

Il se penche vers moi et fourre mes deux doigts dans

sa bouche, les lapant goulûment. Mon sexe se contracte aussitôt, brûlant tellement d'être pénétré que j'en ai mal presque partout.

Chase termine de se déshabiller, le regard rivé sur mes cuisses. Il aime ça, quand je suis ouverte à lui. Et avec lui, je ne ressens aucune gêne. Au contraire, je me sens sexy, belle, et je perds toute once de contrôle.

Il revient pour me gratifier d'un long baiser passionné. Il a quelque chose de différent… Un peu plus de désir, encore. Cela fonctionne à merveille, car je me tortille sous son corps.

— Ce n'est pas pour ta petite chatte, bébé.

Il dessine alors une ligne de baisers jusqu'à mes cuisses. Un instant plus tard, je hurle son nom, son visage pressé entre mes mains, mes hanches s'agitant violemment contre sa langue enfiévrée. Après deux orgasmes consécutifs – mon homme me laisse très rarement n'en avoir qu'un –, il finit par se rendre. Lorsque Chase Davis décide de s'occuper de sa femme, c'est un véritable festin, pas un simple amuse-bouche. Je suis certaine que si je le laissais faire, il serait capable de m'assommer d'orgasmes jusqu'à me faire perdre connaissance.

— Tu en as eu assez ? sourit-il, les traces de mon plaisir maculant sa bouche et son menton.

Ce spectacle me donne une envie furieuse de le chevaucher. Je dresse une jambe pour essayer de le faire se tourner, mais il secoue la tête et saisit un téton entre ses dents avant de se mettre à mordiller la pointe durcie.

Je pousse un gémissement, les mains enfoncées dans sa chevelure. Sous sa langue lascive et attentionnée, je me retrouve à cambrer à nouveau les hanches, brûlant d'envie qu'il me pénètre. Mais au lieu de cela, il s'écarte et me fait rouler sur le ventre puis, de son bras musclé, il me fait me redresser sur les genoux.

— J'ai envie de ton cul, bébé… J'ai envie que tout ton corps soit à moi, murmure-t-il contre le lobe de mon oreille.

Du bout des dents, il trace alors un chemin le long de ma colonne vertébrale, s'arrêtant de temps à autre pour y déposer un baiser ou une caresse. Une fois au niveau de mes fesses, il se met à mordiller la zone où mes deux jolis globes se rencontrent. Je ne peux m'empêcher de retenir un gloussement, sous les chatouillements que son contact me provoque.

— Mmm, intéressant, grogne-t-il en mordillant une nouvelle fois ma peau, ce qui déclenche un autre rire.

Je tombe sur mes avant-bras à l'instant où il plonge les doigts dans mon sexe, les recouvrant de mon essence avant de les faire rouler autour de mon anus. Alors, du bout d'un doigt, il se met à titiller le petit muscle qui se contracte face à cette intrusion. Puis il lèche mon centre nerveux tout en continuant la pression. Je donne un coup de reins pour enfoncer son doigt un peu plus loin. Il en ajoute un autre, et je sens mes muscles commencer à brûler.

Du bout de la langue, il se met à titiller mon clitoris, la brûlure disparaissant totalement tandis qu'il écarte les doigts pour faire de la place à son sexe. Quand je n'en peux plus de le supplier, il retire enfin ses doigts. Le bruit du tube de lubrifiant s'insinue dans le brouillard délicieux jusqu'à ce qu'une sensation froide et gélatineuse remplace ses doigts sur mon petit orifice. Chase se cambre sur mon dos et passe une main sur mon sexe pour titiller à nouveau mon petit bouton de nerfs, me rappelant que mon corps s'apprêtait à connaître un nouvel orgasme, juste avant qu'il ne se retire.

Lorsque j'ai suffisamment gémi de plaisir, à deux doigts de la transe, il positionne son gland devant la petite entrée toute contractée.

— Ça va brûler un peu, au début, mais je te promets que ça va disparaître, et que tu te sentiras hyper bien après. Tu me fais confiance ? (En guise de réponse, je me contente de cambrer les hanches pour enfoncer le bout de sa queue dans mes fesses.) Putain…, grogne-t-il avant de m'agripper les hanches.

En effet, j'ai l'impression que l'on vient de me plonger un tisonnier incandescent dans le corps, et pourtant, il n'est enfoncé que d'un petit centimètre.

— Respire, bébé, murmure-t-il tandis que trois de ses doigts courent sur mon clitoris avant de plonger dans la chaleur humide de mon entrejambe.

Il s'enfonce un peu plus, centimètre par centimètre, des étincelles de plaisir me remontant peu à peu le long de la colonne. Je pousse un gémissement.

— Oui, c'est ça…

Encore un centimètre, et j'expire lourdement sous la force de son sexe. Ses doigts continuent à titiller mon clito tandis qu'il s'enfonce encore un peu plus.

Je me sens tellement pleine de lui…

Chacune de mes terminaisons nerveuses semble s'embraser.

— J'y suis presque. Encore un tout petit peu, et je serai complètement en toi, grogne-t-il avant de me pincer le clitoris.

Une vague de picotements m'assaille lorsqu'il presse le reste de son épais membre en moi, comme si une pluie drue s'était brusquement mise à marteler mon corps nu. Ses doigts pincent mon clitoris, forçant les parois internes de mon sexe à se contracter.

— Mmm… J'adore être dans ton petit cul tout tendu, tu sais ?

Puis il se dégage lentement, et je sens chaque centimètre de son épaisse érection glisser le long de mon sexe turgescent et pulsant.

Je ferme les paupières et inspire un coup sec à l'instant où il se renfonce violemment en moi. Je ne ressens aucune douleur, seulement une délicieuse impression d'entièreté, une pression certaine, et une déferlante de plaisir. Chase fourre son sexe en moi à coups de petits va-et-vient retenus.

Je n'en peux plus. J'ai besoin qu'il aille plus loin que ça. Qu'il me *transperce*. Mon corps bouillonne de l'orgasme monstrueux qui s'apprête à me balayer.

— Baise-moi ! hurlé-je dans un élan de folie passionnée.

— Je. Ne. Veux. Pas. Te. Faire. Mal, hoquette Chase d'une voix tendue, luttant pour contrôler ses petits mouvements de bassin.

Ses doigts agiles continuent à jouer avec mon clitoris, pour s'enfoncer dans ma chatte dans un geste répétitif qui me donne des élans de douleur jouissifs. Je contracte les muscles de mon sphincter le plus fort possible pour l'emprisonner en moi. Je le supplie :

— Baise-moi ! S'il te plaît, baise-moi !

Puis je cambre le dos pour tirer sur son érection. J'ai l'impression d'être pénétrée par un tuyau de métal, fort et indestructible, qui me baise le cul au ralenti.

Enfin, un hurlement jouissif s'échappe de mes lèvres lorsque ses doigts se mettent à s'exciter sur mon petit bouton nerveux avant de le pincer une dernière fois.

À mon cri, Chase perd officiellement tout contrôle. Il devient une bête sauvage, s'ancrant dans mon corps pour mieux trouver sa libération. Le martèlement constant de sa queue dans les parois tendues de mes fesses me donne l'impression qu'il plonge en moi jusqu'au ventre. Je pars officiellement en orbite. Chacun de mes muscles se contracte, telle une armure de métal impénétrable.

Tandis que je convulse contre lui, il me fait me redresser contre son torse humide. Une main plaquée sur mon sein et l'autre sur ma hanche, il me martèle les fesses, sans répit, cette nouvelle position me faisant côtoyer des étoiles inédites. Il me fait rebondir sur son sexe épais, encore et encore, laissant la gravité enfoncer sa queue plus profondément en moi. Quand je me pense incapable d'en supporter davantage, prête à perdre complètement la tête, il se met à pincer mon téton, envoyant de nouvelles décharges entre mes cuisses. C'est un plaisir inextinguible, et il me prouve enfin son caractère divin lorsqu'il glisse une main entre mes jambes et pince mon bouton enflé tout en enfonçant son érection colossale dans le petit orifice sombre, faisant exploser mon corps d'un orgasme surhumain. Des points lumineux surgissent sous mes paupières, et mon corps est en gelée, mais je tiens bon. Je veux qu'il jouisse. Je n'en ai pas besoin, je le *veux*, tout simplement.

— Putain, ce que j'aime te baiser ! grogne-t-il en explosant enfin, les mains plaquées sur mes hanches, avant de me repousser vers le bas.

J'ai à peine le temps de me retenir au lit que je sens ses testicules cogner contre ma chatte. Ses mains agrippées à moi à m'en faire mal et le corps tendu comme un arc, il crache jet après jet de sa semence entre mes fesses. Alors, d'une main tremblante, il me fait me redresser, et nous nous écroulons sur le flanc tous les deux, le souffle tellement haletant que l'on se croirait tout droit sortis d'un marathon.

— J'ai enfin la preuve.

— La preuve de quoi ? marmonné-je, encore aveuglée par le pays des merveilles.

— Qu'on va finir par se tuer à force de baiser comme ça.

Un grand sourire et deux bras puissants me maintiennent en place.

— Il y a pire, comme façon de mourir, dis-je dans un murmure avant que l'obscurité ne m'emporte.

19

Gillian

Bang... Bang... Bang. Les coups sourds me sortent beaucoup trop brutalement d'un rêve délicieux où je m'apprêtais à épouser Chase. Ils redoublent contre la porte. Je me redresse et braque un regard furieux sur l'épais morceau de chêne responsable de ma frustration. Je prie pour qu'un vortex s'ouvre et l'avale afin de me gratifier de huit vraies longues heures de sommeil. Allez, six, ce ne serait déjà pas si mal… Chase se redresse d'un bond, les fesses nues, tandis que les coups se remettent à pleuvoir.

— Davis ?

La voix de Tommy résonne derrière la porte. Avec un grognement, je m'écroule dans le lit et tire la couette par-dessus ma tête. Derrière moi, je distingue un froissement de vêtement.

— J'arrive ! aboie Chase en enfilant quelque chose.

Voilà ce que j'appelle une grasse matinée gâchée. La porte s'ouvre dans un grincement.

— Qu'est-ce qu'il y a ? lance-t-il d'un ton dur et accusateur.

— On a un problème, marmonne Tommy.

Je découvre alors mon visage et cale la couette par-dessus ma poitrine. Je m'éclaircis la gorge, et leurs regards se braquent sur moi. Chase porte le pantalon de pyjama ample que j'ai glissé dans sa valise, et rien d'autre. Il est à tomber. C'est lui qui mériterait tous ces compliments dont il ne cesse de m'assommer… Les longues mèches de ses cheveux forment une crinière désordonnée sur son crâne, ce qui lui donne un air plus jeune et plus rebelle. Tommy donne un coup de menton en direction du couloir, et les deux hommes disparaissent en refermant la porte derrière eux. *C'est ça, faites comme si je n'étais pas là...*

Je m'écroule à nouveau sur le lit et tente de m'imaginer toutes les raisons qui auraient pu pousser Tommy à venir nous tirer du lit à – je me redresse et jette un coup d'œil à l'horloge –... sept heures du matin. Je suis convaincue que nous ne nous sommes pas endormis avant deux heures, après la nuit d'amour la plus intense et la plus érotique que j'aie jamais connue de toute ma vie. Je me replonge dans ces délices et repense à la facilité avec laquelle Chase m'a fait apprécier ce nouveau territoire. Je me demande si c'est à cela que va ressembler notre mariage. Même s'il n'a que cinq ans de plus que moi, Chase semble imprégné d'une expérience et d'une sagesse hors du commun, si bien que du haut de mes vingt-quatre ans, j'ai l'impression de n'avoir encore rien connu de la vie, à côté de lui. En affaires, c'est certain, et au lit, n'en parlons pas. Rien que sur ces deux aspects, il dépasse largement mes compétences.

Je replonge dans un sommeil agité et superficiel jusqu'à ce que le matelas s'affaisse et que l'odeur boisée de Chase pénètre mes sens. Telle une sangsue, je tends les bras vers lui, trouve sa chaleur puis l'attire vers moi, ce qui lui arrache un gloussement. Une fois enveloppée de ma couverture préférée, j'ouvre les yeux. Les siens n'affichent pas cette lueur océane qui m'accueille pourtant chaque matin. Non, ils sont calculateurs et durs, cette fois.

— Hé, qu'est-ce qu'il se passe ?

Je mords ma lèvre et passe les doigts dans les cheveux juste au-dessus de ses oreilles, grattant son crâne du bout des ongles, comme il aime tant. Il ferme brièvement les paupières avant de m'embrasser.

— Tu sais que je serai toujours là pour te protéger, n'est-ce pas ?

En général, une phrase de ce genre est suivie d'une mauvaise nouvelle, voire d'une information dévastatrice. Je suis son regard, qui semble flotter sur mes traits. Je répète :

— Qu'est-ce qu'il se passe ?

— Justin est mort. Il s'est pendu, déclare-t-il, la voix dénuée de toute émotion.

Des images des quatre années passées aux côtés de Justin surgissent de manière stroboscopique dans mon esprit, tels des clichés d'une vie de couple sur une pellicule abîmée. Certains souvenirs sont heureux, même magnifiques, mais cela ne compense pas la violence, l'humiliation, ni la perte de l'enfant que je portais. En revanche, que quelqu'un comme Justin se pende dépasse l'entendement.

— Je ne comprends pas, dis-je en secouant la tête. Il était beaucoup trop sûr de lui-même pour mettre fin à ses jours. Ils sont certains que c'est lui qui s'est fait ça ?

— Tu sais, il est assez difficile de savoir ce qui peut te passer par la tête quand tu risques la prison, répond Chase avec un haussement d'épaules.

Je connaissais Justin mieux que personne. Il était impossible que cet homme se suicide.

— Ils ont réussi à faire le lien entre lui et le harceleur ?

À la façon dont Chase incline le menton en soupirant, je devine que sa réponse ne va pas me plaire.

— C'est justement ce qui inquiète Jack. Tommy et ses hommes n'ont rien trouvé, que ce soit vis-à-vis des mots, des coups de téléphone, de l'explosion ou même du meurtre de cette pauvre fille. C'était forcément lui… Il t'a agressée, il a essayé de te violer dans ces putains de toilettes, lâche-t-il d'une voix chargée de haine.

— Je sais, mais… Même si c'est dur à entendre, Chase, Justin était capable de me faire une chose pareille. Il m'a toujours considérée comme un jouet dont il pouvait faire tout ce qui lui passait par la tête. Me frapper, me sauter en public… C'était le genre de choses qui l'excitaient.

Je sais que Chase prend sur lui pour ne pas exploser. Il se lève, son corps entier exsudant une fureur palpable.

— Tout ce que je sais, c'est que cet enfoiré est mort, et que ce n'est pas moi qui vais le pleurer !

Puis il plonge les deux mains dans ses cheveux et ouvre les rideaux en grand pour révéler une vue spectaculaire sur l'océan. Il ouvre alors la fenêtre et laisse l'air marin inonder la pièce. Faisant fi de ma nudité, je me lève à mon tour pour envelopper son corps crispé de mes bras. Je lis sa rage sur chacune de ses veines protubérantes et chacun de ses muscles tendus. Agrippée à ses abdominaux comme à une bouée de sauvetage, je me niche contre son dos.

— Je suis triste pour sa famille et ceux qui tenaient à lui, mais au moins, je me dis qu'il ne fera plus jamais de mal à une femme. C'était un malade, Chase. Si ça n'avait pas été moi, ç'aurait été une autre. Je suis certaine que les flics finiront par faire le lien entre lui et mon harceleur.

Il inspire profondément, ses épaules se soulevant avant de retomber doucement. Je sens la pression quitter peu à peu ses bras, puis son torse. Chase prend alors mes deux mains, les porte à ses lèvres et embrasse chaque doigt, comme il l'a fait des millions de fois auparavant.

— J'ai un cadeau pour toi. Je voulais attendre le jour du mariage, mais j'ai envie que tu le portes maintenant. Comme ça, tu comprendras à quel point je suis fou de toi, dit-il sans se tourner vers moi, comme s'il parlait à l'étendue océane, devant nous.

Je souris contre son dos en gloussant.

— J'adore les cadeaux, dis-je avant de mordiller le tendon contracté de son épaule.

Il lâche un rire léger et virevolte pour me capturer entre ses bras. Son regard balaie mon corps nu, de la pointe de mes ongles de pied, d'un rouge impeccable, aux mèches de ma chevelure de feu.

— Il n'y a pas de femme plus belle que toi au monde.

Jamais je ne pourrai t'abandonner, ou gâcher ce cadeau que tu me fais en étant dans ma vie. Gillian, tu fais de moi un homme meilleur. Un homme plus heureux, plus fort, et plus avide de vivre. J'ai envie d'être tout cela pour toi.

Je me colle à lui pour me nicher au creux de sa nuque chaude.

— Mais tu l'es déjà, Chase. Tu es tout cela, et bien plus encore.

Je dépose un baiser sur sa veine pulsante et m'enivre de son pouls qui bat contre mes lèvres.

— Ne bouge pas.

Il part récupérer la veste de costume qu'il m'a prêtée hier soir et en sort une longue boîte très fine. Je prends le peignoir de soie couleur crème étalé sur le lit et l'enfile. Le tissu glisse si facilement sur ma peau nue que l'on dirait du beurre. Le vêtement est à la fois sensuel et parfait pour cet instant. Chase me guide alors vers l'un des gros fauteuils qui font face à l'océan. La brise souffle dans ses cheveux de manière terriblement séduisante.

— Ouvre, murmure-t-il tandis que je me coule sur ses genoux, les fesses calées entre ses cuisses et l'accoudoir.

Je retire le nœud blanc de l'écrin Tiffany bleu sarcelle et lui jette un regard faussement sévère.

— Tu vas arrêter de faire des folies, oui ?

— Qui ça, moi ? Pas du tout ! répond-il en faisant mine d'être vexé.

Je lève les yeux au ciel et ouvre l'écrin pour découvrir une chaîne toute fine terminée par un pendentif de platine représentant le symbole de l'infini, entrelacé du mot *amour* dans une jolie écriture cursive. Le bijou est à couper le souffle. C'est tellement Chase de faire une chose pareille, qu'il n'y a pas de mots pour décrire ce que ce cadeau représente à mes yeux.

— Tu aimes ? demande-t-il en traçant le symbole de l'infini sur le tissu, par-dessus mon genou.

Je suis convaincue qu'il ne le fait pas exprès, ce qui rend ce cadeau encore plus spécial à mes yeux.

— Non, je n'aime pas. *J'adore*. Et la symbolique…, dis-je en tentant de ravaler la boule qui me noue la gorge. C'est parfait, Chase.

Le sourire dont il me gratifie est craintif, hésitant, celui d'un jeune homme ne sachant pas vraiment s'il avait fait le bon choix. C'est l'une des premières fois que je le vois aussi peu sûr de lui, aussi vulnérable. Il m'embrasse tendrement.

— Alors, tu veux bien le porter le jour de notre mariage ? demande-t-il presque timidement.

Chase timide. Voilà encore une facette de sa personnalité que je découvre. Je murmure contre ses lèvres :

— Je suis prête à le porter tous les jours, si ça signifie que tu es à moi.

Son sourire s'élargit tellement que ses dents se cognent aux miennes.

— Nous allons être tellement heureux, tous les deux…, dit-il avant de passer le bijou autour de mon cou.

Le pendentif se niche parfaitement entre mes seins. Chase me fait pivoter vers lui, ouvre le peignoir et contemple la nouvelle marque qu'il vient de déposer sur ma poitrine dénudée, son symbole scintillant sous les rayons du soleil. Alors, il se penche vers moi et dépose un baiser chaud sur le bijou.

— Pour l'infini, mon amour, lui dis-je en l'embrassant à mon tour.

Sauf que cette fois, j'ai laissé le peignoir retomber à mes pieds, et je suis décidée à remercier comme il se doit mon futur époux pour ce merveilleux cadeau de mariage.

***

Gillian

Sur le pont, on a préparé un brunch privé, où toutes les filles m'attendent. Lorsque je sors de la douche, un petit bikini blanc pend à la porte. Il s'agit d'un ensemble tout simple, le haut composé de deux triangles et le bas se nouant à la taille à l'aide de deux ficelles. Le petit plus, c'est le mot *mariée* étalé en cristaux ou en strass au niveau des fesses. Sur la coiffeuse, un mot rédigé de la main de Maria dit simplement :

Enfile ça et retrouve-nous sur le pont pour bruncher.

Étant tout sauf rabat-joie, j'enfile le bikini, qui me va comme un gant. Les petits triangles me paraissent même un peu trop révélateurs, mais après tout, il s'agit d'une fête privée. Et puis, l'idée de me montrer comme ça devant Chase a quelque chose d'excitant. Je suis sûre qu'il va devenir fou, en voyant mon corps si peu couvert. En espérant que sa folie nous mènera à une scène similaire à ce que nous avons vécu cette nuit… Je ricane tout en enroulant mes cheveux en un chignon désordonné au sommet de mon crâne. Un coup de crème solaire, une touche de gloss, une pointe de mascara, et je suis prête. En sortant, je récupère ma petite tunique à paillettes. Elle est certes transparente, mais j'aurai quand même moins l'impression de m'exhiber, là-dedans.

Une fois sur le pont, une douce mélodie zen vient me titiller les oreilles. Allongées sur des tables de massage, Maria et Kat sont en train de se faire bronzer, les fesses cachées sous une serviette. Dana se rue sur moi pour m'enlacer.

— Les filles ! Aujourd'hui, c'est la journée de la future mariée ! Les hommes sont sur l'autre pont, à boire des bières, à fumer des cigares et à jouer aux cartes. Je me suis assurée qu'ils ont de la vraie nourriture d'homme et un grand écran réglé sur les chaînes de sport. On est tranquilles toute la journée ! lance-t-elle en couinant presque.

Cette femme n'a absolument rien à voir avec celle que je fréquente depuis presque un an, désormais. Le fait d'avoir une vie sexuelle régulière l'a de toute évidence débridée, car elle est adorable, drôle et pleine de vie. L'ancienne Dana était gentille, réservée et professionnelle jusqu'au bout des ongles. Je préfère largement la nouvelle.

Je l'interroge :

— C'est normal qu'elles se fassent masser en plein soleil ?

— Non, répond Dana en secouant la tête. Elles voulaient en profiter pour bronzer.

Maria redresse la tête avant de percher ses lunettes de soleil sur sa chevelure noire.

— Hé, d'une pierre deux coups, *chica* ! Dis donc, tu n'aurais pas baisé toute la nuit, *cara bonita* ? Il va falloir que j'aille remercier Chase de t'avoir rendue aussi rayonnante ! glousse-t-elle avant de planter la tête dans le trou de la table de massage.

— Pfff, tu es juste jalouse, rétorqué-je.

Sa réponse a beau me parvenir étouffée, je l'entends très bien.

— Oh, ne t'inquiète pas pour moi. Mon homme me satisfait vingt-quatre heures sur vingt-quatre, sept jours sur sept, et dans toutes les positions.

Nous éclatons toutes de rire, et Bree apparaît dans un deux-pièces absolument dingue. Les triangles qui recouvrent ses jolis seins enflés sont ornés de deux têtes de Bouddha. Le bas, string ficelle lui aussi, affiche un joli soleil. Le tout arbore des motifs cachemire et des volutes dans un style proche du henné aux riches nuances de jaune, d'orange et de brun. Son ventre rebondi attire tous les regards. Je me penche et y dépose un baiser avant de papoter quelques secondes avec le bébé. Bree me laisse faire sans rien dire. Depuis le temps, elle a bien compris que ça ne servait à rien de lutter. Si ses sœurs veulent parler au bébé, c'est comme ça, un point c'est tout.

Un serveur apparaît et me tend un mimosa. J'ai l'impression d'être dans un mini-spa. En plus des deux masseuses, le pont dispose de plusieurs immenses chaises longues et de tables de bistro au charme désuet. L'océan s'offre à nous à perte de vue, et dans mon dos, un festin s'étale, agrémenté de toutes sortes de jus de fruits et d'un serveur pour remplir nos verres, débarrasser les plats ou nous apporter tout ce que nous désirons. Je découvre alors une femme qui attend dans un coin, avec ce qui ressemble à un bac et un fourre-tout plein à craquer.

— C'est qui ? demandé-je à Dana avant de m'asseoir sur une chaise longue garnie de coussins, à l'ombre.

Si je reste trop longtemps au soleil, je peux être certaine de ressembler à une écrevisse. Et je suis décidée à garder ma peau aussi laiteuse que possible. J'ai suffisamment de taches de rousseur comme ça. Mon tout dernier accessoire – à savoir le magnifique pendentif que mon homme m'a offert – me suffit, en nouveau chouchou.

— Elle est là pour les pédicures et les manucures. Tu veux qu'on commence par toi ? me propose Dana.

— Oui, pourquoi pas ?

La jeune femme semble sortir tout droit de l'école, vu son âge ; elle a un regard brun et doux et de beaux cheveux blonds. D'un geste précis et efficace, elle installe ses outils, le bac pour les pieds et le bol pour les mains, puis elle me fait plonger les pieds dans l'eau. Bree vient s'asseoir à côté de moi. Dana, elle, reste résolument à l'écart.

— Hé, Dana ! Viens donc par ici ! Tu ne vas pas te contenter de nous regarder toute la journée, lui dis-je. Tu fais partie du groupe, maintenant. Et Chloe n'était pas invitée, elle aussi ?

Dana nous rejoint et s'assoit sur une chaise longue.

— Si, mais je crains que nous ne la voyions que très peu. Apparemment, elle aurait besoin de récupérer de la soirée. Maxwell, notre avocat, ne peut pas non plus participer à l'enterrement de vie de garçon de Chase. Il est sur les rotules, lui aussi.

— Mince ! J'espère qu'ils vont vite récupérer, dis-je en sirotant mon champagne.

Bree me dévisage comme si j'étais la dernière des idiotes.

— Attends, tu es sérieuse ? Ils ont besoin de récupérer ? Ils ont passé la soirée collés l'un à l'autre ! Je te parie 100 dollars qu'ils sont dans le même lit, à cette heure !

Mes joues doivent avoir viré à l'écarlate. Comment ai-je pu être assez bête pour ne pas faire le lien ?

— Non, je ne parierai pas avec toi, parce qu'en effet, il y a toutes les chances que tu aies raison. C'est vrai qu'ils ne se sont pas lâchés de la soirée…, dis-je en gloussant. En parlant de ça, j'aimerais parler de sexe, les filles, annoncé-je de but en blanc, ayant véritablement besoin de discuter de ce qu'il s'est passé, hier soir.

Maria redresse aussitôt la tête. Kat prend un petit peu plus de temps, mais elle finit par l'imiter pour remonter ses lunettes au sommet de son crâne.

— Voilà qui commence à être intéressant…, commente Maria en se rasseyant, nue comme un ver, sa poitrine généreuse rebondissant à chacun de ses gestes.

Cette fille a le corps de Jessica Rabbit, mais en plus bronzé. Elle se relève, glisse les bras dans son peignoir, qu'elle attache, puis elle accepte le verre de mimosa que le serveur lui tend. Kat, plus discrète, fait en sorte de se relever tout en gardant pour elle son intimité.

Une fois les filles assises en cercle autour de moi, Maria me jette un regard impatient.

— Allez, crache le morceau, *hermana*. Qu'est-ce qu'il se passe ?

J'avale le reste de mon mimosa et fais signe au serveur, qui débarque avec la bouteille de champagne.

— Sans le jus de fruits, cette fois, lui dis-je en souriant. Merci.

Puis je me tourne vers les quatre femmes qui attendent impatiemment. Je dois avouer que c'est un peu gênant de parler de tout cela en présence de Dana, sachant que Chase est son patron. Je la préviens :

— Interdiction de répéter quoi que ce soit à Chase, d'accord ?

Elle opine du chef et croise les doigts sur sa poitrine.

— Promis, murmure-t-elle.

Puis elle regarde par-dessus son épaule, comme pour vérifier que Chase n'est pas là.

— Très bien. Voilà. La nuit dernière, Chase et moi, on a… Enfin, vous voyez, quoi.

Je fais de mon mieux pour cracher les mots, mais ils semblent résolument coincés dans ma gorge.

— Vous avez fait l'amour ? tente de deviner Maria.

— Oui, bien sûr, mais... Dans un autre genre. (Je remue les sourcils, mais les filles me dévisagent comme si je parlais une langue étrangère. J'inspire un coup sec.) On a fait du sexe anal pour la première fois !

Les mots quittent mes lèvres comme des rochers s'écroulant du haut d'une falaise.

— Et ? lance Kat d'un air tout sauf impressionné.

Bree joint les mains derrière sa nuque et s'allonge dans sa chaise avant de fermer les yeux.

— Mmm, moi, j'adore ça, murmure-t-elle avec un sourire, comme si cette simple évocation suffisait à lui faire revivre de doux souvenirs intimes.

À ma grande surprise, Maria ne dit rien. Mais je décide de poursuivre.

— Vous l'avez donc toutes déjà fait ? demandé-je, incrédule.

Mes trois sœurs d'âme hochent la tête. Dana, elle, la secoue d'un air pétrifié.

— Bon. Et toi, Kat, tu fais ça tout le temps ?

Je suis tellement choquée que nous n'ayons jamais abordé ce sujet durant toutes ces années d'amitié. Je ne sais pas… Ça me semble tellement important ! C'est peut-être parce que c'est tout nouveau pour moi, mais j'ai l'impression d'être une jeune débutante qui raconte à ses meilleures amies sa première fois avec un homme.

Kat attrape un grain de raisin sur la table débordant de victuailles puis le gobe.

— Non, je ne dirais pas régulièrement. Je trouve ça… excitant, du genre cochon. Il faut quand même être assez détendu pour que ça soit agréable. On ne l'a fait que deux ou trois fois, avec Carson.

— Tu l'as fait avec Carson ?! Comment ça se fait que je ne sois pas au courant ?

Voilà, c'est officiel : j'ai vraiment l'impression d'être une loseuse. Kat éclate de rire.

— Tu crois sincèrement que je vais venir tout vous raconter chaque fois que je me fais prendre par-derrière ?

Je secoue la tête, légèrement agacée.

— Et toi, Bree ?

— Oh, je ne l'ai pas encore fait avec Phillip. Apparemment, il pense que ça peut faire mal au bébé. Je pense surtout qu'il ne l'a jamais fait et qu'il a peur d'essayer quelque chose de nouveau. Mais il a été marié, tout de même… (Ses sourcils se dressent pour former deux jolies pointes. Tout, chez Bree, est joli.) Quand on est marié, on essaie tout, non ? (Puis elle hausse les épaules avant d'esquisser une moue boudeuse.) Mon dernier petit copain adorait ça, lui. Il me prenait par-derrière dès que je le lui proposais. Mais une fois l'excitation de la nouveauté passée, je trouvais ça terriblement ennuyant.

— Non, c'était ton ex qui était ennuyant. Il était bête comme ses pieds, mais j'avoue que c'était un putain de canon, intervient Maria.

— Je confirme ! surenchéris-je en riant.

Bree se met à hocher la tête avec un grand sourire. Je note que Maria ne nous a toujours pas fait part de son expérience.

— Et toi, Maria ?

Elle s'éclaircit la gorge et vide son verre cul sec. Voilà qui n'est pas bon signe. Le serveur surgit de nulle part et remplit son verre à ras bord.

— Mon expérience n'a rien de sympathique, déclare-t-elle alors mollement.

Je connais cette voix. C'est celle qui cache les monstres de son passé. Je m'apprête à changer de sujet, mais Bree décide d'enfoncer le couteau.

— Tu veux dire que tu n'as pas aimé, c'est ça ?

Maria secoue la tête. Son expression se durcit et son regard perd toute sa chaleur.

— Non, ma chérie. Je veux dire que je n'ai pas choisi. Antonio prenait ce qu'il voulait, quand il le voulait, et il n'était pas du genre à préparer gentiment le terrain. (Elle se lève et pivote sur la pointe des pieds, son peignoir flottant sous la brise.) Je vais faire pipi, je reviens.

— Meeeerde ! gémit Bree une fois Maria partie.

— Sérieusement, Bree ! Même moi, j'avais compris ! grogne Kat en lui jetant un grain de raisin à la figure.

— Je ne savais pas ! Elle ne parle jamais d'Antonio. Gigi s'est beaucoup confiée au sujet de Justin, mais Maria est une vraie tombe.

Elle plante les mains sur ses tempes, qu'elle se met à masser. Dana observe l'échange, sa tête passant de l'une à l'autre.

— Ce n'est rien, ne t'inquiète pas. Ria est une grande fille ; elle saura gérer. Si tu peux juste faire en sorte de ne pas revenir dessus, à son retour… Lorsqu'elle se sentira prête à en parler, elle le fera. Mais je suis convaincue que ça n'arrivera pas ici, sur ce bateau, à deux jours de mon mariage. Elle ne supporterait pas de gâcher ce moment en parlant d'une chose pareille.

Mes trois amies opinent du chef et se rallongent en se décidant officiellement à changer de sujet. Maria réapparaît pour se rasseoir à sa place, l'air rafraîchie, comme si rien ne s'était passé.

— Gigi, commente alors Dana pour briser le silence de plus en plus pesant. Ce collier est magnifique ! Il est nouveau ?

Je la regarde d'un air méfiant. Si jamais j'apprends que c'est elle qui l'a choisi, je risque d'être extrêmement déçue.

— Pourquoi ? Ce n'est pas la première fois que tu le vois ? rétorqué-je d'une voix agacée, malgré moi.

Elle rejette la tête en arrière et pose la main sur sa poitrine.

— Si. Je le trouve joli, c'est tout.

— Donc Chase ne t'a pas demandé de le commander pour moi ?

J'ai besoin de savoir si ce bijou est aussi précieux à ses yeux qu'il l'est aux miens. Dana secoue frénétiquement la tête. Ma frustration fond comme neige au soleil, et un large sourire me barre le visage tandis que je dresse le bijou vers les filles pour qu'elles puissent mieux le contempler.

— C'est mon cadeau de mariage. Chase passe son temps à me tracer le symbole de l'infini sur la peau, alors il a décidé d'en faire mon cadeau de mariage. Il ne va pas y croire, quand il va voir le sien ! ajouté-je en riant.

— Pourquoi ? Qu'est-ce que tu as prévu ? me demande Kat.

— Des menottes sur lesquelles j'ai fait graver le symbole de l'infini !

Les filles éclatent de rire.

— Vous vivez dans un vrai roman à l'eau de rose, vous deux ! commente Bree avec un air mélancolique.

— Eh oui, que veux-tu… (Puis je ferme les yeux, me rallonge sur ma chaise et laisse la brise océane caresser ma peau.) Dans deux jours, je serai madame Chase Davis, dis-je en m'enivrant de ce moment.

Dana se lève soudain.

— Je vais jeter un œil du côté des garçons pour m'assurer que tout se passe bien.

Malgré nos protestations, elle ne cède pas. Je la comprends, quelque part. Elle s'est tellement démenée pour que ce mariage soit parfait qu'elle n'a pas envie que quoi que ce soit dérape. Après tout, ce voyage est la cerise sur le gâteau.

— Un toast ! clame Maria une fois Dana partie.

Nous levons nos verres de champagne – celui de Bree est rempli d'une boisson pétillante sans alcool, mais cela ne l'empêche pas de trinquer.

— C'est mon tour ! dit-elle, puis elle inspire un bon coup et nous regarde tour à tour. J'aimerais trinquer à ce qui compte vraiment, dans la vie. (Sa main se pose sur son ventre.) Et qu'aucune de nous n'oublie qu'à chaque souffle que nous prenons, nous sommes aimées et connectées par un lien indestructible. Nous quatre, c'est ce que nous sommes pour le restant de nos vies.

— *Salud* !

— À la vôtre !

— Amen, ma sœur !

X

Les ombres et mes vêtements noirs me dissimulent des autres touristes, et je me coule dans l'espace où ma femme va bientôt se marier. Imaginez ma joie quand, en débarquant deux jours plus tôt que prévu, j'ai découvert qu'aucun dispositif de sécurité n'avait été établi autour du lieu de la cérémonie. Me procurer le plan détaillé de l'événement dans les papiers de Dana a été un véritable jeu d'enfant. Chaque pièce dispose d'un nom espagnol, pour coller au thème mexicain. Je n'ai jamais dit que Chase était stupide ; il est assez malin pour désirer la femme la plus parfaite de l'univers. Mais il est juste assez bête pour ne pas savoir comment la garder. Je relis le document que j'ai photocopié.

Cérémonie – à l'extérieur, sous la tonnelle, avec une vue parfaite à 180° sur l'océan.
Réception – Sala de Sol – « Salle du Soleil », en espagnol.

Salle réservée au marié – Sala de Luna – la « Salle de la Lune ».
Salle réservée à la mariée – Sala de Diosa – la « Salle de la Déesse ».

Parfait.

La salle est grande ouverte, meublée d'une opulence de pièces somptueuses. L'endroit idéal pour une femme qui s'apprête à épouser sa moitié. J'observe les fenêtres, les portes communicantes, et élabore mon plan. L'une des portes donne directement à l'arrière de la bâtisse, sur un petit chemin où je pourrai préparer le chariot à linge. J'enfilerai un uniforme d'homme de chambre, lorsque j'en aurai fini.

Le pire scénario possible serait que Chase fasse garder la salle par l'un de ses gorilles. Mais ce ne sera pas un problème. Un petit étorphine, et le tour sera joué. J'ai mis du temps avant de trouver le sédatif idéal. Cerise sur le gâteau, je n'ai eu aucune difficulté à me le procurer. Il m'a simplement fallu dévaliser une clinique vétérinaire équine. Ce sédatif est spécialement conçu pour les chevaux – il était sous glace, mais la vitre n'a pas résisté à ma hache. J'en ai même profité pour récupérer l'antidote, bien que je n'aie aucune intention de m'en servir sur ces molosses. En se faisant traiter rapidement, ils pourraient avoir une chance de s'en sortir. Mais très sincèrement, leur sort m'importe peu.

Un rire monte dans ma gorge pour éclater dans la pièce vide et sombre. Le bruit résonne sur les murs, venant alimenter ce délicieux moment de paix. Ça va être si simple…

Encore deux jours, ma belle, et tu seras de nouveau mienne.

20

Gillian

Une entière et profonde satisfaction.

C'est le sentiment prédominant qui bout dans mes veines et qui fait battre mon cœur si vite qu'il menace de se décrocher de ma poitrine quand je découvre l'endroit où je vais épouser Chase. La brise souffle doucement, chatouillant ma peau comme si on la caressait du bout d'une plume. Devant moi, les chaises couleur cappuccino ornées d'assises en tissu blanc sont alignées en rangées de quatre, séparées par l'allée centrale. Cette allée est tout aussi sublime. Une envolée de fleurs blanches mène à la tonnelle en formant de magnifiques volutes. La tonnelle, spécialement conçue pour l'occasion, est drapée de chaque côté d'un tissu blanc pour adoucir l'aspect brut du bois. Sur le linteau principal, une longue ligne d'œillets, de lys et de toutes sortes de fleurs dont j'ignore le nom forme de jolies couronnes qui nous surplomberont lorsque nous prononcerons nos vœux.

— C'est incroyable, dis-je doucement à Dana, qui attend, muette, à mes côtés. Mieux que dans mes rêves les plus fous…

Son sourire rayonne.

— Je suis contente. Tu sais, avant toi, Chase ne souriait que très rarement. Maintenant, il sourit tout le temps, mais surtout quand il est près de toi. Honnêtement, je pense que tu es la meilleure chose qui soit jamais arrivée dans sa vie.

Je plaque une main sur mon front, bouleversée par ses paroles. Je n'en reviens pas d'avoir été aussi jalouse d'elle…

— Merci, Dana. Je sais que tu comptes beaucoup pour Chase. Au fait, ton petit ami est toujours des nôtres, aujourd'hui ?

Le bonheur dont elle semblait irradier disparaît sitôt qu'elle se met à secouer la tête.

— Non. Il était censé venir au mariage, mais il est arrivé hier, pendant que tout le monde faisait la fête et que toi et Chase étiez partis vous coucher. On a passé une soirée géniale…, sourit-elle. Puis ce matin, en se levant, il m'a annoncé qu'il devait repartir pour le travail. Qu'il y avait encore une urgence. Il est à l'aéroport, là. Il attend son vol. Franchement, j'aimerais savoir, quand tu es comptable, ce qui ne peut pas attendre un jour ou deux…

— Oh, je suis désolée, dis-je en l'attirant vers moi. Ce sera pour une autre fois ?

Elle hausse les épaules, puis je la vois renfiler son armure de pro, élément après élément. Son dos se raidit, son regard s'aiguise, et elle semble soudain prête à soulever des montagnes.

— Ne t'inquiète pas, va. Aujourd'hui, c'est votre journée à Chase et à toi. Et je compte bien que ce soit la plus belle de votre vie ! Allez, on va t'habiller !

Je la suis jusqu'à la *Sala de Diosa*, la Salle de la Déesse. Nous entrons pour découvrir la personne que j'aime le moins au monde.

— Bonjour mademoiselle Davis ! Comment allez-vous ? lance Dana d'une voix mielleuse. Vous êtes ravissante, comme d'habitude, ajoute-t-elle histoire d'en remettre une couche.

— Oh, disons que certaines d'entre nous sont moins

traînardes que d'autres, le matin. Vous êtes vous-même très élégante, ma chère !

La grimace qui étire ses lèvres fines est ce qui ressemble le plus à un sourire, parmi toutes les expressions dont je l'ai vue faire grâce à autrui.

Dana la rejoint et dépose un baiser sur sa joue. Visiblement, le mépris de cette vieille bique concerne uniquement les femmes éprises de son fils…

— J'aimerais pouvoir en dire autant sur la future femme de Chase, ajoute-t-elle alors d'une voix cinglante tout en me dévisageant d'un regard calculateur.

Je pose mes affaires sur le lit et inspecte brièvement ma tenue. Je porte un survêtement de velours blanc qui arbore lui aussi un message au niveau des fesses, à savoir : *Petit cul à marier.* Chase a trouvé ça tellement drôle qu'il s'est empressé de prendre mon derrière en photo et de le mettre en fond d'écran sur son iPhone.

— Vous réalisez quand même que je m'apprête à épouser votre fils, n'est-ce pas ? lui dis-je avec tout le mépris qu'elle mérite – même si je prends sur moi.

— Bien sûr, très chère. Inutile de le prendre comme ça. C'est moi qui ai un problème, voyez-vous. Mon fils s'apprête à épouser une sale petite garce assoiffée d'argent qui se fait courir après par un psychopathe qui veut sa mort, ainsi que celle de tous ceux qui l'entourent, assène-t-elle avec sa langue de serpent.

Dana ouvre la bouche en grand, estomaquée. Mon salut apparaît sous la forme de mes sœurs d'âme, qui poussent la porte en braillant les paroles des Dixie Cups : *Goin' to the chapel and we're gonna get married*, avant de m'entraîner dans une petite danse de la joie. Elles me serrent ensuite dans leurs bras, et je me retrouve nichée au cœur d'un nuage d'amour. Exactement ce dont j'avais besoin après les paroles assassines de Colleen. Maria me tient à bout de bras pour m'observer, puis elle me fait virevolter et sourit.

— Ah là là… Tu es magnifique, et ton *culo* est très joli aussi ! lance-t-elle avec suffisamment de sa fougue latine pour me faire oublier la rabat-joie qui me sert de belle-mère.

— Mmm-mmm, commente Bree en pinçant les lèvres, le regard posé sur mes fesses. Tu peux dire merci à tes cours de yoga, ma belle. Je suis vraiment douée dans ce que je fais, ajoute-t-elle alors en envoyant voler une mèche de ses cheveux dorés par-dessus son épaule.

— Bien, les filles. Le maquillage et la coiffure, ça se passe au bout du couloir, pour vous. Une fois prêtes, on laissera le photographe prendre quelques photos, annonce Dana.

Kat me rejoint, me prend la main et jette un regard par-dessus mon épaule, vers la vieille femme austère assise dans son fauteuil roulant.

— Ça va ? murmure-t-elle d'un air soucieux.

Je l'attire dans mes bras et hoche la tête.

À peine un pied dans le couloir, mes trois amies se remettent à pousser la chansonnette, attaquant cette fois une version raccourcie de *My Girl*. Leur humeur contagieuse me permet de retrouver ma gaieté. Il est hors de question que cette vieille chouette vienne gâcher le plus beau jour de ma vie !

Quelqu'un cogne à la porte.

— Gigi, j'ai demandé à un styliste de venir s'occuper de ta coiffure et de ton maquillage, déclare Dana en l'ouvrant.

Un homme affublé d'une mallette rose et d'une sacoche pleine à craquer surgit d'un air assuré, comme s'il était le propriétaire des lieux.

— Où est ma mariée ? lance-t-il avec un claquement de langue suivi d'un claquement de doigts.

Entre son pantalon noir skinny et sa chemise à froufrous agrémentée d'une ceinture cloutée, je devine très aisément qu'il s'agit du styliste annoncé par Dana. Ses cheveux blonds lisses et soyeux forment une crête impeccable sur son crâne, légèrement bouffante sur la fin. Le gloss pailleté peint sur ses lèvres est le plus cool que j'aie vu sur cette terre. Je ne pense pas risquer grand-chose en avançant que cet homme est gay.

— Moi, c'est Randi, et je suis excité comme une folle ! déclare-t-il en plongeant immédiatement ses doigts dans mes boucles rousses. Je vous en prie, faites que ce soit vous, ma putain de mariée !

Son regard pétillant et d'un bleu presque cristallin me rappelle celui de Maria. Je confirme d'un hochement de tête. Il tombe alors à genoux, prend mes mains et se met à les embrasser.

— Randi à votre service, ma reine, commente-t-il avec un grand sourire avant de se relever.

J'aime déjà ce garçon. Je jette un regard à Colleen, qui de toute évidence ne partage pas du tout mon sentiment.

— Je vais vérifier deux-trois petites choses et je reviens, annonce Dana. Mademoiselle Davis, vous désirez m'accompagner pour vous assurer que tout est à votre goût ?

— Merci, très chère. Avec plaisir, oui. Vous voulez bien… ?

Elle désigne alors l'arrière de son fauteuil. Je suis persuadée que cette femme ne s'est jamais déplacée toute seule. Cela risquerait de salir ses pauvres doigts… ou, pire encore, de lui casser un ongle ! Vous imaginez le drame ?

Dana s'exécute avant de pousser Colleen jusqu'à la porte. J'articule un « Merci » silencieux à son attention, et elle me quitte avec un grand sourire, me laissant entre les mains de mon styliste « excité comme une folle ».

Randi est vraiment doué. Deux heures plus tard, ma coiffure est sublime, et je n'ai jamais été aussi bien maquillée de ma vie. Je me sens *belle*. Randi fait mine de déposer un baiser sur chacune de mes joues, en prenant bien soin de ne pas me toucher, puis il part rassembler ses affaires.

— Interdiction de détruire cette œuvre d'art avant la fin de la cérémonie, ma belle !

Je mets une main sur ma tempe et effectue un salut militaire.

— Oui, chef !

— On se revoit à la maison ? Je suis votre nouveau styliste, au cas où vous vous poseriez la question.

— C'est vrai ? J'ignorais que Chase ou Dana avait embauché quelqu'un !

Je ne comprends pas pourquoi personne ne m'en a parlé…

Randi sourit, ouvre la porte et se retourne vers moi.

— Non, c'est vous qui allez le faire. Il faut bien que quelqu'un s'occupe de dompter cette tignasse de feu et de mettre un peu de couleur à ces joues pâlottes, pour les grands événements. Alors, on se revoit à la maison ? répète-t-il en attendant visiblement une réponse.

— Vous pouvez vous considérer comme engagé, Randi.

— Que personne ne touche à cette beauté jusqu'au retour, dit-il avant de pivoter et d'emboutir le super-héros qui me fait office de fiancé.

Chase saisit violemment le pauvre styliste, une main sur sa nuque et l'autre sur sa taille, puis il le plaque au mur. Randi se met à crier comme une fillette.

Je hurle en m'efforçant de me faire entendre par-dessus les cris de panique :

— Lâche-le !

Chase tourne la tête vers moi.

— Tu connais ce type ? grogne-t-il. (Puis il plante son visage à quelques millimètres de l'expression terrifiée du styliste.) C'est *ma* femme, et il n'y a que moi qui ai le droit de la toucher. Tu es qui, toi ?

— Il y a méprise ! Il y a méprise ! couine Randi, les yeux exorbités.

Chase desserre légèrement son étreinte.

— C'est mon styliste, Chase ! Lâche-le tout de suite ! Il parlait de mes cheveux !

Je crie si fort que je sens mes dents grincer. Dès l'instant où Chase laisse Randi retomber au sol comme une poupée de chiffon, j'inspire un coup sec avant de me ruer vers le pauvre garçon, qui hoquette et crachote pour tenter de reprendre son souffle. Je vais lui chercher un verre d'eau ; il en boit une gorgée avant de me regarder d'un air terrifié.

— Vous ne m'aviez pas dit que vous épousiez Hulk !

Chase fonce vers moi, et Randi court se cacher dans mon dos en me poussant vers lui. Je brandis les deux mains devant mon homme. Il a le regard fou et les narines frémissantes.

— Bébé, il est inoffensif. Respire, dis-je tout en caressant son torse d'une main rassurante.

Son regard semble enfin mesurer le spectacle qui s'offre à lui. Mes cheveux sont coiffés, mon maquillage parfait, et je porte le peignoir crème dont il m'a dévêtue, l'autre jour. Dessous, j'ai choisi ses sous-vêtements préférés. C'est une surprise pour la deuxième partie de la soirée…

— Qu'est-ce qu'il fait tout seul avec toi ? Où est Austin ?

La tête du garde du corps apparaît à la porte de derrière, où il s'était posté afin de s'assurer de ma sécurité.

— Besoin de quelque chose, monsieur ?

— Qui a laissé entrer ce clown ? Il aurait pu lui faire du mal ! aboie Chase.

Austin esquisse un sourire, qu'il s'empresse de ravaler devant le regard furieux de mon homme.

— Quoi, avec ma brosse à cheveux ? ricane Randi. Je vous en prie, arrêtez, je vais me faire dessus ! Hé, mon grand, il va falloir vous détendre si vous ne voulez pas faire un ulcère !

La mâchoire de Chase se contracte, et il se met à grincer des dents. Randi s'empresse de se réfugier de nouveau derrière moi.

— Chase, Dana l'a engagé pour s'occuper de ma coiffure et de mon maquillage. Tu as vu ?

Puis je désigne le magnifique travail de Randi. Chase le contemple, et son regard s'adoucit aussitôt. Ses lèvres esquissent un doux sourire. Alors, à la vitesse de la lumière, il me tire dans ses bras.

— Tu es sublime, bébé. Désolé de m'être emporté.

Il frotte son nez au mien avant de me gratifier d'un baiser lent, humide et profond. Exactement comme je les aime.

— Ah non ! s'exclame Randi en brandissant les bras au ciel. Il faut que je refasse tout, maintenant ! Dites, ça n'est pas censé porter la poisse, quand le marié voit sa future femme avant la cérémonie ?

— Il fallait que je voie ma femme, répond Chase sans me lâcher du regard. Dans moins d'une heure, tu seras ma femme. Tu es prête ?

Je souris et passe les mains autour de sa taille, juste au-dessus de ses petites fesses musclées.

— Je peux l'être dans deux minutes. Pas besoin d'une heure.

— Non, non, non ! intervient Dana en entrant dans la pièce. Vous vous mariez dans une heure, les enfants. Chase, tu enfiles ton smoking et tu es attendu par *People Magazine* pour prendre des photos avec ton témoin et les demoiselles d'honneur.

— Nous n'avions pas dit zéro média ? dis-je dans une grimace en me nichant contre lui.

— Je ne pouvais pas faire autrement, Gillian. Au moins, en leur donnant l'exclusivité, je nous ai assurés de ne pas avoir tout un tas d'hélicoptères qui viendraient gâcher la fête. Pour le moment, rien n'a fuité, et je n'ai pas envie d'être accueilli par une horde de paparazzis à notre retour.

J'opine du chef et soupire contre sa nuque chaude, m'enivrant une fois de plus de son parfum d'agrumes boisé. Chase s'écarte, son regard vissé au mien.

— Encore une heure, et tu seras à moi pour toujours.

— J'accepte volontiers cette condamnation pour l'éternité, bébé, murmuré-je contre ses lèvres.

Son regard arbore cette nuance céruléenne qui me fait fondre. Puis, du bout du doigt, il dessine le symbole qui pend à mon cou.

— Pour l'infini, me promet-il, et je confirme d'un hochement de tête.

Un dernier baiser, et mon homme disparaît aussi vite qu'il est apparu. Randi retouche mon maquillage et ma coiffure afin que tout soit parfait. Une fois officiellement seule, j'enfile ma robe de mariée. On peut dire que Kat s'est surpassée. J'observe mon reflet dans le miroir en pied. La robe est principalement composée de satin, avec quelques couches de tulle. Tout le bas est saupoudré de cristaux de Swarovski et de perles, scintillant à chacun de mes mouvements pour former de divins éclats arc-en-ciel. L'arrière du vêtement tombe jusqu'au creux de mes reins pour révéler la quasi-totalité de mon dos. Chase a de fortes chances de craquer lorsqu'il découvrira ça. Je sais d'ores et déjà qu'il va passer la soirée à me caresser le dos. C'est plus fort que lui. En tout cas, Kat s'est assurée que ma robe est à la pointe de l'élégance. Elle est tout ce dont j'ai pu rêver depuis toute petite…

Moi, Gillian Callahan, je vais enfin épouser mon prince.

Tandis que je fantasme sur l'avenir merveilleux qui m'attend, j'entends le fauteuil roulant de Colleen Davis que l'on pousse dans la pièce.

X

Plus qu'une heure. Les trois garces sont en train de flirter avec le photographe de *People*, et Chase en fait des caisses, comme d'habitude. Jack surveille tout le périmètre. Ces crétins n'ont laissé qu'Austin Campbell à la porte de derrière. En me coulant le long du mur, je suis assuré d'être complètement caché par les énormes arbres tropicaux. Ce trou du cul tourne le dos à la porte, à deux ou trois mètres, l'oreille vissée à son téléphone. Aussi vif et silencieux qu'un serpent, je sors la seringue et la serre dans mon poing droit. Une fois de plus, je bénéficie de l'effet de surprise.

Tel un guépard, je bondis sur lui par-derrière et lui transperce la carotide du côté droit. Il fait volte-face et enfonce son poing dans mon visage. Je m'écroule contre le mur, mais pas avant de voir sa silhouette massive tanguer. Ses bras de géant remuent telle une momie qui chercherait à s'emparer de moi. Quelques secondes plus tard, son corps tombe en un lourd tas au sol. Plus ils sont gros, plus ils font de bruit, lorsqu'ils tombent. Je le saisis par les mains et le tire à l'abri derrière les feuillages qui courent le long du mur, histoire que l'on ne découvre pas son corps tout de suite.

Je m'octroie alors une seconde pour reprendre mes esprits et colle l'oreille à la porte. Ma femme est en train de parler à quelqu'un.

— Vous avez intérêt à rendre mon fils heureux, crache une voix.

— Mademoiselle Davis, je vous jure que c'est mon intention. Il représente tout pour moi. Je suis prête à tout pour qu'il se sente aimé, heureux et comblé. Je ne désire rien de plus au monde, répond Gillian.

Cette vieille bique me sort par les yeux. Ça me rend malade, de l'entendre parler comme ça à ma femme. Je sors ma lame tranchante, sachant parfaitement ce qu'il me reste à faire, désormais. C'est maintenant ou jamais. Il est en tout cas hors de question que je laisse une vieille estropiée gâcher ma chance d'enfin récupérer Gillian.

Je surgis derrière la porte pour être accueilli par deux expressions aussi choquées l'une que l'autre.

— Danny ? hoquette Gillian. Qu'est-ce que tu fais ici ? (Son regard balaie ma silhouette, s'arrêtant sur mon uniforme d'homme de chambre, et plus précisément sur le couteau que je tiens à la main droite.) Non…, souffle-t-elle en écarquillant les yeux, sa bouche s'ouvrant et se refermant. C'était toi ?

Des larmes envahissent aussitôt ses yeux vert feuille.

— Gillian…, dis-je en murmurant, captivé par son apparence éthérée, dans sa robe de mariée.

Mais la vague de rage qui suit me martèle le ventre comme un millier de coups de poing. Cette robe ne m'est pas destinée. Cette beauté parfaite, ce halo de lumière qui l'entoure… Tout cela est pour *lui*. Ce salopard de milliardaire !

— Jeune homme, je vais vous demander de partir si vous ne voulez pas que j'appelle la sécurité, couine le sac d'os.

Je secoue la tête tout en me dirigeant vers elle, puis je lui saisis le crâne et me tourne vers Gillian.

— Lâchez-moi, espèce de sauvage ! Savez-vous qui est mon fils ? aboie-t-elle d'une voix beaucoup trop méprisante à mon goût.

— Si je sais qui est votre fils ?!

Je lui tire violemment la tête en arrière, le menton pointé vers le haut.

— Non, Daniel… On peut parler, si tu veux. Laisse-la en dehors de ça.

Gillian commence à se rapprocher. Je brandis mon couteau pour le placer directement sous la peau flasque du cou de la vieille chouette.

— Pas un geste, tu entends ? Va t'asseoir sur le lit. Tout de suite !

Je dois prendre sur moi pour ne pas hurler, mais je n'ai pas envie d'attirer l'attention. Il me reste une quinzaine de minutes avant que cette blondasse qui m'a servi de poupée gonflable ne vienne chercher la mariée. Avant que je n'aie le temps de prendre une décision, la vieille bique me mord le poignet jusqu'au sang. En moins de cinq secondes, je lui confectionne un nouveau sourire. Le sang se met à jaillir sur sa robe violette, et ses yeux s'écarquillent avant de rouler dans leurs orbites. Je regarde la vie quitter son corps lentement – c'est le moins que je puisse faire, non ?

Un bruit dans mon dos me fait virevolter. Gillian est en train d'ouvrir la porte. À la vitesse de l'éclair, je lui bondis dessus, la saisis par la robe et la tire vers moi. Puis je me débarrasse de mon couteau et plaque une main sur sa bouche. Comme la vieille peau, elle essaie de planter ses dents dans ma paume.

— Arrête de lutter, bordel ! Ou je te tue, dis-je en haletant dans son oreille.

Elle se fige instantanément. Je ferme alors la porte d'un coup de pied, la verrouille puis retire la main de sa bouche.

— Tu vas me tuer, de toute façon, grogne-t-elle avant de planter le talon de sa chaussure dans mon pied et de s'écarter.

Dans un rugissement, je brandis le poing pour le planter dans sa mâchoire. Elle tombe au sol, le sang jaillissant de sa lèvre entaillée – probablement à cause de ma bague. Ce coup me donne juste assez de temps pour sortir l'autre seringue de ma poche et m'apprêter à frapper.

Mais Gillian est rapide. Elle tente de se relever, gênée par sa robe. Elle se met alors à hurler à pleins poumons, et c'est le moment que je choisis pour plonger. Je suis au-dessus d'elle ; elle se débat en criant. Je plaque l'une de ses mains au sol tandis que l'autre me balafre le visage, comme si une volée de minuscules couteaux étaient en train de me dépecer. Le sang coule de ses plaies tandis que nous roulons l'un sur l'autre. Je parviens enfin à dresser un genou pour la plaquer à terre. Alors, avec toute la force qu'il me reste, je la maintiens immobile pour planter la seringue dans son cou.

— Non ! Non !

Très vite, ses cris se muent en gémissements étranglés, puis quelques secondes plus tard, elle est inconsciente.

Je me dépêche de la porter jusqu'au lit, où je l'enveloppe de la tête aux pieds de la couverture avant de la refaire glisser au sol. Je retire ensuite mon uniforme maculé de sang pour en révéler la réplique exacte, juste dessous. J'ai pensé à tout, bien sûr. Quitte à voler un uniforme, autant en voler deux, non ? Une fois dehors, je la prends dans mes bras et la porte jusqu'au gros chariot à linge que j'ai disposé au bout du chemin. Je la laisse tomber à l'intérieur, la recouvre de linge et pousse le chariot en direction de ma voiture. Sur la route, je croise quelques clients de l'hôtel en sifflotant, endossant à merveille mon rôle d'homme de chambre.

***

Gillian

Des roses mortes. L'odeur putride qui embaume l'air à la manière d'un gaz toxique me tire d'un affreux coma. C'est une odeur terriblement familière. Je suis dans le noir complet, en dehors du rai de lumière visible sous ce qui doit être une porte. Le bruit qu'émettent les cristaux de ma robe sur le sol dur et froid me rappelle celui d'un rat qui chercherait à prendre la fuite sur un sol trop lisse. J'essaie de me redresser, dans un bruit de froissement de dentelle. Une corde rêche et épaisse m'enserre les poignets et les chevilles, entaillant ma peau. J'ai du mal à respirer, dans cette atmosphère humide et suffocante. Un filet désagréable de sueur perle sur mon front et coule entre mes seins. J'ai la bouche tellement sèche que je ne parviens même pas à déglutir.

Ce n'était certainement pas comme ça que j'imaginais cette journée… À cet instant, je serais censée être en train d'embrasser l'homme que j'aime, et lui promettre d'être sienne pour l'éternité. Dès l'instant où je pense à Chase, les larmes surgissent, se frayant un chemin à travers la crasse qui me macule les joues. Je fais de mon mieux pour les essuyer sur les mancherons en dentelle de ma robe. Je n'ai pas envie que ce sale type me voie pleurer. S'il y a bien une chose que je n'ai pas besoin de lui montrer, c'est qu'il m'a affaiblie. Si je veux me sortir de cet enfer vivante, retrouver Chase, mes amis et ma vie, il va falloir que j'entre dans son jeu tordu et en ressorte victorieuse. Sinon, il me tuera.

Mon seul espoir, c'est que quelqu'un l'ait vu m'enlever, ou alors qu'il ait laissé des indices. Daniel « Danny » McBride n'a jamais figuré parmi notre liste de suspects potentiels. Il faut dire que je n'ai jamais eu une seule raison de le soupçonner… Nous étions séparés depuis des mois lorsque j'ai commencé à fréquenter Chase. Ça n'a pas de sens… Nous sommes restés moins d'un an ensemble. Oui, c'est moi qui ai mis un terme à notre relation, mais il ne m'a jamais fait comprendre qu'il me le ferait payer. Visiblement, je me suis trompée sur son compte. Il a tué la mère de Chase. Mon Dieu… Comment va-t-il réagir en la découvrant la gorge tranchée, et moi disparue ?

Les larmes coulent de plus belle. Mes bras me brûlent au niveau des jointures où ils sont liés, dans mon dos. La corde qui m'enserre les chevilles me mord douloureusement la peau. Mais ce n'est rien comparé à la brûlure qui s'est emparée de mon cœur. J'avais tout ce que j'aurais jamais désiré, et en quelques minutes à peine, il m'a tout pris.

La porte émet un bruit de ferraille, et un rai de lumière pénètre dans la pièce pour m'aveugler.

— Tu es enfin réveillée ! Grosse dormeuse, va… J'imagine que tu as faim ?

Chacun de ses pas marquant le ciment résonne trop fort dans cet espace confiné. Soudain, la lumière envahit la pièce.

Danny se tient sous un long câble menant à une ampoule nue. Je plonge le regard dans ses yeux noirs et morts. L'homme doux et prévenant que j'ai connu a disparu. Cet homme est un étranger. Un étranger extrêmement dangereux. Ses lèvres se tordent en un rictus méprisant.

— Ça fait trop longtemps..., souffle-t-il en s'accroupissant devant moi avant de faire courir un doigt sur ma joue.

Avec un haut-le-cœur, j'écarte la tête pour la plaquer contre les parpaings de ma cellule.

— Tu as quelque chose à me dire ? J'attends ce moment depuis tellement longtemps, ajoute-t-il presque gaiement.

— Laisse-moi partir, Danny. Je t'en prie...

Les mots qui sortent de ma gorge me donnent l'impression d'avoir été trempés dans de l'acide puis râpés au papier de verre.

Danny rejette la tête en arrière avant de lâcher un rire profond, comme si ma supplique était la chose la plus drôle qu'il ait jamais entendue.

— Oh, Gillian, mon amour... Je te retrouve enfin. Regarde autour de toi. Aujourd'hui, c'est le premier jour du reste de notre vie. Ensemble, et pour toujours.

Achevé d'imprimer en juillet 2019
sur les presses de la Nouvelle Imprimerie Laballery
58500 Clamecy
Dépôt légal : août 2019
Numéro d'impression : 907496

Imprimé en France

La Nouvelle Imprimerie Laballery est titulaire de la marque Imprim'Vert®